HENRI TROYAT

Russe d'origine, Henri Troyat, de son vrai nom Lev Tarassov, est né à Moscou en 1911. Ayant fui son pays natal avec sa famille au moment de la Révolution, il arrive en France à l'âge de 9 ans, au terme d'un long exode. Après des études de droit, il devient rédacteur à la préfecture de la Seine. Son premier roman, *Faux jour* paraît en 1935 ; trois ans plus tard, il reçoit le prix Goncourt pour *L'araigne*. Riche d'un double héritage culturel et linguistique, à l'écart des écoles et courants littéraires contemporains, son œuvre déploie de vastes fresques romanesques restituant les soubresauts de l'histoire russe, notamment *La lumière des Justes* (1961-1963), *Les héritiers de l'avenir* (1968-1970) et *Tant que la terre durera* (1972). Elle fait aussi place à des sagas « françaises », parmi lesquelles *Les semailles et les moissons* (1956-1957), des pièces de théâtre, des essais, des récits de voyage, des nouvelles et surtout des biographies, consacrées à de grandes figures historiques et littéraires russes et à des romanciers français du XIXe siècle.

Henri Troyat vit à Paris. Comme Stendhal, qui avait fait du code civil son livre de chevet, cet académicien (depuis 1959) entretient son style par la lecture quotidienne du dictionnaire …

Henri Troyat

Russe d'origine, Henri Troyat, de son vrai nom Lev Tarassov, est né à Moscou en 1911. Avec sa famille, il arrive en France à l'âge de 8 ans au terme d'un long exode. Après une carrière de droit, il devient rédacteur à la préfecture de la Seine, tout en écrivant. Puis son premier en 1935, deux ans plus tard, il reçoit le prix Goncourt pour *L'Araigne*. Auteur d'un talent large et quasiment romanesque, il est des œuvres qui connaissent consacrées à l'histoire, son œuvre déploie de vastes fresques romanesques retraçant les splendeurs de l'histoire russe, notamment la *Les années des Seigneurs* (1901-1902), *La Fumeracie d'automne* (1905-1910), *La Barque* (1873) ... Elle fait place parmi des grandes fresques romanesques *Les splendeurs scandales* et *La maudite* (1906-1912) et des pièces de théâtre, des nouvelles, récits de voyage, des nouvelles sur les développements fondateurs et de grandes figures historiques en littérature, roman et au XIXe siècle.

Henri Troyat, vrai Parti Comme Stendhal, qui sont un auteur civil son livre de chevet, reste académicien (depuis 1959) engageant son style par le littéraire, apothéose du dénouement.

LES SEMAILLES ET LES MOISSONS

AMÉLIE

DU MÊME AUTEUR
CHEZ POCKET

HENRI TROYAT
de l'Académie française

LES SEMAILLES ET LES MOISSONS

AMÉLIE

roman

LIBRAIRIE PLON

© 1955, Librairie Plon.

ISBN 978-2-266-10702-0

PREMIÈRE PARTIE

1

L E vin monta rapidement jusqu'à la naissance du goulot. Denis ferma le robinet, tendit la bouteille à son camarade et s'essuya le front avec le revers de sa manche.

« Cent cinq! dit Paulo. On a fait vite. »

Il ne restait plus qu'une vingtaine de litres à tirer. Dans la cave basse et voûtée, l'odeur du vin se mariait à un relent de pierre moisie, de terre humide et fraîche. Une bougie éclairait faiblement les fûts massifs sur leurs chantiers. Dans le fond, s'alignaient les bouteilles pleines, qui, toutes, portaient un reflet lumineux à la courbure du verre. Paulo enfonça le bouchon avec la tapette.

« Et maintenant, on souffle un peu? demanda-t-il.

— Si tu veux », dit Denis.

Paulo s'assit sur une caisse et alluma une cigarette. Son visage maigre, au nez pointu comme un bec, se dilata dans une expression de béatitude virile. De ses lèvres entrouvertes s'échappait un ruban de vapeur. Denis le considérait avec admiration mais n'osait pas fumer lui-même. La crainte d'être surpris par sa sœur l'arrêtait au bord de la tentation. Certes, il avait le même âge que Paulo, mais quinze ans passés à la campagne ne forment pas un caractère comme quinze ans passés à Paris. Débarqué depuis trois mois à peine de sa Corrèze natale, Denis était fier d'avoir gagné si rapidement l'amitié d'un Parisien authentique. Il y avait d'autres apprentis à la serrurerie du père Buche, mais Paulo ne leur accordait qu'une attention dédaigneuse. Il était catégorique dans ses jugements, et si déluré, si drôle, que même les compagnons riaient de ses plaisanteries! Souvent, en cachette, Denis s'exerçait à parler comme lui, avec l'accent des faubourgs. Son ambition était de ressembler en tout à son camarade.

« Donne-moi une cigarette, dit-il soudain.

— Tu te lances? » dit Paulo.

Denis décocha un coup d'œil au plafond. La trappe de la cave était fermée. On était tranquille. Il prit la cigarette que lui tendait Paulo, la glissa entre ses lèvres et avança son visage vers la flamme de l'allumette.

« Ne souffle pas, tire dessus! » dit Paulo en riant. Denis fit une longue aspiration et une bouffée piquante emplit l'intérieur de sa tête. Il se retint de tousser. Ses yeux se gonflèrent de larmes. Sur le moment, il voulut jeter la cigarette, mais, devant le regard attentif de Paulo, il se ravisa et continua valeureusement à avaler de gros nuages de fumée, dont le parfum âcre lui soulevait le cœur.

« Qu'est-ce que tu en penses? demanda Paulo.

— C'est bon », dit Denis.

Le fait est qu'à la longue cet exercice lui paraissait, sinon agréable, du moins inoffensif et amusant. Il songea avec émerveillement aux attraits de sa nouvelle vie et regretta que ses camarades de La Chapelle-au-Bois ne fussent pas là pour le voir. Si on lui avait annoncé, l'année précédente, qu'il s'installerait sous peu rue de Montreuil, avec sa sœur, il aurait refusé de croire à une prédiction si heureuse. Tout cela s'était décidé très promptement, et presque à son insu, après les relevailles d'Amélie. Elle voulait rentrer à Paris, mais ne pouvait s'occuper à la fois de son commerce et de son enfant nouveau-né. Entre-temps, Justin, l'ouvrier, avait obtenu une réforme temporaire et était revenu au pays pour reprendre sa place à la forge. Il n'était donc plus indispensable que Denis restât auprès de son père pour le seconder. Délivré de ce souci, Jérôme avait insisté pour qu'Amélie emmenât son frère avec elle, car, ainsi, disait-il, elle se sentirait moins seule, moins abandonnée. Dès son arrivée, elle avait placé le garçon en apprentissage chez M. Buche, dont l'atelier de serrurerie se trouvait dans la cour voisine. Denis aidait sa sœur, au café, entre les heures de travail. Le patron, compréhensif, lui laissait plus de liberté qu'aux autres.

Subitement, les deux amis levèrent la tête : au-dessus d'eux, s'avançait un pas lourd, hésitant.

« Tiens, un client! dit Denis. Ce n'est pas trop tôt! »

Puis, ce fut le pas d'Amélie, reconnaissable au choc de ses talons hauts sur le plancher. Elle devait servir le nouveau venu. Pendant que Denis écoutait les bruits de la maison, sa cigarette s'éteignit. Il en éprouva du soulagement et espéra que cet incident passerait inaperçu.

« Tu veux du feu? » demanda Paulo.

Denis se troubla, rougit :

« Non, plus tard. Je la fumerai en deux fois. »

Et, d'un geste négligent, il glissa sa cigarette derrière son oreille.

Paulo s'étira. Son ombre fit de même. Grande et voûtée, elle paraissait en savoir plus long que lui sur toute chose.

« Assez causé! dit Denis. Au boulot! »

Les dernières bouteilles furent vite remplies, bouchées et rangées. Comme il restait un fond de vin, Denis retira le robinet de la bonde et, aidé de son camarade, inclina le fût au-dessus d'un baquet. Un liquide sombre se déversa par le trou. Il fallut le filtrer avant de le mettre en bouteilles pour la consommation immédiate.

« Et maintenant, dit Paulo, tu vas m'offrir la tournée. »

Denis emplit deux verres de vin. Ils burent à petites gorgées déférentes, en soupirant et en hochant la tête. Paulo clappa de la langue :

« Pas mauvais!

— Un peu vert encore », grommela Denis sur un ton blasé.

Paulo remonta sa ceinture. Éclairé par la flamme de la bougie, son visage devint énigmatique et volontaire.

« C'est pas tout ça! dit-il. Est-ce que tu as parlé à ta sœur? »

Surpris par la question, Denis demeura un instant la bouche ouverte, les bras ballants.

« Pas encore! dit-il enfin. Je n'ai pas eu le temps.

— Faut te grouiller! Autrement, il n'y aura plus de place à l'usine. Tu penses si c'est couru, à ce tarif-là!

— Je lui parlerai ce soir, après la fermeture.

— Tu crois qu'elle marchera?

— Pourquoi ne marcherait-elle pas? » dit Denis.

En fait, il n'était pas sûr de convaincre Amélie et redoutait même de la mécontenter en lui exposant son projet.

« Ce qu'on serait bien tous les deux, là-bas! dit Paulo. Paraît qu'il y a plein de femmes qui travaillent à l'atelier avec les hommes. De belles poupées. Bath aux pommes et pas farouches. On ne s'embêterait pas avec elles!...

— Ça, tu peux le dire », murmura Denis sans trop de conviction.

Paulo était attiré par les personnes du sexe. Bien que n'ayant pas encore eu l'occasion d'en connaître une seule dans l'intimité, il se préparait, en paroles, à jeter le désarroi parmi toutes celles qu'il rencontrerait sur sa route. Grâce à lui, Denis pouvait se flatter d'avoir déjà de solides notions d'anatomie féminine. Leurs entretiens les menaient parfois très avant dans l'évocation du mécanisme amoureux. Ils comparaient effrontément les avantages physiques des femmes qu'ils croisaient dans la rue. Paulo employait des termes crus pour mieux dominer le problème. Moins ardent que lui, Denis ne voyait dans ces échanges d'informations qu'une sorte de jeu masculin, dont sa curiosité s'amusait pendant un temps, mais qui le lassait, à la longue, par la répétition des mots salaces et des ricanements étouffés. Quand l'excitation de son camarade lui paraissait trop évidente, il s'efforçait de dévier la conversation pour rétablir le calme dans les esprits.

« Tu nous vois sortant de l'usine, avec chacun une belle petite poule au bras, marmonna Paulo. On les emmènerait dans un coin sombre, au bord de la Seine...

— Où est-elle, au juste, ton usine? demanda Denis.

— A Courbevoie. Tout de suite après le pont.

— C'est loin!

— Mais non! On va en métro, comme des princes, jusqu'à la porte Maillot. Et, de là, on se tape une petite promenade à pattes. Tous les ouvriers de l'usine ont des brassards!

— Pourquoi?

— Parce qu'ils sont mobilisés sur place!

— Nous aussi, on aurait des brassards?

— Peut-être... Je ne sais pas... Il y en a même qui portent des plaques d'identité au poignet! »

Denis oublia les femmes et rêva aux brassards, aux plaques d'identité. Son âme s'emplit de convoitise. La cigarette qu'il avait fumée, le vin qu'il avait bu, lui tournaient la tête. Avec cette bougie allumée et ces ombres sur le mur, on pouvait se croire dans un gourbi, à trois cents mètres des Boches. En ce mois de juin 1915, il ne se passait pas de jour qu'il ne regrettât d'être condamné à l'arrière à cause de son âge. Son beau-frère, qui combattait en première ligne, était devenu pour lui un personnage de légende, héroïque et invulnérable. S'il avait été tenu au courant de l'affaire, il eût certainement obligé Amélie à se soumettre. Mais Pierre était si loin, et Amélie était si entière, si entêtée!

De nouveau, le pas du client fit craquer le plancher. Il avait bu, il s'en allait. Amélie ne tarderait pas à appeler son frère pour la fermeture. Le cœur serré, il donna le signal du départ :

« On remonte. »

Et, empoignant la bougie, il se dirigea vers l'escalier étroit et raide, dont la dernière marche s'appuyait au cadre de la trappe.

Comme il émergeait au niveau de la salle, il fut frappé par la lumière de la lampe, pendue au plafond et coiffée d'un cône en gros papier bleu pour obéir aux prescriptions de police. Amélie rinçait des verres derrière le comptoir. En apercevant Denis et Paulo, elle se mit à rire :

« Eh bien, vous êtes propres! On dirait que vous avez couché dans une toile d'araignée! »

Denis ne tint aucun compte de cette remarque futile.

« Tout est fini, dit-il. Cent vingt-cinq bouteilles, juste! Paulo m'a bien aidé! »

Amélie remercia Paulo. Comme toujours quand il se trouvait en présence d'une femme, le garçon se dandinait d'un pied sur l'autre et faisait un sourire en biais. Denis l'accompagna jusqu'à la porte et lui serra la main :

« A demain, mon vieux.

— A demain. Tu me diras comment ça s'est passé!... »

Ils échangèrent un regard de complicité énergique.

« Tu peux fermer, Denis! » dit Amélie.

Il alla chercher les volets de bois dans la cuisine. De sa place, Amélie apercevait la silhouette de son frère, dressée contre la vitre, où le nom de l'établissement se lisait à l'envers, en lettres d'émail blanc : « *Au Cycliste couronné.* » *Maison Mazalaigue. Café : 10 centimes la tasse ; vin rouge ou blanc : 10 centimes le verre ; apéritifs : 25 centimes ; téléphone.* Elle avait résilié l'abonnement au téléphone pour réduire les frais, mais l'inscription était restée. Denis appliqua la lourde planche contre la glace de la devanture. On ne vit plus le halo bleuâtre du bec de gaz, planté sur le trottoir d'en face, près de l'entrée du lavoir. Amélie se pencha sur le tiroir de la caisse et compta la monnaie : 6 fr 80. Depuis deux semaines, elle n'arrivait pas à dépasser les 7 francs. Mais elle n'avait pas le droit de se plaindre. Quand elle avait repris le café, à son retour de la Chapelle-au-Bois, elle avait commencé par des recettes de 3 fr 50. A cette époque-là, les débits de boissons fermaient encore leurs portes à huit heures du soir par ordre de la préfecture. Le 23 mai dernier, enfin, l'autorisation leur avait été donnée de rester ouverts jusqu'à dix heures et demie, à condition de tamiser les lumières des salles et de supprimer tout éclairage sur les terrasses. Cette mesure, impatiemment attendue par tous les limonadiers, n'avait pourtant guère amélioré la situation d'Amélie. La plupart de ses clients, en âge d'être mobilisés, étaient partis pour le front ; les vieux avaient pris d'autres habitudes dans le quartier. On disait que le bougnat, au coin de la rue de Charonne, n'avait jamais fait de meilleures affaires. Elle comprenait très bien qu'en l'absence de son mari la maison ne fût pas attrayante. Ce n'était pas une femme comme elle, anxieuse, secrète, qui pouvait remplacer Pierre dans la sympathie des consommateurs.

Pour réagir contre cette humeur chagrine, elle pensa très vite à son bébé. Dans une demi-heure, elle allait changer Élisabeth, lui donner le dernier biberon de la journée et la recoucher, propre, repue et gonflée de sommeil. Elle eût aimé continuer à nourrir son enfant au sein, mais avait dû y renoncer car son lait était trop pauvre. Maintenant, la fillette se portait bien. Les lèvres d'Amélie s'entrouvrirent. Elle souriait dans le vide.

Denis ferma la porte et posa la barre de fer, qui grinça en pénétrant dans les encoches. Puis, en silence, il commença à ranger les chaises sur les tables. Amélie caressa du regard ce jeune frère, qui était devenu son meilleur compagnon. Il portait un tablier bleu — le tablier de Pierre —, qui lui descendait aux chevilles. Un duvet ombrait sa bouche. Ses yeux sombres, aux longs cils de fille, étaient pensifs et comme absorbés par une vision intérieure. Ayant mis de l'ordre dans la salle, il s'arrêta et passa la main, en fourchette, dans ses cheveux noirs, bouclés à hauteur du front. Amélie versa la monnaie dans une petite boîte en fer et murmura :

« Ce n'est pas brillant !

— Combien ? demanda-t-il.

— Six francs quatre-vingts.

— Tant que ça ne baisse pas, c'est bon signe ! »

En disant ces mots, il glissa un bref coup d'œil dans la direction de sa sœur. A la seule idée de l'affronter dans une discussion, il sentait ses jambes faiblir.

« Allons nous coucher », dit Amélie.

C'était le moment. Denis avala une gorgée de salive et fit un pas en avant.

« Amélie, dit-il, je voudrais te parler.

— Me parler ? De quoi ?

— D'une chose très importante... »

Ses arguments coulaient à la dérive. Il ne savait pas les arrêter au passage.

« Dépêche-toi, dit-elle. C'est l'heure du biberon. Élisabeth va s'impatienter. »

Alors, sans plus songer à préparer ses phrases, il s'écria :

« Voilà!... C'est à cause de Paulo... Il va devenir tourneur d'obus dans une usine, à Courbevoie. Son oncle est contremaître là-bas. C'est lui qui le fait entrer, le mois prochain. On pourrait m'embaucher aussi, paraît-il... »

Amélie dressa la tête et les traits de son visage se durcirent :

« Tu voudrais aller travailler dans cette usine?

— Oui.

— C'est de l'autre côté de Paris!

— Je partirais une heure plus tôt...

— Pour rentrer une heure plus tard! Et tu prendrais tes repas à la cantine! Je ne te verrais pas de toute la journée! »

Denis reconnut que, dès les premiers mots échangés, le débat tournait à sa confusion.

« Peut-être, gémit-il. Mais je serais autrement payé que chez le père Buche! Ça vaut la peine de réfléchir, non?

— C'est tout réfléchi, dit Amélie : tu n'iras pas. »

Prise au dépourvu par la proposition de Denis, elle ne voulait même pas fixer son esprit sur les avantages d'un pareil changement d'existence. Nulle augmentation de salaire ne pourrait la dédommager du souci que lui causerait son jeune frère, travaillant loin d'elle, parmi des gens qu'elle ne connaissait pas. Sous quelle influence tomberait-il s'il ne la sentait pas, du matin au soir, derrière son dos, prête à intervenir à la moindre faute? Même quand il était chez M. Buche, elle avait l'impression qu'il échappait à son contrôle. Elle eut envie de refermer ses bras sur ce corps léger, indécis et charmant. Depuis la mort de leur mère, elle le considérait comme son propre fils.

« Les parents de Paulo lui ont bien permis, dit-il sur un ton boudeur.

— Ils ont leurs raisons, j'ai les miennes. »

Soudain, elle fronça les sourcils et son regard se posa sur l'oreille droite de son frère :

« Qu'est-ce que c'est que cette cigarette? »

Denis détourna les yeux. Un flot de chaleur lui monta aux joues.

« Tu as fumé? demanda Amélie.

— J'ai essayé un peu.

— Avec Paulo?

— Oui.

— Et ça t'a plu?

— Pas beaucoup. »

Amélie réprima un sourire. L'affolement de son frère était bien d'un enfant. Cinq années s'effaçaient d'un coup. Elle le retrouvait écolier, avec sa blouse noire, son capuchon et ses sabots.

« Tu me feras le plaisir de ne pas recommencer », dit-elle.

Denis haussa les épaules. Il était furieux d'avoir oublié la cigarette derrière son oreille. A cause de cette maladresse, Amélie triomphait sur toute la ligne. Certes, il aurait pu lui expliquer encore qu'il y avait du patriotisme dans son désir de tourner les obus, mais elle était incapable de comprendre et d'encourager un pareil sentiment. Ce n'était qu'une femme. Une femme de vingt et un ans à peine. Sans aucune expérience de la vie. Il fallait la laisser avec ses idées.

« As-tu autre chose à me dire? demanda-t-elle.

— Non », grommela Denis.

Il pensa avec tristesse à la figure que ferait Paulo

quand il lui annoncerait la nouvelle, jeta son mégot par terre, baissa la tête et se dirigea, en traînant les pieds, vers la porte du fond. Amélie le suivit et éteignit la lumière.

Ensemble, ils traversèrent la cour, grossièrement pavée, que bordaient, sur quatre côtés, les façades pâles des maisons. La lune se reflétait dans les vitres de l'atelier d'ébénisterie de M. Florent. Un chat noir bondit et se cacha derrière une poubelle. Denis avait un poids sur le cœur. Il lui en coûtait de renoncer à son rêve. Amélie leva les yeux. Chaque soir, avant de regagner sa chambre, elle contemplait ce carré de ciel prisonnier, comme étant la seule vision au monde qu'elle eût en commun avec Pierre. Peut-être leurs regards se rejoignaient-ils, en cet instant même, dans l'infini étoilé, qui couvrait également les villes endormies et les campagnes secouées par le bruit du canon? Elle ralentit le pas. Un contact délicieux s'établissait, en effet, au-dessus de sa tête. Le silence nocturne se prêtait au langage des âmes. La séparation se fit doucement. Denis prit sa sœur par le bras. Elle se retrouva, entourée de maisons, les pieds sur les pavés inégaux, avec, dans sa main droite, la petite caisse en fer qui contenait la recette de la journée.

2

« **V**OULEZ-VOUS bien ne pas vous désoler comme ça! dit Mme Boursier, la bouche pleine. Les nouvelles, c'est comme le reste, faut pas les attendre pour en recevoir! »

Elle s'était installée dans l'étroite cuisine du bistrot pour prendre son café crème pendant qu'Amélie faisait la toilette matinale de l'enfant. Sur la table, couverte d'un molleton épais, Élisabeth, la brassière chiffonnée, le derrière nu, remuait bras et jambes en poussant de petits cris joyeux. Dans son visage poupin, les yeux brillaient comme deux grosses olives noires. Ses cheveux bruns, bouclés, se dressaient en toupet sur son front. Par la porte ouverte, on découvrait la salle du café, vide, ensoleillée, avec son comptoir luisant, ses bouteilles à étiquettes multicolores et son plancher poudré de sciure fraîche.

« Moi, ça ne m'étonnerait pas que vous ayez quelque chose au courrier du soir! reprit Mme Boursier.

— Les lettres du front arrivent toujours le matin », dit Amélie.

Mme Boursier porta la tasse à ses lèvres, en soulevant le petit doigt, but une gorgée et soupira :

« Pas forcément! Je crois bien que, le mois dernier,

j'en ai reçu une sur le coup de cinq heures. Eh! oui, celle justement où mon Emmanuel me parlait de ses rhumatismes.

— C'est possible, dit Amélie. En tout cas, cela fait quatre jours que je suis sans nouvelles.

— Et moi, six! dit Mme Boursier. Ah! c'est une misère! »

La guerre lui réussissait. Privée de son mari, elle avait retrouvé une espèce de jeunesse. Elle travaillait à domicile pour une grande maison de couture, gagnait bien sa vie et occupait ses soirées à préparer des plats compliqués et coûteux, qu'elle mangeait ensuite, toute seule, dans sa chambre. A ce régime, ses chairs s'étaient raffermies, son regard avait acquis un éclat gourmand et son caractère même était devenu plus aimable. Tous les matins, elle venait au *Cycliste couronné* pour bavarder avec Amélie, qu'elle avait prise en affection, et avaler un café crème accompagné de trois brioches. Elle qui, autrefois, ne se fardait jamais et s'habillait avec négligence, mettait maintenant de la poudre rose sur ses joues pour faire ses courses dans le quartier. Un chapeau de paille verte, à larges bords, emboîtait sa chevelure. Collés à la calotte, deux oisillons mauves, aux plumes hérissées, ouvraient le bec comme pour protester contre l'arrivée imminente d'un rapace.

« C'est dommage que vous ne puissiez pas venir dîner un soir chez moi, dit-elle encore. J'ai une nouvelle recette pour le cassoulet toulousain... »

Elle posa sa tasse sur le coin du fourneau et mordit dans une brioche blonde, en retroussant délicatement les lèvres. Des miettes tombèrent sur son jabot :

« Ah! ces brioches! Elles ne valent pas celles d'avant-guerre, allez! Je me demande pourquoi le gouvernement nous a supprimé les croissants, plutôt que les brioches! Vous trouvez ça intelligent, vous? »

Élisabeth rua des deux pieds à la fois et jeta une clameur irritée.

« La pauvre crotte qui s'impatiente! » s'écria Mme Boursier.

Et, avançant un doigt, elle chatouilla le ventre du bébé, qui, instantanément, se mit à glousser de joie en écrasant son menton contre sa poitrine.

Amélie supportait mal qu'on touchât devant elle à Élisabeth. Pour couper court aux jeux de Mme Boursier, elle prit une éponge, la trempa dans une bassine d'eau tiède et commença à débarbouiller le cou, les mains, la figure de sa fille, qui suffoquait, partagée entre la colère et le rire.

« Oh! la pauvrette! Oh! la drôlette! roucoulait Mme Boursier. Regardez-moi ces petites mains! Et ces petits pieds! Et ce petit péché d'ange en sucre rose! »

Insensible à ces louanges émanant d'une profane, Amélie continuait son lavage avec dextérité. Le plaisir qu'elle éprouvait à palper et à bichonner son enfant était dénué de toute mièvrerie. Elle ne s'attendrissait pas sur des rondeurs, des fossettes et des sourires, mais se laissait émouvoir gravement par une impression d'alliance animale, de propriété ombrageuse et farouche. En marge de cette passion qu'elle ne pouvait comprendre, Mme Boursier sautillait sur place en joignant les mains :

« Aïe! Aïe! Aïe! Comme c'est désagréable! J'ai de l'eau dans mes oreilles! Et dans mon joli petit nez!

— Passez-moi la serviette, s'il vous plaît », dit Amélie sur un ton de modération professionnel.

Rappelée à l'ordre, Mme Boursier s'exécuta promptement. Amélie enveloppa le bébé dans la serviette et le serra contre sa poitrine pour l'essuyer. Elle frottait avec insistance, et Élisabeth branlait la tête, à contretemps, les cheveux hirsutes, la lippe pleurarde, une bulle de salive au coin de la lèvre.

Une voix rauque cria :

« Il y a quelqu'un? »

Amélie se pencha vers la porte et aperçut un client, debout devant le comptoir.

« Voilà! Voilà! dit-elle. On arrive! »

Et, tournée vers Mme Boursier, elle ajouta :

« Tenez la petite pendant que je vais servir. »

L'homme, un vieux rempailleur du quartier, commanda un verre de vin blanc, l'avala d'un trait, posa deux sous sur le comptoir, toucha sa casquette et sortit.

Amélie retourna dans la cuisine où Mme Boursier faisait danser Élisabeth sur ses genoux. La fillette riait aux éclats et tendait les mains vers les deux oiseaux mauves du chapeau.

« Attrape-les! Tu les veux? Attrape-les! Hou! Ils vont s'envoler! »

Un peu agacée, Amélie reprit le bébé en main pour le frictionner, le poudrer de talc et lui brosser les cheveux. Par deux fois, il lui fallut s'interrompre encore pour s'occuper de quelques clients de passage. Quand Élisabeth fut enfin habillée et placée dans sa voiture, entre la table et la cloison, les deux femmes reculèrent d'un pas pour l'admirer. En regardant sa fille, fraîche, souriante et vêtue d'une robe rose à pois blancs, Amélie regrettait que son mari ne l'eût jamais vue. Depuis dix mois que la guerre avait commencé, il n'était pas encore venu en permission et ne connaissait son enfant que par les deux photographies qu'elle lui avait envoyées. Un sentiment de tristesse et d'insécurité comprima le cœur d'Amélie. Ce malaise lui était devenu habituel. Il l'accompagnait du matin au soir, se calmait, se laissait oublier, inexplicablement, pendant quelques minutes, et se renforçait soudain, la secouait, l'obligeait à ouvrir son esprit sur un tableau d'épouvante. Combien de temps faudrait-il

qu'elle supportât la torture de savoir Pierre constamment menacé? D'après les journaux, la guerre entrait
dans une phase décisive. Avec le torpillage du
Lusitania et l'emploi des gaz asphyxiants, les
Allemands avaient, paraît-il, dressé contre eux tous les
peuples civilisés de la terre. Au café, certains clients,
rassurés par les brillantes offensives françaises en
Artois et dans les Vosges, n'hésitaient pas à prédire la
victoire pour la fin de l'année 1915. D'ici là, il y aurait
encore beaucoup d'hommes tués et blessés! Et on ne
pouvait rien contre ce massacre absurde. Il fallait se
résigner à vivre de lettre en lettre. Attendre son tour de
bête pour le malheur. Accepter chaque jour de sursis
comme une récompense. Amélie fut tirée de sa
méditation par le bruit du hochet qu'Élisabeth agitait
devant une Mme Boursier facilement émerveillée :

« Vous savez qu'elle me reconnaît? Elle a des mines
pour moi qu'elle ne fait pas aux autres! Vous devriez
me la confier pour un après-midi. »

Amélie ne daigna même pas répondre : une rumeur
de grosses voix confondues entrait dans le bistrot.
C'étaient les premiers clients de neuf heures, qui
apportaient leur pain, leur fromage et leur petit salé.
Elle s'avança vers eux avec une légèreté commerciale.
Ils étaient une demi-douzaine, venus des ateliers
voisins de serrurerie et d'ébénisterie. Elle les
connaissait tous et leur souhaita le bonjour en
appelant chaque consommateur par son nom. Cela
faisait partie des recettes d'amabilité que son mari lui
avait enseignées. M. Buche aussi était là, et Denis, un
peu fluet dans sa cotte bleue de serrurier, une
casquette à visière de cuir tirée sur l'oreille. Les
commandes se succédaient joyeusement :

« Un petit blanc!... Un même!... Un piccolo!... »

Denis se glissa derrière le comptoir pour aider sa
sœur. Tout en servant les clients, il mâchait un bout de

saucisson, qui lui déformait tantôt la joue gauche, tantôt la joue droite. Une rasade de vin blanc fit passer le morceau. Il respira, les yeux mouillés, et demanda à voix basse :

« Pas de lettres?

— Non, dit Amélie.

— La petite va bien?

— Oui, va porter ce verre à M. Florent. Dis-lui qu'il s'installe à une table : il sera mieux. »

Quand tous les verres furent remplis, Denis se rendit dans la cuisine. Par chance, Mme Boursier s'apprêtait à partir. Il prit sa place sur la chaise, à côté de la voiture d'enfant, où Élisabeth, très éveillée, babillait à perdre haleine dans son jargon. Un long moment, il resta à la regarder et à lui sourire, mais sans penser à elle précisément. Le grand souci de sa journée était la conversation qu'il avait eue avec Paulo. Celui-ci n'avait pas tiqué en apprenant la nouvelle. Il plaignait Denis, mais lui gardait son estime. Et Denis tenait plus à cette estime qu'à son rêve de tourner des obus. Du reste, Paulo n'avait pas encore quitté l'atelier. Peut-être, finalement, demeurerait-il chez le père Buche, malgré l'appât du gain? Peut-être lui-même réussirait-il à convaincre sa sœur, dans quelque temps? Tout espoir n'était pas perdu. Il s'aperçut avec stupeur qu'il venait de souhaiter, inconsciemment, la prolongation de la guerre. Cette idée lui fit honte. Le regard doux et sombre de sa nièce le pénétrait jusqu'au fond de l'âme. Il lui donna une boîte d'allumettes vide et une cuillère pour l'amuser. Elle se mit à frapper avec la cuillère sur la boîte d'allumettes. C'était le bonheur. Par la porte ouverte, on entendait les consommateurs qui parlaient bruyamment. Attiré par leur conversation, Denis rentra dans le café. M. Florent, l'ébéniste, commentait les succès français sur les pentes de Lorette. Sa moustache blanche et son œil bleu conféraient de l'autorité à ses moindres propos. Ayant lu le communiqué dans le journal du matin, il était persuadé que la trouée victorieuse aurait lieu, très prochainement, dans le secteur Nord, ce qui permettrait à nos braves poilus de prendre l'ennemi à revers. Sans le contredire tout à fait, M. Buche, qui, professionnellement, était l'homme de la mécanique, prétendait que la décision militaire ne viendrait pas des soldats usés, mais du matériel neuf. A l'appui de son opinion, il citait l'extraordinaire bombardement de Carlsruhe par une véritable flotte de vingt-trois aéroplanes, partis de la région de Nancy.

« Suppose un peu qu'au lieu de vingt-trois appareils on en lâche deux cents dans le ciel. On pourrait écraser toutes les gares allemandes. Le ravitaillement et les munitions n'arriveraient plus. Avec rien dans leur ventre et rien dans leurs fusils, les Boches se laisseraient cueillir sur place... »

Denis se rappela que M. Buche venait de sous-traiter pour une fourniture d'entretoises destinées à une usine d'aviation.

« Je ne crois pas au plus lourd que l'air », dit M. Florent.

Les joues de M. Buche s'empourprèrent. Dressé sur ses petites pattes, l'œil perçant, la moustache en crocs, il riposta sèchement :

« Souhaitons que les Boches n'y croient pas plus que toi, Florent. Seulement, leurs taubes ne chôment pas. Et ça ne fait que commencer. Cette guerre n'est pas une guerre de poitrines, mais de technique. Ce sont les ingénieurs qui la gagneront !

— Je ne te conseille pas d'aller dire ça aux pauvres gars qui se font trouer la peau en première ligne, gronda M. Florent. J'ai un fils au front, moi, Buche ! »

M. Buche n'avait pas de fils au front, mais deux grandes filles à marier. Il prit la remarque de

M. Florent comme une injure personnelle, trembla un peu du menton et proféra d'une voix sourde :

« Soit! Admettons donc pour vous être agréables, à toi et à ton fils, que le raid de nos avions sur Carlsruhe n'a servi à rien, qu'il s'agissait d'une simple fantaisie militaire, d'une plaisanterie, d'une foutaise!... »

Quelques clients protestèrent. Même le contremaître de M. Florent trouvait que le raid sur Carlsruhe était un exploit stupéfiant, qui encourageait de grandes espérances. La conversation devint générale. Chacun donnait son avis. On ouvrait des journaux. On comparait les informations. *L'Humanité, Le Petit Parisien, L'Écho de Paris, Le Matin,* tous disaient à peu près la même chose. C'était rassurant. Profitant du tumulte, Amélie chuchota à son frère :

« Je n'ai plus de blanc. Va vite m'en chercher! »

Denis souleva la trappe, alluma une bougie et descendit à regret dans la cave. Il était convaincu que des révélations passionnantes seraient échangées devant le comptoir en son absence. Pourtant, à peine plongé dans la demi-obscurité du sous-sol, il oublia son dépit. Les bouteilles qu'il rangeait dans un panier étaient des projectiles explosifs de 90 et de 155. Il décolla du sol en mettant le pied sur la première marche. La sixième marche était pourrie. Il faillit tomber : un trou d'air. Encore trois marches, et il survola Carlsruhe, au petit jour, à 2 000 mètres d'altitude. La voix de sa sœur le frappa, comme il passait, en vrombissant, juste au-dessus de l'objectif :

« Eh bien, Denis! Je t'attends! »

Mission accomplie, il atterrit dans les lignes françaises, où des gens buvaient et mangeaient sans lui prêter la moindre attention. Le ton du débat avait changé. On en était à la détente. M. Buche et M. Florent fraternisaient devant des verres vides, qu'il fallait se dépêcher de remplir. Deux ouvriers entrèrent encore. On se poussa pour leur donner de la place. Les figures décoratives des quatre saisons, peintes sur le mur, souriaient, imperturbables, à ce groupe d'hommes, qui leur soufflaient de la fumée de tabac gris sous le nez. Denis calcula mentalement qu'à deux sous le verre Amélie allait faire dans les deux francs de recette pour la matinée. C'était bien.

« Denis! essuie vite le comptoir devant M. Florent.

— Denis! passe-moi les verres vides.

— Denis! J'entends la petite qui pleure! Va voir! »

La petite pleurait, parce qu'elle avait laissé tomber sa cuillère. Il la ramassa et la lui tendit. Elle s'en saisit avec une joie sauvage, des larmes plein les yeux.

« Denis! M. Buche te demande. »

M. Buche avait fini de boire et se séchait la moustache avec le revers de l'index :

« Salut, tout le monde! Tu viens, garnement? »

Et il posa sa main droite sur l'épaule de Denis, comme s'il se fût appuyé sur un disciple. Ils sortirent ensemble. Les autres consommateurs ne tardèrent pas à les suivre.

Quand le café fut vide, Amélie retourna auprès d'Élisabeth pour tricoter. Jusqu'à l'heure de l'apéritif, elle ne fut pas dérangée. Un peu avant midi, deux clients inconnus la surprirent, un biberon à la main.

« Deux Dubonnet. »

Elle posa le biberon sur le comptoir et prit la bouteille de Dubonnet sur le rayon. Tout en sirotant leur boisson, les deux hommes regardaient stupidement le lait blanc et mousseux dans le flacon coiffé d'une tétine rouge. L'un d'eux voulut entrer en conversation avec la patronne. Mais Amélie s'excusa de ne pouvoir leur tenir compagnie et courut porter le biberon à Élisabeth, qui geignait de faim.

Sur ces entrefaites, Denis revint pour le déjeuner.

Elle réchauffa du civet de lapin avec des pommes de terre.

Deux blanchisseuses, Mme Louise et Mme Germaine, se présentèrent pendant qu'ils étaient à table. Ce fut Denis qui se leva pour les servir. Elles émergeaient du lavoir et avaient des faces rouges, comme ébouillantées, sous leurs casques de cheveux gras. Avant la guerre, Amélie les recevait toujours avec appréhension, car la grossièreté de leurs manières était à peine supportable. Mais, depuis la mobilisation, elles avaient changé à son égard. Il ne leur venait plus à l'idée de plaisanter cette jeune « bistrote », qui avait un mari au front et un bébé dans l'arrière-salle. Pour un peu, elles auraient pris toute la nichée sous leur protection.

« Pas de nouvelles ce matin? demanda Mme Louise.

— Non, dit Amélie. Et vous?

— Non plus. Seulement, le mien, il ne craint rien : il est à Rennes, au dépôt. Verse-nous deux Picon, mon joli. Il m'a écrit qu'il viendrait en permission vers août ou septembre. Le tien aussi viendra en permission avant la fin de l'année!

— Je n'y crois plus guère! dit Amélie.

— T'as tort! dit Mme Germaine. C'est promis par le gouvernement! Faut bien repeupler la France! »

Amélie rougit légèrement : elle craignait que le bavardage de ces femmes n'inspirât de mauvaises pensées à son frère. Comme il piétinait derrière le comptoir, elle le rappela :

« Viens manger ton raisin, Denis.

— Viens manger le mien, plutôt, dit Mme Louise. J'en ai du bon dans ma chambre. Bien doré, bien juteux. »

Denis crut poli de rire en se rasseyant. Tout ce qu'il savait des femmes, lui revenait à l'esprit d'un seul coup : les seins, l'étrange conformation du sexe, la façon dont on faisait les enfants... Amélie le couvrit d'un regard soupçonneux.

« Voilà la grande sœur qui se tortille! dit Mme Germaine. On ne lui veut pas de mal à ton petit gars! C'est plutôt pour lui rendre service!

— Voulez-vous bien vous taire! dit Amélie en les menaçant du doigt.

— C'est le sang qui cause! dit Mme Louise en prenant son corsage entre le pouce et l'index pour le décoller de sa poitrine. Je ne sais pas s'il fait chaud au front, mais qu'est-ce qu'on déguste au lavoir! »

Elles burent encore un Picon chacune et se retirèrent, après avoir fait promettre à Amélie que, dans sa prochaine lettre, elle donnerait à Pierre le bonjour des « blanchecailles » du quartier.

Denis débarrassa la table et lava la vaisselle. Paulo surgit dans l'encadrement de la porte :

« T'es prêt?

— Pas tout à fait.

— Grouille-toi! Le père Buche est de mauvais poil! »

Lorsque les deux garçons furent partis, Amélie ferma le café et sortit pour promener sa fille. Elle savait qu'elle n'aurait pas de clients jusqu'à quatre heures. Poussant la voiture d'enfant, elle remonta, selon son habitude, vers l'avenue Philippe-Auguste. Le soleil chauffait les façades pauvres des maisons. La plupart des boutiques étaient ouvertes. Çà et là, des pancartes blanches étaient collées sur les glaces des devantures : « Maison française... Maison archi-française... » A la vitrine du pharmacien, une grande caricature représentait le kaiser morose : « Il se sent perdu parce que les dentifrices boches ne valent pas le merveilleux Colladol français. » Un carré de papier jaunâtre était fixé par des punaises au volet en bois d'une petite horlogerie. L'encre de l'inscription avait pâli :

« Commerce fermé pour cause de mobilisation du propriétaire. » Plus loin, une blanchisserie affichait un avis de décès au large cadre noir : « Mort au champ d'honneur. » A côté du faire-part, pendaient les tarifs pour le gros linge et le linge fin. Il y avait peu de monde dans la rue. Un ouvrier passa, tirant une charrette à bras chargée de meubles neufs, au vernis couleur de miel. Des commerçants prenaient l'air sur le pas de leur porte. Certains saluaient Amélie et se penchaient pour voir Élisabeth, en toilette de sortie, un ruban rose dans les cheveux et un hochet à la main. Ces marques d'intérêt flattaient l'amour-propre de la jeune femme. Elle traversa le boulevard Voltaire et déboucha dans l'avenue Philippe-Auguste, qui s'étalait au soleil, large, ordonnée et peu bruyante. Là, elle s'assit sur un banc, à l'ombre d'un arbre au feuillage poudreux. Trois fourgons militaires, traînés par des chevaux, défilèrent devant elle, bâches closes. Deux soldats à pied les suivaient. Élisabeth tendait le cou pour regarder des moineaux chamailleurs, qui s'étaient réunis autour de quelques miettes de pain. Amusée, elle battait des mains, mollement, paume contre paume, et poussait des exclamations stridentes, comme si elle-même eût appartenu au monde des oiseaux. Puis, sans transition, elle se mit à grimacer et à geindre. Elle était nerveuse. Elle faisait ses premières dents. Amélie lui donna son hochet à sucer. L'enfant se calma. Ses paupières se fermaient à demi. Posant la main sur le bord de la voiture, Amélie lui imprima un balancement régulier.

Autour d'elle, Paris continuait sa grosse rumeur paisible et monotone. Le pays s'était installé dans la guerre. Le rythme des communiqués réglait l'existence de toute la nation. Entre les heures de publication des journaux, des informations étonnantes volaient de bouche en bouche : le kaiser avait rencontré le pape et lui avait promis de signer la paix dans les quarante-huit heures, un groupe d'espions avait été découvert dans les catacombes, le 75 tirait de nouveaux obus, qui tuaient une trentaine d'ennemis à chaque coup. On comparait des lettres du front, d'une famille à l'autre, on plantait de petits drapeaux sur des cartes, on croyait à l'héroïsme, à la France, à la pureté du sang répandu, à la victoire prochaine du bon droit sur la barbarie teutonne. Cependant, les théâtres, les cinémas avaient rouvert leurs portes. Le ravitaillement était redevenu à peu près normal. Certaines lignes de métro fonctionnaient jusqu'à onze heures du soir. Mais l'éclairage des rues avait été mis en veilleuse. Il n'y avait presque plus de taxis. Les fiacres même étaient rares. Les petites gens ne s'aventuraient guère au-delà des limites de leur quartier. Chacun vivait au ralenti, dans l'angoisse, comptant les jours, comptant les sous. Comme toutes les épouses de mobilisés, Amélie touchait une allocation d'un franc vingt-cinq, avec majoration de cinquante centimes pour un enfant en bas âge. C'était peu de chose. Heureusement, l'application du moratoire lui permettait de surseoir au paiement de quelques dettes commerciales. Elle tâcha de s'intéresser au mouvement de l'avenue. On voyait beaucoup plus de femmes que d'hommes sur le trottoir. Elle regardait ces rares privilégiés, employés, ouvriers, livreurs, petits rentiers aux figures paisibles et se disait : « Celui-ci est plus âgé que Pierre, celui-ci est beaucoup plus jeune, celui-ci pourrait bien avoir son âge. Pourquoi n'est-il pas au front ? » Une femme en deuil sortit de la maison d'en face. Une veuve de guerre, sans doute ! Amélie eût aimé tout savoir de cette inconnue. « Depuis quand a-t-elle perdu son mari ? » La veuve de guerre entra dans une épicerie.

Un peu plus tard, un garçon et une fille se réfugièrent sous un porche pour s'embrasser. La gamine, ployée en arrière, le chapeau dévié, se laissait manger le visage avec obéissance. Amélie détourna les regards de ce couple heureux. Le ciel bleu, la lumière douce, l'ombre de l'arbre qui bougeait sur l'asphalte excitaient sa mélancolie. Elle s'abandonna au sentiment d'une longue injustice physique. Sans s'arrêter de bercer son enfant, elle pensait à la bouche de Pierre, à ses mains, à ses épaules, à son odeur quand il se couchait sur elle. Le couple s'éloigna, Amélie le suivit des yeux, imagina une chambre, un lit, la pâleur d'une peau dénudée. Ses poumons manquaient d'air. Elle décida qu'elle ne pouvait plus rester inactive : il y avait ces deux chemises de Denis à raccommoder, ces torchons à ourler, le linge de la petite à préparer pour la vieille Mme Rousseau, qui s'était chargée de la lessive. Ragaillardie par la perspective des besognes qui l'attendaient à la maison, elle se leva, contourna le banc et poussa la voiture en direction de la rue de Montreuil. Elle marchait vite pour se donner l'illusion qu'elle n'avait pas de temps à perdre.

Il était trois heures et demie, quand elle arriva au café. Élisabeth s'était profondément endormie, le pouce dans la bouche et la joue écrasée contre l'oreiller. Amélie plaça la voiture dans la cour, borda la fillette dans ses couvertures et drapa une mousseline sur la capote. Puis, elle ouvrit la porte du bistrot et s'installa dans la cuisine avec sa boîte à couture. Bientôt, Denis, M. Buche, et deux vernisseuses de M. Florent vinrent en hâte pour « le coup de quatre ». La pause terminée, tous retournèrent à leurs tâches. La vieille Mme Rousseau, ridée, moussue, la tête dans les épaules et le ventre en avant, se présenta pour prendre le linge. Elle habitait la chambre n° 2 et payait son loyer à Amélie en effectuant de menus travaux de

lessive et de ménage. Entre-temps, Élisabeth s'était
éveillée. Amélie la transporta dans la cuisine pour la
changer et lui donner son biberon. M. Buche avait
laissé son journal sur une chaise. Un titre s'étalait,
gros et noir, sur la feuille dépliée : « L'intervention
italienne inquiète sérieusement le haut commandement
allemand. » Ayant bu sa ration de lait, Élisabeth,
apaisée, jouait dans la voiture avec son chausson.
Amélie s'empara du journal pour lire l'article. A ce
moment, la voix du facteur retentit à l'entrée de la
salle :

« Une lettre pour vous, madame Mazalaigue ! »

3

«MA petite femme chérie,

« Je ne t'ai pas écrit depuis quelques jours, parce que notre secteur a été très secoué. Enfin, maintenant, le calme est revenu. Nous avons été relevés hier et mis au repos à Pierre-la-Treiche. C'est un petit pays près de Toul. Après les heures pénibles que nous avons vécues, tout ici me semble bon! La guerre n'est pas loin, mais on l'oublie. Je vois passer des femmes, et je me dis : « Pourquoi n'est-ce pas la mienne? » Des femmes, des enfants! Tu te rends compte? J'en avais perdu l'habitude. Les camarades parlent d'une ou deux semaines de répit. Mais je n'ose y croire. Tout ce qu'on raconte chez nous est faux. On nous avait bien promis de nous amener directement à l'arrière, vers Provins! Je me faisais une joie de cette idée. Si près de Paris! Alors, tu aurais peut-être pu demander un sauf-conduit au commissariat pour venir me rejoindre! Mais non, contrordre : on s'arrête à Pierre-la-Treiche. En pleine zone des armées. J'en ai eu bien du dépit, je l'avoue. Enfin, il ne faut pas se plaindre. Toute mon escouade est logée dans la grange d'une dénommée Mme veuve Leblond, dont le mari a été tué en septembre 14. Malgré cela, elle n'est guère aimable avec nous et passe son temps à nous épier pour voir si

nous ne nous préparons pas à lui voler quelque chose.
Rien de précis encore pour les permissions. Tout de
même, il ne faut pas désespérer. Il est impossible qu'on
nous oblige encore longtemps à rester en première
ligne. La résistance humaine a des limites. Et toi,
comment te portes-tu ? J'espère que tu ne te fatigues
pas trop à tenir le café et à t'occuper de la petite, qui
doit être bien belle, si j'en juge par la dernière
photographie que tu m'as envoyée. Dis à Denis que je
le remercie d'être si travailleur. C'est une chance qu'il
soit auprès de toi dans cette épreuve. Que t'écrit ton
père ? Comment est la vie à la Chapelle-au-Bois ? As-tu
vu M. Hautnoir ? N'est-il pas trop fâché de nos
pauvres recettes ? Il doit bien comprendre que tu fais
l'impossible et que, s'il n'y avait pas eu la guerre, nous
lui achèterions trois ou quatre fois plus de vin. As-tu
pris un arrangement avec le propriétaire ? Touches-tu
régulièrement tes allocations ? N'as-tu pas d'ennuis
avec les locataires de l'hôtel ? Tiens le registre bien à
jour. Et, à la moindre difficulté, n'hésite pas à aller
trouver le commissaire du quartier. Il a toujours été
très gentil avec nous. Il te conseillera. C'est drôle, dans
ce petit pays qui n'est pas menacé, il me semble que je
t'aime plus encore que là-bas, à l'avant. Dès que je
pense à toi, ma tête s'en va dans la douceur. Je
voudrais me coucher dans un vrai lit avec toi, te
caresser et oublier le reste. Je t'écris assis sur la paille.
Un coq chante. Bientôt, ce sera l'heure de la soupe. Je
termine cette lettre pour qu'elle puisse partir ce soir.
Réponds-moi vite. Je salue tous les amis du quartier,
j'embrasse Élisabeth et Denis, bien tendrement, et je
signe, avec un long baiser pour toi : ton mari qui
t'aime : — PIERRE — 12 juin 1915. »

Amélie s'était réfugiée dans la cuisine pour lire la
lettre. Quand elle arriva au bas de la dernière page, sa
joie était si impétueuse, qu'elle regretta de ne pouvoir

la partager avec quelqu'un, sur-le-champ. Le café était vide au bout de son regard. Machinalement, elle porta les yeux sur les casseroles, sur les langes pendus au-dessus du fourneau, sur le visage d'Élisabeth, comme pour quêter une approbation au merveilleux désordre de son esprit. Son mari était au repos, à Pierre-la-Treiche. Pendant une semaine ou deux, elle aurait le droit de penser à lui sans appréhension. En effet, tant qu'il courait un risque, il était un soldat, c'est-à-dire un personnage mystérieux, glorieux, lointain, inaccessible. Maintenant qu'il était hors de danger, il redevenait un homme. Il vivait dans le même monde qu'elle. Aucun obstacle sérieux ne les séparait plus l'un de l'autre. Cette certitude l'éblouit, l'étonna. On entendait clouer une caisse dans l'atelier voisin. Élisabeth clignait des paupières à chaque coup de marteau. Amélie rapprocha la lettre de ses yeux pour bien se persuader qu'elle ne s'était pas trompée. Certaines phrases sortaient du texte, comme chargées d'un pouvoir spécial de persuasion. « Je vois passer des femmes, et je me dis : « Pourquoi n'est-ce pas la mienne?... » » « Je me faisais une joie de cette idée. Si près de Paris! Alors, tu aurais peut-être pu demander un sauf-conduit au commissariat... »

Que faisait-elle, ici, alors que son mari prenait quinze jours de repos dans un village, en arrière des lignes? Ne devait-elle pas tenter l'impossible pour le rejoindre avant qu'il ne fût trop tard? A peine eut-elle envisagé cette solution, que tout son être y obéit avec enthousiasme. Elle dit à mi-voix, les prunelles fixes, les dents serrées :

« Oui, oui, c'est cela que je dois faire... cela et pas autre chose... »

A partir de cette seconde, les événements s'enchaînèrent aussi vite que dans un rêve. Elle ferma le café, sortit dans la cour et appela Mme Rousseau, qui repassait du linge devant sa fenêtre :

« Madame Rousseau! Madame Rousseau! Voudriez-vous me rendre un petit service? Je dois aller au commissariat et...

— Au commissariat? s'écria Mme Rousseau. Que se passe-t-il? Vous n'avez pas d'ennuis, au moins? »

Amélie dominait mal son agacement et sa hâte :

« Mais non, c'est pour un simple renseignement! Pourriez-vous garder la petite en mon absence?

— Vous pensez! Ce sera tout plaisir!

— Merci, madame Rousseau. J'en ai pour une heure au plus. De toute façon, je serai de retour pour le biberon. »

Ayant donné ses instructions, elle entra dans sa chambre et tira de l'armoire son manteau d'été, gris souris, décoré de ganses noires, et son chapeau noir aux larges bords doublés de satin blanc. C'était la première fois qu'elle s'habillait ainsi depuis la mobilisation. Ses gestes saccadés trahissaient son impatience. Dans la glace apparut soudain une image du temps passé; une très jeune personne, mince, élégante et pâle, au regard grave : la femme de Pierre.

**

Le commissaire de police posa ses deux grosses mains violacées de part et d'autre du buvard et pencha sa calvitie en avant. Amélie fut frappée par le parallélisme de ses sourcils et de sa moustache, également noirs et touffus.

« Je regrette, chère madame Mazalaigue, dit-il, mais malgré mon désir de vous être agréable, il m'est impossible de vous accorder ce que vous me demandez là.

— Comment cela, impossible? » s'écria-t-elle.

Sous l'effet de la stupeur, tout le sang de son corps lui montait au visage.

« Eh! oui. Si on délivrait des sauf-conduits à toutes les épouses de mobilisés qui veulent rejoindre leur mari, où irions-nous?

— Mais qu'est-ce que cela peut faire, puisqu'il est au repos?

— Dans la zone des armées! »

Avec des doigts nerveux, elle ouvrit son sac, en tira la lettre de Pierre et la posa sur le bureau :

« Lisez vous-même, monsieur le commissaire. A Pierre-la-Treiche, c'est comme si la guerre n'existait pas! Il y a des femmes, des enfants dans le pays. Tout est calme...

— Je ne le nie pas », dit le commissaire.

Il s'empara de la lettre, y jeta un coup d'œil de pure politesse et la rendit à Amélie, en tendant le bras par-dessus la table. Elle s'offensa du peu d'intérêt qu'il portait à ce document et reprit d'une voix mal assurée :

« Que l'on me défende d'aller jusqu'au front, dans la partie réservée aux soldats, je le comprendrais très bien! Mais pourquoi ne pourrais-je pas me rendre dans un endroit où se trouvent déjà d'autres femmes?

— Ces femmes ont, là-bas, leur domicile, leur travail, dit le commissaire.

— Où est la différence? Ce sont des femmes, un point c'est tout! Si elles ont le droit de vivre dans cette région, c'est que la présence des femmes, en général, n'y est pas gênante. Et, si la présence des femmes, en général, n'y est pas gênante... »

Le commissaire leva sa main droite et la laissa retomber à plat sur la table :

« Je vous répète, madame Mazalaigue, que ce sont des ordres de l'autorité militaire. Je ne suis pas là pour les discuter, mais pour les appliquer.

— Peut-être devrais-je m'adresser à quelqu'un d'autre?... »

Elle n'osait dire : « à quelqu'un de plus haut placé ». Le commissaire eut un sourire :

« Non, madame. Je suis seul qualifié pour vous répondre. »

Elle rangea la lettre dans son sac. Ses mains tremblaient. Malgré l'évidence, elle ne pouvait accepter l'idée que cette démarche, commencée avec tant d'espoir, se terminât déjà par un échec. Plus on lui démontrait l'impossibilité du projet qu'elle avait conçu, plus elle s'entêtait à le juger raisonnable. Sans fixer les yeux sur le commissaire, elle murmura :

« C'est bien. J'avais l'intention de passer huit jours auprès de mon mari, mais, puisque vous me dites que c'est contraire aux règlements, je me contenterai de quarante-huit heures. »

Il hocha sa tête lourde et rose au-dessus de son faux col blanc :

« N'y comptez pas, madame. Même pour vingt-quatre heures, même pour douze heures! Je ne peux rien pour vous. »

Elle reçut le coup en plein cœur. Cette fois, elle devait s'avouer vaincue.

« C'est affreux! dit-elle. J'étais si sûre!... J'étais venue... avec la lettre... exprès!... »

Sa voix s'étranglait dans sa gorge. Pâle et sans force, elle considérait avec désespoir cet homme courtois, qui se refusait à comprendre qu'elle n'était pas une femme comme les autres, qu'elle ne pouvait plus vivre sans Pierre et qu'il était stupide et injuste d'empêcher leur rencontre après une si longue séparation. Que faire, à présent? Remercier, partir? Au-dessus d'un classeur à cartons verts, pendait le portrait en couleur du général Joffre. Il avait l'air vieux et sévère. On voyait ses décorations. Elle se leva de sa chaise. Le commissaire se leva à son tour. Debout devant elle, il ne la quittait pas du regard.

« Je suis désolé, dit-il. Si j'avais pu... s'il existait un moyen... »

Il n'acheva pas sa phrase. Elle devina qu'il la plaignait et en éprouva de l'irritation. Maintenant, elle avait hâte de rentrer chez elle, pour pleurer, loin de tous, dans sa chambre. Rapidement, elle marcha vers la porte. Il l'arrêta en posant sa main sur la poignée :

« Ne me quittez pas ainsi, madame Mazalaigue. Je vous vois si désemparée !...

— Je ne suis pas désemparée, monsieur le commissaire, dit-elle faiblement. Je suis déçue.

— Eh ! oui... bien sûr !... »

Il y eut un silence. Le commissaire glissa un doigt entre son faux col et son cou, à l'endroit du bouton. Il se grattait la nuque, méditativement. Sur son front, les rides formaient comme une petite échelle, qui finissait net à l'endroit où, jadis, commençaient les cheveux.

« Ah ! que c'est bête... que c'est bête ! » dit-il encore.

Visiblement, il ne se décidait pas à la laisser partir. Elle s'appuya au mur. Ses genoux la portaient à peine. Soudain, il bomba le torse et coinça ses deux pouces dans les entournures de son gilet. Sa moustache se tendit dans un sourire.

« Après tout, votre mari n'est peut-être pas à Pierre-la-Treiche ! » grommela-t-il.

Elle crut qu'il se moquait d'elle :

« Où serait-il donc, monsieur le commissaire ?

— Quelque part ailleurs.

— Je viens de vous montrer sa lettre !

— Admettons que je ne l'aie pas vue. »

Il avait prononcé ces mots sur un ton de malice bourrue, qui étonna la jeune femme. Où voulait-il en venir ? Craignant de tout compromettre par une réplique maladroite, elle chuchota :

« J'aurais pu, en effet, ne pas vous la montrer.

— Donc, reprit-il, votre mari n'est pas à Pierre-la-Treiche. Mais vous connaissez quelqu'un dans le pays... »

Amélie commençait à comprendre. Un espoir, encore vague, pointait à l'horizon.

« Certainement, monsieur le commissaire, dit-elle.

— Pouvez-vous me citer un nom ? »

Cette question la déconcerta. Elle fit appel à ses souvenirs. Mais sa tête était vide.

« Cherchez bien », dit le commissaire avec douceur.

C'était un jeu. Il l'aidait à trouver le mot de l'énigme. Encouragée, elle ferma les paupières, les rouvrit et dit soudain :

« Mme veuve Leblond. Elle a une ferme à Pierre-la-Treiche.

— C'est quelqu'un de votre famille ? »

Amélie avait du scrupule à continuer son mensonge.

« Non », dit-elle.

Mais le commissaire fit mine de ne l'avoir pas entendue :

« Quels sont vos liens de parenté avec cette personne ? Est-elle votre cousine, votre tante ?...

— C'est... c'est ma tante », dit Amélie.

Et elle sentit que tout son visage brûlait.

« Parfait, dit le commissaire. Et cette tante est très malade, n'est-ce pas ? Elle vous réclame à son chevet. Vous avez reçu une lettre d'elle...

— Une lettre... comment cela ?...

— Oui, une lettre... Vous avez oublié de me l'apporter ? Tant pis ! Nous nous en passerons...

— Merci, monsieur le commissaire », dit Amélie dans un souffle.

Tandis qu'elle défaillait de honte et de gratitude, il s'était déjà rassis derrière sa table. Sa grosse main se ramassa autour d'un tout petit porte-plume. Il inclina la tête sur le côté et commença à écrire. Elle avait presque peur de sa chance. Tant de joie, succédant à tant de peine, lui donnait une impression d'irréalité. « Pourvu qu'il ne change pas d'avis! Pourvu que ce ne soit pas un piège! » Elle n'osait plus bouger. Elle se faisait minuscule. On entendait parler et tousser dans la pièce voisine, où se trouvaient les agents. Par la fenêtre ouverte, arrivait le tintement d'un tramway lointain. La plume glissait lentement sur le papier. Enfin, le commissaire appliqua un carré de buvard jaune sur la page et se renversa dans son fauteuil. Son visage avait repris une expression de sévérité administrative.

« Voici, dit-il, j'ai noté que vous demandiez un sauf-conduit pour Pierre-la-Treiche, où habite votre tante, Mme veuve Leblond, dont la santé réclame des soins urgents. Le motif est à considérer. Revenez me voir demain, à la même heure. Je vous dirai où en est votre affaire. »

***

Dans la rue, elle eut l'impression que son corps n'avait plus de poids. Elle touchait à peine le sol en marchant. « J'ai réussi. Je vais le revoir. Et il ne se doute de rien! » Évidemment, il y aurait quelques dispositions à prendre avant le départ. Mais elle savait déjà que tout s'arrangerait pour le mieux. Comme si Pierre l'eût aidée de loin, il suffisait qu'elle se posât une question pour trouver aussitôt la réponse satisfaisante. Élisabeth? Elle la confierait à Mme Boursier : « En voilà une qui sera heureuse de ma décision! Elle m'a demandé si souvent de lui laisser garder Elisabeth! Avec elle, au moins, je suis sûre que mon enfant ne manquera de rien! D'ailleurs, la petite a

beaucoup d'affection pour elle. Il n'y a qu'à les voir
ensemble!... » Le cas de Denis était plus facile encore à
régler : « Un si grand garçon! Il est temps qu'il
apprenne à se débrouiller seul. Ce sera même une
excellente occasion de voir s'il est capable de se
conduire correctement dans la vie quand je ne suis pas
là! » Restait le café : « Eh bien, on le fermera! Pour le
peu qu'on y gagne, en ce moment, la perte sera
négligeable. » Les idées se succédaient dans sa tête au
rythme léger de son pas. Y aurait-il eu vingt autres
empêchements à son voyage, qu'elle les eût résolus
avec la même aisance. Renonçant à garder plus
longtemps le secret de son bonheur, elle se rendit droit
à l'atelier de M. Buche. Denis travaillait avec Paulo à
l'établi, près de la fenêtre. Derrière eux, il y avait des
figures sombres, des lueurs de fer et de feu. Une scie à
métaux grinçait. En voyant entrer Amélie, tous les
hommes levèrent la tête.

4

APRÈS Mirecourt, le train s'essouffla et prit du retard. Plus Amélie s'impatientait, plus les roues tournaient lentement. Un paysage vert et banal se déroulait en tressautant dans le cadre de la portière. Cette campagne ignorait la guerre : les maisons étaient toutes debout, les champs étalaient des récoltes intactes, les forêts n'avaient pas perdu une branche. Il faisait chaud et sec. La locomotive sifflait souvent. Les banquettes en bois craquaient. Dans le compartiment, il n'y avait qu'un monsieur grisonnant et décoré, aux poches bourrées de journaux, deux femmes en deuil, la mère et la fille sans doute, et un jeune militaire, en uniforme de fantaisie, qui devait travailler dans les bureaux, à en juger par la grosse serviette de cuir fauve qui lui servait d'accoudoir. Tous ces gens avaient des visages mornes, aux paupières rouges, aux joues luisantes. Fatigués par une mauvaise nuit passée dans le wagon, ils avaient cassé la croûte à six heures du matin, sur leurs genoux. Maintenant, repus et somnolents, ils ne bougeaient pas, ne parlaient pas. Les provisions rangées, l'odeur des victuailles se maintenait dans l'air. Une boule de papier gras vibrait entre les pieds du vieux monsieur, au rythme des cahots. Amélie, n'ayant pas faim, se contentait de sucer

un bonbon à la menthe. Ses épaules et sa nuque étaient
engourdies par la position incommode qu'elle avait
prise pour dormir. A cause du grand détour imposé
aux convois civils par Troyes, Culmont-Chalindrey et
Pont-Saint-Vincent, elle avait dû partir de Paris, la
veille, à dix heures quarante-cinq du soir. A trois
reprises, des gendarmes étaient montés dans le train
pour vérifier les sauf-conduits. Tout s'était bien passé.
Si les horaires étaient respectés, elle arriverait à
destination, ce matin, aux environs de midi. On était
un dimanche. Pierre serait dispensé de corvée. Peut-
être aurait-elle la chance de le surprendre avant l'heure
de la soupe? En prévision de ce premier repas en
commun, elle avait emporté des boîtes de conserve, du
pain blanc, du saucisson, du chocolat et une bouteille
de vin vieux, dans un sac de voyage en tapisserie. Sa
tenue était à la fois élégante et pratique. Pour mieux
séduire son mari, elle avait mis le petit tailleur bleu
marine, à collerette de dentelle écrue, qui était un peu
démodé, mais lui allait si bien! Sa jupe étroite s'ouvrait
par le bas, sur trente centimètres, afin de permettre le
jeu des jambes pendant la marche. Son chapeau noir, à
bords blancs, complétait avantageusement l'ensemble.
Pour se protéger contre les effets du soleil, elle avait
emprunté à Mme Boursier une ombrelle aux dessins
azurés sur fond crème. D'avance, elle savourait
l'émerveillement de Pierre quand il la verrait s'avancer,
ainsi parée, à sa rencontre. Que d'exclamations, que de
questions, que de baisers en perspective! Mme veuve
Leblond leur louerait une chambre. Ils fermeraient les
volets et se jetteraient, fous d'amour, sur un de ces
gros lits campagnards, dont les draps sentiraient
l'herbe sèche. A demi étouffée, elle essaierait de
l'interroger sur sa vie, mais il refuserait de lui
répondre, uniquement préoccupé de la dévêtir et de
coller ses lèvres, comme un affamé, sur la peau nue de

ses épaules, de ses seins, de son ventre. L'évocation de cette étreinte était si précise, qu'Amélie rougit et lança un coup d'œil inquiet à ses voisins, comme s'ils eussent pu lire sur son visage qu'elle était en train de se donner à un homme. Mais personne, heureusement, ne l'observait. Elle tourna ses yeux vers la portière. Le paysage avait à peine changé. Les poteaux télégraphiques se succédaient à de longs intervalles. Une fumée âcre entrait dans le compartiment. Pour tromper son attente, Amélie s'efforça de penser à sa fille, à Denis. Avant de partir, elle avait installé Élisabeth, dans son berceau, chez Mme Boursier. La petite n'avait manifesté aucun étonnement à se trouver dans cette chambre inconnue. Son humeur joyeuse avait achevé de rassurer Amélie. Le mal ne serait pas grand si l'enfant recevait son biberon avec dix minutes de retard, ou si Denis fumait une cigarette avec Paulo en sortant de l'atelier. Dès à présent, rien d'autre ne comptait au monde que la lente progression d'un wagon de troisième classe vers ce point choisi de toute éternité pour la rencontre d'un homme et d'une femme. Le train s'arrêta dans une gare secondaire et repartit presque aussitôt, sans avoir chargé personne. Quelques kilomètres plus loin, il s'arrêta encore. Que de temps perdu! Avait-elle pris un convoi omnibus? Chaque petite station avait droit maintenant à une halte de cinq minutes : Vézelise, Tantonville, Clerey-Omelmont, Ceintrey... Amélie déchiffrait ces inscriptions avec un sentiment de rancune. Partout, on voyait des soldats en armes sur les quais. A Pulligny-Autrey, elle se leva pour tirer du filet à bagages son sac en tapisserie, son réticule et son ombrelle. Le militaire l'aida à déposer le tout sur la banquette. Elle le remercia et se rassit. On approchait de Pont-Saint-Vincent. Là, elle devait descendre du train et prendre la correspondance pour Pierre-la-Treiche.

Timidement, elle demanda si d'autres voyageurs allaient dans la même direction. Non, tous continuaient sur Nancy. Mais le vieux monsieur était au courant des horaires :

« Vous aurez deux heures d'attente, environ.

— Et combien de temps durera le trajet?

— De Saint-Vincent à Pierre-la-Treiche? Oh! ce n'est pas loin! Autrefois, on mettait trois quarts d'heure par le tortillard. »

Elle ouvrit son réticule et vérifia si le sauf-conduit se trouvait bien dans la poche secrète, qui se fermait par un bouton-pression.

Les petites gares étaient toutes construites sur le même modèle. Des portières claquaient. Chaque fois, en repartant, la locomotive donnait au convoi une grande secousse maladroite : Pierreville, Xeuilly, Bainville...

« Vous descendez à la prochaine », dit le vieux monsieur.

Instinctivement, Amélie porta la main à la poignée de son sac de voyage. N'avait-elle pas oublié quelque chose à la maison? Enfin, le train s'arrêta devant un mur gris. Une voix cria :

« Pont-Saint-Vincent! »

Amélie ouvrit la portière et descendit sur le quai. Le militaire lui passa son bagage et dit :

« Au revoir, Mademoiselle! »

Elle fut étonnée d'être appelée Mademoiselle. N'avait-il pas vu son alliance? Il avait une jolie figure, imberbe et maladive. D'autres voyageurs s'extirpaient des wagons voisins. Grisée par l'air libre, la jeune femme resta un moment immobile, comme cherchant à comprendre ce qui lui arrivait.

La locomotive lâcha un jet de vapeur et le convoi s'ébranla en grinçant. Après le départ du train, la gare apparut, vide et silencieuse, écrasée de soleil. Quelques

personnes se pressaient à la sortie. On s'embrassait.
On parlait fort. Un vieux porteur empilait des valises
sur un chariot. Trois soldats, barbus et crottés, l'arme
à la bretelle, bavardaient avec un homme coiffé d'une
casquette à visière vernie, qui devait être le chef de
gare. Elle s'approcha de lui et demanda :

« Le train pour Pierre-la-Treiche, s'il vous plaît ?

— Supprimé ! » dit l'homme sur un ton sec et sans
même lui accorder un regard.

Elle crut avoir mal entendu :

« Comment cela, supprimé, monsieur ?

— Tout simplement. Il n'y en a plus.

— Pourquoi ? »

Il tourna vers elle un visage maigre et bilieux, où de
petits yeux, très écartés du nez, brillaient d'une sévérité
imbécile. Sans doute était-il fier de son importance et
heureux de pouvoir la manifester en termes caté-
goriques.

« Ordre de l'autorité militaire, dit-il. Les voyageurs
n'ont pas le droit d'aller plus loin.

— Mais, j'ai un sauf-conduit.

— Avec ou sans sauf-conduit, l'accès du camp
retranché est interdit aux civils.

— Alors, pourquoi ne m'a-t-on pas prévenue à
Paris ?

— Parce que ces messieurs ne prennent pas la peine
de lire les circulaires. »

Amélie sentit que sa raison l'abandonnait, qu'elle
n'avait plus le courage de discuter, de protester dans le
vide. Fallait-il vraiment qu'elle rebroussât chemin sans
avoir revu Pierre, sans l'avoir embrassé, alors qu'elle
se croyait déjà sur le point de le rejoindre ? L'homme
la dévisageait imperturbablement. Elle fit un effort
pour se dominer et dit à voix basse :

« Monsieur, c'est impossible... Il doit y avoir un

moyen... Je vais retrouver mon mari à Pierre-la-Treiche...

— Et on vous a donné un sauf-conduit pour cela? demanda le chef de gare avec ironie.

— Non, pas pour cela.

— Vous n'êtes donc pas en règle?

— Mais si... Seulement... Au commissariat on m'a dit... »

Elle devina qu'elle compromettait ses dernières chances de succès et se tut, le regard fuyant. Un des soldats s'arrêta de mâcher son mégot et grommela :

« Pourquoi n'iriez-vous pas par la route, madame? »

Amélie dressa la tête sous son grand chapeau :

« Par la route?

— Évidemment, c'est une trotte. Quinze kilomètres. Et il y a les gendarmes! Mais, vous trouverez bien une carriole qui vous prendra en charge.

— Je vous remercie, monsieur, dit-elle. C'est ce que je vais faire. »

La figure du chef de gare se froissa dans une expression dédaigneuse. Amélie eut peur qu'il ne l'empêchât de mettre son projet à exécution. Mais sans doute n'était-ce pas en son pouvoir, car il se contenta de dire :

« Ce que vous ferez en dehors de cette gare ne me regarde pas. Seulement, je vous aurai prévenue. Si vous vous faites pincer...

— Pourquoi voulez-vous qu'elle se fasse pincer? dit le soldat en riant. Personne ne s'occupera d'elle! »

Vexé, le chef de gare fit sauter son sifflet dans le creux de sa main et s'éloigna en boitant. Il avait une jambe plus courte que l'autre.

« Faites pas attention, reprit le soldat, il se prend pour le commandant du camp retranché. Mais ce qu'il a dit pour le train, c'est vrai. Il vous faudra marcher un bon bout de temps.

— Cela ne m'effraie pas, monsieur, dit Amélie.

— Avec ces chaussures en peau de nouveau-né? dit un autre soldat. Vous aurez vite fait de vous tordre la cheville! »

Le troisième soupira :

« On vous aurait bien fait un brin de conduite, si on n'était pas de service en gare. Un dimanche! Vous vous rendez compte? Cochon de métier!

— Pouvez-vous m'indiquer la route? demanda Amélie.

— C'est tout simple, dit le premier. En sortant de Pont-Saint-Vincent, vous tournez à gauche et vous suivez la Moselle vers Sexey-aux-Forges... »

Amélie répéta mentalement ces indications et sourit à ses trois protecteurs. Ils l'accompagnèrent jusqu'au portillon. Longtemps après les avoir quittés, elle garda le souvenir de leur regard empreint d'une curiosité goguenarde.

***

Comme chaque dimanche, au petit matin, Jérôme Aubernat se rendit sur la tombe de sa femme. Les croix du cimetière baignaient dans la brume. Dans les champs d'alentour, des corneilles se disputaient leur nourriture en criant. Le ciel bleuissait. La journée serait belle et chaude. Debout devant la grille qu'il avait forgée de ses mains, Jérôme essayait de se dire que Maria était heureuse de sa visite. Cependant, il avait de plus en plus de peine à croire qu'elle fût vraiment là, sous quelques pieds de terre, immobile à jamais, comme une infirme condamnée à la chambre. Depuis deux ans et demi qu'elle était morte, il lui semblait confusément qu'elle avait dû guérir, sortir de sa retraite et se répandre dans cette campagne qu'elle aimait tant. Peut-être se tenait-il en méditation devant cette demeure vide? Peut-être n'était-ce plus ici qu'il fallait la chercher, mais sur les routes, dans la cour de la forge, dans la cuisine, au bord de la rivière? Peut-être se levait-elle à l'aube et ne rentrait-elle au cimetière qu'à la nuit tombante, pour dormir? Il refusa d'accepter cette idée étrange et, tête basse, l'esprit tendu, entama son rapport de la semaine. C'était une sorte de récitation intérieure, destinée à mettre Maria au courant de tout ce qui se passait dans la famille. Quand il eut fini son exposé, il éprouva l'impression réconfortante d'avoir été entendu. Le soleil commençait à lui chauffer la nuque. Il était temps de partir, s'il voulait monter à pied jusqu'aux ruines du Veixou et être de retour pour midi. Un dimanche sur deux, il s'imposait cette promenade. Là-haut, il réfléchissait à des choses graves, importantes, exaltantes. D'autres se recueillaient à l'église, lui, qui ne croyait pas aux leçons des curés, élevait son âme par la contemplation des vieilles pierres gallo-romaines. « Eh bien, je vais me mettre en route », se dit-il. Et, sûr d'être approuvé, il s'éloigna de la tombe.

Pour aller au Veixou, il fallait traverser le bourg, dont les petites maisons basses et grises commençaient à peine à ouvrir les yeux. En passant devant la mairie, il s'arrêta pour relire le communiqué de la veille, qui était affiché à la porte : « Une contre-attaque ennemie a été repoussée... Malgré l'emploi de gaz asphyxiants, nos troupes ont maintenu leurs positions sur presque tous les points... Une percée sur notre flanc gauche a été rapidement enrayée... » A côté, était placardée la liste des morts de la commune : « Roubaudy, Chastagnoux, Fonfrède, Madrange... » Chaque nom était un visage. Comme tout le monde se connaissait dans le pays, il n'y avait pas de douleurs secrètes. Les joies se cachaient, mais les deuils s'étalaient au grand jour. Quelques femmes en noir s'assemblaient déjà à la porte de l'église, leur livre de messe à la main. Dieu les attendait à heure fixe. Donnant, donnant, elles allaient lui offrir leurs prières et lui demander en échange qu'il les épargnât, elles, leur mari ou leurs fils... Et, s'il n'exauçait pas leurs désirs, elles ne se fâcheraient pas, mais se diraient qu'elles n'avaient pas su se faire comprendre. Et, s'il les exauçait, elles s'en attribue-raient le mérite exclusif. Tout en les critiquant, il s'aperçut qu'il les enviait pour leur crédulité infati-gable. Dans cet univers que menaçait le chaos, il était difficile de vivre sans une conviction, fût-elle absurde.

La cour de l'école était vide de cris. Par une fenêtre ouverte, au rez-de-chaussée, on voyait une carte de la France, avec tous les fleuves et tous les affluents, qui ruisselaient sur sa face. La gendarmerie dormait, fermée sur l'odeur des gendarmes. Au lavoir, une seule femme battait son linge. La rivière murmurait sur ses gros cailloux. Le pont blanc se continuait par la route blanche. Aux molles prairies, gorgées d'eau, succé-daient de maigres futaies, qui, elles-mêmes, bientôt, cédaient la place au plumage touffu des fougères. Le chemin montait durement, et Jérôme s'appliquait à ne pas ralentir son allure. Une fois pour toutes, il avait établi son temps pour le Veixou : une heure vingt minutes.

Arrivé au sommet de la côte, il écouta la rumeur du bas-pays. Une fine poussière de bruits s'élevait des maisons lointaines, des étables chaudes, des tas de fumier couronnés par le chant du coq. Le coq se tut et, pendant un instant, le maître du monde fut un chien, qui aboyait très fort dans une ferme. Puis, une cloche tinta dans l'air calme. Longtemps, cette sonnerie saccadée accompagna Jérôme. Quand il ne l'entendit plus, il se demanda si c'était parce qu'elle s'était tue, ou parce que la distance entre elle et lui avait augmenté. Maintenant, il descendait par un sentier en lacet vers la grande combe du Veixou, dont il distinguait déjà les amoncellements de granit taillé. Depuis l'abandon des fouilles, la bruyère, les ronces, les fougères avaient repris possession de leur domaine. Les ruines du temple et des thermes, mises à jour autrefois par les équipes de déblayage, s'enfonçaient à nouveau sous une végétation inextricable. Avec entêtement, la nature effaçait le travail des hommes.

Jérôme s'assit sur une dalle tapissée de champignons jaunâtres, et laissa courir ses regards sur les décombres qui l'entouraient. Nulle part ailleurs, il ne prenait aussi bien conscience de son extrême petitesse. En ce lieu consacré par le souvenir d'une civilisation détruite, la notion même de la guerre perdait son caractère d'actualité. Pour les générations futures, les hommes qui se faisaient massacrer par cette belle matinée d'été 1915 ne seraient pas plus à plaindre que ceux qui avaient succombé, ici même, quelque mille ans plus tôt, sous les coups des hordes barbares. Le secret du bonheur était de vivre en jugeant le présent avec la même sérénité que s'il s'agissait déjà du passé. Mais était-il possible de toujours méditer de la sorte? On avait beau se forcer à la sagesse, peu à peu l'existence quotidienne reprenait ses droits, vous enserrait de toutes parts, comme ces broussailles revenant ronger les vieilles pierres. Il croyait encore s'intéresser aux Gallo-Romains, qui, jadis, peuplaient cette petite cité de leurs travaux, de leurs amours, de leurs disputes politiques et de leurs odeurs de cuisine, et déjà, pourtant, c'étaient Amélie, Pierre, Denis, Élisabeth qui accaparaient le meilleur de son attention. Très vite, ils furent seuls dans sa tête et l'inquiétude recommença. La dernière lettre d'Amélie dormait dans sa poche, depuis six jours. Il n'y avait pas encore répondu. Ce n'était pas tout à fait sa faute. Son manque d'instruction le gênait pour la correspondance. Bien qu'il sût lire un texte imprimé, il était incapable d'écrire correctement et devait dicter son courrier à Mme Pinteau. Or, il y avait certaines choses qu'on ne pouvait dire en présence d'une étrangère, fût-elle, comme celle-ci, une personne serviable, effacée et honnête. « Tant pis, aujourd'hui, en rentrant, je lui demanderai de m'aider. Sinon, Amélie finirait par s'imaginer que je suis malade ou que je ne pense plus à elle. » Cette idée lui fut pénible. La tendresse qu'il avait pour sa fille s'était encore accrue depuis qu'elle l'avait quitté et que Pierre était en danger de mort. Quel dommage qu'elle ne voulût pas fermer son commerce et revenir à la Chapelle-au-Bois pour la durée de la guerre! « Entêtée comme sa mère, se dit-il. Quand elle a pris une décision... » Chaque fois qu'il comparait Amélie à Maria, elles se haussaient l'une et l'autre dans son estime. Sans méconnaître qu'il avait eu à pâtir plus d'une fois du caractère intransigeant de sa femme, il était heureux que sa fille lui ressemblât par quelques traits. Absorbé par sa rêverie, il leur souriait à toutes deux en contemplant les fougères, qu'une faible brise inclinait autour des dalles immuables. Ces ondulations, infiniment répétées, évoquaient le mouvement des générations courbées, tour à tour, sous un même souffle. Des minutes passèrent, lentes comme des heures.

Soudain, une haleine chaude, coulant sur la main de Jérôme, le fit tressaillir. A côté de lui se tenait un chien, au pelage blanc et roux, qui le regardait droit dans les yeux, en frétillant de la queue. D'où était-il venu? Il n'y avait ni troupeau, ni ferme dans le voisinage. Sa gueule entrouverte lui donnait un air de gaieté. Il était de taille moyenne, laid et sale, mais d'apparence aimable. Jérôme lui caressa l'échine et se mit debout, s'étira. Le chien leva la patte sur un bloc de granit séculaire. D'autres chiens avaient dû le faire, au temps des Gallo-Romains.

Le soleil avait percé la dernière brume. Une chaleur sèche descendait du ciel. Il était temps de rentrer. A pas pesants, Jérôme prit le chemin du retour. Le chien le suivit.

« Eh! Veux-tu t'en aller? » cria-t-il.

Le chien s'immobilisa. Jérôme se remit en marche. A une bifurcation du sentier, il se retourna encore. Le chien était sur ses talons. Il lui jeta une pierre pour le chasser. La bête renifla le caillou, qui était tombé à côté d'elle, coucha ses oreilles et s'éloigna en trottinant.

« Ne reviens plus! gronda Jérôme. Sinon... »

Il gravit la côte, ne s'arrêta même pas pour souffler sur le plateau, et prit la route large et rocailleuse qui descendait vers le bourg. Son ombre avançait, en tressautant, sur le talus. Une autre ombre, plus basse, venait derrière. Bientôt elles se fondirent.

« Toi, alors? dit Jérôme en riant. Mais je n'ai même pas un quignon de pain à te donner! Qu'est-ce que tu te figures? »

Le chien levait sur lui un regard fautif et tendre. Il ne demandait rien. Il s'offrait à un maître.

« Non! dit Jérôme. Suis-moi un moment, si ça t'amuse, mais c'est tout! »

Le chien accepta. Ils entrèrent ensemble dans la Chapelle-au-Bois. De temps en temps, Jérôme abaissait les yeux vers son compagnon. La queue en trompette, la tête haute, il paraissait très fier de marcher à côté d'un homme. Intrigués par ce nouveau venu, des mâtins du pays vinrent lui renifler le derrière. Il ne leur concéda qu'une attention de stricte politesse, et poursuivit son chemin sans dévier d'une ligne. « Pourquoi s'est-il attaché à moi? se demanda

Jérôme. M'aime-t-il déjà sans me connaître? Devine-t-il que je pourrais l'aimer? » Sa solitude était telle, qu'il suffisait de cette présence animale pour le distraire. Sa pie apprivoisée était morte, le mois précédent, noyée dans le baquet de la forge. « Maria serait-elle contente si je ramenais un chien chez nous? » Il se posa la question et répondit par l'affirmative. Quand il repassa devant l'église, les gens sortaient de la messe d'onze heures : des femmes en grand nombre, et quelques hommes aussi. Le sermon du curé leur avait attendri le cœur. Ils avaient tous un air de sainteté sur le visage. On échangea des saluts :

« C'est à vous ce chien?

— Il semble bien doux et bien miséreux!

— Vous allez le garder? »

Le chien attendait, la langue pendante, qu'on eût fini de discuter de son sort. En arrivant devant la maison, il perdit son reste d'assurance. Assis sur le seuil, il refusait d'entrer dans la cuisine. Mme Pinteau poussa les hauts cris en le voyant. Cet affreux bâtard allait tout salir dans le logis. Il était plein de puces et ne pouvait avoir que de mauvais instincts de vagabond.

« Il couchera à la forge, dit Jérôme sur un ton qui n'admettait pas de réplique. Préparez-lui une soupe, qu'il se remette un peu! »

Et, laissant la brave femme le souffle coupé, il conduisit le chien dans l'atelier, lui passa une longue corde au cou et l'attacha à l'enclume.

« Sois sage, dit-il. On se reverra tout à l'heure! »

Plus tard, il lui apporta une gamelle pleine de croûtons de pain trempés. Le chien se jeta sur la nourriture. Sa langue claquait dans le jus. Ses pattes tremblaient de plaisir.

« Mange! Mange! murmurait Jérôme. Si seulement je savais ton nom! Comment vais-je t'appeler? Tu es un malin, un *leti,* comme on dit chez nous, un *drac...* »

Au mot *drac,* le chien dressa les oreilles.

« Drac! reprit Jérôme tout joyeux. Ça te va? Drac! Drac! »

Il lui donna encore une écuelle d'eau et rentra dans la cuisine. Mme Pinteau avait préparé un ragoût de macaronis. Selon son habitude, elle mangea debout, près de l'évier, pendant que Jérôme prenait son repas, seul à table, mâchant avec lenteur, buvant peu et ne disant mot. Il resta assis, songeur, tandis qu'elle lavait la vaisselle. Puis, il annonça :

« Madame Pinteau, je voudrais écrire une lettre à ma fille. »

La face de Mme Pinteau s'arrondit dans un sourire aimable. Ses joues rosirent. Elle s'écria :

« Quelle bonne idée, monsieur Aubernat! Je vais tout de suite chercher le nécessaire! »

Il ne lui fallut pas cinq minutes pour être installée en face de lui, avec l'encrier, la plume et le papier à en-tête de la maison Aubernat : « Épicerie, mercerie, quincaillerie, maréchalerie, — une médaille de vermeil et deux médailles d'argent. » Jérôme était gêné par le regard de curiosité servile qu'elle lui adressait par-dessus ses besicles descendus au milieu du nez. Détournant les yeux, il toussota et commença d'une voix hésitante :

« Ma bien chère Amélie,

« Je profite de ce dimanche pour répondre à la bonne lettre que j'ai reçue de toi et c'est Mme Pinteau qui tient la plume. Je pense qu'en ce moment tu dois être dans ton café, avec Denis pour t'aider et c'est déjà bien agréable, surtout si tu as un peu plus de clients que l'autre dimanche... Mais le principal c'est si tu as de bonnes nouvelles de ton cher mari, comme je l'espère, et si la petite est toujours en bonne santé, comme je l'espère aussi... »

« Comme je l'espère aussi, répéta Mme Pinteau.

— Je ne vais pas trop vite? demanda Jérôme.

— Mais non, monsieur Aubernat. Je vous suis très bien! »

Elle trempa sa plume dans l'encrier, avec délicatesse, comme si elle eût planté une fleur dans un vase.

— « C'est terrible, reprit Jérôme, mais nous ne pouvons rien pour ceux qui se battent et il faut attendre, en toute patience, sans bouger de chez soi... »

— Eh! oui, pauvrette! soupira Mme Pinteau. Elle doit avoir le temps long. Je me mets à sa place... »

Craignant qu'elle ne profitât de l'occasion pour lui parler encore de son mari, mort depuis dix-sept ans, Jérôme se hâta de poursuivre :

— « Je comprends bien que tu sois anxieuse et je suis de même, comme père et beau-père, tu peux me croire. Ici, tout est calme. Le magasin fait de bonnes ventes de mercerie et d'épicerie, grâce à Mme Pinteau qui s'en occupe... »

Il chercha la fin de sa phrase, les sourcils froncés, et conclut :

— « ... qui s'en occupe le mieux possible. »

— Oh! merci, monsieur Aubernat, dit Mme Pinteau épanouie sous le compliment.

— « Pour la forge je me débrouille avec Justin et on ne manque pas de besogne, vu que bien des forgerons du canton ont été mobilisés, ce qui fait que nous sommes requis pour aller un peu partout. Mais on manque de fer et c'est surtout avec de la vieillerie qu'on travaille. La gare m'a encore passé commande pour l'entretien des outils et j'ai enfin touché de la gendarmerie pour les chevaux que j'avais ferrés... »

La plume courait sur le papier à la poursuite du vide. Jérôme se gratta le menton. Avant de commencer la lettre, il lui avait semblé qu'il n'aurait pas assez de dix pages pour exprimer toutes ses pensées de la semaine. Et voici que, déjà, il avait perdu son élan. Était-ce la présence de Mme Pinteau qui l'indisposait à ce point? Perplexe, il se leva et se mit à marcher dans la pièce.

« Vous devriez lui raconter un peu ce qui se passe dans le pays! dit Mme Pinteau.

— Il ne se passe rien dans le pays.

— Vous trouvez? Et le fils Calamisse qui a été tué dans les Vosges?... Et le fils Madrange?...

— Ce ne sont pas des choses qu'on peut écrire à une femme qui a son mari au front.

— Mais si! Justement! Par comparaison, elle se sentira moins malheureuse!

— Non, dit Jérôme. Pas ça! »

Mme Pinteau suçait le bout de son porte-plume avec une mine d'écolière soucieuse :

« Alors... alors... dites-lui que Mme Dieulafoy a fait don de mille francs à la Croix-Rouge... que... que l'Antoinette Eyrolles n'a plus de nouvelles de son fiancé depuis deux mois, que les Ferrière ont acheté le mauvais pré, à côté de la rivière. »

Tandis qu'elle parlait, un léger bruit, près de la porte ouverte, attira le regard de Jérôme. Le chien était couché sur le seuil, le museau entre les pattes, le front plissé, les yeux tristes. Il avait cassé sa longe. Un bout de corde pendait à son cou.

« Viens, Drac! » dit Jérôme.

Mme Pinteau sursauta :

« Mon Dieu! il s'est échappé!

— C'est votre soupe qui lui a donné des forces!

— Et vous le faites entrer ici?

— Pourquoi pas? »

Elle courba les épaules, vaincue par l'autorité du

maître. Le chien pénétra dans la pièce, à petits pas prudents. Ses griffes grinçaient sur le plancher.

« Continuez, madame Pinteau, dit Jérôme : « Aujourd'hui, j'ai été au Veixou. J'en ai ramené un chien. Il ne plaît pas à Mme Pinteau, mais, à moi, il me plaît beaucoup... »

— Je ne vais pas mettre ça, tout de même! dit Mme Pinteau.

— Ce n'est pas la vérité?

— Si. »

Elle renifla contrariée, et tourna la page. Jérôme laissait pendre sa main. Du bout des doigts, il grattait le chien derrière les oreilles :

— « Ce sera pour moi un bon compagnon, je t'assure. Je l'ai appelé Drac. Mme Pinteau lui a fait sa première soupe... »

Soudée au bord de sa chaise, Mme Pinteau écrivait plus lentement, et une respiration irrégulière soulevait et abaissait sa forte poitrine. Certes, elle était flattée que Jérôme parlât encore d'elle dans sa lettre, mais déplorait que ce fût à propos d'un chien.

— « Cet après-midi, reprit Jérôme, j'irai me promener avec Drac sur le champ de foire, où se rencontrent tous ceux qui sont trop vieux ou trop jeunes pour partir. On parlera de la guerre, et, bien sûr, on dira des bêtises. Qui est renseigné? Même pas les généraux, peut-être... Je me demande ce que je fais ici, moi, un homme dont personne n'a besoin, alors que ton mari, qui te manque tant, est en première ligne... »

— Monsieur Aubernat! gémit Mme Pinteau.

— Quoi?

— Vous n'avez pas le droit de dire cela! »

Elle battait des paupières sur un regard dilué par l'émotion.

— « Puis, je rentrerai, continua Jérôme, et je ferai des lopins à la forge pour avancer le travail de demain.

Ne t'inquiète pas pour la tombe de ta chère mère, qui est bien entretenue et toute la maison de même. Je termine donc en t'embrassant et en te priant d'embrasser pour moi Denis et Élisabeth... »

— Dites que je les embrasse aussi! soupira Mme Pinteau.

— « Et Mme Pinteau me charge d'en faire autant pour elle », dit Jérôme.

Il se tut. Le chien le regardait comme s'il avait tout compris. Mme Pinteau traça les derniers mots et tendit le porte-plume à Jérôme. Il s'assit, et, gravement, lettre après lettre, apposa sa signature au bas de la page.

5

LE poids du sac de voyage tirait le bras droit d'Amélie et l'obligeait à marcher une épaule plus basse que l'autre. Ses doigts meurtris glissaient sur la poignée en cuir. A travers les semelles minces de ses bottines, le moindre caillou blessait la plante de ses pieds. L'ombrelle, qu'elle tenait ouverte dans sa main gauche, tamisait les rayons du soleil mais ne la protégeait pas contre la chaleur. Son chapeau lui serrait les tempes. Sa chemise collait à sa peau. Elle maudissait sa jupe étroite, qui, bien que fendue dans le bas, la contraignait à faire des petits pas entravés. « Si j'avais su, je me serais habillée autrement ! » Depuis une heure qu'elle était partie de la gare, elle n'avait rencontré, au-delà de Sexey-aux-Forges, qu'une vieille femme ployée sous une hotte et deux paysans rigolards, qui s'étaient rangés sur le bord de la route pour la regarder passer. Elle n'avait pas eu besoin d'entendre leurs réflexions pour se douter qu'elle était ridicule à voir, clopinant et soufflant, dans son joli tailleur bleu à collerette blanche. Mais ce qu'on pouvait dire d'elle ne l'intéressait pas. La seule question importante était de savoir si elle aurait la force de continuer ainsi jusqu'à Pierre-la-Treiche. De toute sa volonté tendue, elle essayait de nier sa fatigue : « Il est là-bas. Je vais le voir. Il ne tient qu'à moi d'arriver cinq minutes plus tôt! » Malgré ces exhortations silencieuses, d'une seconde à l'autre le désaccord s'aggravait entre sa pensée impatiente et son corps fourbu. L'esprit s'élançait en avant, et les jambes se traînaient avec peine. Un point de côté lui coupa la respiration. Elle se fixa un repère : ce petit bois touffu, dont l'ombre couvrait la route. Elle y parvint en marchant comme un automate, laissa tomber son sac de voyage, son ombrelle et s'assit sur une pierre. La sueur coulait sur son front et lui piquait les yeux. Son corset lui brisait la taille. Elle frottait l'une contre l'autre ses mains endolories et rouges. Un long moment, elle respira le parfum du feuillage, écouta le pépiement des oiseaux, sans réfléchir à rien. Une cloche sonna très loin, si sage, si monotone! Ce tintement fêlé rappela à la jeune femme les dimanches paisibles de la Chapelle-au-Bois. Son père, avec un faux col blanc et une cravate noire, désœuvré, souriant et digne. Sa mère, en tablier propre, surveillant la soupe. Denis, qui piétinait dans la cuisine, pressé de retrouver ses camarades sur le champ de foire. « Je perds du temps. Il faut partir. » Elle se releva et faillit crier de douleur. Il y avait du plomb dans ses genoux. Évidemment, elle n'aurait pas dû s'asseoir. « C'est bien fait. Je ne m'arrêterai plus. » Les dents serrées, elle reprit son bagage, son ombrelle et s'obligea à mettre un pied devant l'autre. A chaque pas, sa souffrance devenait plus vive. Ses talons se tordaient en appuyant dans les ornières. Elle déboutonna ses bottines à hauteur des chevilles. Une carriole venait en sens inverse. Le cheval trottait vite. C'était une femme qui conduisait. Amélie la regarda avec désespoir s'éloigner vers Pont-Saint-Vincent dans un nuage de poussière. N'y aurait-il pas d'autre village jusqu'à Pierre-la-Treiche? Le chemin continuait à travers la forêt. Sans doute, les voitures suivaient-elles de préférence la grande route, de l'autre côté de la Moselle. Comment la rejoindre ? En coupant à travers bois ? Elle risquait de se perdre dans les sentiers. Épuisée, perplexe, elle reposa le sac de voyage, ôta son chapeau et s'essuya la figure avec un mouchoir trop petit. « Pierre ! Pierre ! » Ses oreilles s'emplissaient d'un bourdonnement désagréable. On eût dit qu'un moteur ronflait dans son crâne. Elle allait s'inquiéter de ce malaise, quand le bruit se précisa, s'amplifia, non plus dans ses tempes mais derrière son dos. Secouée par un élan de joie frénétique, elle pivota sur ses talons et vit un gros camion militaire, qui roulait vers elle en brimbalant, à faible allure. Immédiatement, elle remit son chapeau. Debout au milieu de la route, elle était farouchement décidée à ne pas laisser passer l'ultime chance de salut qui s'offrait à elle. Les freins grincèrent. Le camion s'arrêta. Deux soldats se trouvaient à l'avant. Le chauffeur et un autre. Ils la considéraient en souriant sans malice. Ils étaient jeunes et mal rasés. Celui qui ne conduisait pas portait des lunettes. Elle s'approcha d'eux et dit d'une voix blanche :

« Messieurs, je vais à Pierre-la-Treiche. Ne pourriez-vous m'emmener ?

— Ce n'est pas très régulier, dit le conducteur.

— Je dois retrouver mon mari, dit Amélie. Il est caporal au 300ᵉ. Il faut que vous m'aidiez ! »

Le petit à lunettes donna un coup de coude à son compagnon :

« Qu'est-ce que t'en penses, Colin ?

— J'en pense que ça ne se refuse pas, dit Colin. Seulement, on ne peut pas vous prendre devant, avec nous : on se ferait tout de suite agrafer ! Et, derrière, ce n'est pas très commode, non plus. On revient à Toul avec des patates qu'on a enlevées à Pont-Saint-

Vincent. Faudrait déjà que vous vous cachiez tout au fond, entre les sacs...

— Mais oui, monsieur, ce sera très bien! dit Amélie.

— Très bien... à condition qu'on ne vérifie pas le chargement à l'entrée du camp retranché, reprit Colin. Enfin, on verra à se débrouiller quand même! Vous dites qu'il est dans quoi, votre mari?

— Caporal au 300ᵉ d'infanterie, cantonné à Pierre-la-Treiche. »

Le conducteur leva un sourcil :

« Attendez donc! Le 300ᵉ? Il ne doit plus être à Pierre-la-Treiche, le 300ᵉ! Ce matin, en venant, on l'a vu qui se préparait à partir.

— Mais ce n'est pas possible! s'écria Amélie. Mon mari m'a écrit qu'il était au repos pour quinze jours!

— Eh oui, seulement, dans la profession, y a pas d'ordre sans contrordre! Sitôt qu'on est assis, faut qu'on décampe! C'est à croire qu'ils le font exprès pour dégoûter le citoyen! »

Étourdie par la déception, elle écarquillait les yeux sur ces deux hommes, comme si tout son bonheur eût dépendu de leur bon vouloir.

« Et où serait-il donc, maintenant? murmura-t-elle.

— Pas bien loin, sans doute. Les gars qu'on a vus remontaient sur Toul. Vous le trouverez là-bas!... »

A demi rassurée, elle inclina la tête.

« Alors, on y va? demanda Colin.

— On y va, oui, dit Amélie.

— Donne-moi un coup de main, Maroger. »

Les deux hommes descendirent de leur siège et enlevèrent le panneau de bois qui fermait l'arrière du camion. Puis, grimpant à l'intérieur, ils se mirent à déplacer les sacs, en les traînant à deux mains, pour ménager une place au fond de la voiture. Amélie les regardait faire, inerte, désenchantée. Ce voyage, qu'elle avait entrepris avec une assurance joyeuse, lui paraissait maintenant un défi lancé au destin. A mesure qu'elle avançait vers le but, tout se compliquait bêtement, tout devenait incertain et hostile.

« C'est prêt, dit Maroger. Si vous voulez monter... »

Il unit ses deux mains à cinquante centimètres du sol et les présenta, en guise de marchepied, à la jeune femme.

« Tenez-vous aux montants, dit Colin. Et hop! un petit coup de jarret! »

Gênée par sa jupe étroite, Amélie eut beaucoup de mal à se hisser dans le camion. Ensuite, il lui fallut escalader plusieurs rangées de sacs pour parvenir au logement qui lui était réservé. Les soldats avaient étendu des couvertures de cheval sur le plancher, afin qu'elle pût s'installer à son aise. Colin lui apporta son bagage et sortit en rampant, à reculons, sur les genoux et sur les mains. Elle s'accroupit, les jambes repliées sur le côté, le dos appuyé à la paroi. Son regard se heurtait à un rempart de grosses formes molles, aux flancs bosselés.

« Bon, dit la voix de Colin. On ne peut même pas vous voir de là où nous sommes. Vous n'êtes pas trop serrée?

— Mais non, monsieur.

— Alors, en route. Si vous avez besoin de quelque chose, vous frappez à la cloison. Mais ne vous montrez pas avant qu'on vous le dise... »

Elle l'entendit qui replaçait le panneau sur l'arrière de la voiture et le fixait avec des goupilles. Les deux pans de la bâche retombèrent, masquant la lumière du jour. Des godillots cloutés coururent sur la route. Avec un toussotement coléreux, le moteur se remit en marche. Le camion roulait lentement et sa carcasse disjointe gémissait au moindre cahot. Noyée dans une obscurité chaude, verdâtre, étouffante, Amélie respirait l'odeur fade des pommes de terre et de la poussière de bois. Elle ne luttait plus. Elle se laissait conduire. Ce qui allait advenir ne dépendait plus de sa volonté.

Des branches griffèrent la bâche au passage. Le camion s'arrêta. Une voix d'homme s'éleva sur la droite :

« Qu'est-ce que vous avez là-dedans ?

— Corvée de patates, mon adjudant.

— Faites voir. »

Amélie rentra la tête dans les épaules. Elle pressait les deux mains contre son cœur, comme pour le réduire au silence. Quelqu'un écarta les pans de la bâche. Un rayon de soleil enflamma le contour des sacs. Puis, tout fut replongé dans l'ombre.

« C'est bon, roulez ! »

Colin n'ayant pas arrêté le moteur, Amélie crut qu'il allait démarrer immédiatement. Mais il demanda :

« Vous ne savez pas s'il y a encore des gars du 300ᵉ à Pierre-la-Treiche, mon adjudant ?

— Pourquoi ?

— On avait un copain, par là...

— Il n'y a plus personne. Les derniers ont quitté, il y a une demi-heure.

— Merci, mon adjudant. »

Cette fois, la voiture vibra, comme sous un afflux de forces nouvelles, et s'élança en grondant sur la route. Secouée en tous sens, Amélie se cramponnait aux sacs pour garder un semblant d'équilibre. Ses dents s'entrechoquaient. Son chapeau glissait sur sa nuque. Elle le remonta d'une main tâtonnante et renfonça les deux grosses épingles qui le fixaient à sa chevelure. Où était-on ? Que se passait-il dehors ? Après quinze minutes environ d'une course désordonnée, le chauffeur ralentit son allure. A travers le bourdonnement adouci de la mécanique, Amélie perçut la rumeur pesante, patiente, monotone, d'une multitude en marche. Le camion s'immobilisa tout à fait, comme enlisé dans la vase d'un fleuve aux eaux murmurantes. Des coups de poing retentirent contre la cloison. La voix de Maroger cria :

« Madame! Madame! Ce sont des gars du 300e! Venez voir! »

Amélie se traîna sur les sacs, prit appui sur une épaule, sauta à terre. Toutes les veines de son corps tremblaient. Affaiblie, éblouie, elle contemplait ce long cortège gris, qui passait avec la lenteur d'un défilé de cauchemar. Le dos rond, le pied lourd, les soldats, tous semblables, allaient, coude à coude, sans parler, droit devant eux. Elle lut le numéro du régiment sur les écussons de cols : 300e. C'était bien cela! Les canons des fusils oscillaient comme les branches d'une forêt dans le vent. Les musettes rebondies et les quarts bosselés se balançaient sur les hanches. Parfois, des visages inconnus, souillés de poussière et de sueur, se tournaient vers Amélie et elle recevait un regard de fatigue, de convoitise ou d'indifférence. Elle avisa un grand gaillard efflanqué, qui avançait en serre-file, et le rattrapa en courant :

« Le caporal Pierre Mazalaigue est-il parmi vous? »

Sans s'arrêter, l'homme demanda :

« Mazalaigue? De la 17e compagnie? »

Elle faisait de petits pas rapides pour se maintenir à son niveau :

« Oui, monsieur...

— Il est à Toul, depuis tôt ce matin. Il embarque à trois heures, avec la première moitié du 300e. Nous, on fait partie du deuxième contingent. Alors, on embarquera à cinq heures seulement...

— Vous embarquerez? Mais pour où?

— Ça, on ne sait pas. Pensez donc, ce serait trop commode! Vous êtes quelqu'un de sa famille?

— Je suis sa femme, murmura Amélie. Je suis venue de Paris pour le voir...

— Eh bien, vous le verrez! Il n'est jamais que midi! »

Deux rangs de soldats écoutaient leur conversation.

« Comment le retrouverai-je? balbutia-t-elle.

— A la gare, dit l'homme. Vous vous débrouillerez pour qu'on vous laisse entrer. Une ou deux heures, c'est toujours bon à prendre, pas vrai? »

Elle continuait à marcher au flanc de la colonne. Sa tête se meublait d'un piétinement innombrable. Elle entendit des rires, des plaisanteries galantes, la concernant. Ainsi, au terme de son voyage, les quelques jours de bonheur conjugal dont elle avait rêvé se réduisaient à une ou deux heures d'entretien hâtif sur un quai de gare. Et de cela même elle devait se montrer contente!

« Avec votre camion, vous serez vite à Toul, reprit l'homme. Dépêchez-vous. Il va en faire une tête, en vous voyant, Mazalaigue!

— Vous le connaissez? demanda-t-elle avec un frémissement de joie.

— Bien sûr! Qui ne le connaît pas, ici? C'est un bon copain! »

Il souriait gentiment.

« Merci, monsieur », dit Amélie.

Elle s'arrêta. Les hommes avançaient toujours. D'autres figures passèrent, des sacs, des bidons, des képis, des fusils... Le serre-file se retourna et agita la main en signe d'adieu. Amélie rejoignit le camion, qui s'était rangé au bord de la route.

« Il est pas là? demanda Maroger.

— Non, dit-elle. Il est à Toul. Et il part à trois heures. »

***

Le camion s'arrêta dans une petite rue déserte, derrière la gare. Colin et Maroger aidèrent Amélie à descendre. Ils avaient eu peur, à l'entrée de la ville, quand, une fois de plus, les gendarmes avaient voulu vérifier le chargement. Mais, là aussi, tout s'était bien passé. Un coup d'œil à l'intérieur. Un ordre bref. Et la voiture continuait son chemin. Les deux compagnons en riaient encore. Amélie ne savait comment les remercier. Elle leur offrit un peu d'argent. Ils refusèrent. Alors, elle leur donna une tablette de chocolat qu'elle avait dans son réticule.

« On n'avait pas besoin de cela pour penser à vous », dit Colin en empochant la tablette.

Avant de remonter sur leur siège, ils lui indiquèrent l'itinéraire à suivre et s'excusèrent de ne pas l'accompagner.

« C'est trop surveillé par là. On aurait des ennuis. »

Quand le camion se fut éloigné, Amélie se dirigea vers la gare. En débouchant sur l'esplanade, elle se trouva brutalement mêlée à une cohue où dominaient les képis galonnés, les sacoches en cuir et les boutons de cuivre brillants. C'était la première fois qu'elle voyait tant d'officiers réunis en un même lieu. Elle s'inquiéta. Et Pierre? Où était-il? Comment parviendrait-elle jusqu'à lui? Qui la renseignerait dans cette assemblée de gradés aux insignes prestigieux et aux figures lasses? Une locomotive sifflait. Elle tressaillit : n'était-ce pas le train de Pierre qui s'en allait déjà? Un homme de corvée la bouscula. Il portait une cantine sur l'épaule. Elle le suivit. Devant l'entrée principale, se tenait un sous-lieutenant râblé, au visage rose et rond. Il devait être chargé de veiller au maintien de l'ordre. Ses traits étaient figés par l'importance de sa consigne; il avait un soupçon de moustache, des sourcils blonds et des yeux puérils. Elle s'approcha de lui et murmura timidement :

« Monsieur, s'il vous plaît, je voudrais passer sur le quai pour voir mon mari. »

Le sous-lieutenant joignit les talons et porta la main à la visière de son képi :

« Qui est votre mari, madame ?

— Caporal Pierre Mazalaigue, 17ᵉ compagnie. »

Le visage du sous-lieutenant s'assombrit. Il l'avait prise pour une épouse d'officier.

« Les hommes n'embarquent pas ici, madame, dit-il, mais à la gare de marchandises. »

Ce dernier coup acheva de la désemparer. Avant même d'avoir compris ce qui se passait, elle ne vit plus le monde qu'à travers un voile de larmes.

« Ne vous désolez pas ainsi, madame, dit le sous-lieutenant. Ce n'est pas loin... »

Elle l'entendit qui donnait des explications, des conseils, citait des noms de rues. Mais ces paroles ne l'atteignaient pas. Elle secoua tristement la tête :

« Excusez-moi, monsieur... Je ne comprends rien... Je suis trop fatiguée... Je ne trouverai jamais... »

Touché par cet accent de détresse, le sous-lieutenant jeta un coup d'œil à droite, à gauche, pour s'assurer que personne ne les observait et dit à voix basse :

« Attendez-moi une minute. Je vais vous faire accompagner par un planton. »

Elle se retrouva dans une avenue bordée d'arbres, avec un soldat, qui marchait à côté d'elle en traînant les pieds. Heureusement, il n'était pas bavard. Dans l'exaltation qui la possédait, elle eût trop souffert d'avoir à lui répondre. Ils tournèrent dans une rue encombrée de fourgons, de camions, de cuisines roulantes et d'ambulances. Plus loin, elle aperçut des hangars, dont les toits de tôle luisaient sous le soleil. Une odeur de charbon flottait dans l'air.

« C'est ici ? demanda-t-elle.

— Oui, dit le soldat. Passez la grille. Montez le talus. Vous les verrez. C'est pas la peine que je continue ?... »

— Non, dit-elle. Je vous remercie. »

Elle empoigna son sac, troussa un peu sa jupe sur le côté et s'avança, seule, vers la grille. Parvenue au sommet du talus, le cœur lui manqua. Un long train de marchandises était arrêté dans un terrain vague. Les façades rectangulaires de wagons à bestiaux, toutes identiques, s'en allaient sur une seule ligne vers le lointain. De la paille brillait par les portières ouvertes. L'embarquement n'avait pas commencé. A perte de vue, les abords de la voie ferrée disparaissaient sous un grouillement d'uniformes bleuâtres, où, çà et là, quelque vieux pantalon mettait une touche garance. Une sourde rumeur de paroles, de toux, de tintements, montait de ce troupeau d'hommes, affalés, pêle-mêle, dans la poussière. Ayant embrassé le spectacle dans son ensemble, Amélie s'efforça de le détailler du regard, comme pour s'assurer qu'elle n'était pas le jouet d'un songe. Mais, de quelque côté qu'elle portât ses yeux, elle découvrait les mêmes fantassins anonymes, débraillés, le cou nu, la face luisante de sueur. Les uns ronflaient, la bouche béante, les mains sous la nuque, le ceinturon dégrafé; d'autres buvaient à un bidon, enroulaient leurs bandes molletières, fourrageaient dans leurs musettes, lisaient une lettre, se déchaussaient, se grattaient la poitrine à pleins doigts, par l'échancrure de la vareuse. Entre les îlots formés par les corps, on voyait des sacs, des cartouchières, des fusils dressés en faisceaux. De tout cela se dégageait, dans la chaleur, un relent de cuir et de transpiration recuite. Était-il possible que Pierre fût l'un de ces malheureux, qu'on allait, tout à l'heure, pousser dans les wagons et expédier, tel du bétail, vers une destination inconnue? Comment faire pour le trouver, pour l'appeler dans la foule qui l'absorbait et le réduisait à néant? Effrayée par ce moutonnement de figures inconnues, Amélie était là, impuissante, comme

devant les flots de la mer. La plainte lugubre d'une
locomotive lui rappela qu'elle n'avait pas de temps à
perdre. Elle descendit la pente d'herbe jaune, fit encore
quelques pas au hasard et s'arrêta devant un petit
soldat, tout jeune, assis sur son sac. Il roulait une
cigarette. En la voyant, il arrondit les yeux et modula
un sifflement admiratif :

« Vous embarquez avec nous, mademoiselle ? »

Il avait l'accent parisien.

« Je voudrais voir le caporal Pierre Mazalaigue, de
la 17e compagnie », dit-elle.

Le petit soldat donna un coup de langue à sa
cigarette et la glissa dans sa bouche :

« Mazalaigue ? Ça, par exemple !

— Il est ici ?

— Ça dépend pour qui ! »

Il blaguait, l'œil plissé, la lippe moqueuse.

« Je suis sa femme. »

La mâchoire du petit soldat se décrocha. La
cigarette restait collée à sa lèvre inférieure.

« Mince alors ! Il en a de la veine ! On va vous le
chercher, madame ! »

Et, se penchant vers son voisin, il cria :

« Fais passer ! Y a la femme de Mazalaigue qui le
demande !

— Quoi ?

— Je te dis que la femme de Mazalaigue le
demande, eh ! enflé ! »

Brûlée de honte, Amélie entendit l'appel qui se
répercutait d'un groupe à l'autre :

« Faites passer... La femme de Mazalaigue le
demande !... Faites passer... La femme de Mazalaigue
le demande !... »

Tandis que des voix rudes gueulaient le mot d'ordre
à tous les échos, la jeune femme parcourait des yeux ce
bric-à-brac d'uniformes délavés et de figures hâves. De

quel côté allait-il surgir? Tout à coup, assez loin, sur la gauche, une silhouette trapue se dressa.

« Le v'là! » dit le petit soldat, qui s'était mis debout près d'Amélie.

Quelqu'un hurla encore :

« Faites passer... La femme de Mazalaigue le demande!... »

Le cœur battant à grands coups précipités, Amélie regardait venir cet homme encore indéfinissable, qui cherchait son chemin entre les corps étendus. Était-ce vraiment lui? Elle essayait de le reconnaître à distance. Il était comme les autres, avec son uniforme poudreux, ses bras ballants, ses jambes maladroites. Les cheveux étaient collés sur son crâne par la sueur. La moitié supérieure de son front était pâle. Au-dessous, tout le visage avait une couleur de cendre. Une barbe noire lui mangeait les joues. Ce fut seulement quand elle vit distinctement ses yeux, qu'elle ne douta plus de l'avoir retrouvé. Un cri lui déchira la gorge :

« Pierre! »

Elle fit un pas en avant. Il la reçut dans ses bras. Écrasée contre sa poitrine, elle s'abandonnait à un bonheur fou, qui l'isolait au centre du monde. La rumeur de la foule s'éloignait de leur couple, comme le grondement d'un orage qui décline. Ils étaient suspendus dans le vide. Hors du jeu. Hors d'atteinte. Une voix familière descendait en elle :

« Amélie!... Comment as-tu fait?... Il n'y a rien de grave, au moins?

— Non, non... Je t'expliquerai plus tard. Quand j'ai su que tu étais au repos, je n'ai pas pu résister... C'est tout... Il fallait que je te voie!...

— Et ils t'ont laissé venir?

— Mais oui!

— C'est incroyable! Toi, ici! Mon Amélie! Ma petite femme! »

Il lui broyait les épaules avec ses mains dures, puis s'écartait pour mieux la voir, l'enveloppait d'un regard émerveillé, implorant, et, de nouveau, la prenait contre lui, dans sa chaleur et dans sa force. Et elle, qui avait dépensé tant de volonté pour aboutir à cette rencontre, n'était plus soudain qu'une femme égarée et craintive. Une angoisse revenait en elle, comme si la souffrance d'autrefois ne voulait pas se laisser oublier.

« Tu dois vraiment partir à trois heures? demanda-t-elle.

— Oui, Amélie... Mais n'y pense pas... n'y pense pas encore!...

— J'arrive trop tard! gémit-elle.

— Pourquoi? Il n'est pas trop tard! Nous sommes ensemble! Est-ce que tu te rends compte de ce que ça représente pour moi?... Ensemble!

— Pour si peu de temps!

— Veux-tu bien te taire?... Une heure et demie devant nous!... C'est inespéré!... Pendant une heure et demie, toi et moi... tous les deux, comme avant!... »

Elle lança un coup d'œil par-dessus l'épaule de son mari. Tout le monde les regardait.

« N'y a-t-il pas un endroit où nous pourrions être plus tranquilles? murmura-t-elle.

— Où veux-tu aller?

— Près de la grille... Ou derrière ce hangar...

— Il y a de la troupe partout. Et il va en arriver encore. Le reste du régiment n'embarque qu'à cinq heures...

— Je le sais, dit Amélie, j'ai vu des hommes du 300ᵉ sur la route. Ils ont de la chance, ceux-là! »

Pierre fit un sourire brusque et tapa du poing droit le creux de sa main gauche :

« J'ai une idée. Attends-moi ici.

— Que vas-tu faire? »

Il ne répondit pas et s'éloigna en hâte. Elle le vit

parlementer avec un groupe de soldats, qui jouaient aux cartes sur une caisse. Au bout de quelques minutes, il revint, un képi sur la tête et la vareuse boutonnée jusqu'au col. Son allure était résolue et joyeuse.

« C'est arrangé, dit-il. Les copains, qui doivent embarquer à trois heures, emporteront tout mon fourniment. Et moi, je partirai à cinq heures, avec les autres, par le dernier convoi. On se réunira tous à l'arrivée.

— Tu as le droit de faire ça ? demanda-t-elle.

— Si je ne l'ai pas, je le prends, dit-il rageusement. Quand on retrouve sa femme après onze mois de séparation, on peut bien s'accorder deux petites heures de détente supplémentaire !... »

Imprudente pour elle-même, elle devenait raisonnable quand Pierre était seul à assumer le risque d'une décision.

« Je ne voudrais pas que tu aies des ennuis à cause de moi ! dit-elle.

— Quels ennuis ? Mes gars ont la consigne. Dans la pagaye de l'embarquement, personne ne remarquera mon absence. Et, au bout du voyage, je serai présent à l'appel. C'est la seule chose qui compte. Viens, nous allons sortir !

— Où m'emmènes-tu ?

— N'importe où... mais loin d'ici... Il faudrait trouver un bistrot pour s'asseoir et bavarder un peu. Pas vers le centre : c'est plein de gradés... Vers le cimetière plutôt... »

Sans lui donner le temps de se ressaisir, il l'entraîna vers la sortie. En passant, il prit le sac de voyage qu'elle avait laissé sur le talus. Dans la rue, ils eurent une seconde d'hésitation. A droite ? A gauche ? Pierre s'orientait mal :

« Par ici, dit-il enfin. Oui, je me rappelle maintenant... »

Une file de fourgons roulait à grand bruit au milieu de la chaussée. Des clairons s'exerçaient dans la cour d'une maison voisine. Un avion bourdonnait dans le ciel. Malgré la proximité de la zone des combats, on n'entendait pas le grondement de la canonnade.

« Je ne te fais pas marcher trop vite? demanda Pierre.

— Oh! non... »

Elle mentait. Ses chaussures la blessaient cruellement aux talons. Bientôt, Pierre lâcha le bras de sa femme. Craignait-il de se faire remarquer? Elle ne s'habituait pas à le voir en militaire, avec ce képi froissé, cette barbe, ces galons de laine sur la manche. Un homme déguisé marchait à côté d'elle. Plusieurs fois, elle surprit entre ses paupières la lueur d'un regard traqué. Sans doute, malgré son désir de paraître très sûr de lui, ne pouvait-il se réjouir sans arrière-pensée d'un bonheur obtenu en fraude. Tout en épiant les mouvements de la rue, il continuait à poser des questions de cette voix grave, un peu rauque, dont les moindres inflexions la troublaient :

« Élisabeth, comment est-elle?... A qui l'as-tu confiée?... Es-tu sûre qu'on la soignera bien?... Et Denis?... Et le café?... »

Elle lui répondait de son mieux, pressée de lui enlever ses derniers soucis pour l'avoir enfin tout à elle. Ils croisèrent un capitaine et Pierre le salua, la face inexpressive, la main à la visière du képi. Amélie éprouva un bref sentiment de gêne. Le capitaine rendit le salut et passa, superbe, moustachu. Pierre se rapprocha de sa femme :

« Tu disais qu'Élisabeth a déjà deux dents? Est-ce qu'elle parle un peu?

— Mais non, Pierre, c'est trop tôt à huit mois!

— Évidemment! Je n'y connais rien! Comment veux-tu qu'on sache, ici? Et elle se met debout toute seule?

— Oui, à condition de se tenir à un meuble. Si tu la voyais se dandiner, cramponnée aux barreaux d'une chaise! On ne peut presque plus la laisser sans surveillance... Heureusement que j'ai Mme Rousseau et Denis pour m'aider... »

Des prolonges d'artillerie passèrent en grondant sur les pavés. Deux officiers à cheval les suivaient. Ils tournèrent la tête vers Pierre.

« Je finirai par me faire coincer avec ce sac de voyage à la main », grommela-t-il.

Il les salua.

« Veux-tu que je le prenne? demanda Amélie.

— Non... Attends un peu... Je ne peux tout de même pas te laisser traîner ton bagage... Tu parlais de Denis... Est-il content de son travail chez M. Buche?...

— Très content. Mais figure-toi qu'il voulait devenir tourneur d'obus! Je m'y suis évidemment opposée...

— Allons bon! Voilà un lieutenant de chez nous qui arrive à bicyclette. Je vais faire semblant de ne pas le voir. »

Il abaissa les yeux vers le sol. Sa figure affectait une détermination coléreuse :

« Il est loin?

— Oui, dit Amélie.

— Vivement qu'on trouve un coin paisible! Par ici, les galons sortent de terre...

— Tu es inquiet?

— Non... Simplement, j'aimerais qu'on soit enfin seuls...

— Ils ne font pas attention à nous.

— Tu crois ça, toi? Tu ne les connais pas! »

Il balançait la tête, obstinément, tel un écolier fautif qui se plaint de ses maîtres :

« Tant qu'on est en ligne, ça va encore. Mais, sitôt qu'on est au repos, ils se rattrapent sur la discipline!... »

Pendant qu'il parlait, Amélie avisa trois officiers aux képis importants qui venaient à leur rencontre. Ils marchaient du même pas. Leurs jambières de cuir fauve luisaient au soleil. Deux ordonnances les suivaient, portant des cantines. Cette fois, ce fut Amélie qui donna l'alerte :

« Attention, en voilà encore!

— Bon! grogna Pierre. J'ai compris. Prends ton bagage, avant qu'ils ne nous aient vus... »

Arrivé à la hauteur des gradés, il descendit du trottoir pour leur livrer passage et les salua réglementairement. Un seul lui répondit, d'une main molle, et sans même le gratifier d'un regard. Amélie en fut indignée. Elle avait quitté un homme libre, elle retrouvait un serviteur. « Comme il doit souffrir! Comme je l'aime! »

« Ouf! dit-il, le plus dur est fait. Rends-moi le sac! »

Ils s'engagèrent dans une rue transversale, firent quelques pas encore et s'arrêtèrent devant un petit café-hôtel, à la façade peinte en jaune. Les vitres étaient tendues de guipure. Par la porte ouverte, on apercevait un chemin de sparterie, posé sur le parquet ciré. Un vieux chien somnolait devant le seuil.

« Nous serons bien ici », dit Pierre.

Ils entrèrent. La salle était obscure et fraîche. Derrière le comptoir, une femme trônait, rose de teint et grise de cheveux, le buste rond, le sourire aux lèvres. Un ouvrier boulanger, accoudé au zinc, buvait silencieusement son vermouth-cassis. Pas d'autres clients. C'était le rêve! Pierre choisit une table, au fond, dans le coin le plus sombre, et commanda une chopine de rouge. Ils s'assirent côte à côte. Elle se sentait intimidée, comme s'ils fussent sortis pour la première fois ensemble. Sans être un étranger, il n'était plus pour elle l'homme dont la vie était nuit et jour intimement mêlée à la sienne. Il lui avait saisi les mains sous la table et les serrait, les pétrissait en poussant des soupirs. La patronne les observait du coin de l'œil.

« Les copains n'en reviennent pas, dit-il enfin. Je voudrais tout de même bien savoir comment tu as fait pour te faufiler jusqu'ici !

— J'ai demandé un sauf-conduit au commissariat.

— Et puis ? Tu as pris le train ?

— Oui.

— Jusqu'où ?

— Jusqu'à Pont-Saint-Vincent.

— Et de là ?

— Je me suis débrouillée. Tout s'est bien passé. Mais toi ? N'es-tu pas fatigué ? N'as-tu besoin de rien ? Où étiez-vous avant Pierre-la-Treiche ?

— Du côté de Suippes, puis à Cuperly.

— Ça a été dur ?

— Ne m'en parle pas », dit-il.

Son regard se détourna d'elle. Les os de ses mâchoires bougeaient nerveusement sous les poils drus de sa barbe. Il avait maigri, vieilli. Deux longues rides, soulignées de poussière noire, barraient son front. Il respirait fort en gonflant les narines :

« Un jour, je te raconterai... plus tard...

— Oui, plus tard, dit-elle. Maintenant, tu vas manger.

— J'ai encore la soupe sur l'estomac.

— Je t'ai apporté de bonnes choses. »

Elle posa son sac en tapisserie sur la table, l'ouvrit et en tira quelques provisions.

« Tu es gentille, dit-il.

— Laisse cette chopine. J'ai mieux à te proposer. Tiens ! »

Elle lui tendait une bouteille, coiffée d'un épais cachet de cire rouge.

« Qu'est-ce que c'est?

— Tu ne te rappelles pas? Ce fameux bordeaux que tu as commandé un mois avant la mobilisation! Tu l'aimais tant! Il m'en reste dix bouteilles. Je les garde précieusement. As-tu un tire-bouchon?

— Oui », dit-il.

Il sourit d'un air contraint, prit la bouteille entre ses genoux, la déboucha, huma le goulot, emplit les verres. Sa main tremblait.

« Eh bien, à notre bonne rencontre », dit-il.

Ils trinquèrent. L'écho de ce tintement léger pénétra profondément en elle. Troublée, elle se dépêcha de dire sur un ton faussement enjoué :

« Qu'en penses-tu? Toujours aussi bon? »

Elle s'aperçut qu'elle lui parlait comme à un malade.

« Meilleur! dit-il. Ou alors, c'est moi qui n'ai plus l'habitude!... »

Amélie insista pour qu'il partageât avec elle un peu de pain, de pâté et de saucisson. Elle se servit pour lui donner l'exemple. Il mangea, lui aussi, mais à contre-cœur, et sans la quitter du regard :

« Mon Dieu! Tu es ici! Près de moi! Si belle! Si belle! Comment est-ce possible d'être si belle?

— Ne dis pas ça! Je dois être décoiffée, le chapeau de travers, le bout du nez luisant...

— Tu es belle! reprit-il avec une sorte de désespoir têtu. Voilà tout! Belle! Bien belle! Et moi... »

Elle ne le laissa pas achever sa phrase et demanda :

« Jusqu'à quand pouvons-nous rester ici, Pierre?

— Il faudrait partir vers quatre heures et demie.

— Et quelle heure est-il? »

Il tira une montre du gousset de son pantalon.

« Deux heures cinq.

— Déjà! »

Il se versa encore un verre de vin et l'avala par petites gorgées, en plissant les paupières.

« Je me souviens très bien, reprit-il. C'est M. Hautnoir qui nous l'avait procuré. Cinquante bouteilles. La dernière fois que nous en avons bu, c'était pour fêter une grosse commande de M. Florent... On a ri, ce soir-là, on a ri... »

Il tournait le verre à demi vide dans sa main, comme pour y lire d'autres images du temps passé. La gorge serrée, Amélie s'exhortait au calme, essayait de se convaincre que, malgré tout, elle était heureuse.

Soudain, elle se leva en repoussant sa chaise.

« Où vas-tu? demanda-t-il.

— Laisse-moi, dit-elle. Je reviens tout de suite. »

La tenancière du café n'était plus à son comptoir. On l'entendait remuer des casseroles derrière une porte. Guidée par le bruit, Amélie entra dans une cuisine, petite, propre et ensoleillée.

« Vous désirez, madame? demanda la patronne en s'essuyant les mains à son tablier.

— Avez-vous une chambre à louer? dit Amélie.

— Ce serait pour combien de temps?

— Pour cet après-midi. »

La patronne eut un léger gonflement du buste et son menton doubla d'épaisseur :

« C'est que... nous n'avons guère l'habitude du passage... Vous feriez mieux d'aller à l'*Hôtel de la Marne*... Ce n'est pas loin... »

Amélie se sentit détaillée par un regard soupçonneux : ce chapeau trop élégant, ce sac à main, ce costume à la collerette chiffonnée. On la jugeait sur sa mine. Maîtrisant sa pudeur, elle murmura :

« Nous n'avons pas le temps, madame. Mon mari part dans deux heures.

— Dans deux heures? Oui, oui, je comprends!... Et ce militaire, vous dites que c'est votre mari?...

— Mais oui, madame!

— Ah! quelle pitié!

— Je vous en prie, madame... »

La figure de la patronne s'éclaira :

« Je vais toujours vous donner le n° 3... Attendez que je cherche la clef... »

Elle disparut et revint bientôt, la clef à la main et une serviette propre sur le bras.

« C'est une belle chambre. Je vous la laisserai à trois francs. Ça ira?

— Très bien, balbutia Amélie. Je vais vous régler tout de suite... »

Elle tira trois pièces de son sac à main. L'une d'elles tomba sur le carrelage. Amélie se baissa pour la ramasser. Ce mouvement accrut sa confusion. Mais le sacrifice qu'elle imposait à sa pudeur lui donnait la mesure de son amour pour Pierre. Elle se redressa.

« Vous m'auriez réglée après, dit la patronne en glissant l'argent dans la poche de son tablier. Si vous voulez me suivre, je vais vous faire visiter...

— Ce n'est pas la peine, madame », dit Amélie.

La patronne cligna de l'œil et fit un sourire de complicité féminine :

« Vous êtes pressée!

— Oui, madame, dit Amélie en rougissant.

— Alors, prenez la clef, la serviette, et allez-y vous-même. L'escalier est au fond de la salle. Vous montez au premier. Puis, tout de suite à gauche. Vous trouverez bien... »

Amélie rentra dans le café, s'approcha de la table et dit à voix basse :

« Viens, Pierre. »

Il s'étonna :

« Où veux-tu aller?

— J'ai loué une chambre, dit-elle.

— Toi? Tu as pu?... »

Trop émue pour parler, elle se contenta de lui faire une petite moue de tendresse, du bout des lèvres. Il rangea le reste des provisions, souleva le sac de voyage et la suivit. La patronne sortit de sa cuisine pour les regarder passer. Sa curiosité était bienveillante. Elle les plaignait, les enviait peut-être. En tout cas, elle imaginait la suite. C'était insupportable! Lorsqu'ils furent dans la chambre, Amélie poussa un soupir de délivrance. Le mobilier se composait d'un grand lit, d'une chaise et d'une table de toilette, à demi masquée par un paravent au papier jaune, piqué de chiures de mouches. La fenêtre était ouverte. Le soleil entrait largement. Amélie ferma les persiennes. Mais la lumière, filtrant entre les lames de bois, allégeait et dorait la pénombre, au point que les moindres objets se voyaient. Au moment de prendre sa décision dans le café, elle n'avait même pas réfléchi à ce que seraient leurs premiers mots, leurs premiers gestes, quand ils se retrouveraient seuls entre quatre murs. Maintenant, elle était presque embarrassée par la trop grande liberté qui leur était offerte après de longs mois d'attente. Il avait posé le sac de voyage dans un coin et considérait sa femme d'un air amoureux et dépaysé.

« Mets-toi à l'aise, Pierre, dit-elle. Tu dois avoir chaud.

— Et toi?

— Moi aussi, je vais me mettre à l'aise. J'en ai bien besoin! »

Elle s'efforçait de parler gaiement pour lui donner confiance et s'affranchir elle-même de l'angoisse qui l'oppressait.

« Tu es joliment habillée! dit-il encore.

— Avec la poussière de la route, je dois plutôt avoir l'air d'une souillon! Pourquoi ne t'assieds-tu pas?

— Voilà! Voilà! »

Il s'assit gauchement au bord du lit et plaqua ses mains sur ses genoux.

« C'est un petit tailleur bien pratique pour le voyage, reprit-elle. D'ailleurs, tu le connais.

— Oh! oui. Je m'en souviens. Tu n'as pas acheté d'autres robes, d'autres chapeaux?

— Mais non, Pierre! Quelle question! »

Elle retira son chapeau, le posa sur la chaise, prit un peigne dans son réticule et se recoiffa devant une glace à cadre de bambou, pendue au mur.

« Tes cheveux! dit-il.

— Quoi? mes cheveux?

— Rien. »

Il baissa la tête. Elle fit semblant de n'avoir pas compris, se mit à rire et passa derrière le paravent pour se rafraîchir la figure et les mains. Après un moment d'hésitation, elle ôta ses chaussures brûlantes, ses bas troués par la marche et sa veste trop serrée aux épaules et sous les bras. Puis, les pieds nus, le corsage à l'aise dans une guimpe de linon léger, elle sortit de sa cachette pour le surprendre. Il n'avait pas bougé. Dans le regard qu'il tourna vers elle, il y avait de l'admiration et de la peur.

« Quel lambin tu fais! » dit-elle.

Elle voulut l'aider à déboutonner sa vareuse, mais il eut un mouvement de recul :

« Ne me touche pas!

— Tu ne vas pas rester comme ça, Pierre?

— Si.

— Mais pourquoi?

— Parce que... parce que... »

Son visage se convulsa. Ses yeux s'emplirent de larmes. Avec une grimace de rage et de honte, il cria :

« Parce que je suis sale, Amélie!... Parce que je sens mauvais!... Parce que j'ai eu des poux!... »

Étourdie, comme sous l'effet d'une gifle, elle

demeura un instant immobile, l'esprit perdu. La pitié chargeait son cœur à le rompre. Tout à coup, elle fit un pas en avant, saisit la tête de Pierre entre ses mains et l'appuya contre sa poitrine. Il se débattait faiblement :

« Non, Amélie... Laisse-moi... J'ai honte... »

Mais elle se penchait sur lui, le baisait sur les cheveux, sur le front, respirait cette odeur de suint, s'enivrait de cette misère inavouée :

« Tais-toi, Pierre!... Tu ne comprends rien!... Je t'aime!... Je t'aime!...

— Comment peux-tu m'aimer?

— Mais qu'est-ce que tu te figures? Je ne t'imaginais pas autrement! Que tu sois rasé de près ou barbu, cela ne change rien! C'est tout de même toi... mon Pierre... mon mari! »

Si proche de lui, elle sentait tout ce grand corps d'homme fort, maigre et musclé, se contracter, trembler contre son ventre. Une voix hoquetante résonnait jusque dans ses entrailles :

« Oh! Amélie... je t'ai désirée si souvent!... si longtemps!... J'étais comme fou!... Et maintenant que tu es ici... »

Elle mit un genou sur le matelas et chercha à caresser le visage qui se détournait d'elle. Ses lèvres s'écrasaient, s'écorchaient sur une joue velue. Un sanglot qu'il n'avait su ni prévoir, ni refouler, lui racla la gorge :

« Qu'ont-ils fait de moi? Je me dégoûte!... »

Des larmes coulaient de ses yeux aux paupières fripées. Elle ne l'avait jamais vu pleurer. Bouleversée, elle ne songeait plus à exciter son amour, mais à le consoler de sa peine.

« Ne pense plus à cela, dit-elle. Allonge-toi. Repose-toi. »

D'instinct, elle avait pris un ton maternel, qui le

toucha. Sa respiration devenait égale. Il se laissa enlever sa veste. La chemise sale, déchirée, bâillait sur sa poitrine. Deux larges taches de sueur marquaient le dessous de ses bras. Amélie remarqua la plaque d'identité qui brillait sur le poignet nu : un nom, un numéro. Son mari, prêt pour la mort. Elle chassa vite cette idée et essaya de sourire :

« Tu es mieux comme ça, tout de même!

— Oui, murmura-t-il. Pardonne-moi... »

Il se coucha, les mains sous la nuque, les pieds sur le bois de lit, pour ne pas tacher la courtepointe :

« Quel confort!... On enfonce!... J'avais oublié, depuis le temps!... »

Elle s'assit de biais sur le matelas et lui caressa le front d'une main légère.

« Continue, chuchota-t-il. C'est bon... »

Il rêvait, le regard ambigu :

« Si j'avais su que tu allais venir, je me serais au moins rasé. Tu as dû avoir peur en me voyant!

— Pas du tout!

— C'est qu'on était si mal installés, à Pierre-la-Treiche! Et pas une minute de répit. Exercice sur exercice...

— Je croyais que tu étais au repos.

— C'était le repos, puisqu'on ne risquait rien.

— Et maintenant, où irez-vous?

— On ne sait pas.

— En première ligne?

— C'est probable. »

Elle frissonna, glacée par la signification terrible de cette réponse. Il ne fallait pas réfléchir davantage. Machinalement, elle promenait toujours ses doigts sur le front dur et moite, palpait le contour de la joue, du menton, apprenait à reconnaître ce visage, par le toucher, comme une aveugle.

« La prochaine fois, tu me préviendras de ton

arrivée, reprit-il. Je me laverai. Je me parfumerai. Je me ferai beau... »

Il voulait plaisanter. Un pauvre sourire tirait ses lèvres.

« Et si je te disais que je t'aime mieux ainsi, dit-elle.

— Je ne te croirais pas.

— Tu aurais tort. Tu te figures que tu es très intelligent et tu n'as que des idées stupides... »

Tout en parlant, elle glissa la main dans l'échancrure de la chemise, effleura la peau chaude à l'endroit du cœur. Une vie battait là, précieuse, menacée. Soudain, Amélie s'écroula, en gémissant, sur ce corps qui était à elle, qu'on allait lui prendre :

« Pierre... mon chéri... ne dis rien!... Serre-moi!... Fort!... J'ai besoin de toi!... »

Une désolation panique se mêlait à son désir. Elle sentit deux bras violents qui la saisissaient. Gagné par le vertige, il redevenait un homme. Il n'avait plus honte. Il la dominait. Il lui meurtrissait la bouche d'un baiser exigeant. Fondue de gratitude, elle se laissait déshabiller et pétrir par ces grandes mains, qui cherchaient leur chemin vers sa peau. Avant même de l'avoir tout à fait dévêtue, il fut couché sur elle et lui imposa son poids, sa chaleur et son mouvement. Un spasme subit le raidit, l'immobilisa. Ouvrant à demi les yeux, elle vit la figure de Pierre se crisper dans une expression de tendre souffrance. La houle du plaisir continuait en elle, se calmait, se changeait en un besoin de douceur et de protection.

Plus tard, ils défirent le lit et retirèrent leurs vêtements. Il la reprit avec plus de science, moins de sauvagerie. La volupté les frappa au même instant, éblouissante, merveilleuse. Quand ce fut fini, elle se blottit dans les bras de Pierre. Engourdie de bien-être, elle pensait à peine. Elle ne souhaitait même pas une nouvelle étreinte. Et, sans doute, épuisé, assouvi, n'y songeait-il pas lui-même. Leur plus profonde joie, c'était maintenant qu'ils la goûtaient, dans l'apaisement et la confiance. Des propos simples venaient à leurs lèvres :

« Mon amour... Je suis si heureux !...

— Et moi, Pierre... C'est incroyable de s'aimer ainsi !...

— Il me semble que ce n'est pas vrai... que c'est trop... »

Il se tut. Mais elle n'en éprouva que mieux sa présence. Elle l'entendait vivre auprès d'elle par sa respiration, par le bruit mouillé de ses lèvres, par le frottement de ses jambes sous le drap. Le temps coulait entre eux d'un flux régulier et lent. Des rêves stupides la visitaient. Elle espérait que Pierre s'endormirait, terrassé par la fatigue, qu'il laisserait passer l'heure du départ, que personne ne s'en apercevrait et que, débarrassés des soucis de la guerre, tous deux finiraient leurs jours dans cette retraite. Il avait posé sa montre sur la table de chevet. Dans le silence de la chambre, le tic-tac s'amplifia, peu à peu, évoquant le travail d'une bête malfaisante. « Une seconde... et encore une seconde... » Elle voulut se boucher les oreilles. Ils avaient beaucoup de temps devant eux. Une demi-heure ! Trois quarts d'heure peut-être ! Pierre se dressa sur un coude, consulta sa montre et poussa un soupir :

« Oh ! Amélie !...

— Quoi ?

— Quatre heures. Il faut que je me prépare. »

Elle n'eut pas la force de protester. Ils se rhabillèrent sans souffler mot. A demi cachée par le paravent, elle le regardait enrouler ses bandes molletières, boutonner sa veste de drap bleu, usée et crasseuse, boucler son ceinturon, se transformer en un soldat, promis à toutes les servitudes et à tous les dangers de la guerre. Ses brodequins cloutés crissaient sur le parquet. Il se déplaçait lourdement. Il murmura :

« Amélie, je voudrais te demander quelque chose : ne m'accompagne pas à la gare. Ce serait trop dur pour moi. Reste ici. Dans la chambre. Dans *notre* chambre. Comme ça, j'aurais l'impression que je te laisse pour un moment, que je vais te retrouver bientôt, tu comprends?... »

Retenant ses larmes, elle acquiesça d'un mouvement de tête. Puis, comme frappée par une idée importante, elle se précipita sur le sac de voyage. Il restait du saucisson, du pain, du chocolat. Un peu plus, et elle allait oublier de les lui donner! Sans se presser, elle plia les victuailles dans un papier, s'ingénia à bien nouer la ficelle. Chacun de ces gestes retardait l'instant de la séparation. Quand tout fut prêt, quand il n'y eut plus rien à faire, plus rien à dire, Pierre prit son paquet dans sa main gauche, son képi dans sa main droite. Un collégien qui retourne en pension.

« Eh bien, voilà! Tu embrasseras la petite et Denis pour moi. Tu diras bonjour à tout le monde. Et ne te fais pas de soucis... Je t'écrirai... »

Sa voix s'enrouait. Elle s'appuya contre lui. Mais il ne fit pas le mouvement de la serrer dans ses bras, comme s'il eût craint, l'ayant enlacée, de ne plus pouvoir se détacher d'elle. Amélie se haussa sur la pointe des pieds. Il inclina la tête. Une dernière fois, elle colla ses lèvres sur cette bouche qui se refusait. Doucement, il la repoussa. Elle l'entendit qui disait tout bas :

« Merci, Amélie... Merci pour tout... Je t'aime... »

Un regard désespéré la fouetta au visage. La porte claqua. Elle était seule.

6

« Eт pour revenir, comment avez-vous fait? demanda M. Buche.

— Cela n'a pas été facile, dit Amélie. Mon sauf-conduit était établi pour Pierre-la-Treiche, et je me trouvais à Toul, où, normalement, je n'aurais pas eu le droit d'entrer. C'est un sous-lieutenant de service en gare, celui-là même qui m'avait renseignée d'abord, qui m'a tirée d'embarras. Je suis allée le revoir. Je lui ai tout expliqué. Il s'est arrangé pour me prendre mon billet et pour me conduire jusqu'au train sans que j'aie à présenter mes papiers. Si je ne l'avais pas rencontré, je me demande ce que je serais devenue!

— C'est égal, dit M. Florent, vous avez eu du cran! Je vous félicite! »

Les clients habituels se pressaient devant le comptoir. Tous étaient avides d'entendre le récit d'Amélie, qui était rentrée de voyage le matin même à huit heures. Pendant qu'elle ouvrait le café pour le casse-croûte, Mme Rousseau était allée chercher Élisabeth chez Mme Boursier. Mais il y avait une heure déjà que la vieille femme était partie. Amélie commençait à s'impatienter :

« Je me demande ce qu'elle fait si longtemps!

— Tu la connais, dit Denis, elle a dû s'arrêter pour bavarder en route... »

Les manches retroussées, il raflait les verres vides sur le zinc et les rinçait promptement.

« Et à part ça, dit M. Buche, le moral des hommes?... Vous qui les avez approchés, qu'en pensez-vous? »

Amélie se troubla :

« Ils avaient l'air bien fatigués et bien sales... »

M. Florent, lui, voulait savoir l'opinion de Pierre sur la conduite des opérations.

« Nous en avons très peu parlé », dit Amélie.

Elle lorgnait la porte : toujours pas de Mme Rousseau. C'était incompréhensible.

« D'accord, dit M. Florent, mais tout de même, dans l'ensemble, croit-il à une offensive générale ou à des actions éparpillées sur tout le front?

— Il ne croit rien! soupira Amélie. Quand il m'a quittée, il ne savait même pas où il allait! On les emmène sans les prévenir...

— Ont-ils eu beaucoup de pertes?

— Il ne me l'a pas dit.

— Et ses camarades? Vous ne les avez pas interrogés?

— Non, » dit Amélie.

Coincée entre M. Buche et M. Florent, la friteuse poussa une exclamation indignée :

« Quelle question! Elle avait autre chose à faire, la pauvrette! »

Les hommes firent entendre un petit rire discret, et Amélie ne put s'empêcher de rougir.

« Vous êtes tous des brutes! reprit la friteuse en les menaçant du doigt. Autant demander de la délicatesse à des becs de gaz! »

Tout en admirant sa sœur pour l'audace dont elle avait fait preuve au cours de cette randonnée, Denis déplorait qu'elle fût incapable de le renseigner sur quelques points importants : Pierre avait-il déjà chargé à la baïonnette? Combien avait-il tué d'Allemands? Est-ce que les officiers de son régiment sortaient toujours des tranchées avant les soldats, en cas d'attaque? A en croire Amélie, elle avait passé deux heures avec son mari, dans un café, à parler de la maison, de son père, de son frère, d'Élisabeth et du commerce. Ce n'était vraiment pas la peine d'aller si loin pour avoir une conversation si banale! Vers neuf heures vingt, les clients commencèrent à se disperser. Denis se retira le dernier, avec M. Buche. Amélie sortit sur le pas de sa porte pour guetter l'arrivée de Mme Rousseau. « On ne peut décidément se fier à personne, pensait-elle. J'aurais mieux fait d'y aller moi-même. » Subitement, le fil de ses idées se coupa : elle venait d'apercevoir la silhouette épaisse de Mme Rousseau, qui descendait la rue de Montreuil, en roulant d'un pied sur l'autre. Seule. L'air furieux. Les bras vides. Amélie s'élança vers elle :

« Et Élisabeth? Où est Élisabeth? »

Mme Rousseau bougonna, la lippe dédaigneuse :

« J'ai sonné, cogné... Mme Boursier ne répond pas!

— Elle n'est pas chez elle?

— Si, mais elle doit dormir!

— A cette heure-ci? »

Elles rentrèrent dans le café.

« Oui, madame Mazalaigue, dit Mme Rousseau, à cette heure-ci! Et elle se fourre du coton dans les oreilles pour ne pas entendre quand on tape. Il faut bien ça avec la vie qu'elle mène! Sinon, elle ne tiendrait pas le coup! »

Une inquiétude traversa l'esprit d'Amélie :

« Qu'est-ce que vous me racontez là, madame Rousseau? Expliquez-vous, je vous en prie...

— Y a rien à expliquer! Vous saviez ce que vous

faisiez en confiant votre Lisette à cette personne au lieu de me la laisser à moi!

— Si je l'ai fait, c'est que Mme Boursier, travaillant chez elle, pouvait mieux surveiller ma fille. »

Mme Rousseau dressa la tête autant que le lui permettait la déformation de son dos et dit, en remuant les lèvres avec répugnance :

« Ah! pour ça, elle a été bien surveillée! Ils s'étaient même mis à deux pour la garder!

— A deux!

— Eh! oui, Mme Boursier ne vit pas tout à fait seule!

— Quoi?

— Elle reçoit un homme chez elle.

— Ce n'est pas possible! balbutia Amélie.

— Vous ne le saviez pas? Ça fait pourtant plus d'un mois que ça dure! Tout le quartier est au courant.

— Mais son mari?

— Son mari? Il est au front!

— Justement, elle devrait...

— Pensez-vous! Elle ne tient même pas à ce qu'il revienne. Elle a trouvé mieux! L'épicier de la rue de Tunis...

— M. Toupetain?

— Lui-même! Un homme de cinquante ans. Père d'une fille qui a son fiancé dans les tabacs. Il va rejoindre cette dévergondée chez elle, trois fois la semaine, avec du pâté de foie et des douceurs. Et c'est la noce! Et Mme Toupetain accepte, parce que le magasin est au nom du mari et qu'elle est bien contrainte de ce fait! Voilà ce que c'est que votre Mme Boursier! Dans la journée, elle fait de la couture, et, la nuit, elle se paie du bon temps. Et votre petite Élisabeth, dans son berceau, à côté de ces deux-là, vous ne croyez pas que c'est une honte? »

Amélie évoqua le tableau et frémit. Une vague

d'horreur se levait en elle à l'idée que sa fille eût passé deux nuits dans la chambre où un couple adultérin se livrait aux jeux de l'amour.

« L'abominable créature! » dit-elle entre ses dents.

Elle comprenait tout, maintenant : la brusque prospérité de Mme Boursier, les bons petits plats, les chapeaux neufs, les toilettes voyantes. Et Élisabeth qui était encore là-bas! Il fallait vite la soustraire à cette atmosphère de dépravation.

« Je vais y aller moi-même! s'écria-t-elle. Et je vous jure bien que Mme Boursier m'entendra quand je carillonnerai à sa porte! »

Mme Boursier habitait à l'angle de la rue de Montreuil et de la rue de Tunis. Au coup de sonnette d'Amélie, des pantoufles claquèrent, le vantail s'entre-bâilla, puis s'ouvrit franchement :

« Madame Mazalaigue! Quelle bonne surprise! Entrez donc! J'étais justement en train de nourrir la fifille... »

Apparemment, Mme Boursier venait à peine de sortir du lit. Son visage était moite, blafard, sous un lourd paquet de cheveux en désordre. Le sommeil engluait encore ses petits yeux porcins. Elle enfila une blouse de travail sur sa chemise de nuit et demanda :

« Alors? Vous avez pu voir votre mari? Vous avez fait bon voyage? »

Sans lui répondre, Amélie traversa la chambre, passa derrière un paravent en cretonne rose à ramages bleus et découvrit avec soulagement sa fille, couchée dans le berceau, un biberon vide entre les mains, les lèvres barbouillées de lait et le regard joyeux.

« Ce qu'elle a pu être mignonne avec moi en votre absence! » dit Mme Boursier.

Élisabeth lâcha son biberon et tendit les bras à sa mère. Amélie s'empara de l'enfant avec frénésie, l'écrasa contre son sein, la couvrit de baisers, comme

si, ayant failli la perdre, elle eût douté encore de l'avoir
sauvée tout de bon. La fillette riait d'être si fortement
soulevée et pressée.

« Vous voyez si nous nous portons bien, si nous
avons heureuse mine, madame! » susurra Mme Boursier en quête de compliments.

Malgré la fenêtre ouverte, une odeur de cuisine à
l'ail persistait dans l'air. De la vaisselle sale était
empilée sur la table. La machine à coudre tenait entre
ses dents une longue chute de tissu mauve. Muette,
serrant sa fille dans ses bras, Amélie revint au centre
de la chambre et s'arrêta devant le grand lit défait. Les
oreillers en boules, les couvertures rejetées, les draps
froissés, tout dans cette couche portait l'aveu de la
lutte voluptueuse qui s'y était déroulée quelques heures
auparavant. Un sursaut de dégoût ébranla le cœur de
la jeune femme. Elle aurait pu se retirer immédiatement, sans explications, mais elle ne voulait pas partir
avant d'avoir dit son fait à Mme Boursier. Celle-ci
s'était rapprochée d'elle et lui tendait les couvertures
d'Élisabeth, en disant :

« Enveloppez-la. Elle pourrait prendre froid par les
pieds. »

Amélie s'exécuta sans un mot de remerciement.

« Vous ne m'avez toujours pas dit si vous aviez vu
M. Mazalaigue ». reprit Mme Boursier.

Il y eut encore un silence.

« Quelque chose ne va pas chez vous? demanda
Mme Boursier en changeant de figure.

— C'est plutôt chez vous que quelque chose ne va
pas », dit Amélie.

Et, sans laisser à Mme Boursier le temps de se
ressaisir, elle poursuivit d'une voix frémissante :

« Vous avez abusé de ma bonne foi en me proposant
de garder ma fille, alors que vous n'aviez pas le droit
de le faire dans votre situation!

— Qu'est-ce qu'elle a, ma situation? bredouilla Mme Boursier.

— Elle est irrégulière!

— Qui vous l'a dit?

— Des gens du quartier!... tout le monde!... N'essayez pas de nier!... Je connais même le nom de l'homme qui vient vous retrouver dans votre chambre!... »

Mme Boursier eut un haut-le-corps. Son nez et son menton pointèrent. Une lueur arrogante s'alluma dans ses yeux. Derrière elle, sur la cheminée, on voyait la photographie d'Emmanuel Boursier, qui souriait béatement, qui acceptait tout.

« Ma vie privée ne regarde personne! dit-elle.

— Je ne m'occuperais pas de votre vie privée si je ne vous avais pas confié mon enfant, gronda Amélie.

— Je vous l'ai estropiée, peut-être? demanda Mme Boursier avec un rire insolent.

— Vous l'avez mêlée à vos sales histoires!

— Pour ce qu'elle a pu voir! Y avait le paravent... »

Cette réplique inattendue déconcerta Amélie. Un instant, par l'effet d'un dédoublement étrange, elle se vit frappant cette femme qui lui tenait tête. Mais Élisabeth chargeait ses bras, l'empêchait d'agir. Elle remonta le fardeau d'un mouvement de hanche, et murmura :

« Je ne discute pas les détails... C'est le principe...

— Le principe! Le principe! s'écria Mme Boursier. Une mioche de huit mois... Vous la couchez bien, vous aussi, dans votre chambre!

— Je ne vois pas le rapport!

— Vous le verrez quand votre mari viendra en permission! Qu'est-ce qui se passera, alors, devant elle? La même chose qu'ici, ni plus, ni moins! »

Amélie crispa les mains sur le corps de la fillette, qui gigotait doucement.

« Il s'agira de mon mari, de son père! dit-elle avec dignité.

— Si vous croyez qu'elle fera la différence, à son âge!

— Elle, non, madame Boursier, mais moi! Je vous répète que votre conduite est inqualifiable! Et cela d'autant plus que votre mari est au front!

— Ce n'est pas moi qui l'y ai envoyé!

— Il risque sa vie en ce moment, et vous... vous vous acoquinez avec le premier venu... Vous trompez lâchement un absent... un absent qui se bat pour la France!... Vous déshonorez son foyer!...

— S'il était ici, ça lui serait bien égal! Vous ne le connaissez pas! Depuis dix ans qu'il me faisait porter les cornes, c'est bien mon tour de me rattraper!...

— Vous auriez pu attendre pour vous rattraper, comme vous dites, que la guerre soit finie! »

Mme Boursier colla ses mains sur ses flancs et balança la tête avec fureur :

« Et vous? Vous avez attendu que la guerre soit finie pour aller retrouver votre homme? Ça vous démangeait! Vous dansiez sur place!

— Je vous défends de comparer!

— Il le faut bien pourtant! Vous, comme moi, on est toutes tenues de là! On en a besoin! C'est la nature!

— Vous êtes immonde », siffla Amélie.

Et elle détourna légèrement la tête pour empêcher Élisabeth de saisir à pleins doigts son menton et ses lèvres, qui bougeaient dans l'effort de la conversation.

« Immonde vous-même! rétorqua Mme Boursier. Ça m'apprendra à rendre service! J'aurais dû me douter qu'avec vos grands airs vous n'étiez qu'une mijaurée! Fais-le, mais n'en parle pas! De la vertu comme ça, c'est pis que le vice! »

Sur le point de perdre contenance, Amélie se sauva par le dédain.

« Inutile de crier, madame Boursier, dit-elle calmement. Vos injures ne m'atteignent pas. Votre mari est un ami du mien. J'ai fait mon devoir en essayant de vous démontrer que vous étiez sur la mauvaise pente...

— Écrivez-le-lui, pendant que vous y êtes !

— Je ne le lui écrirai pas, mais, dorénavant, je vous prierai de ne plus fréquenter mon établissement !

— En voilà une privation ! hurla Mme Boursier.

— Vous aurez également l'obligeance de déposer le berceau et les affaires de ma fille chez votre concierge. Mon frère viendra les chercher.

— C'est ça ! Mais en attendant la porte est là, si vous voulez vous donner la peine !... »

Ayant rectifié la position du bébé dans le creux de son bras, Amélie sortit, tête haute, avec la conscience d'avoir agi honorablement.

*
* *

Le lendemain, elle espéra vainement des nouvelles de son mari. Le courrier ne lui apporta qu'une lettre de son père, triste et douce. Elle pensa aux journées monotones de Jérôme dans cette maison devenue trop grande pour lui, à ces ruines du Veixou, qu'il visitait avec une dévotion étrange, à ce chien trouvé, à Mme Pinteau, à la forge, aux voisins... C'était un autre monde. Un îlot de paix et de souvenirs. Mais Amélie n'aurait pas supporté d'y vivre. Il lui semblait qu'à Paris elle était plus près de la guerre, plus près de l'homme qu'elle aimait. L'existence, au café, avait repris son cours normal. Mme Boursier ne se montrait plus et Mme Rousseau redoublait de prévenance envers Élisabeth. Un client vint se présenter pour l'hôtel. Amélie n'avait que deux chambres occupées sur six (une par Mme Rousseau, qui ne la payait pas, l'autre par M. Clapeton, le graveur, qui travaillait irrégulièrement, buvait trop de calvados et réglait son ardoise avec de sérieux retards). Elle fut bien aise de pouvoir compter un locataire de plus. Celui-ci était un veuf d'une cinquantaine d'années, petit, nerveux, maladif, qui se nommait Anatole Lubin et était employé dans une usine de conserves pour l'armée. Sans se faire prier, il versa un trimestre d'avance.

Deux jours passèrent encore, languissants, inutiles. Enfin, le vendredi matin, alors qu'Amélie était à bout de patience, le facteur lui remit la lettre qu'elle attendait.

Elle se jeta dessus :

« Ma chère petite, je t'écris pour te mettre au courant d'un événement extraordinaire. Dimanche, en montant dans le wagon, avec les autres, j'avais la tête pleine de bien douces images. L'idée de repartir pour le front me rendait tout triste. Au bout d'un moment, je me penche à la portière : c'est drôle ! le train qui devrait rouler vers le Nord a l'air d'aller plutôt vers l'Ouest. Je le dis aux copains. On lit les noms des gares. Pas de doute possible. On nous ramène en arrière. Et nous aboutissons où ? Dans un petit patelin tranquille, que je ne peux pas te nommer. Cette fois, c'est sûr on nous met au repos pour un bon bout de temps. Le capitaine croit que nous sommes là pour quatre ou cinq semaines au moins. Mais ce n'est rien encore ! Figure-toi qu'un de mes copains a une tante qui habite Flesselles, près d'Amiens. Elle s'appelle Mme Joséphond et voudrait acheter notre café, rue de Montreuil. Cela pourrait être une excellente affaire. Qu'en penses-tu ?... »

Amélie se demanda si son mari n'avait pas perdu la raison, relut les dernières lignes, et continua, de plus en plus inquiète :

« Moi, je t'encourage vivement à ne pas laisser passer l'occasion. L'ennuyeux c'est que, si, comme je l'espère, tu te décides à vendre, il faudra que tu ailles discuter les conditions à Flesselles, avec cette personne : Mme Joséphond est malheureusement souffrante en ce moment et ne peut pas se déplacer. Elle t'écrira d'ailleurs directement par le prochain courrier. Le commissaire de police te donnera un sauf-conduit sur le vu de sa lettre, visée par le maire... »

La lumière inonda l'esprit d'Amélie : il s'agissait d'un subterfuge destiné à tromper la censure. Pierre se trouvait à Flesselles et l'engageait à s'y rendre !

« Évidemment, ce sera bien du tracas pour toi, ce voyage ! Mais tant pis ! L'important c'est de vendre le café. L'affaire en vaut la peine, pas vrai ? »

Chaque phrase, maintenant, la comblait de joie. Elle s'amusait du choix des sous-entendus. Il lui semblait même que, sous cette forme déguisée, l'invitation de Pierre était doublement attrayante.

« J'ai de très bons renseignements sur Mme Joséphond. Tu peux y aller !... Les copains, à qui j'ai montré ta photo, te trouvent bien belle. Plusieurs ont écrit à leur épouse pour leur dire ce que tu avais fait et leur conseiller de prendre exemple sur toi. Mais les pauvres gars ne se font pas beaucoup d'illusion. Toutes les femmes n'ont pas le courage de mon Amélie ! Je ne pense plus qu'à cette histoire de vente à Mme Joséphond. Ce que ce serait bien ! Je termine cette lettre et, déjà, je commence à attendre la réponse. Vite ! Vite ! Je t'embrasse comme tu l'aimes. Donne de tendres baisers pour moi à notre chère petite. Et ne néglige pas Denis dans la distribution. Je voudrais tellement voir ton visage pendant que tu me lis !

— PIERRE. »

⁎
⁎

Jusqu'au soir, Amélie vécut dans un état d'allégresse fébrile. Il était encore trop tôt pour mettre les consommateurs au courant de son prochain départ. Mais elle les servait avec tant de gaieté et tant d'incohérence, qu'ils devaient bien la soupçonner d'être déjà ailleurs. A plusieurs reprises, elle oublia les commandes et se trompa en rendant la monnaie. Denis, qui était seul dans le secret, souriait en observant sa sœur à la dérobée. Après le dîner, il lui dit qu'il aimerait aller jouer au billard avec son ami Paulo. Pouvait-elle lui marchander cette faveur, alors qu'elle-même était si heureuse? Elle lui donna un peu d'argent et le regarda partir avec un sentiment de mansuétude. Le café était vide. Sans doute ne viendrait-il plus de clients avant l'heure de la fermeture. Cette solitude ne déplaisait pas à Amélie, car, ainsi, elle avait le loisir de réfléchir posément à l'organisation de son voyage : « Si Pierre, comme il me l'a promis, m'envoie une lettre signée de cette Mme Joséphond, le commissaire, qui est bien disposé à mon égard, ne me refusera certainement pas un sauf-conduit pour raisons d'affaires. Je confierai la petite à Mme Rousseau. Je mettrai une vieille robe qui ne gênera pas mes mouvements, un chapeau léger... » Son esprit travaillait à rejoindre Pierre, et ses mains à ranger les verres, les bouteilles, à essuyer le comptoir, à trier les gros sous de la caisse. Elle s'apprêtait à poser les volets de bois sur la devanture, quand deux femmes entrèrent dans le café. Amélie ne les avait jamais vues. L'une était petite, brune, avec des épaules carrées, un buste plat et un jeune visage aux traits secs. L'autre, molle, haute et blonde, assez jolie, portait des lunettes qui lui donnaient un regard lointain. Son chapeau était garni de cerises qui paraissaient vraies.

« Vous désirez, mesdames? demanda Amélie.

— Madame Mazalaigue, sans doute? dit la petite brune.

— Oui.

— Je suis Mme Vernac, et voici mon amie: Mme Soufaneix. »

Elle prononça ces deux noms d'un air de complicité radieuse, comme si elle eût été sûre qu'Amélie, en les entendant, n'allait pas manquer de manifester son plaisir. Amélie, interloquée, gardait le silence et souriait avec politesse. Il n'y avait ni Soufaneix, ni Vernac dans sa mémoire. Enfin, à tout hasard, elle murmura:

« Voulez-vous prendre quelque chose, mesdames?

— Volontiers, dit Mme Vernac. Deux cafés, n'est-ce pas, Georgette? On ne va pas se gêner entre épouses du 300e! »

Amélie tressaillit, radoucie, le cœur battant vite:

« Vos maris sont aussi au 300e?

— Eh oui! Dans la même compagnie que M. Mazalaigue, répondit Mme Soufaneix. Il ne vous l'a pas dit?

— Si?... Excusez-moi! bredouilla Amélie. Où avais-je la tête?... »

Elle mentait, n'ayant pas le courage de révéler à ces femmes que Pierre n'avait jamais cité le nom de leurs époux dans ses lettres.

« Un trio inséparable! reprit Mme Vernac. Des copains de tranchée, c'est tout dire! Vous n'avez pas vu M. Vernac et M. Soufaneix quand vous êtes allée à Toul?

— Hélas! non, dit Amélie. J'avais si peu de temps devant moi!

— Je comprends bien, dit Mme Soufaneix. Eux, en tout cas, vous ont vue!

— Où ça?

— A la gare des marchandises, quand vous cherchiez M. Mazalaigue! Ils nous l'ont écrit... à mots couverts, bien entendu... »

Agacée par la publicité qui était faite autour de sa personne, Amélie manœuvra rapidement le robinet du percolateur et servit le café :

« Si vous voulez vous asseoir, mesdames. »

Elles s'installèrent toutes trois autour d'une table.

« Avez-vous eu de leurs nouvelles dernièrement? reprit Amélie.

— Pas plus tard que ce matin, dit Mme Vernac. Et Mme Soufaneix de même.

— J'ai eu également une lettre aujourd'hui, dit Amélie.

— Alors, vous êtes au courant!

— De quoi?

— Ils sont à Flesselles. Ils nous attendent... »

Surprise par ce pluriel, Amélie balbutia :

« Comment cela... ils nous attendent?...

— M. Mazalaigue a dû vous expliquer. Ils vont nous envoyer à chacune, par le prochain courrier, une lettre d'un commerçant de Flesselles. Cela nous servira de pièces justificatives pour demander un sauf-conduit...

— Vous voulez donc y aller aussi? demanda Amélie.

— A vous dire vrai, grommela Mme Vernac, nous ne sommes pas encore bien décidées!

— Oui, renchérit Mme Soufaneix, nos maris ne se rendent pas compte!... Ils raisonnent comme des enfants. Dieu sait si nous aurions envie de les revoir! Mais partir ainsi, à l'aventure, est-ce bien prudent? Quand je pense que la censure aurait pu ouvrir leurs lettres!... »

Amélie se taisait, en proie à un débat de conscience. Devait-elle conseiller à Mme Soufaneix et à Mme Vernac de la suivre, quitte à en avoir des désagréments, ou les décourager par souci de préserver sa tranquillité personnelle? Égoïstement, elle eût préféré voyager seule, arriver seule à Flesselles. Mais elle ne pouvait refuser le secours de son expérience à ces deux femmes, qui avaient, comme elle, un mari au front. Ils étaient des amis de Pierre. C'était lui, sans doute, qui les avait incités à convoquer leurs épouses. Qu'elle le voulût ou non, elle était moralement obligée de les aider dans leur entreprise.

« Votre opinion, madame Mazalaigue? reprit Mme Vernac. Avons-nous quelque chance de réussir?

— J'en suis persuadée, dit Amélie avec une décision qui lui fit du mal et du bien à la fois.

— Mais il y a des riques...

— Les risques ne sont pas gros. Le pire qui puisse nous arriver, c'est qu'on nous arrête en route et qu'on nous refoule à Paris.

— Et les sanctions, les sanctions administratives? » soupira Mme Soufaneix en lapant une gorgée de café brûlant.

Elle se voyait déjà cheminant, tête basse, entre deux gendarmes.

« Rassurez-vous, dit Amélie. Avec des papiers en règle et de l'audace, nous passerons. »

Elle voulut se réserver un peu d'indépendance et ajouta, sans grand espoir :

« Évidemment, il vaudrait mieux échelonner nos départs sur trois ou quatre jours...

— Que dites-vous? s'écria Mme Soufaneix. D'après vous, nous ne devrions pas voyager ensemble?

— En voyageant ensemble, nous nous exposerions plus à être remarquées, dit Amélie.

— Croyez-vous? dit Mme Vernac. Nous pourrions monter dans des compartiments différents. Et, à Amiens, au moment de la vérification des sauf-conduits, nous ferions semblant de ne pas nous connaître...

— Dans ces conditions, à quoi bon nous déplacer en groupe? » demanda Amélie.

Mme Vernac haussa les épaules :

« Lorsqu'on est à plusieurs on a moins d'appréhension. En cas de difficulté, on se réconforte, on s'entraide...

— Moi, c'est bien simple, gémit Mme Soufaneix, je n'accepterai d'y aller qu'avec vous!...

— C'est absurde! dit Amélie.

— Nullement! Vous avez déjà essayé, réussi... Vous avez du sang-froid, de la pratique... Toute seule, avec Yvonne, je n'oserai jamais!... »

Elle balança son visage fade. Les cerises de son chapeau s'entrechoquèrent. Mme Vernac vida le fond de sa tasse et dit :

« Si nous nous adressons à vous, c'est que nos maris nous l'ont recommandé, sur le conseil de M. Mazalaigue.

— C'est bon, dit Amélie. Nous partirons donc à trois. Mais dans quel arrondissement habitez-vous?

— Dans le sixième, dit Mme Vernac, et mon amie dans le quatorzième.

— Tant mieux! Si vous dépendiez du même commissariat que moi, le commissaire aurait des soupçons en recevant à la fois trois demandes de femmes mariées pour un voyage à Flesselles.

— Je suis très bien avec mon commissaire, dit Mme Vernac.

— Moi, je ne connais pas le mien, dit Mme Soufaneix.

— Il est probable, dit Amélie, qu'il se fera tirer l'oreille. Insistez. Et, s'il vous demande où se trouve votre mari, affirmez qu'il est quelque part dans les Vosges.

— Je comprends! Je comprends! chuchota Mme Soufaneix, que l'idée de ce mensonge effrayait par avance.

— J'irai le voir avec vous, Georgette, dit Mme Vernac sur un ton résolu.

— Merci, Yvonne. Alors, vous croyez, vraiment, que nous devons tenter cette expédition?

— Sans aucun doute », dit Amélie.

Son cœur se serrait. Par la faute de ces deux intruses, l'aventure dont elle avait rêvé comme d'une course éperdue au bonheur se transformait en une expédition collective, un peu ridicule, de trois épouses allant rejoindre leurs conjoints mobilisés.

« Bravo! dit Mme Vernac. J'aime les solutions rapides. Dès que nous recevrons les lettres annoncées, nous commencerons les démarches. Voulez-vous noter mon adresse et mon numéro de téléphone? Teinturerie Vernac, 63 rue Notre-Dame-des-Champs; Fleurus 10-12. Vous pourrez m'appeler à tout moment dans la journée. De notre côté, si nous avons du nouveau, nous vous enverrons un pneumatique. »

Mme Soufaneix, mal remise de ses craintes, souriait à Amélie comme une convalescente à son médecin :

« Chère madame Mazalaigue! J'ai tellement confiance en vous, que je vous suivrais au bout du monde! Savez-vous que j'ai déjà envie de préparer mes bagages? »

Cet enthousiasme de novice toucha le cœur d'Amélie. Elle oublia pour un instant sa rancune et dit d'un air de compétence et de protection :

« Surtout n'emportez que le strict nécessaire! Nous aurons peut-être à marcher sur la route...

— Et comme vêtements?

— Ce que vous avez de plus simple et de plus pratique! Pas de jupes étroites, pas de corsages ajustés. Des souliers à talons bas... »

Mme Soufaneix buvait ses paroles. Les têtes se rapprochèrent. Une atmosphère de conspiration s'appesantit sur elles.

« J'ai un petit ensemble un peu défraîchi, dit Mme Soufaneix : une jupe et une jaquette de serge bleue. Croyez-vous que ça ira?

— Mais certainement.

— Moi, je resterai comme je suis », dit Mme Vernac. Elle portait une robe-sac, de couleur prune, serrée à la ceinture par un ruban écossais.

« Encore un café? demanda Amélie.

— Non! non! s'écria Mme Soufaneix. Je ne pourrais pas dormir! Déjà que je suis si énervée! »

A ce moment, Denis rentra dans la salle par la porte du fond.

« Voici mon jeune frère », dit Amélie.

Il paraissait confus et préoccupé. Gauchement, il salua les deux femmes et alla s'asseoir à la table voisine.

« Tu sais, dit Amélie, ces dames doivent faire le voyage avec moi.

— Ah! oui? très bien, dit-il en considérant le sol entre ses pieds.

— Vous avez aussi une charmante fillette, d'après ce que m'a écrit mon mari, dit Mme Soufaneix. Ne pourrait-on la voir?

— Elle dort, dit Amélie.

— Pauvre ange! Ne la dérangez pas. Qui est-ce qui s'occupera d'elle en votre absence?

— J'ai une personne de confiance pour cela.

— Et ce grand garçon? Vous le laisserez sans inquiétude?

— Oh! pour lui, je suis tranquille, dit Amélie. Il est si appliqué, si raisonnable!... »

En prononçant ces mots, elle regarda son frère et le vit qui courbait le front, comme si la couronne qu'elle lui décernait eût été trop lourde pour sa tête. Mme Vernac donna le signal du départ en se levant. Debout, elle semblait à peine plus grande qu'assise.

« Il est temps de regagner nos cantonnements, dit-elle avec un petit rire cavalier. J'espère que vous ne nous en voulez pas d'être venues ainsi, tout bonnement, sans vous avertir !

— Mais non, dit Amélie. Vous avez bien fait... »

Sa déception l'affaiblissait comme un malaise physique. Sur le pas de la porte, il y eut encore des protestations aimables, des compliments, des sourires et, enfin, les deux visiteuses disparurent, en froufroutant, dans la nuit. Amélie se tourna vers Denis et murmura :

« Allons nous coucher ! Je suis rompue. »

Il secoua la tête. Une grimace misérable tirait les coins de sa bouche. Immédiatement, elle s'inquiéta :

« Tu n'es pas bien ? »

Denis lui jeta un regard coupable et gémit :

« Oh ! Amélie, c'est affreux !

— Qu'est-ce qui est affreux ?

— Tout à l'heure... on était à *La Chope d'Or* avec Paulo... On jouait au billard... »

« Ça y est ! se dit-elle, il a blessé quelqu'un en tapant trop fort sur la bille. » Son cœur se réduisit, se pinça.

« Eh bien, va, va ! » s'écria-t-elle.

— La blanche masquait la rouge, reprit-il. J'ai voulu faire un « massé », comme ça... »

Il esquissa le geste, le bras droit levé, la main gauche appuyée sur une table invisible :

« Un monsieur m'avait montré comment m'y prendre. Et toc ! Pas de chance !... avec le bout de la queue, je déchire le drap du billard !... »

Amélie, qui s'était attendue au pire, laissa paraître son apaisement.

« Ce n'est pas si grave ! dit-elle. Ils le répareront.

— Pour ça, oui, ils le répareront, dit-il. Mais il faudra payer.

— Ça coûte cher?

— Oui et non... C'est un travail de spécialiste, forcément!...

— Combien?

— Le patron a dit qu'il ne savait pas au juste. Comme c'est le premier accroc, il paraît que ça va chercher dans les quinze ou vingt francs!

— Quoi?

— Peut-être moins, tout de même, murmura-t-il avec vivacité.

— Vingt francs! répéta Amélie d'une voix altérée. Est-ce que tu te rends compte, Denis?... »

Il l'arrêta d'un geste de la main, pour lui signifier qu'il s'était déjà dit tout ce qu'elle allait lui dire :

« Le patron m'a fait signer un papier comme quoi c'était moi, mais je lui ai expliqué, — je ne me suis pas gêné! — je lui ai expliqué que rien ne serait arrivé sans ce type qui m'avait conseillé de faire un massé! Un type que je ne connaissais même pas! De quoi se mêlait-il, je te le demande? Tout est de sa faute! »

Amélie se laissait anéantir par le désespoir. Quelle journée! Ces femmes qui s'accrochaient à elle, Denis qui déchirait le drap du billard! Vingt francs de réparation en perspective alors qu'elle avait tout juste assez d'argent pour payer son voyage. Qu'avait-elle fait pour mériter un tel afflux de calamités en si peu de temps? Ses nerfs tendus la trahirent. Elle se mit à crier :

« Tu es trop bête aussi!... Tu ne fais jamais attention!... Il faudrait que je sois constamment derrière ton dos!... »

Tandis qu'elle donnait libre cours à sa colère, le son de sa propre voix, aiguë, éplorée, lui fit honte. Devant elle, Denis, livide, ne disait mot. De grosses larmes brillaient dans ses yeux. Elle continua à le sermonner en baissant le ton. Mais, déjà, elle avait plus pitié de lui que d'elle-même. Elle se tut. Il marmonna :

« J'ai pas eu de chance, Amélie! Ça arrive!... »

Cette phrase banale, subitement, la bouleversa. D'un mouvement irréfléchi, elle attira son frère contre son épaule. Il respirait au niveau de sa joue.

« Ce n'est rien, dit-elle. Je m'arrangerai avec le patron. Nous le paierons plus tard. N'y pense plus... »

Ils restèrent longtemps serrés l'un contre l'autre, malheureux et attendris, chacun suivant son idée.

7

LA pluie s'était remise à tomber, drue et monotone. En se penchant par la lucarne, Amélie voyait la chaussée de boue, deux arbres grelottants dans un jardinet, et le clocher de Flesselles, hachuré par les traits de l'averse. Le village étant débordé, submergé par la troupe, Pierre et elle avaient été bien heureux de pouvoir se loger dans un estaminet, situé en lisière de l'agglomération. Quand elle avait appris qu'ils étaient, eux aussi, propriétaires d'un café, la patronne, mue par un élan de solidarité professionnelle, leur avait installé un lit pliant dans le grenier de sa maison. Mme Soufaneix et Mme Vernac avaient eu moins de chance, car leurs maris n'avaient trouvé qu'une seule chambre pour quatre chez Mme Joséphond, qui les faisait payer le prix fort. Les deux couples profitaient du local à tour de rôle dans la journée, et se contentaient d'un paravent pour s'isoler la nuit. Amélie s'étonnait que des femmes pussent accepter une promiscuité si étroite dans leurs rapports amoureux et même dans leur sommeil. Il y avait quarante-huit heures qu'elles étaient arrivées à Flesselles après un voyage pénible.

A Amiens, le contrôle des sauf-conduits était effectué par des officiers âgés et méfiants, qui appliquaient le règlement avec une sévérité glaciale. Malgré les supplications d'Amélie, ils avaient refusé de laisser continuer leur route à ces trois femmes, dont l'équipée leur paraissait suspecte. Pendant tout un après-midi, elles avaient erré dans la ville, à la recherche d'un « passeur ». Enfin, un boulanger, qui livrait du pain à la troupe, les avait chargées dans sa voiture. Sur son conseil, elles avaient noué des fichus autour de leur tête pour ressembler à des paysannes. Il connaissait tous les gendarmes de la région. Arrêté quatre fois en chemin, il s'était tiré d'affaire, les quatre fois, par des plaisanteries. En touchant au but, Amélie avait avoué à Mme Soufaneix et à Mme Vernac, que, jusqu'au dernier moment, elle avait douté de la réussite. Les angoisses subies ensemble ne l'avaient pas rapprochée de ses compagnes. Elle les jugeait bavardes et encombrantes. Il était dommage que Pierre et ses deux amis eussent décidé qu'on prendrait les repas en commun, dans l'arrière-salle du café. Venue pour le voir seul, elle supportait difficilement cette emprise des tiers sur leur intimité conjugale, mais n'osait le lui dire par crainte de le contrarier dans ses sentiments de camaraderie. Bien que les hommes fussent théoriquement au repos, ils devaient répondre à l'appel et on leur imposait constamment des corvées de nettoyage, des revues d'équipement, des exercices de marche et de tir. Cet après-midi-là, Pierre était parti, avec toute la compagnie, pour s'entraîner au lancement des grenades. Heureusement, c'étaient des grenades d'instruction, chargées de terre. Il était recommandé aux épouses de ne pas trop se montrer dans les rues. Leur présence était tolérée par quelques gradés aux idées larges, mais il ne fallait pas qu'elle devînt ostentatoire. Flesselles connaissait depuis peu une animation extra-ordinaire. Toutes les granges étaient occupées. Des tentes se dressaient dans les champs d'alentour. Des

chariots, des roulantes, des ambulances stationnaient
sur les bas-côtés de la route. Ce grand concours de
monde n'incitait guère à la promenade. Aujourd'hui,
Mme Vernac et Mme Soufaneix, délaissées, avaient
voulu rester avec Amélie après le déjeuner. Elle les
avait éconduites en prétendant qu'elle ne se sentait pas
bien et qu'elle avait l'intention de faire la sieste, en
l'absence de son mari. En vérité, elle avait employé son
temps à ranger le grenier, où, sous un vaste déploie-
ment de toiles d'araignée, s'entassaient des sièges
rompus, des cageots de vaisselle hors d'usage et des
malles éclatées par la poussée des chiffons qui bour-
raient leurs flancs. Maintenant, tout était en ordre. Les
meubles et les caisses, refoulés contre les murs,
laissaient une large place, au centre, pour le lit. Un
tabouret boiteux, calé avec des bûches, supportait une
bougie fichée dans un flacon vide. Le plancher était
balayé, arrosé, les solives du toit débarrassées de leurs
haillons de poussière et de suie. Sur une panière en
osier, drapée d'un vieux rideau, trônaient deux pots à
eau et une cuvette. A côté, dans un verre ébréché,
trempait un maigre bouquet de renoncules et de
coquelicots. Amélie avait même découvert, sous un
amas de ferrailles, un baquet en parfait état. Elle y
avait déjà pris ses ablutions et comptait que Pierre en
ferait autant à son retour. Elle l'attendait d'une minute
à l'autre. De grosses mouches se cognaient aux murs.
L'averse, crépitant sur les tuiles, n'arrivait pas à
chasser la chaleur suffocante qui régnait sous les
combles. Les hommes seraient dans un bel état en
rentrant, crottés, trempés! Quelle idée de les emmener
jeter des grenades par cette pluie battante! N'avaient-
ils pas déjà fait leurs preuves sur le front? Elle quitta la
lucarne, y revint, écouta. Au bout d'un long moment,
elle reconnut la rumeur encore lointaine, étouffée, d'un
régiment en marche. C'étaient eux! Comme la veille,

ils allaient s'arrêter de l'autre côté du bourg, dans le pré, s'aligner, répondre à l'appel, entendre le rapport. Après cinq heures, quartier libre. L'existence d'Amélie s'organisait, tant bien que mal, autour de ces rites militaires. Soumise à l'emploi du temps et au vocabulaire de l'armée, elle devenait vraiment l'épouse d'un soldat. Son sauf-conduit était encore valable pour trois jours. Trois jours... toute une vie! Lentement, elle se détacha de l'appui de la fenêtre et s'approcha d'un fragment de miroir fixé au mur. Les yeux mi-clos, se regardant à peine, elle s'abandonnait aux délices d'une impatience sûre d'être récompensée.

Pierre parut enfin, tel qu'elle l'avait imaginé, les brodequins gainés de boue jaune, l'uniforme mouillé et fumant. Il jeta son képi sur le lit, appuya son fusil contre le chambranle de la porte et ouvrit les bras à sa femme.

« Ah! tu es beau! s'écria-t-elle en riant. Mon Dieu! Vite, vite, change-toi!...

— Attends un peu! Je ne m'y reconnais plus! Ma parole, tu as tout astiqué, tout rangé! Tu as mis des fleurs!

— Je les ai cueillies dans le champ, derrière la maison!

— Quelle petite femme j'ai! On devrait t'emmener! Avec toi, le dernier des gourbis deviendrait confortable! »

Il retira sa vareuse, ses bandes molletières, ses chaussures. Quand il fut pieds nus, la chemise ouverte sur le cou, il ressembla de nouveau à son mari. Elle ne se rassasiait pas de le voir bien vivant, bien portant. Il voulut encore l'embrasser. Elle le repoussa parce qu'il montrait trop d'ardeur, et, reprenant ses esprits, versa de l'eau dans le baquet.

« Tu vas te laver. Pendant ce temps, je nettoierai tes affaires... »

Il obéit, et, tandis qu'il s'aspergeait légèrement, avec des soupirs de satisfaction, debout, nu, au milieu du baquet, elle se contraignit à dissimuler sa gêne derrière une activité domestique intense. Décrasser les grosses chaussures, tièdes à l'intérieur, brosser les bandes molletières, la culotte, la veste (« Tu en as des choses dans tes poches! C'est utile, tout ça? »), jeter un mouchoir sale, roulé en tampon, le remplacer par un mouchoir propre, toucher d'une main circonspecte à des pièces d'équipement aussi mystérieusement viriles que le ceinturon, la bretelle de suspension, les cartouchières, se réjouir devant un bouton sur le point de lâcher (« On voit bien que celui-ci n'a pas été cousu par une femme! »), enfiler une aiguille, se pencher sur l'ouvrage, d'un air habile et indispensable. De temps à autre, son regard glissait, comme par mégarde, sur ce corps d'homme, chargé d'une courte fourrure entre les seins, sous les bras et au bas du ventre. Elle réprimait un frisson et se dépêchait de penser en mère de famille : « Il a tellement maigri! C'est affreux! »

« Avec quoi puis-je m'essuyer, Amélie? »

Elle lui lança une serviette, qu'il saisit au vol :

« Oh! c'est bon! On en a bavé aujourd'hui! « Caruso » était dans un mauvais jour! »

Elle savait, depuis la veille, que « Caruso » était le surnom de l'adjudant Lacaruse, devenu presque aphone à force de hurler des commandements.

« Et vous n'avez fait que lancer des grenades? demanda-t-elle.

— Penses-tu! Marche. Course en terrain varié. Exercices de reptation... A croire que nous sommes des bleus!... »

Elle s'indigna mollement, comme s'il eût été un élève indiscipliné lui rapportant les misères qu'on lui faisait en classe. Décidément, les hommes, pris en masse et vêtus de l'uniforme, retombaient tous, plus ou moins, en enfance. Malgré les horreurs de la guerre, il y avait quelque chose de puéril dans leurs soucis, leurs colères et leur soumission. Pierre était en train d'enfiler son caleçon, quand on frappa à la porte :

« Qu'est-ce que c'est ? » demanda-t-il.

Une voix essoufflée répondit :

« C'est moi : Soufaneix. Tu peux venir un moment ?

— Entre donc !

— Non, on t'attend en bas. On voudrait te parler. Fais vite.

— J'arrive », dit Pierre.

Il acheva de s'habiller rapidement :

« Faut que j'y aille, Amélie. Je n'en ai pas pour longtemps. Ce doit être à cause de Poulletin, un petit nouveau à l'escouade. Lacaruse voudrait lui faire sauter son tour de perm' parce qu'il a perdu la moitié de son barda à Pierre-la-Treiche. On va tâcher d'arranger l'affaire. »

Il transvasa l'eau sale du baquet dans un grand seau, le souleva par l'anse et se dirigea vers la porte :

« Par la même occasion, je vais vider ça dans la cour. »

Restée seule, Amélie épongea le plancher et rangea le baquet contre le mur. Dix minutes plus tard, Pierre était de retour. La contrariété durcissait le contour de ses mâchoires et serrait ses lèvres sous sa moustache brune, qu'il portait plus épaisse qu'autrefois. Elle le jugea beau, intimidant, et demanda, sans trop de crainte :

« C'était au sujet de Poulletin ?

— Non, dit-il. Ça va mal pour Soufaneix et pour Vernac. Ils n'ont plus où coucher cette nuit. »

Elle sursauta :

« En voilà une idée ! Pourquoi ?

— Parce qu'il y a deux lieutenants qui sont arrivés d'Amiens pour être mis en subsistance au 300ᵉ et que la mairie leur a délivré un billet de logement pour la chambre de Mme Joséphond.

— Mais puisqu'elle est occupée!

— Elle est occupée irrégulièrement, par des soldats avec leurs femmes. Tu te rends compte?

— Où sont-ils maintenant?

— Ils ont déposé leurs effets en bas, chez la patronne, et sont partis à la recherche d'autre chose.

— Crois-tu qu'ils trouveront? »

Il balança la tête :

« Sûrement pas. On est payé pour le savoir. Il n'y a plus rien de disponible dans le patelin. Et ils ne peuvent quand même pas dormir au cantonnement, avec leurs dames, sur la paille, parmi tous les gars!

— Évidemment, balbutia Amélie.

— Ce sont des copains, reprit-il, des copains avec leurs femmes. On n'a pas le droit de les laisser, comme ça, dans l'ennui. S'ils n'arrivent pas à se loger, il faudra les prendre ici, avec nous.

— Avec nous? s'écria-t-elle. Tu n'y penses pas?

— Eh! si, Amélie! Que veux-tu, puisqu'il n'y a pas moyen de faire autrement... »

Elle imagina cette installation misérable. Des paillasses par terre. Les menus services pour le broc d'eau et la bougie, le déshabillage dans le noir... Tout son bonheur s'écroulait. La confusion, le dépit lui mettaient le feu au visage.

« C'est affreux, Pierre! gémit-elle.

— Oui, murmura-t-il, c'est affreux! Et plus pour moi que pour toi, peut-être! J'avais tellement envie d'être seul avec ma petite femme, seul pour encore trois nuits! Faut croire que c'était trop beau!... »

Elle fut touchée à un point sensible par la tendresse de cette voix, de ce regard :

« Tu m'en veux, Amélie? »

Une générosité féminine, assoiffée de sacrifices, la

poussa violemment contre la poitrine de son mari. Consternée, ravalant ses larmes, elle dit :

« C'est entendu, Pierre. S'ils n'ont rien trouvé ce soir, j'irai parler à la patronne du café. Elle acceptera. Elle nous prêtera deux matelas. J'ai vu qu'elle en avait en réserve. On tâchera de ne pas trop se gêner les uns les autres... »

Il l'observa une seconde avec gratitude, puis, l'entourant de ses deux bras, la soulevant un peu, la berçant, il chuchota :

« Merci, Amélie. J'étais sûr que tu comprendrais! »

*
* *

Comme chaque soir, pour le dîner, ils se réunirent à six dans l'arrière-salle. Vernac et Soufaneix étaient revenus bredouilles de leur expédition. Ils acceptèrent avec enthousiasme la proposition d'Amélie. Leurs femmes en avaient les larmes aux yeux.

« C'est si aimable à vous! soupirait Mme Soufaneix. Je n'aurais jamais osé vous le demander! Je me voyais déjà obligée de coucher à la belle étoile!

— On se fera tout petits! disait Mme Vernac. Vous ne remarquerez même pas que nous sommes là! »

D'habitude, ils mangeaient à l'ordinaire. L'homme de soupe leur apportait, en cachette, six rations de viande et de patates dans un bouteillon. Cette fois-ci, Vernac, pour marquer sa reconnaissance, refusa les nourritures louches de la roulante et commanda à la patronne du jambon, des frites et du vin cacheté. Âgé de vingt-cinq ans à peine, il était aussi petit que sa femme, blond, râblé, rougeaud et d'humeur joviale. Soufaneix n'était guère plus vieux, mais avait une distinction naturelle, avec son long visage à la peau olivâtre, barré d'une mince moustache châtain, ses yeux globuleux à fleur de tête et sa façon de s'exprimer, hésitante, précautionneuse, comme si le souffle lui eût manqué à la fin des phrases. Amélie le trouvait sympathique et se réjouissait que Pierre en eût fait son ami. Du reste, par souci de cacher sa déception, elle s'efforçait de paraître plus gaie que de coutume, si bien qu'on eût pu croire que ce projet de cohabitation répondait à son vœu le plus cher. La conversation fut très animée. On parla de l'adjudant Lacaruse, du sergent Rossi, de Poulletin, des permissions qu'on annonçait toujours et qui ne venaient jamais, des pertes du régiment dans le secteur de Remenauville et des prochaines opérations militaires, qui, d'après Soufaneix, se termineraient brusquement par une intervention solennelle du pape Benoît XV, ordonnant aux belligérants de déposer les armes.

Après le repas, tout le monde grimpa dans le grenier pour installer le dortoir. Là, Amélie fit preuve d'une activité et d'un sens de l'organisation tout à fait remarquables. Selon ses instructions, les hommes empilèrent les meubles sur les malles, afin de dégager le plus de place possible au milieu. Les matelas prêtés par la patronne furent posés à deux mètres l'un de l'autre, sur une épaisse litière de paille, qui les isolait du plancher. Mais ce n'était pas suffisant : en fouillant dans les caisses, la jeune femme découvrit de vieilles couvertures de laine, rongées par les mites, et décida qu'elles pouvaient, à la rigueur, servir de tentures. Pierre, Vernac et Soufaneix les fixèrent avec des pinces à linge sur des ficelles tendues, à mi-hauteur, en travers de la pièce. Ainsi, le local se trouva divisé en trois compartiments de dimensions à peu près identiques. A la venue de la nuit, on alluma les bougies.

« C'est merveilleux! s'écria Mme Soufaneix. On se croirait dans un train! »

Les dames se firent des visites d'une chambre à

l'autre. Amélie était affairée, comme si elle eût reçu des invités dans sa propre maison :

« Vous êtes vraiment bien, madame Soufaneix?... Ce n'est pas trop dur?... Et vous, madame Vernac? Vous ne manquez de rien?... Voulez-vous une boîte en carton pour vos affaires personnelles?... »

Par ces offres de service répétées, elle cherchait, inconsciemment, à retarder l'instant où il lui faudrait se coucher avec son mari, si près de ces couples, dont de minces tentures ne suffiraient pas à faire oublier la présence. Le lit qu'elle devait occuper avec Pierre se trouvait à l'extrémité de la rangée, près de la porte. Elle n'avait que les Soufaneix comme voisins. Sans doute seraient-ils plus discrets que ne l'eussent été les Vernac. Elle essaya de se rassurer par cette pensée. Pierre dit :

« Et maintenant, chacun chez soi! »

On se souhaita le bonsoir en riant. Amélie se retira avec Pierre dans le réduit qui leur était réservé et s'assit sur le bord du lit, frissonnante. Une lueur jaunâtre filtrait à travers le tissu de la couverture pendue devant elle. Une ombre se déplaçait dans ce rayonnement diffus. C'était Mᵐᵉ Soufaneix qui se déshabillait. Comme elle se baissait pour ramasser quelque chose, l'étoffe se souleva un peu, effleurée par une croupe proéminente. A l'autre bout du grenier, les godillots de Vernac tombèrent avec bruit. Mᵐᵉ Vernac fit entendre un petit rire vite étouffé. La voix de Soufaneix chuchota :

« Allons, bon! je ne sais plus ce que j'ai fait de ma montre!

— Ici, mon grand, à côté du matelas, répondit Mᵐᵉ Soufaneix.

— Ah! merci!...

— Aide-moi à me déboutonner par-derrière, veux-tu? »

La respiration pressée de Soufaneix annonça qu'il s'acquittait difficilement de sa tâche. Enfin, il y eut un froissement soyeux de robe s'affaissant en couronne autour d'une paire de chevilles. La toux de Vernac retentit sous les combles. Pierre, qui, depuis un long moment, observait sa femme en silence, demanda à voix basse :

« Tu ne te déshabilles pas, Amélie? »

Elle secoua la tête. Son attention ne pouvait se détacher de ces rumeurs intimes, de ces gestes devinés, imaginés, qui étaient comme la parodie de ceux qu'elle ferait devant son mari tout à l'heure. Subitement, son amour n'était plus seul au monde. Un souffle tiède coula contre son oreille :

« Qu'y a-t-il, Amélie? Tu n'es pas bien?

— Je n'en peux plus, Pierre, murmura-t-elle. C'est plus fort que moi... Emmène-moi vite!...

— Où veux-tu aller?

— N'importe où... Dans la campagne... J'ai envie de marcher, d'être seule avec toi...

— Après tout, tu as raison, dit-il. Laissons-les. Nous reviendrons quand ils se seront endormis. »

Ils sortirent sur la pointe des pieds. Le couvre-feu n'avait pas encore sonné. Quelques clients attardés jouaient aux dominos dans la salle, et la patronne, assise à côté d'eux, surveillait la partie en tricotant. Dehors, la nuit était tiède et sombre. Pas une étoile au ciel. Pourtant, il ne pleuvait plus. La route s'étalait, marquée de flaques livides, entre les massifs noirs des buissons. Un vent humide fouillait les feuillages, qui cherchaient le sommeil avec de longs soupirs.

Pour être sûrs de ne rencontrer personne, ils franchirent le talus et continuèrent à marcher en bordure d'un champ. Amélie se serrait contre Pierre, comme pour implorer sa protection contre tout ce qui menaçait leur amour. Ah! s'évader de la compagnie

des autres, être seuls dans les ténèbres, jusqu'à la fin
des temps! A peine eut-elle formulé ce désir qu'elle se
le reprocha. Elle oubliait Élisabeth, qui avait besoin
d'elle autant que Pierre, plus que Pierre, peut-être, en
ce moment. Si son voyage avait été une réussite, elle
aurait pu justifier sa présence en ces lieux par le
bonheur exceptionnel qu'elle en retirait. Mais l'aventure se terminait d'une manière si lamentable, avec ces
femmes et ces hommes campés dans un grenier, qu'elle
regrettait d'avoir dû, pour en arriver là, confier son
enfant aux soins d'une étrangère.

« Tu ne parles pas, Amélie, dit-il. A quoi songes-tu?
— A Élisabeth. Elle doit dormir à cette heure-ci.
— Tu as du souci de l'avoir laissée? »
Elle n'osa pas lui avouer la vérité et murmura :
« Mais non. Avec Mme Rousseau, je suis tranquille!
— Bientôt, dit-il, tu la retrouveras. »
Sa voix était tellement triste, qu'elle en éprouva du
remords, comme si, en détournant sa pensée de lui
pendant quelques minutes, elle lui eût volé un peu de
la joie exclusive qu'il était en droit d'exiger. Dès
qu'elle était près de Pierre, elle s'inquiétait de son
enfant, et, dès qu'elle était près de son enfant, elle
s'ennuyait de Pierre. Déchirée entre ces deux tenta-
tions contraires, elle ne savait plus où était son devoir,
où était son plaisir. Son pied buta contre une motte;
elle trébucha et se rattrapa au bras de son mari. Leurs
lèvres s'unirent avec tant de douceur qu'elle souhaita
mourir avec lui en cette seconde. Pierre jeta sa capote
sur le sol mouillé. Ils s'écroulèrent dessus, enlacés,
maladroits. Elle poussa une plainte et se défendit
fébrilement quand il voulut retrousser sa jupe :
« Fais attention!... Je t'en prie!... On pourrait nous
voir!... »
La sensation de l'air froid sur la peau de ses cuisses
accrut sa honte; elle se haussa sur un coude, retomba,

perdit la tête et, renonçant à toute pudeur, s'abandonna au travail de ce ravisseur silencieux, mystérieux,
effrayant, né de la nuit et dont le poids la clouait à
terre. Avec lui, c'étaient l'ombre du ciel, les soupirs des
arbres, l'odeur de l'eau, les ondulations de l'herbe, qui
entraient en elle et se répandaient dans sa chair en
frémissements voluptueux. Enfin, il se détacha d'elle,
affaibli par un bonheur trop rapide, et chuchota :

« Je te demande pardon... Ce n'était pas bien... Je
n'aurais pas dû... »

Elle le ressaisit dans ses bras et l'attira de nouveau
dans sa chaleur, dans le désordre de ses vêtements. Il
paraissait si malheureux, et elle savait pouvoir le
consoler si vite!

Quand ils reprirent leur promenade, le vent s'était
apaisé au-dessus d'une campagne qui redressait lentement ses taillis et buvait ses dernières traces de pluie.
Ils dépassèrent un train de chariots bâchés, aux
brancards vides, immobilisés en bordure de la route.
Un sentier coupait les champs, sur la droite. Au bout
de ce ruban de gadoue grisâtre, Amélie discerna une
vague construction dont les flancs laissaient sourdre,
çà et là, de maigres filets lumineux.

« Qu'est-ce que c'est? demanda-t-elle.

— Ça? dit Pierre. Tu vas voir. Mais ne fais pas de
bruit... »

La tenant par la main, il l'amena jusqu'aux abords
de la bâtisse, qui était une grange :

« Approche-toi, regarde... »

Les planches qui formaient le mur étaient disjointes
par endroits. Amélie colla son œil à une fente et Pierre
à la fente voisine. Le spectacle qu'elle découvrit lui
serra le cœur comme une apparition irréelle. Dans une
pénombre roussâtre, la grange, haute et large, dressait
sa charpente de madriers mal dégrossis. De longues
toiles d'araignée pendaient de la voûte de tuiles,

comme des lambeaux d'étoffe. Des montagnes de paille grimpaient par vagues successives presque jusqu'aux chevrons du toit. Mais cette masse dorée et hirsute était trouée de nids multiples, exploitée, habitée dans ses moindres recoins. Pour y voir clair, les soldats avaient utilisé des piquets de tente ajustés bout à bout, et plantés droit dans les litières, avec une bougie fixée à l'extrémité du support. Ces petites étoiles rayonnantes, disséminées sans ordre dans l'espace, évoquaient les apprêts d'une fête clandestine. Autour de chaque lumignon, se groupaient des silhouettes bossues, qui semblaient occupées à la célébration de quelque rite mystérieux. Pourtant, au deuxième regard, on s'apercevait que ces hommes jouaient aux cartes, astiquaient des fusils ou écrivaient des lettres. Un murmure de voix, de toux, de soupirs parvenait aux oreilles d'Amélie. Un soldat se leva, fit quelques pas sur la paille en enfonçant jusqu'aux genoux, chavira, tomba dans un creux et ne bougea plus.

« Ce sont les gars de ma compagnie, chuchota Pierre.

— Tu logeais avec eux, avant que je n'arrive? demanda Amélie.

— Bien sûr! Tu vois, tout au fond, à gauche... le petit... c'est Poulletin... A côté, c'est Fouillade, notre cuistot... Plus près de nous, en bas, c'est Toulouzac, une grande gueule, mais qui n'a pas son pareil pour se défiler au moment des coups durs...

— Les pauvres! soupira Amélie.

— Pourquoi? C'est un bon cantonnement. Si on en avait toujours de pareils!

— Et tu y retourneras dans trois jours?

— Après ton départ, oui... »

Elle lui serra la main. A contempler ces hommes assemblés dans la grange, elle comprenait mieux ce qu'était la vie de Pierre en son absence. Elle le voyait, par la pensée, affalé dans la paille, bavardant avec ses copains, griffonnant une lettre à sa femme. Autour de lui, on parlait de famille, de travaux agricoles, de recettes culinaires, de fiancées lointaines : « Chez nous, voilà comment ça se passe... Quand on reviendra... Tu verras ma sœur... A la première perm' je te promets un de ces gueuletons!... » Tant d'humbles désirs, tant de projets puérils, tant de regrets amoureux, flottaient au-dessus de ces têtes, qu'Amélie croyait entendre, dans son cœur, la confidence de chacun. Une bougie s'éteignit, puis une autre. Des visages s'effaçaient. Quelques formes pesantes se roulaient dans des couvertures. Mais les conversations continuaient, à mi-voix, dans les ténèbres.

Amélie reprit le bras de Pierre pour s'assurer qu'il était près d'elle, et non là-bas, avec les autres. La notion de sa chance l'étourdit. Comment avait-elle pu se plaindre de son sort, alors qu'elle était en train de vivre avec son mari ce que tant d'hommes espéraient vainement pour leur propre compte? L'idée du grenier et des deux couples assoupis ne l'effrayait plus. Elle y songeait même avec satisfaction, comme à un refuge enviable.

« Il est temps de rentrer, Pierre », dit-elle.

Ils suivirent le chemin du retour, laissant derrière eux ce vaisseau de planches, échoué dans la nuit avec sa cargaison de rêves.

En pénétrant dans la chambre, Pierre alluma une bougie. Un léger ronflement venait du coin où reposait le ménage Vernac. Mais, chez les Soufaneix, tout était calme.

« Tu vois, chuchota Pierre, ce n'est pas terrible. »

Ils se dévêtirent hâtivement, se glissèrent sous leur drap, et, ensemble, soufflèrent la flamme. Amélie se pelotonna dans les bras de Pierre et frissonna de plaisir à se sentir si fortement tenue. A ce moment, la porte du grenier s'ouvrit avec un long grincement. C'étaient Soufaneix et sa femme : ils avaient dû se rhabiller et sortir, à leur tour, pour se promener dans la campagne.

« Ils dorment, murmura Soufaneix. Viens. »

Ils firent peu de bruit en se couchant. Une bougie s'alluma derrière la tenture. Des gestes vagues passèrent en transparence sur cet écran semé de petits trous brillants. La clarté s'éteignit, tout rentra dans l'ordre.

Ce fut Pierre qui s'assoupit le premier. Amélie reçut son baiser, l'entendit balbutier des mots confus; puis, avec une émotion infinie, elle devina que, sans desserrer son étreinte, il perdait conscience et s'enfonçait dans le sommeil, tandis qu'elle essayait de rester encore lucide pour savourer, le plus longtemps possible, le bonheur de veiller, dans l'ombre, sur son repos.

DEUXIÈME PARTIE

1

V ERS le milieu du mois d'août 1915, Amélie qui n'avait pas revu son mari depuis les journées de Flesselles, commença raisonnablement à attendre son arrivée en permission. Il lui parlait de cet événement dans chacune de ses lettres. Les listes étaient établies par le lieutenant. Le premier groupe de permissionnaires se mettait en route. Il en partirait huit de la compagnie, tous les douze jours, par roulement. S'il n'y avait pas de contrordre, son tour, à lui, viendrait au début du mois de septembre. Quant aux opérations militaires, il indiquait, sans s'occuper de la censure, que son régiment était tantôt dans les tranchées près de Neuville, tantôt au repos près de Noyelle. En rapprochant ces renseignements fragmentaires des informations et des cartes publiées par les journaux, Amélie n'avait pas de peine à conclure que le 300e était employé dans les combats du fameux Labyrinthe. Les communiqués signalaient des engagements très vifs de ce côté-là, à l'aide de bombes, de grenades et de pétards. Mais existait-il un seul secteur qui ne fût pas constamment menacé sur cet immense front, qui s'étirait des Flandres à la Suisse? « Guerre d'usure », ces mots revenaient souvent dans les articles des quotidiens et les conversations des clients. La paix s'éloignait. Il fallait limiter son espoir à un objectif

plus modeste : Pierre à Paris, pour une semaine.
Amélie ne voulait même pas penser à la suite. La
perspective d'un avenir trop lointain lui donnait le
vertige, comme si, en formant des projets à longue
échéance, elle eût outrepassé son droit et incité
quelque puissance mauvaise à s'occuper d'elle. M. Lubin, le nouveau locataire, qui prenait maintenant tous
ses repas du soir au café, affirmait que les marchands
de canons du monde entier étaient d'accord pour
prolonger un massacre profitable à leur industrie.
Mais il était de complexion maladive et de caractère
grincheux, ce qui l'inclinait naturellement au pessi-
misme. M. Florent avait plus de bon sens quand il
disait que la victoire serait emportée par nos braves
pioupious, à la pointe de la baïonnette. Quant à
M. Buche, il continuait à mettre toute sa confiance
dans les progrès de l'aviation française. Ses dieux se
nommaient Guynemer, Navarre et Pégoud. Il avait
communiqué son enthousiasme à Denis, qui s'était
procuré des photographies des trois héros et les avait
placardées dans sa chambre.

Un matin, à neuf heures, Amélie eut la surprise de
voir Emmanuel Boursier entrer dans le café et se
planter devant elle, hilare, tondu ras et les joues cuites
par le soleil. Il était arrivé en permission la veille et
s'excusait de n'être pas accompagné de son épouse
pour cette première visite : elle avait un travail urgent
à livrer et ne pouvait se détacher de sa machine à
coudre. Avait-on de bonnes nouvelles de Pierre? Où
était-il? Que disait-on dans son secteur? Amélie lui
raconta ses deux voyages et lui montra Élisabeth, qu'il
observa gravement, longuement, avant de déclarer :
« C'est tout lui! » Il revint seul, les jours suivants, à
l'heure de l'apéritif, et se prêta complaisamment aux
questions des clients sur les combats auxquels il avait
pris part en Argonne. Mais, tout en parlant de coups

de mains, de bombardements stratégiques, et de relèves sous le feu des batteries allemandes, il ne cessait de sourire dans le vague, comme si ces événements extraordinaires eussent été peu de chose auprès de ceux qu'il était en train de vivre à Paris. Apparemment, il se trouvait sous le charme de son retour à l'existence conjugale. Amélie était gênée de le sentir si heureux et de ne pouvoir lui dire qu'il avait tort de l'être. La crédulité du mari achevait de condamner la femme. Était-il possible que le mensonge de cette créature demeurât impuni? Emmanuel Boursier repartit pour le front sans que le moindre soupçon lui eût gâché son séjour à l'arrière. Mme Boursier l'accompagna, en larmes, jusqu'au train. Le soir même, d'après Mme Rousseau, qui ouvrait l'œil, M. Toupetain, l'épicier de la rue de Tunis, reprenait ses honteuses fonctions auprès de l'infidèle. Amélie, qui s'était défendue jusque-là de révéler à Pierre les griefs qu'elle avait contre l'épouse de son meilleur ami, se demanda si elle devait continuer à couvrir de son silence une pareille turpitude. La sagesse l'emporta : « Il a assez de soucis, le pauvre, sans que j'aille le déranger avec ces misérables histoires de tromperies. Quand il viendra à Paris, il comprendra par lui-même. » Chaque jour, après l'heure du dernier courrier, elle se disait que, le lendemain matin, elle aurait une lettre de son mari, lui annonçant la date exacte de son arrivée. Elle reçut, coup sur coup, trois cartes militaires, griffonnées au crayon, et dont le texte, à peu près identique de l'une à l'autre, l'étonna : « Il faut prendre patience. On se reverra bientôt, mais je ne peux pas te préciser quand. Pour l'instant, on pense à autre chose... » Sans doute était-il de nouveau dans les tranchées de cet affreux Labyrinthe, que le communiqué citait avec un respect inquiétant. Le 27 août, le facteur remit à Amélie une enveloppe à large bordure noire, dont le seul aspect l'effraya. Dès le premier regard, elle avait reconnu l'écriture de l'adresse : Marthe Vasselin! Les dernières rencontres entre les deux jeunes femmes avaient été si décevantes, que, depuis le début de la guerre, Amélie s'était abstenue de renouer avec son amie d'enfance. Pressentant un malheur, elle ouvrit la lettre avec des mains tremblantes :

« Ma chère Amélie,

« Je viens t'annoncer une bien triste nouvelle : mon mari n'est plus. Le lieutenant Gilbert Vasselin est tombé en héros, chargeant à la tête de sa compagnie, le 24 juillet dernier, au Ban de Sapt, dans les Petites Vosges. Atteint d'une balle en pleine poitrine, il a eu la force, en roulant sur le sol, d'encourager ses hommes par un cri suprême : « En avant! Vive la France! » Il y a quinze jours que j'ai appris cette mort glorieuse et, à mon extrême souffrance, se mêle une grande fierté. Gilbert n'eût pas souhaité une autre fin, j'en suis sûre. En le perdant, j'ai offert à mon pays ce que j'avais de plus cher au monde. Oui, ne pouvant porter le glaive, j'ai fait le sacrifice de mon bonheur à la cause commune. Je te connais assez, mon Amélie, pour savoir que tu sens et penses comme moi en cet instant. J'espère que ton mari, parti avec la même vaillance pour défendre le même idéal, a été préservé du pire. Nous nous sommes perdues de vue aux premiers grondements de l'orage. Dans ma solitude meurtrie, je me rappelle tendrement les bonnes heures passées ensemble. Ne veux-tu pas me rendre visite? Ton cher visage et ta chère voix me seront d'un grand réconfort. Je suppose que tu es prise pendant la journée par ton commerce. Viens donc plutôt dans la soirée. Je suis toujours chez moi après le dîner. Inutile même de me prévenir. Tu me verras, telle que je suis depuis que j'ai reçu ma blessure pour la France.

« Ta toujours fidèle,

« Marthe. »

* *
*

Le soir même, ayant dîné plus tôt que de coutume, Amélie donna son dernier biberon à Élisabeth, fit ses recommandations à Denis pour la fermeture du café et se rendit par le métro chez Marthe Vasselin, qui habitait avenue de Suffren, près du Champ de Mars. Une soubrette à tablier blanc lui ouvrit la porte, l'introduisit dans le salon et se retira en disant qu'elle allait prévenir Madame.

Intimidée, Amélie s'approcha d'un guéridon de marqueterie, qui supportait une grande photographie de Gilbert Vasselin en uniforme, avec un crêpe noué à l'angle supérieur du cadre. Devant l'image, sur la tablette, reposaient une croix de la Légion d'honneur dans son écrin, quelques papiers, une paire de jumelles, une pipe et un portefeuille. Ces reliques funèbres s'accordaient mal avec l'aspect douillet de la pièce, tendue de soie jaune et encombrée de petits meubles aux pattes torses. Aux murs, pendaient des gravures qui représentaient des pastourelles et des pastoureaux amoureux. Une lampe au pied doré dispensait une lumière de soleil couchant à travers son abat-jour de grosse guipure rose, écumeuse. Prévenue par un froissement d'étoffe, Amélie tourna la tête. Marthe s'avançait vers elle, les bras ouverts, la taille fine. Ses vêtements de deuil accentuaient la pâleur potelée de son visage et la blondeur chatoyante de ses cheveux. Elle avait un regard vague et sentait la violette. Les deux amies s'étreignirent longuement, en silence. Quand Amélie retrouva ses esprits, elle était assise dans un fauteuil en face de Marthe, qui, pelotonnée au fond d'une bergère, se tamponnait les yeux avec un mouchoir.

« Je te remercie d'être venue si vite, dit Marthe. Ton amitié me fait du bien !

— C'est affreux ! gémit Amélie. Je ne sais que te dire. J'ai si mal pour toi ! Je voudrais t'aider, te soulager de ta peine, et je me sens bête, impuissante... »

Marthe leva le menton :

« Je ne tiens pas tellement à être consolée, ma chère Amélie.

— N'es-tu pas trop seule, au moins ? As-tu des amis autour de toi ?

— Plus encore que je ne le pensais. De toutes parts m'arrivent des messages de condoléances. J'ai reçu une lettre admirable du général commandant la division : il connaissait personnellement Gilbert. Des lettres aussi de son capitaine, de ses camarades, de son ordonnance. Tous l'aimaient et le respectaient.

— Cela ne me surprend pas, dit Amélie avec un peu d'effort.

— Oui, Amélie, toi qui l'as connu, tu sais quel être exceptionnel j'avais épousé ! Il était trop grand pour nous, trop pur ! Il nous dépassait de toute son âme enflammée... »

Amélie inclina la tête en signe d'assentiment. Venue à Marthe dans un élan de tendresse généreuse, elle sentait maintenant son émotion décroître et se refroidir. L'emphase de son amie la gênait. Devant cette mort, ses propres pensées étaient tellement plus simples, qu'elle hésitait à les exprimer par crainte de n'être pas dans le ton. Elle finit par demander :

« Mais comment cela s'est-il passé ? As-tu eu des renseignements précis... une certitude ?...

— Rien de plus que ce que je t'ai écrit, dit Marthe. D'ailleurs, je ne veux pas en savoir davantage. Une balle meurtrière et un cri pour la France! Écoute sa citation à l'ordre de l'armée. Je l'ai apprise par cœur : « Officier d'une bravoure et d'un allant exemplaires. Toujours volontaire pour les missions périlleuses. Ayant galvanisé ses hommes, les a entraînés à l'attaque, le 24 juillet 1915, et est tombé glorieusement sous le feu de l'ennemi, devant les défenses de Launois. »

— C'est évidemment une mort magnifique », dit Amélie.

Elle était sur une scène et récitait des paroles auxquelles elle ne croyait pas.

Le regard de Marthe se figeait, bleu et brillant, comme de l'émail.

« C'est étrange, reprit-elle après un court silence, je pense que si l'on m'avait dit, au début des hostilités : « Il faut que votre mari meure pour que votre patrie sorte victorieuse de l'épreuve », j'aurais répondu : Prenez-le et sauvez la France! »

Amélie dut se raidir contre l'agacement qui la gagnait en présence de cette veuve admirable. Était-ce parce qu'elles appartenaient à des milieux différents que leurs opinions s'accordaient si mal? On eût dit qu'elles ne parlaient pas de la même guerre. Pour Amélie, qui avait eu l'occasion de rencontrer des soldats et d'entendre leurs confidences, les opérations militaires n'évoquaient que des scènes hideuses ou pitoyables. Tout en reconnaissant qu'il fallait, coûte que coûte, défendre le pays contre l'agression, elle ne trouvait rien de grand, rien de noble, dans cette tuerie collective. Le fait de souhaiter la victoire ne lui paraissait pas incompatible avec l'horreur que lui inspiraient les moyens mis en œuvre pour l'obtenir. Marthe, en revanche, semblait tirer son exaltation de la violence même des combats où tant d'hommes risquaient leur vie. Sa guerre, à elle, était dorée, empanachée et claironnante. Il n'y avait ni crasse, ni poux, ni peur, ni souffrances dans son rêve, mais des régiments de braves pioupious au cœur ardent, conduits à l'assaut par des officiers rasés de près et beaux comme des archanges. Soudain, Amélie eut envie de crier : « Marthe! ce n'est pas vrai!... Je les ai vus!... Ils ne sont pas comme tu les imagines!... » Mais elle se tut par égard pour le deuil de son amie.

Entre-temps, Marthe s'était levée et avait pris le paquet de papiers qui se trouvaient sur le guéridon, devant la photographie.

« Je vais te lire quelques passages de ses lettres, dit-elle. Toutes sont d'une élévation extraordinaire. On me conseille de les réunir et de les publier en plaquette.

— Ce serait très bien », dit Amélie.

Pour la lecture, Marthe s'était assise à côté de la lampe sur un pouf à glands dorés. La liasse de feuillets reposait, tel un nid, sur ses genoux. Tandis qu'elle choisissait dans le tas les missives les plus édifiantes, Amélie se demanda quelle eût été sa propre réaction devant un semblable malheur. Sauvage, solitaire, pudique, elle n'aurait certes pas montré les lettres de son mari autour d'elle, mais les aurait gardées au secret, comme sa douleur, jusqu'à la fin des temps. Livrée à ses méditations, elle remarqua soudain que Marthe lisait, depuis un moment déjà, d'une voix forcée :

— « ... Comme toujours, mes hommes sont magnifiques de bonne humeur, de gaieté, d'audace et de dévouement. Les Allemands ont fui lâchement devant notre charge à la baïonnette. Tu me demandes quel est mon vœu le plus cher, et je te réponds sans hésiter : que nous soyons envoyés sur le front d'Alsace! Tous mes soldats partagent ce désir sacré. Cette chère province perdue, nous voulons la reconquérir et la baigner de notre sang pour qu'elle soit à jamais française... »

Bercée par le bourdonnement des paroles sublimes, Amélie comparait en esprit les lettres modestes de Pierre à cette épître, dont chaque phrase semblait écrite pour être lue en public. Elle se rappelait Gilbert Vasselin tel qu'elle l'avait connu — ses petites épaules, son gros front, son air prétentieux, sa politesse affectée —, et ne parvenait pas à croire qu'en revêtant l'uniforme il fût devenu un personnage digne d'être donné en exemple aux générations futures. Marthe avait pris une autre lettre, mais le style n'avait pas changé :

— « Ton amour, ma chère âme, double la force de mon bras. Quand on a l'honneur d'avoir la France pour patrie et Marthe pour épouse, il n'existe pas de danger qu'on ne brûle d'affronter en chantant... Nous sommes à l'abri dans les tranchées et je me désespère d'être contraint à l'inaction. Vivement qu'on les empoigne et qu'on les « zigouille »; excuse-moi pour ce mot de l'argot militaire, mais il exprime bien notre pensée à tous... »

En lisant, Marthe redressait la taille et imprimait à son visage une moue de volonté farouche.

« Je ne me lasse pas de parcourir ses lettres, dit-elle. Veux-tu en entendre encore une?

— Volontiers.

— Pas celle-ci... Elle est un peu intime... Là, il est au cantonnement et ne parle que de ses promenades et de ses lectures... Ah! voilà un passage intéressant : « Avant-hier, nous avons dû nous replier par ordre du commandant. Certains de mes hommes en pleuraient de rage. C'est qu'il en coûte à un soldat français de tourner le dos à l'ennemi!... Ils sont tous comme moi...

Ils ne veulent ni repos, ni trêve... » Qu'en penses-tu?
N'est-ce pas d'une simplicité bouleversante?

— Si », dit Amélie.

Assise dans la lumière de la grosse lampe, près de
cette photographie et de cette croix de la Légion
d'honneur, elle assistait, immobile, à la naissance
d'une légende. Pièce par pièce, un héros se construisait
sous ses yeux. Elle n'était plus très sûre d'avoir raison
devant tant de preuves accumulées pour la convaincre.
Où était la vérité? Du côté de Pierre, vivant, souffrant
et révolté, ou du côté de ce mort porté en triomphe?

Marthe replia la lettre avec précaution, baissa les
paupières et conclut :

« Voilà, ma chère Amélie, qui était le lieutenant
Gilbert Vasselin. Dans le portefeuille que tu vois sur
cette table, il y avait une photographie de moi. La
balle ennemie l'a trouée en le frappant au cœur. »

Un silence suivit. Marthe remit le paquet de lettres à
sa place. Une petite pendule sonna discrètement sur la
cheminée.

« Et ton mari? dit Marthe. Toujours de bonnes
nouvelles?

— Toujours, dit Amélie.

— Il n'est pas encore venu en permission?

— Non. Je l'attends au début du mois prochain.

— Tu dois être impatiente!

— Pour ça, oui », murmura Amélie.

Elle avait honte de sa chance et n'osait avouer à
cette femme d'officier, si respectueuse des disciplines
militaires, qu'elle avait déjà revu Pierre, en fraude, à
deux reprises.

« Où est-il maintenant? demanda Marthe.

— Au 300ᵉ, du côté du Labyrinthe.

— Un brillant secteur, dit Marthe. J'ai vu des
photographies dans *L'Illustration*. Que dit-il dans ses
lettres? »

Amélie se troubla :

« Rien de précis. Les combats sont très durs. Ils ont de grosses pertes. Mais il évite de se plaindre...

— Comme le mien, dit Marthe.

— Oui », dit Amélie.

Puis, Marthe la questionna très aimablement sur le café, sur Denis, sur son père, sur Élisabeth :

« Il faut absolument que je la voie! Ce doit être un amour!

— Elle est bien charmante, en effet », dit Amélie.

Marthe repoussa une mèche de cheveux blonds sur sa tempe et un soupir souleva sa poitrine ronde et haute, sous le corsage de mousseline noire à petits plis serrés.

« Ah! comme je t'envie! dit-elle. J'aurais tellement voulu avoir un enfant de Gilbert, un fils!... Je l'aurais élevé dans le culte de son père... »

Amélie se sentait de plus en plus mal à l'aise et souhaitait partir. Mais Marthe servit du sirop de framboise :

« Goûte-le, je t'en prie. Gilbert l'aimait tant! »

Amélie porta le verre à ses lèvres en souvenir de Gilbert. Ce goût sucré sur sa langue...

« Comment vont tes parents? demanda-t-elle.

— Mon père a plus de clientèle que jamais et souffre plus que jamais de ses rhumatismes, dit Marthe. Ma mère, en revanche, se porte bien. Ils ont été très éprouvés par mon deuil et me supplient de venir vivre auprès d'eux, à Limoges.

— Ils ont peut-être raison...

— Non, je ne quitterai pas Paris.

— Que comptes-tu faire ici?

— Me dévouer à nos chers soldats, m'occuper d'un ouvroir, ou suivre des cours pour devenir infirmière bénévole...

— Ce serait une bonne idée!

— N'est-ce pas? Quand reviendras-tu me voir?

— Bientôt... Je te ferai signe », dit Amélie.

Pourtant, elle savait déjà qu'elle ne mettrait pas cette promesse à exécution. Se pouvait-il que Marthe eût été jadis son amie, sa confidente? Depuis leur mariage, il n'y avait plus entre elles le moindre intérêt commun. Même le malheur ne suffisait pas à les rapprocher. Lentement, elle se leva!

« Il faut que je parte.

— Déjà?

— J'ai peur de manquer le dernier métro. »

Marthe la raccompagna jusque dans l'antichambre. Elles s'embrassèrent encore. Amélie respira une bouffée de parfum à la violette, reçut dans ses yeux un long regard mouillé, se jugea peu charitable, sourit, balbutia : « A bientôt », et se dépêcha de sortir.

2

MALGRÉ son intention, tant de fois proclamée, de devenir tourneur d'obus, Paulo avait fini par rester à la serrurerie du père Buche. De ténébreuses intrigues avaient empêché son oncle de le faire embaucher à l'usine de Courbevoie. La place était trop convoitée. Il fallait attendre qu'une autre occasion se présentât. Cet échec rassurait Denis, qui, pendant plusieurs semaines, avait connu la crainte de perdre un ami dont il ne pouvait plus se passer. Maintenant, il avait deux raisons de se réjouir : Paulo qui ne partait pas et Pierre qui annonçait sa venue. Le lendemain de sa visite à Marthe Vasselin, Amélie avait, en effet, reçu de son mari une lettre qui précisait enfin la date de son arrivée : le 6 septembre. Dans une semaine! Comme on était un samedi, Denis avait proposé à sa sœur d'aller au cinéma pour fêter la bonne nouvelle. Une ou deux fois par mois, ils s'accordaient cette distraction, après de longs débats de conscience. Bien entendu, ils louaient toujours les places les moins chères, près de l'écran. Justement, le *Voltaire-Palace* donnait le début d'un nouveau film à épisodes : *La Vipère aux yeux bleus*. Mais Amélie ne voulait pas laisser Élisabeth, qui avait pris froid et toussait : « Vas-y avec Paulo, si cela t'amuse! » Il avait l'impression que, ce jour-là, il aurait pu lui demander la lune sans qu'elle en fût étonnée. Un sourire un peu insensé éclairait perpétuellement son visage. Elle se déplaçait avec légèreté et parlait d'une voix chantante : « Elle est transfigurée par l'amour », se disait Denis. Cette formule lui plaisait et l'incitait à la rêverie. De plus en plus, dans ses conversations avec Paulo, il était question du penchant des hommes pour les femmes. Mais existait-il un rapport entre la curiosité qu'éprouvaient les deux amis à regarder, par exemple, le corsage rebondi d'une blanchecaille, et la passion exclusive, farouche, qui poussait Amélie à braver toutes les interdictions pour rejoindre son mari aux armées? Il était difficile à Denis de le croire. Et plus difficile encore d'imaginer sa sœur livrée à des entreprises dont Paulo avait exactement défini la nature au cours de leurs entretiens d'information réciproque. Dès qu'il essayait d'évoquer la scène, une chaleur désagréable lui montait au visage et il s'empressait de penser à autre chose.

L'après-midi, à l'atelier, il n'y eut, comme chaque samedi, que du travail d'emballage et de livraison. Paulo et Denis, occupés à clouer des caisses dans la cour, se concertèrent pour leur sortie du soir. Il fut entendu qu'on emmènerait le troisième apprenti, Gustave, qui n'était pas dégourdi, mais promettait d'offrir des cigarettes à l'entracte. Tous trois avaient déjà vu les photographies du film, exposées à la porte du cinéma. L'héroïne, à la longue chevelure blonde dénouée et au regard pur comme le fond du ciel, était précisément leur idéal de femme. Pendant qu'ils discutaient, M. Buche les appela pour la paye. Il avait le visage fermé, la moustache méchante, l'œil dur. Depuis trois jours, son humeur tournait à l'aigre, parce que l'aviateur Pégoud avait été tué en combat aérien. Denis toucha la somme qui lui revenait, avec une juste satisfaction. Le fait d'avoir à reverser tout cet argent à sa sœur ne l'empêchait pas de se sentir provisoirement riche, indépendant et adulte. On se donna rendez-vous à huit heures, devant l'entrée du *Voltaire-Palace*.

* * *

La salle, encore éclairée, s'emplissait lentement, tandis que, dans la fosse de l'orchestre, masquée par un rideau rouge, le pianiste et le violoniste essayaient leurs instruments dans une cacophonie de sanglots langoureux et de traits rapides. Assis au deuxième rang, les trois amis se retournaient pour voir les nouveaux arrivants conduits à leurs places par les ouvreuses. Presque tous les spectateurs étaient des gens du quartier. On venait en voisins, par groupes, par familles. On se reconnaissait, on se saluait d'une travée à l'autre. Entre les murs rose bonbon, décorés de lyres, de flûtes et de volubilis poussiéreux, le public se préparait dans un doux tumulte à prendre sa revanche sur la réalité quotidienne.

« Tiens! Le père Buche et ses deux filles! chuchota Denis.

— La plus jeune est bien roulée, dit Paulo. Je me l'enverrais sans faire la grimace...

— Moi, je préfère l'aînée, dit Gustave.

— Une planche à repasser! dit Paulo. T'es pas difficile! Pour qu'une femme soit gironde, il faut qu'on en ait plein les mains. »

Denis approuva ce jugement catégorique, mais fit une réserve en faveur des fausses maigres. Paulo en chercha une du regard dans la salle :

« Celle-ci, peut-être!

— Penses-tu! C'est truqué! »

Ils se poussaient du coude, pouffaient de rire et s'excitaient l'un l'autre, enchantés par l'audace virile de leurs propos. Dans la chaleur accrue, l'odeur de la foule se précisait, mêlée au parfum du velours moisi et des caramels à la menthe. Des fauteuils claquaient. Des éventails en papier journal palpitaient devant des visages. Brusquement, une mélodie entraînante s'échappa du réduit où se cachaient les musiciens, et toutes les conversations se turent. Avec les dernières notes, l'obscurité tomba. Le spectacle commençait par les actualités. Sur l'écran, défilèrent des images de maisons en ruine, de routes pluvieuses et d'arbres déchiquetés. C'étaient les vues de guerre « projetées avec l'autorisation de l'état-major ». De temps en temps, hors de cette grisaille sautillante, surgissaient de pâles figures de soldats, marchant, le dos courbé, ou recevant des décorations devant le front des troupes. Dans la salle, oppressée par l'émotion, s'élevaient des murmures. On croyait reconnaître un hameau détruit, un pont de chemin de fer, un visage. Denis, les mains moites, se demandait s'il n'allait pas, tout à coup, voir apparaître, sur le drap magique, la figure proche et mouvante de Pierre. Mais, déjà, aux tableaux du front succédaient des saluts optimistes entre généraux et hommes politiques, des envols d'infirmières à l'arrivée d'un train de blessés, des files d'attente pour le versement de l'or à la Banque de France, des sourires de petites Alsaciennes en costume national et des lueurs de hauts fourneaux où se fondait l'acier de la victoire.

Le premier épisode de *La Vipère aux yeux bleus* offrit aux spectateurs d'autres sujets d'admiration et d'angoisse. La blonde orpheline, enfermée dans une cave par son ravisseur, à la lippe bestiale et aux sourcils touffus, rongeait ses liens avec des dents de perle et s'enfuyait à travers le parc, poursuivie par quatre molosses aux aboiements terribles et silencieux. Le public haletait. Paulo, Gustave et Denis tendaient le cou vers l'écran, comme prêts à se précipiter au secours de la jeune fille, dont la longue chevelure se dénouait au vent. L'instant d'après, elle était sur le toit d'une grange, et le monstre, pour l'obliger à descendre, n'hésitait pas à mettre le feu à des tas de paille qui s'appuyaient au mur. Les flammes montaient. Le sadique se frottait les mains. Et la malheureuse, les yeux au ciel, laissait couler ses larmes. « *Cependant, quelqu'un s'occupait activement du sort de la gracieuse orpheline.* » Les lettres noires dansaient sur le fond blanc. Un homme masqué arrivait à bride abattue sur un terrain d'aviation, sautait de son cheval, bondissait dans un aéroplane et décollait du sol, porté par les accords torrentueux du piano et les pizzicati du violon en folie. Au-dessus de la bâtisse, environnée d'une fumée épaisse, planait maintenant un oiseau étrange, obstiné et savant. Au moment précis où la charpente allait s'effondrer dans une explosion d'étincelles, un lasso, jeté de la carlingue, emprisonnait la taille de l'héroïne et l'élevait, telle une plume, dans les airs.

« Mince! » souffla Denis.

Le traître brandissait le poing vers les nuages. Une silhouette blonde se balançait au bout d'un fil dans l'espace. Et le pilote, au feutre battu par le vent, retroussait le bas de son foulard pour montrer ses dents éclatantes. Allait-on voir enfin son visage? Non! La curiosité exacerbée des spectateurs se heurtait à un volet noir. Une inscription jaillissait des ténèbres : « *Qui était-il? Où allait-il? Prochain épisode : le Prix de la trahison, ou la colombe aux griffes du rapace!* »

Les lampes se rallumèrent au-dessus d'une multitude qui avait de la peine à reprendre ses esprits.

« C'est plus chouette encore que je ne pensais, dit Denis.

— T'as vu le coup du lasso? soupira Gustave.

— C'est du chiqué, dit Paulo.

— Qu'est-ce qui est du chiqué? s'écria Denis. La fille? L'avion? Tu ne sais pas toi-même! »

Paulo haussa les épaules :

« Comment veux-tu qu'on soulève une gonzesse à cette distance-là?

— Le tout est de bien viser! dit Denis. Avec de l'entraînement... »

Un gloussement lui fit tourner la tête. Derrière lui, sur le côté, une femme rousse, laiteuse et rondouillarde, cachait sa bouche derrière une main gantée de cuir jaune. Elle avait dû entendre la conversation et ne pouvait s'empêcher d'en rire. Pourtant, Denis n'avait pas l'impression d'avoir dit quelque chose de ridicule. Il rougit de mécontentement, décocha un regard vindicatif à l'inconnue, et demanda à haute voix, pour affirmer sa maturité d'esprit et sa liberté de manières :

« On va en fumer une, les gars? »

La salle se vidait pour l'entracte. Ils se levèrent nonchalamment, remontèrent leur ceinture et se dirigèrent, en se dandinant un peu, vers la galerie de l'entrée. Là, debout, au milieu de la foule, ils allumèrent leurs cigarettes et continuèrent à discuter les différentes scènes du film. Au bout d'un moment, Denis aperçut la femme rousse, qui était sortie derrière eux et les écoutait, les épiait à la dérobée, tout en feignant de s'intéresser aux images placardées sur les murs. Environné d'un nuage de tabac, il se sentait plus sûr de lui. Il chuchota :

« Qu'est-ce qu'elle nous veut, celle-là? »

Paulo eut un ricanement supérieur :

« On a fait une touche! Ça t'étonne?

— Tu parles d'un cadeau! dit Denis. Elle a au moins trente ans!

— Peut-être, dit Paulo, mais elle n'est pas si mal charpentée, quand on y regarde à deux fois. Et puis, une rousse, ça a toujours du tempérament!

— Très peu pour moi, dit Denis en soufflant la fumée par les narines.

— J'aimerais mieux la fille Buche, dit Gustave.

— T'y connais rien! » dit Paulo.

Ils parlaient à voix basse, mais, brusquement, comme si elle n'eût pas perdu un mot de leur dialogue, la femme pivota sur ses talons. Dans son visage, semé de taches de rousseur, ses petits yeux jaunes brillaient de malice. Lentement, ses lèvres charnues s'entrouvrirent sur une denture solide. Elle souriait et deux fossettes se creusaient dans ses joues. Denis reçut un regard direct. Son cœur s'arrêta de battre. La femme s'éloigna et disparut — jupe noire, jaquette mauve et chapeau mauve — par la porte qui menait à la salle. Toute la scène n'avait pas duré trois secondes. Denis poussa un soupir de soulagement.

« Eh bien, mon vieux, dit Paulo, si t'as pas compris!...

— Qu'est-ce que tu veux que je comprenne?

— Elle en pince pour toi. Tu sais ce qu'il te reste à faire! »

Secrètement flatté, Denis hésitait pourtant à se prévaloir de ce succès personnel.

« T'occupe pas de ça, dit-il.

— Tu te dégonfles?

— Chiche que tu n'es pas fichu d'aller lui causer! dit Gustave.

— Pourquoi pas? dit Denis. Si elle me plaisait, j'y serais déjà!

— Laisse-moi rire! » dit Paulo.

Irrité par l'intonation sceptique de son ami, Denis demanda sèchement :

« Tu ne me crois pas?

— Non, dit Paulo.

— Moi non plus », dit Gustave.

La sonnette de fin d'entracte arrêta leur querelle. Ils

suivirent le mouvement du troupeau, qui refluait vers l'écran. Comme ils approchaient de leur rangée, Paulo murmura :

« Il y a une place libre à côté d'elle!

— Et puis après? dit Denis avec humeur.

— Tu devrais t'y mettre.

— Vas-y toi-même, si ça t'amuse!

— C'est pas à moi qu'elle a fait de l'œil!

— Ni à moi, répliqua Denis.

— Si, dit Paulo. Seulement, t'oses pas en profiter. T'as peur des poules! »

Blessé dans son amour-propre, Denis se rebiffa. Il ne pouvait tolérer l'idée que Paulo le tînt pour un lâche devant les femmes. Avec le sentiment de commettre une sottise qu'il regretterait plus tard, mais à laquelle maintenant il lui était impossible de se dérober, il grommela :

« Ah! oui? Eh bien, tu vas voir! »

Il dut déranger quatre personnes assises avant de parvenir à la hauteur de la femme rousse. D'une voix à peine perceptible, il demanda :

« La place à côté de vous est libre, madame? »

Il espéra qu'elle répondrait : non. Mais elle inclina la tête, sourit, nullement gênée, et dit :

« Oui, monsieur. »

Il jeta un coup d'œil vers Paulo et Gustave, devina leur admiration à distance, et se félicita d'avoir relevé le défi. Après quelques secondes de flottement, les deux garçons regagnèrent leurs sièges dans la rangée suivante. A présent, Denis les voyait de dos, et, n'étant plus soutenu par leur regard, se sentait seul, confus et misérable.

« Vous avez abandonné vos camarades? dit la dame.

— Oui », balbutia Denis.

Et il crut devoir expliquer :

« De là où j'étais, on voyait mal!

— On ne voit guère mieux d'ici, reprit-elle. L'écran est trop près.

— Moins près, tout de même, dit Denis.

— Vous aimez le premier film?

— Beaucoup.

— Moi pas. L'histoire est invraisemblable. Cette grange en feu, cette fille qu'on enlève au bout d'une corde!...

— C'était rudement bien joué, en tout cas!

— Ah! voilà, dit la dame. Et l'actrice était bien jolie!

— Oui », dit Denis.

La dame eut un petit rire de gorge. L'obscurité se fit dans la salle. Denis se recroquevilla sur son siège. Toutes retraites coupées, enseveli dans l'ombre, isolé avec une menace qui sentait l'héliotrope, il déplorait amèrement d'avoir quitté ses amis. La présence de l'inconnue ne pouvait que lui gâcher le plaisir du spectacle. Ce n'était pas pour être avec elle qu'il était venu au cinématographe. Il songea à se lever, à partir... Mais que penserait-elle? Et que dirait Paulo? Le piano et le violon jouaient un grand air compliqué. La dame se pencha vers Denis et lui murmura à l'oreille :

« Quel âge avez-vous donc, monsieur? »

Étonné par cette question, il préféra se vieillir de quelques mois, à tout hasard, et répondit :

« Scize ans passés.

— Je vous en aurais donné dix-sept ou dix-huit! »

Aussitôt, il regretta d'avoir été trop modeste dans son calcul. Paulo et Gustave se retournèrent. A le voir si près de l'inconnue, ils devaient s'imaginer que ses affaires étaient en bonne voie. C'était une faible compensation à l'embarras où il se trouvait par leur faute.

Le film, intitulé *Les Abîmes du cœur humain,*

commençait par une fête masquée dans la haute
société parisienne. Le fils des maîtres de maison, un
jeune dévoyé, mince et sarcastique, avait séduit la
gouvernante de son frère en bas âge. Par amour pour
lui, elle n'hésitait pas à voler un poudrier enrichi de
diamants, qu'une invitée avait laissé négligemment sur
un coin de table. Captivé par l'histoire, Denis dévorait
des yeux le visage de l'infortunée créature, qui se
retirait, avec son larcin, dans un jardin inondé par le
clair de lune. Comme elle s'asseyait, en larmes, sur un
banc de pierre, il sentit une main tiède et souple, qui
cherchait sa main. Il n'osait bouger, rempli d'appréhension, le souffle court, le sang aux oreilles. Bientôt,
ses doigts furent étroitement liés à ceux de sa voisine.
Il respirait l'odeur fauve de ses cheveux. Incidemment,
il lui glissa un regard. Éclairée par le faisceau lumineux
qui venait du fond de la salle, elle avait une figure pâle
comme de la porcelaine, des lèvres violettes et des
prunelles luisantes, mystérieuses et fixes. Inclinée vers
lui, elle l'observait d'un air gourmand. Il se rappela,
avec fierté, que Paulo la trouvait à son goût. « Il a
raison. Je l'avais mal vue ! » Cette situation était si
incroyable, qu'il ne savait plus s'il devait s'en réjouir
ou s'en inquiéter. Il reporta ses yeux sur l'écran :
l'aventure qui s'y déroulait était moins passionnante
que celle qu'il était en train de vivre dans son fauteuil.
La dame ne parlait pas, mais soupirait, se déplaçait,
faisait craquer son siège. Des images incohérentes
flottaient aux sons de la musique. Fuite sous la pluie,
danses au fond d'un bouge, duel au couteau, lettres
déchirées, coups de feu et descente de la police sur les
lieux du crime. La main de Denis s'engourdissait dans
une main étrangère. Il ne songeait pas à rompre le
contact, car il avait le souci de la politesse. Attentifs au
spectacle, Paulo et Gustave ne se retournaient même
plus. Denis le regretta un peu, mais se consola en

pensant qu'ils étaient déjà fixés sur son compte. Si ses relations avec la dame avaient pu se limiter là, il eût été parfaitement heureux de la soirée. Il se surprit à redouter la fin du film. Elle arriva très vite, annoncée par une mélodie funèbre, où le violoniste et le pianiste donnèrent le meilleur de leur art. La jolie gouvernante, blessée au ventre par une balle de revolver, expirait dans un lit d'hôpital, en serrant contre son sein la photographie de celui qui l'avait conduite au dernier degré de la déchéance. La lumière éclata, brutale, révélatrice. Des femmes reniflaient, et se mouchaient avant de redevenir elles-mêmes. Paulo et Gustave se levèrent. La voisine de Denis lui lâcha la main. Il hésitait. Que faire? lui souhaiter le bonsoir, la remercier, lui demander son nom? Les copains l'attendaient, le surveillaient, confondus par son audace. Déjà, le public commençait à évacuer la salle.

« Voulez-vous que nous fassions quelques pas ensemble? murmura l'inconnue.

— Avec plaisir, madame », dit Denis.

Il sortit avec elle. Paulo et Gustave les suivirent à distance respectueuse. Dans la rue, la dame s'anima :

« On étouffait dans ce cinéma! Comment vous appelez-vous?

— Denis Aubernat.

— Que c'est drôle!

— Pourquoi?

— Moi, je m'appelle Denise... Denise Langoustier. Et que faites-vous dans la vie?

— Je suis apprenti serrurier, madame.

— C'est un joli métier! Moi, je suis caissière aux *Galeries Parisiennes*. Vous connaissez?

— Non.

— Il faudra venir. C'est un grand magasin où on trouve de tout. J'ai dû me résoudre à travailler après la mort de mon pauvre mari...

— Il est mort à la guerre? demanda Denis.

— Non. Deux mois avant. Ainsi, je n'ai même pas de pension. C'est ce qui explique... »

Elle babillait d'une voix pointue et se trémoussait, ondulait en marchant. La nuit était calme et douce. Sur le boulevard Voltaire, les spectateurs s'égaillaient par petits groupes bavards. De loin en loin, un bec de gaz encapuchonné rabattait sur le trottoir un rond de lumière pâle. Denis songea qu'Amélie l'attendait peut-être et qu'il aurait du mal à justifier son retard. Mais, d'un autre côté, pouvait-il dire à cette femme, si complaisante, qu'il était pressé de rentrer chez lui parce qu'il avait promis à sa sœur de ne pas traîner dans les rues?

« Vous habitez loin? dit-il enfin.

— Boulevard Voltaire, tout près de la place de la Nation. Pourquoi demandez-vous cela?

— Pour rien.

— Vous voudriez monter chez moi? » reprit-elle.

Effrayé, il balbutia :

« Oh! non! »

Elle le menaça du doigt :

« Menteur! Je vous dirais bien de venir, si vous me juriez d'être sage... »

Il respira un bon coup :

« Je serai sage, madame...

— Nous prendrons une tasse d'infusion, nous causerons un peu, et puis vous partirez, comme un grand jeune homme sérieux que vous êtes! Cela vous convient? »

Le rêve continuait. Après avoir grimpé six étages sur les talons de Mme Langoustier, dont la jupe moulait l'arrière-train à chaque mouvement, il pénétra dans une chambre petite, propre et parfumée. Des meubles de bois, peints en rose, s'appuyaient contre des murs tendus d'un papier rose, et une lampe à abat-jour de soie rose dispensait à l'ensemble une lumière rose, qui évoquait l'intérieur de certains coquillages. Denis n'avait jamais rien vu d'aussi élégant que cette installation, où tout portait la marque des habitudes féminines.

« C'est joli chez vous ! dit-il.

— Vous trouvez ? Je l'ai pourtant fait avec rien. Le tout est de savoir ce qu'on veut. Asseyez-vous. Je mets de l'eau à bouillir pour un bon tilleul... »

Elle s'enfonça dans le réduit qui lui servait de cuisine, fit couler de l'eau, remua des casseroles, et reparut, sans chapeau, sans veste, en corsage transparent. Ses cheveux, remontés en chignon, étaient vraiment rouges dans cet éclairage discret. Inexplicablement, Denis en éprouva de la crainte. Elle l'obligea à s'asseoir sur une chaise basse, et se posa elle-même sur le bord du lit, un genou dans les mains, la tête rejetée en arrière.

« Parlez-moi de vous, dit-elle. Vous vivez en famille ?

— Avec ma sœur, dit Denis. Elle tient un café, rue de Montreuil.

— Tout près d'ici, alors ? Elle est mariée ?

— Oui... Seulement, son mari est au front.

— La pauvre ! Elle est toute jeune, sans doute ?

— Pas tant que ça, dit Denis.

— Quel âge ?

— Vingt et un ans.

— Vous êtes terrible ! » s'écria Mme Langoustier en riant.

Denis eut conscience d'avoir commis une gaffe et se renfrogna. Il lui déplaisait de parler d'Amélie en ce moment.

« Vous l'aimez bien, votre sœur ? reprit Mme Langoustier.

— Oui, madame.

— Mais vos parents ? Où sont-ils ? Que font-ils ?

— Mon père est forgeron à La Chapelle-au-Bois.

— C'est de quel côté?

— En Corrèze.

— Et votre mère?

— Elle est morte. »

Mme Langoustier tressaillit et son visage prit une expression compatissante.

« Mon Dieu! gémit-elle. Depuis quand?...

— Depuis bientôt trois ans.

— J'imagine votre chagrin!... Surtout que votre maman ne devait pas être bien vieille! »

Denis saisit au vol l'occasion de réparer sa bévue :

« Oh! non, dit-il. Quarante ans à peine! »

Mme Langoustier le remercia d'un sourire mélancolique. Un voile humide adoucissait son regard. Elle réfléchissait aux malheurs de Denis. Il se sentit gêné d'avoir fait entrer tous les membres de sa famille dans la chambre rose. Leur souvenir lui ôtait bizarrement son courage. A cause d'eux, il redevenait un enfant.

« A qui ressemblez-vous? demanda Mme Langoustier.

— A ma mère, paraît-il, murmura Denis.

— Je l'aurais parié! s'écria-t-elle. Vous a-t-on déjà dit que vous étiez joli garçon? »

Il eut une bouffée de chaleur et avoua :

« Non, madame.

— Tant mieux », dit-elle en plissant les yeux.

L'eau chantait dans la bouilloire. Mme Langoustier se leva, sortit et revint avec un plateau chargé de deux tasses et d'une théière.

« Il faut laisser infuser », dit-elle.

Mais sa voix était si grave, qu'il était difficile de croire qu'elle parlait du tilleul. Le plateau tremblait dans ses mains. Elle le posa sur la table. Une petite cuillère tomba sur le plancher. Denis se baissa pour la ramasser. En se redressant, il se trouva tout près de la femme rousse, qui le considérait en silence, d'un air émerveillé, comme s'il eût accompli un prodige.

« Vraiment, pas d'amourette, rien? reprit-elle.

— Mais non, madame.

— Avec de si beaux yeux? Ce sont vos yeux que j'ai remarqués d'abord, au cinéma. Vos yeux et votre bouche... »

Détaillé par ce regard compétent, Denis perdait son reste d'assurance.

« Et vous, demanda Mme Langoustier, qu'est-ce qui vous a attiré en moi? Soyez sincère. »

Affolé, Denis chercha une réponse satisfaisante, rougit, baissa les paupières et marmonna :

« Vos cheveux, madame.

— J'en étais sûre! dit-elle. Vous aimez les rousses?

— Oh! oui, madame.

— Pourquoi m'appelez-vous madame?

— Ben... parce que vous êtes une dame... »

Elle s'était avancée encore et le frôlait presque, debout devant lui, respirant sous son nez, chaude, émue, odorante :

« Je ne suis pas une dame. Je suis votre amie. Vous voulez bien que je sois votre amie?

— Oui.

— Alors dites-moi : Denise.

— Denise...

— Encore.

— Denise, Denise, répéta-t-il bêtement.

— Moi, je vous dirai : Denis, reprit-elle. Mon petit Denis! Si joli, si neuf!... »

Denis voulut reculer, mais il était trop tard. Une bouche dévorante se collait à ses lèvres, tandis que deux bras lui entouraient les épaules comme pour l'empêcher de fuir. Violenté, fouillé, aspiré, il eut le temps de penser que ce qui lui arrivait était extraordinaire, qu'il le raconterait demain à Paulo, mais que

celui-ci, peut-être, ne le croirait pas. Puis, sa conscience chavira, et il ne fut plus attentif qu'au travail
d'une main nerveuse, qui tirait sur sa cravate et
déboutonnait sa chemise.

*
* *

Il n'y avait personne dans les rues quand il sortit de
chez Mme Langoustier. Sous ses vêtements, il gardait
encore la sensation des baisers qu'il avait reçus. Amolli
par les caresses, le bas du ventre vide et la bouche
fiévreuse, il se disait en marchant : « Ça y est! Je suis
un homme! J'ai une maîtresse! Une maîtresse
rousse! » Ce détail capillaire ajoutait curieusement à
son triomphe. Jamais il n'aurait cru que son corps,
dont il ne tirait nulle vanité, pût devenir un objet
d'adoration pour une femme expérimentée. Quand il
pensait à elle, il la revoyait, comme prise de folie, se
précipitant sur lui, le goûtant, le humant, avec un
appétit insatiable. Des mots surprenants résonnaient à
ses oreilles : « Mon ange, ma merveille, mon trouba-
dour, ma perle... » Pour sa part, il devait convenir
qu'il était plutôt déçu par le plaisir que lui avaient
procuré ces étreintes à répétition. C'était évidemment
très agréable, mais de là à prétendre qu'il n'y avait rien
de meilleur!... « A la longue, peut-être... En prenant
l'habitude... Comme pour la cigarette... » Elle lui avait
fait promettre de revenir le lendemain. Il en avait bien
l'intention. Pour Amélie, qui, évidemment, ne pouvait
se douter de rien, il sortirait avec Paulo et Gustave.
Encore fallait-il qu'elle ne fût pas restée debout à
l'attendre, ce soir! Sinon, elle l'interrogerait sur les
raisons de son retour à une heure indue et il ne saurait
que lui dire pour détourner ses soupçons.

En pénétrant dans la cour, son inquiétude était telle,
qu'il s'arrêta pour reprendre haleine. Il n'y avait pas

de lumière derrière les rideaux d'Amélie. Le noir, le silence : elle devait dormir. Sa chambre à lui était juste à côté, au rez-de-chaussée. Heureusement, il avait laissé la croisée ouverte en partant. Il ôta ses chaussures, enjamba l'appui de la fenêtre et se déshabilla rapidement, sans allumer la lampe. Une fois qu'il fut dans le lit, ses craintes disparurent. Détendu et glorieux, il réfléchit à sa condition nouvelle, décida qu'il avait toujours été attiré par les rousses, que celle-ci était un peu mûre mais de toute beauté et que bien des hommes n'allaient pas manquer de lui envier sa chance. Ses paupières s'alourdirent. Il fit une aspiration profonde, se tourna vers la cloison et s'assoupit, une femme dans les bras.

3

CRAMPONNÉE à son mari, Amélie le guidait dans la foule des permissionnaires, qui s'écoulait lentement par les guichets de la gare de l'Est. Le train, annoncé pour onze heures et demie du matin, n'était arrivé qu'à trois heures de l'après-midi. Ensuite, il y avait eu la formalité du timbrage des permissions. L'employé, soupçonneux, n'en finissait pas de vérifier les feuilles roses. Mais Amélie, qui avait attendu tout ce temps au buffet, puis à la sortie du quai, ne se souvenait même pas de son impatience. Pierre était là. Pour six jours. Le reste ne comptait plus. Elle ne se lassait pas de le regarder. Il était mal rasé, fatigué, ahuri, la peau du front cuivrée et sèche.

« Denis était venu avec moi, dit-elle, mais il n'a pas pu rester. Il en était désolé, le pauvre! Nous le retrouverons ce soir.

— Ce soir, oui, ce sera très bien... »

Il lui sourit d'un air absent. Le bruit et la lumière l'étourdissaient. Sur l'esplanade, il s'arrêta, étonné que Paris fût encore en place. Le passage d'une vie à l'autre était trop brusque. Comme si le danger du front l'eût suivi à la trace, il devait se contraindre pour redresser la taille et regarder sans crainte autour de lui. Où étaient les villages en ruine, les arbres déchiquetés?

Où était la terre meuble des champs? L'asphalte, sous ses pieds, rendait un son sec, agréable. Le ciel, serré entre les toits, n'était plus cet abîme infini, menaçant, qu'il considérait, la veille encore, avec un point d'angoisse au creux de la poitrine. Le bourdonnement qui parvenait à ses oreilles était fait de mille rumeurs paisibles, où s'affirmaient, par instants, un appel de trompe, le tintement d'un tramway, le trot régulier d'un cheval ou le cri d'un marchand de journaux. Prodige des hautes maisons intactes, des boutiques ouvertes, des femmes et des enfants marchant sur les trottoirs!

« Nous allons prendre un fiacre », dit Amélie.

Ils montèrent dans la première voiture de la file. Amélie donna des indications au cocher :

« Cinquante-neuf, rue de Montreuil. »

Pierre tressaillit. Ces simples mots le bouleversaient. Il rentrait à la maison. Il avait un domicile fixe. Une adresse! L'équipage s'ébranla. Odeur de crottin et de cuir. Bercement des ressorts grinçants. Choc net et creux des sabots sur le pavé. Pierre se rappela inopinément l'arrivée d'Amélie, jeune mariée, à Paris. Ils avaient loué un fiacre pareil à celui-ci, avec le même cocher et le même cheval. Elle regardait tout avec émerveillement. Il la conduisait chez lui. Aujourd'hui, les rôles étaient renversés. C'était lui le provincial. Elle parlait et il l'écoutait mal, fasciné par le spectacle de la rue : le boulevard Magenta, des feuilles aux arbres, des kiosques à journaux, la giration des voitures sur la place de la République, le boulevard Voltaire, un agent au bâton blanc, des bistrots, des pharmacies, des boulangeries, des boucheries, une vitrine pleine de vareuses bleu tendre, de képis aux galons dorés et de gants crème pour officiers en visite, une bouche de métro, des affiches, toutes les affiches! Elles n'avaient pas changé : « *Demandez un Dubonnet, vin tonique au*

quinquina. » Et la vache au pis pendant du « Chocolat
Vinay ». Et les bambins gourmands de la « Phospha-
tine Fallières », perchés, tels des moineaux, autour d'un
grand bol de « reconstituant ». Des gens allaient,
venaient, entraient dans les magasins, traversaient la
chaussée. Pierre s'attendait à ne trouver que des
femmes, des vieillards et des enfants à Paris. Comment
se pouvait-il qu'avec tous les hommes mobilisés à
l'avant il y eût encore tant de monde à l'arrière? Que
faisaient là ces uniformes neufs, ces complets portés
par des épaules robustes? Permissionnaires ou planqués? Il eut l'intuition d'une vaste tromperie, dont ses
compagnons et lui étaient les victimes. Maintenant,
pris entre deux sentiments contraires, il était à la fois
heureux de découvrir une ville conforme à ses souvenirs et malheureux de n'y pas déceler, au premier coup
d'œil, les traces de la guerre. Plus on approchait du
but, plus il était frappé par la permanence du décor.
Le coin de la rue de Montreuil, les façades sales, aux
larges blessures de plâtre bourgeonnant, les fenêtres
décalées l'une par rapport à l'autre, les porches béants
sur des cours profondes, les voitures à bras stationnant
devant les ateliers aux vitres poussiéreuses, le bâtiment
à claire-voie du lavoir, le café enfin, aveuglé par des
panneaux de bois et dominé par une inscription qui
n'avait pas vieilli : au *Cycliste couronné. Maison
Mazalaigue.* Sa gorge se serra. Le fiacre était arrêté.
Amélie tirait de l'argent de son sac.

« J'ai fermé le café. Nous serons tranquilles jusqu'à
sept heures. Viens donc!... »

Comme ils pénétraient dans la cour, quelques têtes
se montrèrent aux fenêtres, des ouvriers sortirent de
l'atelier de M. Florent. Il y eut des rires, des poignées
de main, des tapes dans le dos. Amélie disait :

« Tout à l'heure, vous lui parlerez tout à l'heure... »

Puis, elle cria :

« Madame Rousseau! Vite! Vite! »

Pierre se trouva dans sa chambre. Les volets étaient à demi fermés. Les boules en cuivre du lit brillaient comme des étoiles. Mme Rousseau apparut, disparut, dans un battement de porte. Des pas s'éloignèrent. Amélie s'avança vers son mari. Elle tenait une masse rose et remuante dans ses bras. Elle dit :

« Ta fille, Pierre. »

Affaibli par le ravissement, il n'osait pas la toucher : ses mains étaient sales. Son souffle même eût suffi, lui semblait-il, à souiller ce visage innocent.

« Prends-la, dit Amélie.

— Non, murmura-t-il. Pas maintenant!... Comme elle est grande! Comme elle est jolie!... »

La fillette le considérait avec surprise, les yeux ronds, les sourcils arqués. Ce regard insistant pénétrait en lui, se frayait un chemin jusqu'au plus profond de son être. Il était heureux d'être ainsi visité, violenté par un effet d'hypnose puérile. Tout à coup, il comprit qu'Élisabeth n'avait jamais existé réellement pour lui avant cette minute. Certes, là-bas, il ne se passait pas de jours qu'il ne pensât à elle, mais, si elle occupait son imagination, elle n'avait pas de place dans sa vie. Elle était une représentation abstraite, une photographie, un prénom. C'était maintenant qu'elle venait au monde. Une créature neuve s'installait entre sa femme et lui. Paralysé par le respect, il vit une petite main qui se tendait vers la boucle de son ceinturon. Qu'était-il pour ce bébé? Un étranger, un passant habillé de drap bleu!

« Regarde, Élisabeth! s'écria Amélie. C'est papa! Papa qui est revenu! »

Le mot ne signifiait rien pour l'enfant. Elle continuait à griffer la boucle du ceinturon avec sa main minuscule, obstinée. Puis, changeant d'avis, elle agrippa un bouton de la vareuse, dressa le cou et sourit, enchantée de sa découverte. Ce sourire, Pierre le reçut en plein cœur, comme un gage de confiance.

« Tu as vu? dit-il. Elle me fait des mines! Ce qu'elle est drôle! Donne-la moi! »

Il la prit dans ses bras, maladroitement, la soupesa, s'étonna de constater qu'elle était si légère, si vulnérable, et, cependant, parfaite dans les moindres détails de sa figure. Un vrai nez, une vraie bouche, de vrais cheveux, un vrai regard! Et ces ongles infimes, ces bracelets de chair douce aux poignets et aux chevilles! Se penchant sur elle, il lui effleura la joue d'un baiser timide, respira son parfum de lait frais et d'amande. Effrayée par cet inconnu qui la pressait contre sa poitrine, Élisabeth eut un mouvement de recul. Sa face rougit, se convulsa. Allait-elle pleurer? Il eut peur de lui déplaire.

« Allons, bon! dit-il consterné. Qu'est-ce qu'elle a?

— Elle fait ses dents, elle est nerveuse, répondit Amélie. Et puis, laisse-lui le temps de s'habituer.

— C'est vrai, reprit-il en riant, je m'amène là, comme si elle me connaissait, je la prends, je l'embrasse!... Elle doit se demander ce qui lui arrive!... » Il la posa délicatement sur le lit. Elle cessa instantanément de grimacer, se roula sur le ventre, puis sur le dos, remua les bras et les jambes, comme pour mesurer l'espace dévolu à son activité.

« Elle est vigoureuse! dit Pierre. C'est étonnant, à son âge!

— Mais non, dit Amélie, c'est normal!

— Tu crois? Je n'ai jamais vu un bébé si amusant, si éveillé!...

— Parce que tu n'y as pas fait attention! »

Il dit :

« Lison! Lison! Élisabeth! »

L'enfant leva la tête à l'appel de son nom et le regarda droit dans les yeux. Il lui tendit un doigt et elle s'en saisit, se dressa sur ses pieds, vacilla avec un piaillement d'allégresse.

« Ça, par exemple! murmura Pierre. Elle est debout!... Elle marche!... »

Élisabeth fit deux pas sur ses jambes molles, à demi pliées, et retomba sur son derrière.

« Magnifique! dit Pierre. Et c'est ma fille! »

Il balançait la tête, incrédule, les yeux mouillés, les lèvres tremblantes. A ce moment, on frappa à la porte.

« Qui est là? demanda Amélie.

— C'est moi, Denis! »

Il entra en bourrasque, se jeta sur Pierre, l'embrassa et se recula aussitôt pour l'admirer dans sa tenue de soldat revenant du front.

« T'es chouette! dit-il.

— Tu n'es pas difficile!

— Si, tu me plais comme ça! T'es pas trop fatigué?... Tu vas bien?... Où est ton fusil?... T'as pas rapporté une canne?... Montre voir ton bidon... »

Éberlué, Pierre contemplait ce long garçon anguleux, qui avait les traits de Denis et cependant était un autre. Comme il avait grandi, mûri en quelques mois! Son visage, dégagé de l'enfance, n'était pas encore celui d'un homme, mais il s'en fallait de peu qu'il le devînt. Il assourdissait Pierre de ses exclamations. Élisabeth, couchée sur le lit, avait retiré ses chaussons et jouait avec ses pieds nus. Quelqu'un cria, derrière la fenêtre :

« Vous ne saviez pas?... Mais si!... Il est arrivé!...

— Quand ça?

— Pas de longtemps!

— Où sont-ils?

— Chez eux. Faut pas les déranger! »

Denis prit le képi de Pierre, l'examina gravement et s'en coiffa, devant la glace. Le képi, trop large, lui cornait les oreilles.

« Veux-tu poser ça? dit Amélie.

— Une minute seulement!... Dis, Denis, vous n'avez pas encore touché le nouveau casque Adrian?

— Nous l'attendons...

— Dans les journaux, ils écrivent qu'il est si solide que, quand tout le monde en aura un, ça fera deux fois moins de blessés...

— On verra ça à l'usage.

— Il ne pèse que sept cents grammes! Il est embouti d'une seule pièce!...

— Tu es mieux renseigné que moi. »

Une voiture à bras entra dans la cour, en tressautant sur les pavés :

« Monsieur Florent! C'est pour la livraison...

— As-tu au moins demandé à M. Buche la permission de t'absenter? dit Amélie pour couper court au bavardage de son frère.

— Bien sûr! dit Denis. Mme Rousseau est venue me prévenir à l'atelier! Tu penses qu'il n'allait pas refuser! On s'amènera tous pour l'apéritif. Il y aura du mouvement au comptoir, je t'avertis... Tu resteras en uniforme, Pierre?

— Ah! non, alors!

— Pourquoi?

— Parce que j'en ai assez!

— Pour ce soir seulement! Qu'ils te voient!...

— Laisse Pierre tranquille, dit Amélie. Et va-t'en vite. Il a besoin de se laver, de se reposer...

— Alors, à très bientôt!

— Oui, oui...

— Tu raconteras tout...

— Je te le promets. »

Denis posa le képi sur la table et sortit en courant. Élisabeth se mit à geindre. Elle suçait le bord de la couverture.

« Ce sont toujours ses dents qui la tourmentent », dit Amélie.

De nouveau, des voix dans la cour :

« Y a personne au bistrot?

— Non, la patronne a son mari qui est arrivé en permission...

— Alors, ils n'ouvrent pas?

— Attendez six heures, sept heures... »

Pierre attira Amélie par les poignets et lui baisa les lèvres longuement. Elle étouffait sous cette étreinte et, pour respirer, détourna le visage, écarta le buste. Il la reprit passionnément contre lui. Prête à céder, elle chuchota :

« C'est bête, Pierre... Tout ce bruit... ces gens dans la cour...

— Ne t'occupe pas d'eux.

— Je vais rapporter Élisabeth à Mme Rousseau », dit-elle en souriant.

***

Amélie se rhabilla la première et prépara les vêtements civils de son mari sur une chaise. Elle les avait vérifiés et brossés, une dernière fois, la veille. L'uniforme serait porté, dès le lendemain, chez le teinturier. Tandis qu'elle s'affairait au milieu de la chambre, Pierre se prélassait dans la tiédeur des draps. Ses muscles se relâchaient. Sa pensée était vague et conciliante. Amélie dut le raisonner pour qu'il se levât.

« Ce que je me sentais bien là-dedans! » dit-il.

Lavé, rasé de près, il comprenait enfin qu'il était en permission. Ses doigts avaient perdu l'habitude de fixer un bouton de col, de renouer une cravate. Son costume était devenu trop large. L'ayant endossé, il le trouva d'une légèreté irréelle. Il avait l'impression d'avoir une robe de femme sur le dos. Les souliers eux-mêmes n'avaient plus de poids. Ainsi chaussés, les pieds s'en allaient dans tous les sens, pris d'une envie de danser, de voler. En marchant, on sentait les rainures du plancher à travers les semelles fines. L'air s'engouffrait par le bas du pantalon et baignait les mollets, tout surpris de se mouvoir à l'aise.

« Ah! je t'aime mieux ainsi! » dit Amélie sur un ton de convoitise amoureuse.

Il se regarda dans la glace et y découvrit un paysan hâlé, endimanché, qui le considérait avec méfiance.

« Viens vite, reprit Amélie. Nous allons ouvrir le café. Tant de gens attendent pour te voir!... »

Il sortit derrière elle, rajeuni et impondérable, comme entraîné par un coup de vent.

***

Après la fermeture des ateliers, la petite salle du bistrot s'emplit de monde. Amélie et Denis s'occupaient des clients. Quant à Pierre, il devait répondre à trop de questions, serrer trop de mains et vider trop de verres pour avoir le temps d'aider au service. Il y avait là M. Florent, M. Buche, M. Clapeton, des ouvriers ébénistes et serruriers, deux vernisseuses, la friteuse d'en face, d'autres encore dont il avait oublié le nom ou qu'il voyait pour la première fois. Tous le traitaient en héros, bien qu'il eût le sentiment de n'être qu'un rescapé. Dans la fumée des cigarettes, des figures avides se tendaient vers lui :

« Ton impression? On tient le bon bout, hein?

— Il paraît que le tsar a pris personnellement le commandement de l'armée russe. Ça va barder pour les Boches! Qu'en pense-t-on chez vous?

— Est-il vrai qu'il va y avoir une grande offensive en Champagne?

— Avez-vous eu beaucoup de pertes? »

Pierre souriait, disait deux mots, hochait la tête. Certes, il était touché de l'intérêt que tous ces braves gens portaient à travers lui aux événements militaires. Il eût aimé les satisfaire en leur parlant dans le style des journaux qu'ils avaient coutume de lire. Mais il lui était impossible de tenir le langage d'un homme qui domine la situation, alors qu'il était dans cette situation jusqu'au cou et que ses vues d'ensemble se limitaient aux mouvements de la compagnie. Il n'était pas plus à son aise, d'ailleurs, quand on lui demandait de raconter des histoires de tranchées. Là encore, il lui semblait que tout ce qu'il pourrait dire sonnerait faux à ses oreilles. La présence de cet auditoire, assoiffé de récits exaltants ou comiques, l'empêchait de s'exprimer avec toute la sincérité désirable. Un fossé le séparait de ceux qui étaient venus l'entendre. Pour eux, la guerre était une question de mots. Ils s'en occupaient quelques heures par jour, et, le reste du temps, vaquaient à des travaux pacifiques et profitables. Un tiers à peine de leur être était engagé dans l'aventure. Lui, en revanche, y était plongé tout entier. Sa vie était là-bas. Avec les autres, qui pensaient comme lui, qui sentaient comme lui... Que faisait Soufaneix, que faisait Vernac en cette minute? Leur tour de permission n'était pas encore venu. Ils devaient être assis dans une cagna, bavardant, jouant aux cartes, cherchant leurs poux. Ou bien ils veillaient à un créneau. Ou bien encore... Prêt à se laisser aller au découragement, il jeta les yeux sur Amélie et se réjouit de la voir si belle.

« Vous n'auriez vraiment pas une petite absinthe à nous servir pour marquer ce beau jour, madame Mazalaigue?

— Vous savez bien que c'est interdit, monsieur Clapeton.

— Pour une fois! Personne n'en saura rien!

— Et si je me fais prendre?

— On ira vous délivrer, tous ensemble...

— Mais oui, dit Pierre, sers une absinthe à ces messieurs.

— Tu n'y penses pas! s'écria Amélie avec un regard sévère. D'ailleurs, je n'en ai plus.

— Alors, une tournée de vermouth-cassis, reprit Pierre. C'est moi qui offre. »

On trinqua. Le front lourd, la bouche pâteuse, Pierre admirait l'aisance infatigable de sa femme, qui maniait les bouteilles, les verres, prenait part à la conversation et encaissait la monnaie avec le sourire. Il avait gardé le souvenir d'une Amélie timide et réticente, derrière son comptoir. Comme elle avait changé! Elle appelait tous les clients par leur nom. Elle savait leurs préférences. Elle les interrogeait sur leurs soucis de famille. Était-elle toujours aussi empressée, ou était-ce l'arrivée de son mari qui la stimulait à ce point? En tout cas, elle avait profité de ses conseils. La maison était en bonnes mains. Cette constatation, qui eût dû le rassurer, accrut bizarrement sa mélancolie.

« Et un demi pour M. Buche! »

Denis tourna le robinet, égalisa la mousse avec une palette. Accoudé au comptoir, M. Florent, tragique, énumérait les deuils du quartier. Pierre l'écoutait distraitement. Il avait eu tant de camarades tués en Artois, qu'il lui était difficile de s'attendrir sur les quelques noms que lui citait l'ébéniste. La mort aussi avait une valeur différente, selon qu'on se trouvait à l'avant ou à l'arrière. Au front le cadavre n'avait pas de poésie. L'important était de s'en débarrasser au plus vite, à cause de l'odeur. Même un ami, passé de vie à trépas, devenait une carcasse encombrante. Ici, on enjolivait tout, on versait des fleurs et des larmes sur la pourriture. Il se rappela le petit Poulletin, râlant, le ventre ouvert, dans les barbelés. Toute la nuit, on l'avait entendu geindre, sans pouvoir aller le chercher : il était tombé trop près des lignes ennemies. A l'aube, il s'était tu. Une loque accrochée à des fils de fer. Un épouvantail à moineaux. Et la pluie par-dessus. Cela s'était passé la veille du départ pour la permission. Pierre baissa la tête. Les visages rieurs se déformaient dans la fumée. Il souhaita ne plus voir personne, rester seul avec Amélie, oublier, oublier...

« Et comment as-tu trouvé Paris, Pierre? » demanda M. Buche.

Embarrassé pour répondre, Pierre feignit de n'avoir pas entendu la question et descendit à la cave, soi-disant pour chercher des bouteilles, en vérité pour s'asseoir dans l'ombre et s'efforcer de ne penser à rien.

4

L E lendemain matin, en s'éveillant, Pierre promena
autour de lui un regard stupide. Pendant une fraction
de seconde, il se demanda où il se trouvait et ce
qu'étaient devenus les copains. Puis, il se rappela qu'il
était dans sa chambre, en permission, et s'étonna que
la place, à côté de lui, fût vide. Le réveil, sur la table
de nuit, marquait huit heures dix. Était-il possible qu'il
eût dormi si tard? Élisabeth n'était plus dans son
berceau. Comment Amélie avait-elle pu se lever,
s'habiller et sortir de la chambre avec la fillette sans le
déranger? Elle devait être au café maintenant, comme
d'habitude. Évidemment, elle n'avait pas besoin de lui
pour l'ouverture. Qu'il fût là ou non, le commerce
marchait aussi bien. Déjà retranché du jeu, il voyait la
salle, les clients, sa femme, tels qu'ils étaient en son
absence, tels qu'ils seraient s'il ne revenait pas de la
guerre. N'était-ce pas mieux ainsi? Eût-il préféré
savoir qu'Amélie, une fois livrée à elle-même, était
incapable de gérer la maison? De la sorte, au moins, il
n'avait pas à s'inquiéter pour son avenir. Il se leva,
écarta les rideaux, ouvrit les volets. Le ciel était gris et
bas. Des ménagères s'interpellaient d'une fenêtre à
l'autre. L'atelier de M. Florent menait grand bruit. Et
au café? Les habitués n'allaient pas tarder à se

présenter pour le casse-croûte de neuf heures. Pourquoi tant de gens venaient-ils au *Cycliste couronné?* Pour la qualité du vin, pour le confort de la salle? Sûrement pas! C'était la patronne qui les attirait. Qui était ce M. Lubin, malingre et prétentieux, qu'Amélie entourait d'une considération particulière? Hier soir, il avait dîné à une table voisine de la leur. Amélie était fière d'avoir un locataire de l'hôtel en demi-pension. Grâce à cet arrangement, sans dépenser plus pour la cuisine, elle augmentait son bénéfice à la fin du mois. Son rêve était d'inciter d'autres clients à prendre leurs repas chez elle. A l'entendre, elle était de taille à tenir un petit restaurant. Tout cela était absurde. Mais Pierre n'avait pas le courage de le dire à sa femme. N'était-ce pas lui qui l'avait entraînée à ouvrir ce bistrot? Pouvait-il aujourd'hui lui reprocher de s'intéresser à un métier dont il lui avait tant de fois énuméré les avantages? Il repartirait pour le front, et son épouse continuerait de verser à boire à tous ceux que leur âge ou leurs occupations préservaient de la guerre. Et elle lui écrirait que les recettes montaient. Et il serait obligé de s'en réjouir avec elle. Il chercha du regard ses vêtements militaires. Amélie les avait cachés. Même les brodequins, le ceinturon, le képi avaient disparu, rangés, sans doute, au fond de l'armoire. Place nette. Rien, dans cette chambre, ne devait lui rappeler qu'il était soldat. « Pauvre petite! Se figure-t-elle que je penserai moins à la guerre, si je n'ai pas mon uniforme sous les yeux? » Il s'approcha de la table de toilette pour se raser, se laver. Le rasoir, le blaireau, le savon, avaient retrouvé leur place sur l'étagère, comme s'il était revenu pour de bon à la maison, comme s'il allait reprendre définitivement ses habitudes d'homme libre. La brosse à dents, plantée dans le verre, affectait, aussi, un petit air civil. Le peigne, démobilisé, s'appuyait à une boîte à poudre. Et ce veston sur la chaise, cette chemise blanche, cette cravate... Tout en se savonnant les joues, Pierre inspectait la chambre et essayait de se reporter à l'époque où il l'avait installée avec Amélie. Les meubles n'avaient pas suivi l'évolution du temps. Le lit, l'armoire à glace, la petite cheminée à houille, la table avec son encrier, son papier et ses plumes, n'étaient plus à jour. Ils étaient réglés sur la vie d'autrefois. Ils retardaient d'un an. Et cette année-là comptait pour une existence entière. De quelque côté qu'il se tournât, il éprouvait la même impression de décalage entre lui et les objets familiers. Plus rien ne l'attachait à ce décor d'un autre âge. Son gîte, son destin étaient ailleurs.

Le café, quand il y entra, était vide. Réfugiée dans la petite cuisine, Amélie donnait le biberon à Élisabeth. Attendri par le spectacle de l'enfant tirant à pleines joues sur la tétine, Pierre oublia momentanément les réflexions pessimistes qui avaient assombri son réveil. Il embrassa sa femme, fraîche et heureuse, joua avec sa fille, se passionna pour ses bégaiements, pour ses mines, et la fit danser sur ses genoux avec un grave sentiment d'orgueil. Denis et Paulo arrivèrent en avant-coureurs pour le casse-croûte. Les consommateurs habituels suivirent. De nouveau, la salle étroite s'emplit du bruit des verres heurtés et des conversations. Amélie laissa Pierre pour s'occuper de la clientèle. On parla des événements militaires, M. Florent relut le dernier communiqué : « En Artois, duel d'artillerie... En Argonne, la lutte prend de l'ampleur... En Alsace, sur le Linge, une attaque allemande, appuyée par des gaz asphyxiants, a été repoussée... » M. Buche tira de sa poche une carte de France, usée à l'endroit des plis. Le front était figuré par un trait vigoureux au crayon rouge :

« Où étais-tu au juste, Pierre?

— Ici. »

Les visages se penchèrent sur ce gribouillage de lignes et de points, qui, pour Pierre seul, évoquait un paysage de boyaux éventrés, d'arbustes calcinés et de chicots blancs et hideux, qui avaient été des églises, des maisons, des cimetières. Puis, tout le monde se dispersa, troquant les soucis de la guerre lointaine contre ceux de l'atelier voisin. Pierre aida Amélie à laver et à ranger les verres. Elle lui annonça la recette : trois francs vingt. Elle était contente :

« Et ce n'est qu'un début! Nous allons avoir les blanchisseuses. C'est leur jour!

— Il y a encore un jour des blanchisseuses? demanda-t-il.

— Bien sûr! Pourquoi pas? »

Elle avait raison : pourquoi pas? Rien n'avait changé à l'arrière. Elles sortirent du lavoir un peu avant midi. Toujours les mêmes : rouges, assoiffées, robustes et le verbe haut. En voyant Pierre, elles poussèrent des exclamations de joie :

« Te voilà revenu, mon pigeon!

— Crois-tu qu'il est beau!

— Alors, qu'en dis-tu? Ça fait du bien de se dérouiller un peu avec sa petite femme? »

Mme Louise et Mme Germaine l'embrassèrent sur les deux joues.

« Tu permets qu'on y goûte, Amélie?

— Ah! que c'est bon, un homme! »

Elles commandèrent du vin blanc.

« A votre bonne santé, dit Pierre.

— Tu sais, dit Mme Louise, tant qu'on est là, tu n'as rien à craindre. On veille sur la patronne. Si quelqu'un lui veut du mal, on l'assomme à coups de battoirs... »

Amélie riait, conciliante, affable, sans manifester le moindre embarras. Après le départ de ses clientes, elle dit :

« Elles sont gentilles ! »

Pierre se souvint de l'aversion qu'elle éprouvait jadis envers les blanchisseuses du lavoir. Il la regarda avec étonnement. Mais elle ne semblait pas avoir conscience de la transformation qui s'était opérée en elle.

Dès que Denis revint de l'atelier, elle servit le déjeuner, qui se composait, pour le principal, de bœuf bouilli et de pommes de terre à l'eau. Pierre n'avait jamais rien mangé de meilleur ! Ces nourritures simples avaient une saveur qui le comblait d'aise. Le vin était un petit bordeaux vieux, qui parfumait la langue sans l'alourdir. Le pain était du vrai pain blanc, à la croûte craquante, dorée. La moutarde affirmait sa malice dans une bouffée qui piquait agréablement les narines. Et ces assiettes blanches, ces verres propres, ces couverts brillants, ces serviettes à carreaux... Il osait à peine y toucher ! Élisabeth assista au repas, assise sur sa chaise haute, la tablette rabattue devant sa poitrine et une cuillère à la main pour la distraction. Elle babillait et tournait la tête dans tous les sens au-dessus de son bavoir rose en forme de quartier de lune. Denis, qui avait promis à Mme Langoustier de passer la soirée avec elle, préparait, dans l'angoisse, le prétexte qui lui permettrait de justifier sa sortie. Au moment d'attaquer le fromage, il finit par dire que Paulo l'attendrait, après le dîner, pour un billard. La réaction d'Amélie fut tout à fait satisfaisante. Pourtant, elle crut utile de raconter devant son mari l'histoire humiliante de l'accroc. Pierre s'en amusa beaucoup.

« J'espère que tu seras plus prudent cette fois-ci, dit-elle. Vous retournerez à *La Chope d'Or ?*

— Ah ! non, alors, dit Denis. Le patron refuse de nous recevoir tant qu'on n'aura pas fini de lui payer la réparation. Pour six francs qu'on lui doit encore ! Tu parles d'un salaud !...

— Où irez-vous donc ?

— *Chez Marius,* je pense, à la Nation.

— Je ne savais pas que tu jouais au billard, dit Pierre. Il faut absolument que je voie ça. A quelle heure y vas-tu?

— A huit heures et demie, balbutia Denis. Pourquoi?

— Je viendrai peut-être vous admirer, pendant un moment, avec Amélie. »

Denis se sentit perdu. Son visage rougit jusqu'à la racine des cheveux.

« Il vaut mieux pas, je t'assure, marmonna-t-il.

— Ça t'ennuie?

— On n'est pas entraînés. On joue trop mal. Un autre jour. Quand on sera plus en forme... »

Il avala une grande rasade de vin.

« Bon, bon, dit Pierre en riant. Je n'insiste pas... »

Deux clients inconnus entrèrent pour prendre un café. Denis, soulagé, se précipita vers le percolateur, remplit les tasses et resta derrière le comptoir à écouter la conversation des nouveaux venus. Dès qu'ils eurent fini, il s'empressa de partir pour l'atelier, où il avait laissé, disait-il, un travail urgent en souffrance.

A deux heures, Amélie ferma le bistrot et sortit avec Pierre pour promener Élisabeth. Elle poussait la voiture d'enfant dans la rue de Montreuil, et il marchait à côté d'elle, d'un pas mesuré, la tête haute, les bras ballants. Elle était fière de se montrer avec lui dans le quartier. On les saluait. On enviait leur chance. Que de fois elle avait fait le même trajet, en rêve, avec son mari et sa fille! Mais ce bonheur à trois, si longtemps espéré, elle eût aimé que Pierre en jouît avec moins de réserve. Sans qu'il lui eût rien avoué, elle devinait qu'il traînait trop de souvenirs dans son sillage. Saurait-elle, en si peu de jours, lui redonner le goût de vivre? Subitement, elle douta de ses forces, de son pouvoir sur lui.

« Généralement, dit-elle, je monte avec Élisabeth jusqu'à l'avenue Philippe-Auguste. Là, je m'assieds sur un banc, je regarde la rue, je pense à toi. Veux-tu que nous y allions ou préfères-tu te promener ailleurs?

— Surtout, ne change rien à tes habitudes.

— Nous rentrerons pour trois heures et demie. De toute façon, il ne vient pas de clients avant quatre heures.

— Tant mieux, tant mieux », grommela-t-il en chassant d'un coup de pied une épluchure écrasée sur le trottoir.

Elle remarqua sa mine affligée et demanda :

« Cela te contrarie que je ferme le café de deux à quatre?

— Pas du tout.

— Alors pourquoi as-tu l'air si triste?

— Je n'ai pas l'air triste.

— Tu ne te vois pas. On dirait que cela t'ennuie de sortir avec nous! »

Il salua la boulangère, qui se tenait sur le pas de sa porte, et dit :

« Ne crois pas ça, Amélie. C'est merveilleux pour moi d'être là, avec ma femme, avec ma fille, sans personne pour me commander. Mais tout est si nouveau pour moi! Je n'y suis pas préparé! J'ai l'impression d'être dans le coton...

— Tu t'accoutumeras très vite. Ne pense plus à la guerre...

— Ce n'est pas la guerre qui me préoccupe pour l'instant.

— Et quoi donc?

— Ta vie loin de moi. »

Elle lui sourit :

« Tu as pu constater que je n'avais pas à me plaindre...

— Oui... oui...

— Évidemment, nous ne faisons pas les mêmes recettes qu'autrefois : beaucoup de clients sont partis, d'autres se restreignent... Je me débrouille de mon mieux avec ceux qui restent.

— Tu te débrouilles très bien, Amélie. »

Il fronça les sourcils et ajouta à mi-voix :

« Trop bien même, peut-être! »

Interloquée, elle ralentit le pas et lui adressa un regard de surprise. Il hésitait à préciser les pensées qui le tourmentaient depuis le matin. Elle était si entière, si sûre d'elle-même! Comment faire pour la convaincre sans la blesser? Il était encore temps de détourner la conversation. Mais il ne pouvait pas rester avec ce poids de rancune sur le cœur. Il étouffait. Amélie demanda :

« Que veux-tu dire par là, Pierre? »

Élisabeth laissa tomber son hochet. Pierre le ramassa et le lui tendit. Ils firent encore quelques pas en silence. Puis, il murmura :

« J'ai beaucoup réfléchi, ce matin, dans la chambre. J'ai compris certaines choses dont je ne me rendais pas compte là-bas. Il a fallu que je te voie à l'ouvrage. Ce café, tu t'en occupes aussi bien que possible. Tu as pris de l'assurance. Tu gagnes même un peu d'argent. Mais, crois-moi, ce n'est pas un commerce pour quelqu'un comme toi, Amélie... Tu n'es pas à ta place derrière ce comptoir...

— C'est pourtant toi qui l'as voulu! répliqua-t-elle vivement.

— Nous étions deux. Maintenant, tu es seule.

— Qu'est-ce que cela change?

— Une femme seule, dans une affaire pareille...

— Je ne suis pas une femme seule! J'ai un mari. Tout le monde le sait...

— Un mari qui est au front. C'est comme si tu n'en avais pas. Pourquoi te figures-tu que les clients viennent au *Cycliste couronné,* au lieu d'aller chez le bougnat, ou *Chez Marius,* ou à *La Chope d'Or?*

— Par amitié pour nous!

— Par amitié pour toi, Amélie. Et quand je dis : « amitié », il faut comprendre autrement... »

Elle se raidit sous le choc de l'indignation :

« Tu es fou?

— Je connais les hommes, Amélie. Une belle femme comme toi, il est normal que ça les attire. En payant leur verre le même prix qu'ailleurs, ils s'offrent le plaisir de te reluquer, de te complimenter...

— Tu oses me reprocher...?

— Je ne te reproche rien. C'est un engrenage. Un mot entraîne l'autre. Un sourire amène le suivant. Et de quoi ai-je l'air, moi, dans cette histoire? Ma femme faisant des grâces devant une bande de vieillards et de planqués, pendant que moi et les copains nous nous tapons le casse-pipes! »

Elle serra les mains sur la barre de la voiture d'enfant pour s'interdire tout geste inconsidéré. Cahotée au creux de sa nacelle, Élisabeth dansait en agitant les bras comme un chef d'orchestre.

« Où veux-tu en venir, Pierre? dit Amélie. Je fais honnêtement mon métier...

— D'accord. Mais ce n'est pas un joli métier de femme. Voilà tout. Je ne pourrai pas repartir tranquille si je sais que tu continues à vivre de cette façon-là...

— Quelle façon? Traite-moi de fille pendant que tu y es!

— Je ne te traiterai pas de fille, mais je ne veux pas que les autres s'imaginent... »

Il n'acheva pas sa phrase, inquiet de la voie où son dépit l'engageait. Mais il était trop tard pour revenir en arrière. D'ailleurs, il fallait que ces paroles fussent dites. Après, tout serait clair entre eux. Pour corriger

la violence de ses propos, il essaya de prendre Amélie
par le bras. Elle se dégagea d'une secousse :

— Non! »

Élisabeth se penchait dangereusement hors de la
voiture. Une seconde encore, et elle allait tomber.
Amélie l'aida à se rasseoir et la menaça du doigt pour
l'obliger à rester tranquille. De nouveau, Pierre voulut
se rapprocher de sa femme.

« Laisse-moi! s'écria-t-elle. Je te défends... »

Il réagit avec plus de brutalité qu'il ne l'avait prévu :

« Tu n'as rien à me défendre. C'est moi qui
commande! »

Depuis le début de la guerre, elle avait perdu
l'habitude de compter avec une autre volonté que la
sienne. Ce rappel à l'ordre l'étonna. Arrêtée en plein
élan, furieuse et faible, elle bégaya :

« Que veux-tu donc que je fasse? Que je reçoive les
habitués avec un visage de bois? Que je les mette à la
porte?

— Je veux que tu fermes le café pour la durée de la
guerre, dit-il.

— Simplement! Tu oublies l'argent que nous
devons à M. Hautnoir sur les billets de fonds!

— Tu ne seras pas obligée de les payer, si tu fermes.
Il y a un moratoire...

— Et de quoi vivrons-nous en attendant?

— Tu retourneras à La Chapelle-au-Bois, avec
Élisabeth et Denis!

— Jamais, dit-elle en haussant le menton dans un
mouvement de bravade.

— Si, Amélie!

— Non, Pierre! »

Elle lui tenait tête. C'était plus qu'il n'en pouvait
supporter. Aveuglé par la colère, il céda à la tentation
de la frapper au point le plus sensible.

« Au fond, gronda-t-il, tu as pris goût à cette

existence qui me déplaît! Tu es flattée d'avoir une petite cour de clients devant ton comptoir! Tu t'ennuierais sans eux, à La Chapelle-au-Bois! C'est pour ça que tu ne veux pas y aller! »

Il s'attendait à une réplique cinglante, mais Amélie le regarda froidement dans les yeux et dit, sans élever la voix :

« Si tu le crois vraiment, je te plains. »

L'intonation, charitable et sage, le troubla. Amélie s'était ressaisie plus vite que lui. C'était elle, à présent, qui avait l'avantage. Honteux de son emportement, il grogna :

« Alors, parle... Donne tes raisons!...

— Au point où tu en es, je me demande si tu es capable de les comprendre!

— Dis tout de suite que j'ai perdu la tête!

— Un peu, Pierre. Mais c'est sans doute naturel dans ton état. Réfléchis. Ce café, nous l'avons ouvert ensemble, nous y avons mis tout notre argent, tout notre espoir... C'est une petite chose, mais une chose à nous. Tu ne peux pas m'interdire de continuer à m'en occuper. La guerre ne durera pas toujours. Quand tu reviendras, je serai fière de te rendre une affaire en ordre! Toutes dettes payées. Je regrette que tu ne me fasses pas davantage confiance... »

Ils débouchèrent sur l'avenue Philippe-Auguste. Pierre se sentit désorienté, écœuré, comme s'il émergeait d'un étourdissement. Le bruit des voitures, le passage des gens sur le trottoir, le fatiguaient. Manque d'habitude. Comme pour le reste. Il avisa un banc :

« On s'assied?

— Non, dit Amélie, je préfère rentrer.

— Pourquoi? »

Elle ne répondit pas, fit pivoter la voiture d'enfant et rebroussa chemin. Pierre la suivit, les mains dans les poches, le regard au sol. Il eût aimé qu'Amélie lui parlât encore de cette voix douce et ferme, qui endormait son ressentiment. Mais elle n'avait plus rien à dire. C'était à lui, maintenant, de se justifier. Et il n'en avait pas le courage. Persuadé d'avoir raison, il ne pouvait, cependant, donner tort à sa femme. Il soupira, Élisabeth lui fit un sourire. Il en fut gêné comme d'une marque d'affection qu'il ne méritait pas.

En arrivant à la maison, Amélie ouvrit la porte du bistrot et poussa la voiture d'enfant, à travers la salle vide, jusqu'à la cuisine. Tandis qu'elle s'occupait à installer Élisabeth pour son somme de l'après-midi, Pierre s'assit à une table et alluma une cigarette. A ce moment, un client de passage entra dans le café, toucha sa casquette et s'accouda au zinc :

« Salut, messieurs dames! »

Amélie se dirigea lestement vers le nouveau venu :

« Vous désirez, monsieur? »

Elle avait, sans y penser, pris son expression aimable de tous les jours. Mais, comme elle approchait du comptoir, le sourire disparut de ses lèvres. Elle n'avait plus envie de servir cet homme. Le regard triste de son mari était fixé sur elle. Dans sa tête résonnaient encore les mots dont il s'était servi pour l'humilier.

« Pierre, veux-tu t'occuper de monsieur, murmura-t-elle. Je ne peux pas laisser la petite... »

Et elle retourna dans la cuisine. Pierre servit le client, bavarda avec lui, écouta distraitement des pas qui s'en allaient, une porte qui battait au loin. Quand il voulut rejoindre sa femme, elle ne se trouvait plus dans le café. La voiture d'enfant était vide. Il sortit sous le porche. Personne. Il traversa la cour d'un pas rapide. Les volets de la chambre étaient clos, la porte de l'appartement ouverte, celle de la chambre, fermée à clef de l'intérieur. Il appliqua son oreille au vantail et crut entendre un balbutiement puéril, des reniflements, des soupirs. Il dit :

« Amélie, ouvre! »

Pas de réponse. Il frappa au battant, secoua la poignée :

« Ouvre immédiatement! »

Peine perdue. Elle voulait le laisser dehors, pour le punir. Cette manœuvre absurde l'exaspéra. Il n'était pas homme à piétiner dans le couloir, en attendant que sa femme consentît à écouter ses excuses.

« Eh bien, reste chez toi, si ça t'amuse, cria-t-il. Tu sortiras quand tu en auras assez! »

De fureur, il donna un coup de pied dans le chambranle. Le silence qui suivit était une fin de non-recevoir. Il s'éloigna, tête basse, et rentra au café, avec le sentiment désagréable d'avoir gâché sa journée et peut-être sa permission.

A quatre heures, les habitués revinrent, et, avec eux, Denis, qui demanda :

« Où est Amélie?

— Elle est fatiguée, dit Pierre. Elle se repose... »

Il remplit les verres avec des gestes brusques, refusa de se mêler à la conversation et ne fit rien pour retenir les clients quand ils s'apprêtaient à partir. Dès qu'ils furent loin, il ferma le bistrot et sortit de nouveau dans la cour, décidé à enfoncer la porte si Amélie refusait, une fois de plus, de le laisser entrer. Planté devant le battant de bois mince, il mesura l'obstacle du regard, cria encore : « Ouvre! » et posa sa main sur la poignée. Avec surprise, il vit que le vantail tournait facilement sur ses gonds. Il pénétra, sur la pointe des pieds, dans la chambre. Les volets fermés y maintenaient une pénombre chaude. Amélie était assise, toute habillée, au bord du lit. Immobile, muette, elle ne semblait pas remarquer qu'il s'avançait vers elle. Soudain, elle se dressa d'un bond. Il crut qu'elle allait le fuir ou le repousser. Mais elle s'abattit sur sa poitrine en gémissant :

« Oh! Pierre!... »

Il s'attendait si peu à ce changement d'attitude, que sa colère fit place instantanément à un élan de joie, de reconnaissance éperdue. Délivré de son principal souci, il couvrait de baisers ce pauvre visage défait par le chagrin. Elle ne se défendait pas, mais son consentement ressemblait à une lassitude. Enfin, elle s'écarta de lui et dit en le regardant avec tristesse :

« Nous avons si peu de temps à passer ensemble, et, au lieu d'en profiter, tu abîmes tout! Comment peux-tu m'aimer et avoir des idées si méchantes à mon égard?

— C'est justement parce que je t'aime! murmura-t-il. Il faut me comprendre, Amélie. Là-bas, je mène une vie dure... Une vie à rendre fou l'homme le plus sensé!... Et, tout à coup, j'arrive ici où rien n'a changé, mais où tout m'agace...

— Même moi? »

Il s'enferrait. La guerre avait fait de lui un imbécile, un ingrat, une brute. Sans réfléchir, il s'écria :

« Je suis jaloux de toi, Amélie! »

Elle tressaillit et arrondit les yeux, comme s'il lui eût avoué quelque chose d'incroyable et presque d'offensant.

« Jaloux? dit-elle dans un souffle. Mais tu n'as aucun motif de l'être!

— Si, Amélie. Songe que je suis loin de toi, depuis plus d'un an... »

Amélie appuya une main sur sa poitrine, qui se soulevait et s'abaissait à un rythme rapide. Elle venait de penser à Mme Boursier. Son sang courait, s'échauffait.

« Tu crois que je ne te suis pas fidèle? demanda-t-elle d'une voix qui voulait rester calme.

— Si je le croyais, je ne serais pas ici, dit-il. J'ai confiance en toi, je te le jure! Mais ce sont les autres...

Je me dis qu'ils te voient tous les jours, alors que moi je suis empêché de te voir, qu'ils te parlent, qu'ils te trouvent à leur goût... »

Elle lui prit la main et la serra fortement. Maintenant, elle l'avait retrouvé, elle ne le lâcherait plus.

« Tu te fais des idées stupides, Pierre! dit-elle avec douceur.

— Peut-être, mais c'est plus fort que moi!

— Les hommes qui viennent au café sont de braves gens, reprit-elle. Des gens qui me respectent parce qu'ils te connaissent. Des vieux comme M. Florent, M. Buche, M. Clapeton, M. Lubin, des gamins comme les apprentis de la serrurerie. Ne sois pas si sévère pour tous ceux qui sont restés ici... On peut être quelqu'un de très bien et ne pas porter l'uniforme... »

Il secoua la tête :

« Je sais... je sais... »

Elle sourit :

« Tu me connais assez pour être sûr que je ne supporterais pas une situation équivoque. Si j'avais le moins du monde l'impression que je courais un danger, oh! alors, oui, je fermerais le café comme tu me le demandes. Mais je suis persuadée que tu te trompes. En t'obéissant, je commettrais une folie que nous regretterions l'un et l'autre plus tard. Voilà pourquoi je m'obstine... »

Il l'écoutait, attendri, mais non encore allégé de sa peine. Il se sentait malade, malade jusqu'au plus profond de son être, livré à des impulsions grossières et incontrôlables. Jamais il ne redeviendrait comme autrefois. Il balbutia :

« Si seulement tu avais des amies autour de toi, je serais plus tranquille! Tu m'as écrit que Marthe avait perdu son mari. L'as-tu revue?

— Non, et je n'y tiens pas. Tout nous sépare. Elle évolue dans un autre milieu...

— Et Mme Soufaneix, Mme Vernac?

— Elles sont venues au café, après notre voyage à Flesselles. Depuis, je ne les ai pas rencontrées. Et je ne m'en plains pas. Elles sont bien sympathiques. Mais de là à rechercher leur compagnie...

— A propos, dit-il, faut pas que j'oublie : je dois leur porter des nouvelles de leurs maris. J'ai promis aux copains... Tu viendras avec moi?

— Mais oui, bien sûr!...

— Et Mme Boursier? »

Amélie ne répondit pas tout de suite. Dans l'état d'esprit où se trouvait Pierre, elle craignait de raviver sa fureur en lui révélant que Mme Boursier trompait son mari avec l'épicier du coin. Refoulant son indignation, elle murmura d'un air évasif :

« Elle est très occupée par ses travaux de couture.

— C'est drôle, reprit-il, que tu n'essaies pas d'avoir des amies! Tu ne t'ennuies donc pas toute seule?

— Je n'ai pas le temps. Et puis, j'ai Élisabeth, j'ai Denis, j'ai toi surtout... »

Elle l'attira vers le lit. Ils s'assirent, sagement, enlacés joue contre joue. Dans le berceau, près de la fenêtre, Élisabeth endormie respirait calmement.

« Un jour, tout reviendra dans l'ordre », dit Amélie.

Comme elle lui plaisait en cette minute! Comme il sentait qu'elle était sa femme! Plus encore, peut-être, que dans la fièvre de la possession. Mais la guerre était là, qui attendait. Tout le poids des événements s'aggravait soudain, pour lui, de cette assurance naïve qui émanait d'Amélie et dont il était incapable de partager les bienfaits.

* *

Le soir, en rentrant de l'atelier, Denis se retira dans sa chambre. Il en sortit un peu avant l'heure du dîner,

les cheveux mouillés, brossés, plaqués, le faux col
propre, les ongles nets et les souliers brillants, comme
des pièces de bois précieux après le vernissage. Un
parfum de savon flottait autour de sa personne. Il
portait une vieille cravate de son beau-frère, bleue à
raies rouges, nouée à l'endroit où l'usure n'était pas
visible. Le duvet de sa lèvre supérieure avait été gratté
au rasoir. Amélie s'extasia sur son élégance. Pierre dit,
d'un air malicieux :

« Tu en fais des frais pour ton ami Paulo! »

Denis rougit et marmonna :

« J'ai bien le droit de m'arranger un peu pour sortir
avec un copain, non?

— Mais oui, dit Amélie. Ne le taquine pas, Pierre.
Je trouve qu'il devient plus soigneux depuis quelques
jours. Et j'en suis très contente. Ce n'est pas trop
tôt!... »

Elle apporta le bouillon du pot-au-feu et remplit les
assiettes. M. Lubin prenait son repas à la table voisine,
un journal appuyé contre la bouteille de vin. Il lisait en
mangeant. Son visage était impassible. De temps à
autre, il commentait une nouvelle en quelques mots.
Pierre lui répondait sans lâcher sa cuillère. Ils étaient
d'accord sur bien des points : le mépris des discours
politiques, la crainte que la Russie ne fût pas de taille à
retenir l'avance des Allemands, l'espoir aussi que
l'opinion américaine finirait par pousser son gouvernement à entrer en guerre... Amélie était heureuse de
constater cette identité de vues entre les deux hommes.
Après le bouillon, elle servit du fromage de tête et une
salade de pommes de terre. A huit heures et demie,
Denis s'envola, impatient et distrait. On prit le café
sans lui. Puis, M. Lubin monta dans sa chambre.
Comme aucun client ne se présentait, Pierre et Amélie
fermèrent le bistrot plus tôt que de coutume.

Pierre eut beaucoup de mal à s'endormir. Habitué

au grand air, il étouffait dans la chambre, malgré la
fenêtre ouverte. Il s'éveilla en pleine nuit, voulut se
lever pour boire un verre d'eau, mais renonça à son
projet par crainte de déranger Amélie. Une réverbéra-
tion bleuâtre, lunaire, pénétrait par l'entrebâillement
des volets. Avec précaution, il se tourna vers la table
de chevet et essaya de lire l'heure sur le cadran du
réveille-matin : deux heures et demie. Élisabeth gémit
en rêve dans son berceau. Amélie replia une jambe
sous la couverture. Il repensa à leur conversation de la
veille. C'était elle qui avait raison. Il avait envie de la
remercier pour sa lucidité et sa franchise. La soif le
tourmentait. Il avala une gorgée de salive. Enfin, n'y
tenant plus, il se glissa hors du lit et se mit debout.
Amélie n'avait pas bougé. Il eut l'impression délicieuse
que, même dans le sommeil, elle ne cessait de lui
appartenir. Avec une lenteur adroite, évitant les
masses des meubles, il se dirigea vers la table de
toilette où se trouvait la carafe d'eau. La voix
d'Amélie monta dans l'ombre :

« Que fais-tu, Pierre ?

— Je m'étais levé pour boire, chuchota-t-il.

— Doucement ! Ne réveille pas la petite... »

Il se versa un verre d'eau, le vida d'un trait et se
recoucha. Quand il prit Amélie dans ses bras, elle
s'était déjà rendormie.

5

C'ÉTAIT sa dernière nuit dans la maison. La pluie battait les volets. Une lueur pâle et triste s'infiltrait dans la chambre. Bientôt, le jour. Pierre et Amélie s'étaient couchés très tard, après avoir veillé jusqu'à la limite de leurs forces. Il leur restait si peu d'heures à passer ensemble, que le sommeil était pour eux du temps perdu. A présent, elle dormait, terrassée par la fatigue. Son beau visage triste reposait de profil sur l'oreiller. Une petite ride entre les sourcils. Elle souffrait en rêve. Pierre se souleva légèrement sur ses coudes. Était-ce vraiment la fin du bonheur ? Pour bien faire il aurait dû vivre cette permission en voyageur pressé, sans prendre d'intérêt aux êtres et aux choses, avec la pensée incessante que rien de tout cela ne pouvait le retenir. Mais, après une brève accoutumance, il avait cédé à la tentation de se retrouver chez lui dans ce monde ancien. Maintenant, il était empoisonné par la douceur des habitudes. Comment accepterait-il la discipline des tranchées après avoir connu, pendant six jours, le plaisir d'être un homme libre, aimé et choyé ? Là-bas, il était un combattant parmi les autres ; ici, il était Pierre Mazalaigue, le mari d'Amélie, le père d'Élisabeth. Là-bas, n'importe qui pouvait le remplacer ; ici, personne. Il avait été moins désemparé lorsque Amélie était venue le voir à Flesselles. Cette visite au cantonnement n'avait pas interrompu son existence de soldat. Décidément, les permissions se révélaient comme une moquerie du destin. N'eût-il pas mieux valu les supprimer pour la tranquillité de tous? En se disant cela, Pierre savait qu'à peine remonté en ligne il songerait fiévreusement, désespérément, à « la prochaine ». De projet en projet, jusqu'à l'issue de la guerre, jusqu'à la mort peut-être. Il enfonça sa bouche dans l'oreiller. Ses poings se fermaient de rage. « C'est trop bête!... Ah! pourquoi suis-je venu ici?... Avant, tout était plus facile!... » Amélie se tourna dans le lit. Le réveille-matin marquait six heures. Derrière la cloison, on entendait un bruit d'eau versée. Denis faisait sa toilette. Il avait obtenu l'autorisation de manquer l'atelier pour accompagner son beau-frère à la gare. Pierre murmura :

« Amélie, tu dors?

— Non.

— Il est temps.

— Je sais. »

Ils se levèrent. Elle était très calme. Pendant qu'il se rasait, elle s'occupa d'Élisabeth : les langes, le biberon... L'uniforme nettoyé pendait sur un cintre. L'ayant endossé, Pierre fut mieux à son aise. Il lui semblait qu'à son insu il avait franchi un pas décisif en revêtant sa tenue de soldat. Tandis qu'il bouclait son ceinturon, son regard errait dans la chambre : il prenait congé de son logis, de son passé. Denis frappa à la porte. Il était pâle, les paupières bouffies, et souriait pour dissimuler sa tristesse :

« Voilà... Je suis prêt.

— Nous aussi. »

Ils se rendirent en groupe au bistrot. La salle sentait le renfermé, le vin, la fumée. Pour éviter d'être dérangés par les clients, on laissa les volets sur la devanture et on se contenta d'allumer la lampe électrique. Ce n'était ni le soir, ni le matin. Un temps étrange, une clarté fausse, en marge de la journée des autres. Des pas sonnaient sur le trottoir. Plusieurs fois, on cogna à la porte. D'un commun accord, personne ne répondit. Les gens comprenaient, s'en allaient. La plupart des habitués avaient été prévenus. Denis prépara le café. Amélie se mit en devoir de caser les provisions dans la musette. Mme Soufaneix et Mme Vernac avaient apporté, la veille, deux colis de victuailles et des lettres pour leurs maris. La sacoche était trop petite. Il fallut composer un paquet avec le saucisson, les deux bouteilles de vin et les boîtes de sardines qu'Amélie destinait à Pierre. Il tenait Élisabeth sur ses genoux et disait :

« J'en ai dix fois trop, Amélie. Ne te donne pas la peine... »

Elle ne l'écoutait pas : elle savait ce qu'elle avait à faire. La fillette, ayant eu son biberon, gesticulait, babillait sans relâche. On n'entendait qu'elle.

Ils s'assirent autour d'une table pour casser la croûte. Le café au lait fumait dans les tasses. Pierre mangeait, buvait, paisible et grave, déjà absent. D'instinct, il craignait de prononcer des mots qui eussent évoqué le passé ou engagé l'avenir. Amélie, de son côté, cherchait quelque chose à dire et ne trouvait rien. Pour réagir contre ce silence angoissant, Denis demanda, une fois de plus, à quelle heure partait le train, s'il y aurait des gradés dans les wagons, où commençait la zone des combats... La conversation s'anima un peu. Chacun s'efforçait de paraître fort et raisonnable. Puis vinrent les paroles banales, annonçant l'imminence des adieux :

« Tu es bien?... Tu n'as pas oublié ton titre de permission?... Veux-tu un peu plus d'argent?... »

Il fallait partir. Denis sortit pour se mettre en quête

d'un taxi ou d'un fiacre. Amélie convoqua Mme Rousseau qui devait garder Élisabeth. La vieille femme éclata en sanglots sur le seuil de la porte. Pierre lui tapota l'épaule :

« Eh là ! Eh là !... Ne dirait-on pas ?... Je compte bien revenir, vous savez ! »

Elle hochait la tête, semblait dire : non. Pierre consulta sa montre :

« Qu'est-ce qu'il fait ? On va être en retard ! »

Des minutes passèrent. Pour gagner du temps, il acheva de s'équiper. Enfin, une voiture s'arrêta devant le café. Pierre s'écria, presque joyeux :

« Ah ! voilà ! »

Amélie lui tendit Élisabeth, sans mot dire. Il déposa un long baiser sur le front de sa fille et la remit à Mme Rousseau, dont les reniflements se transformèrent en hoquets.

La rue était grise, humide. Une pluie fine s'évaporait en touchant les toits, les façades, le sol. Des parapluies trottaient, couvrant des épaules fuyantes. Denis ouvrit la portière d'un taxi rouge.

« Je l'ai trouvé à la Nation, dit-il fièrement. C'est rare qu'on en dégote un, tu sais ? »

On s'entassa à l'intérieur. La voiture se mit en marche. Pierre avait posé la main sur le genou d'Amélie. Il serrait les mâchoires et la contemplait intensément. Tout leur bonheur tenait dans un si petit espace ! Tout leur passé, toute cette histoire insignifiante, qui n'avait de valeur que pour eux ! Des maisons, des becs de gaz, des arbres, glissaient derrière la vitre chargée de gouttelettes tremblantes. Assis sur un strapontin, Denis évitait de regarder son beau-frère et sa sœur. Ces minutes étaient si pénibles à vivre, que Pierre en venait à espérer la séparation comme une délivrance. Seul, il souffrirait moins, pensait-il, que devant ceux, qui, par leur présence, prolongeaient en lui la nostalgie de tout ce qu'il devait quitter. Il murmura :

« Ne te fatigue pas trop au café, Amélie... Ferme le dimanche... Si tu t'ennuies, téléphone à Mme Vernac ou à Mme Soufaneix... »

Il donnait ses recommandations sans y croire. Son cœur battait vite. Encore un peu de patience, et il en aurait fini avec tout ! Le taxi prit un virage brusque et s'arrêta. Un trottoir apparut, encombré de soldats qui marchaient paresseusement, les flancs chargés de musettes, de paquets et de baluchons. La main d'Amélie se crispa sur la main de Pierre. Elle avait dressé la tête. Son regard reflétait un tel excès de crainte et de tendresse, qu'il baissa les yeux, incapable de soutenir l'idée qu'elle fût aussi malheureuse que lui. Le chauffeur cogna du doigt à la vitre de séparation.

« Nous sommes arrivés, messieurs-dames. Le service d'ordre ne laisse pas entrer les voitures dans la cour. Si vous voulez descendre... »

Amélie ouvrit son réticule pour payer la course.

*
* *

Il faisait encore nuit, quand les compagnies désignées pour la relève s'alignèrent en maugréant et en toussant au bord du chemin. A l'appel de son escouade, Pierre répondit :

« Manque personne ! »

Rentré de permission hier au soir, il avait à peine eu le temps de dormir dans un baraquement, où il n'y avait pas assez de paille pour les litières, et dont les lattes disjointes laissaient passer de grands souffles de vent froid. Drôle de réveil ! Arriver de Paris pour monter, presque aussitôt, en ligne ! Il avait espéré un ou deux jours de transition. Mais les copains le considéraient encore comme un veinard. Entre-temps,

les permissions avaient été supprimées, ou plutôt
« reportées à une date ultérieure ». On disait qu'une
grande offensive se préparait dans le secteur. De quoi
réjouir les amateurs de communiqués sensationnels.
Vernac ne décolérait pas :

« Justement que je devais partir la semaine prochaine! Tu parles d'une poisse! Ah! les salauds, ils
nous auront jusqu'au trognon! »

Soufaneix, qui grelottait de fièvre, s'était présenté la
veille à la visite. Le major lui avait donné des cachets
de quinine, mais ne l'avait pas exempté de service.
Malade ou pas malade, il fallait suivre le mouvement.
On avait besoin de tout le monde, là-bas :

« Je ne tiendrai pas jusqu'au bout! Je crèverai en
route!

— Silence dans les rangs! » hurla l'adjudant Lacaruse.

Dans l'ombre pluvieuse, on entendait accourir
lourdement les retardataires. D'autres caporaux
criaient à tour de rôle :

« Manque personne!... Manque personne!... »

La colonne se forma et partit dans un tintement
d'armes et de gamelles. Les chaussures claquaient
comme des langues dans la boue épaisse. La charge du
sac poussait les hommes dans le dos. Pierre voyait se
perdre dans la nuit un moutonnement d'épaules,
hérissées de fusils. Le canon grondait au loin. Un
roulement continu, indéterminé, sans éclats. Parfois,
une lueur rose pouffait dans le ciel. Au début, on parla
un peu, pour se mettre en train :

« Alors, t'as vu Paname? Raconte-nous ça! Les
civelots se portent bien? Et les nénettes? Elles trouvent
à se consoler ou faut-il que je me dérange?... »

Un choc. On buta les uns contre les autres :

« Qu'est-ce que c'est?

— Peux pas faire attention, espèce d'enfoiré?

— Ça vient de devant!

— Ça vient de derrière!

— Quelle idée de nous avoir foutu deux cents cartouches à chacun!

— Paraît que les artilleurs font trimbaler leur barda en fourgons, comme des touristes!...

— Faites passer : c'est arrêté en tête.

— Pourquoi?

— Rangez-vous sur le côté. »

Dans une bousculade maladroite, les hommes se collèrent contre le talus. Ceux qu'ils allaient relever venaient en sens inverse. Un défilé de fantômes bossus. Ils traînaient derrière eux une odeur de soufre et de pourriture. De place en place, des brancardiers cheminaient en se dandinant, pliés sous le poids d'un long fardeau immobile. Un murmure s'élevait sur leur passage :

« Eh bien, mon vieux, ils ont pas l'air de revenir de la noce!

— Vise le lieutenant qui a le bras en écharpe!

— Eh, les gars! de quel régiment que vous êtes?

— Est-ce que ça chauffe par là-bas?

— On en est encore loin?

— Y a-t-il de bons gourbis? »

Les revenants ne tournaient même pas la tête et grognaient des réponses incompréhensibles.

« Tiens, ça rebouge... »

Un frémissement parcourut la colonne. Tout se remit en branle. La canonnade s'amplifiait. Le chemin défoncé était couvert de flaques, où les pieds baignaient jusqu'aux chevilles :

« Mince de bouillasse!...

— Serrez les rangs! Avancez!... Avancez!... »

L'entrée d'un boyau. Pierre s'y engagea à la tête de son escouade. Ce n'étaient encore que les secondes lignes. Des hommes, accroupis au seuil de leurs cagnas, regardaient piétiner le troupeau de la relève. Cette affaire ne les concernait pas. Se trouvant provisoirement à l'abri, ils n'étaient pas de la même race que ceux qui allaient s'exposer à l'avant, pendant plusieurs jours d'affilée. Hors d'une toile de tente, à demi tirée sur un caveau, sortaient des ronflements paisibles.

« Y en a qui s'en font pas! dit Vernac. C'est dégueulasse quand même! »

L'eau coulait de partout, du ciel et des parois gluantes. On pataugeait dans une marmelade noire, où les caillebotis s'enfonçaient obliquement. Pour ne pas glisser, chacun mettait les pieds dans l'empreinte laissée par les pieds des autres. De trou en trou, le goulot s'étranglait. Bientôt, il fallut marcher de biais, les sacs, les crosses, les musettes râclant le remblai, d'où se détachaient de grosses mottes argileuses. Un homme tombait, jurait :

« Il n'en finit pas, ce boudin!... Où c'est qu'on est?... »

La flamme d'un briquet. Quelqu'un allumait une cigarette. La voix de l'adjudant tonna :

« Lumière! Quel est l'enfant de salaud...? Va nous faire repérer!... »

Un carrefour. Des sapeurs débouchaient d'une voie secondaire. On se croisait sans amitié. Les nouveaux venus traînaient des caisses, des rouleaux de fil de fer barbelé.

« Poussez-vous un peu, on peut pas passer avec notre fourbi! »

Derrière, s'avançaient d'autres soldats, portant, deux par deux, sur leurs épaules, des cadavres ficelés à un bâton. C'était la corvée de déblayage. Français? Allemands? On ne savait pas au juste. Il faisait trop sombre. La pluie redoublait de violence. Soufaneix haletait :

« J'en peux plus! J'en peux plus!... Laissez-moi là!...

— Marchez, nom de Dieu! »

La colonne tourna à gauche, puis à droite, s'insinua dans une galerie couverte, ressortit à l'air libre sur une piste, presque au ras des champs.

« Accélérez! On est en vue... »

Les hommes couraient bêtement, le dos rond, pressés de s'enfouir de nouveau derrière un bourrelet de terre. Le grondement de l'artillerie secouait le paysage. De tous côtés, les coups de départ et les éclatements ouvraient des ailes de feu dans le ciel sale. On se retrouva, haletants, les jambes coupées, dans la tranchée suivante.

« Manque personne!

— Manque personne!

— Soufaneix?

— Il est là!

— Qu'est-ce que vous attendez? Vite, vite... »

Trop fatigués pour protester, les soldats remontèrent leur charge d'un mouvement d'épaule. Un grouillement vermiculaire anima le couloir. Pierre noua un mouchoir autour de son cou pour empêcher l'eau d'entrer par l'ouverture de sa vareuse. Sa capote trempée plaquait sur son dos. Une odeur nauséabonde lui emplit la bouche. On passait devant les feuillées. Il songea que, quelques heures plus tôt, il était encore un homme propre, bien rasé, vêtu de drap léger, avec un appartement, un lit, une femme...

La vibration lumineuse du ciel révélait, par saccades, des chevalets renversés, qu'entourait un gribouillage de fil de fer, des bouts de tôle trouée, un pied mort qui débordait le rempart. Fouettées par le bruit des détonations, les oreilles s'engourdissaient, devenaient deux paquets de chair inerte accrochés aux joues. Il fallait ouvrir la bouche pour rétablir la pression de l'air. Stupéfié par le vacarme, Pierre n'avait plus de réaction personnelle. Quand les autres marchaient, il leur emboîtait le pas. Quand tous s'immobilisaient, il s'arrêtait lui-même. Le lieutenant, qui conduisait la compagnie, pestait à l'entrée d'une sape. Le plan qu'on lui avait remis n'était pas à jour.

« On se sera égarés! gémit Soufaneix.

— Si ça se trouve, on est revenus en arrière!

— Tu perds rien pour attendre, gros ballot! »

Une fusée allongea sa tige et ouvrit, très haut, une corolle de clarté rosâtre. Dans la profondeur du boyau, toutes les visières brillèrent comme des écailles de poisson. Saisis par cette aurore artificielle, les hommes ne bougeaient pas, l'œil exorbité, le cœur vide. Des balles sifflèrent. D'autres fusées se hissèrent, en se balançant gracieusement dans l'espace. Un éclatement furieux fit trembler le sol sous les pieds. D'un même mouvement, tous les soldats s'étaient aplatis dans la boue. Après quelques secondes d'hébétement, une voix hurla :

« Un blessé!

— Où?

— Par là!

— Rangez-vous! »

Un homme passa, qui en soutenait un autre. Enlacés comme des ivrognes. Une figure blanche, avec plein de bulles d'encre autour des lèvres.

« Qui est-ce?

— Pascalot, de la cinquième. »

Ce n'était pas quelqu'un de la compagnie. On respira.

« Serrez... Serrez... »

La troupe avançait toujours, assourdie par le fracas du bombardement, aveuglée par des gerbes de feu et de pierrailles pulvérisées.

« On n'en sortira pas!

— Qu'est-ce qu'ils foutent devant?

— Les brancardiers!

— Encore!

— Tu parles d'un secteur pépère!... »

L'aube se levait derrière un voile de pluie, quand la compagnie prit position dans un fossé assez large, ourlé de terre fraîche et couronné de sacs de ciment. Une odeur douceâtre de sépulcre flottait autour des excavations pratiquées dans le sol. Pierre et son escouade s'installèrent dans un gourbi étroit, à demi éboulé, et étayé par des planches. Lacaruse recruta les premiers guetteurs, qui tous affirmèrent que ce n'était pas leur tour, l'un ayant été de soupe la veille, l'autre de patrouille la dernière fois.

« Veux pas le savoir! » hurlait Lacaruse.

Les hommes désignés finirent par s'extirper des tanières, abrutis, furieux, traînant la crosse de leur fusil dans la gadoue.

Au petit matin, la canonnade s'apaisa graduellement. Rassurés, les soldats commentaient les ultimes détonations qui saluaient la venue du jour :

« Ça, c'est un 120 long de chez nous!...

— Ah! un 155 court qui gueule!...

— Un pet de lapin! Leur 77, quelle camelote!...

— Tiens!... Un 210!... Ça, c'est du sérieux!...

— Fini... On ne tire plus... Les artiflots se reposent!... »

Pierre sortit de son gîte pour humer l'air frais et s'approcha d'un créneau. Il découvrait devant lui une grande plaine déchiquetée, rasée, où des flaques rondes frissonnaient dans les trous d'obus. Ça et là, des moignons d'arbres calcinés, des paquets de fil de fer, hérissés en buissons, des carcasses humaines, roulées et raidies dans la vase. La pluie ruisselait sur cette vaste étendue, aux bossellements haillonneux et grisâtres. Des vapeurs montaient de certains entonnoirs, comme des cassolettes mystérieuses enfouies dans la glèbe.

Une fusillade éclata assez loin, sur la gauche. Lacaruse passa en courant :

« Qu'est-ce qui les prend ?... Ils sont fous !... »

Le silence revint, pesant, humide. Pierre rentra dans son gourbi. Soufaneix, affalé dans un coin, claquait des dents. Vernac avait ouvert une boîte de sardines, provenant du paquet que Pierre lui avait apporté, et mangeait voracement, accroupi, les genoux écartés, l'œil fixe. Les autres dormaient, adossés à la paroi, les épaules et la tête couvertes d'une toile de tente, pour se protéger de l'eau qui suintait du plafond. Sans déranger personne, Pierre s'assit sur son sac, à la porte de l'abri, près de la lumière. Puis, il tira de sa poche une feuille de papier et un crayon. Ses mains étaient nouées par le froid. Il souffla dessus pour les réchauffer. Des gouttes d'eau dansaient devant ses paupières. Le papier était mou comme un carré d'étoffe. Il l'appliqua sur un carnet en toile cirée, suça la mine de plomb pour qu'elle marquât mieux et, lentement, formant bien ses lettres, se mit à écrire :

« Ma chère petite femme,

« Comme je te l'ai promis, je t'envoie un mot dès mon arrivée ici. Tout s'est très bien passé et tu n'as pas à craindre pour moi, qui suis en bonne santé et ne manque de rien, si ce n'est de t'avoir dans mes bras. C'était si agréable, tu t'en souviens ? Moi, j'y pense continuellement. J'espère qu'on ne nous fera pas attendre trop longtemps pour retourner chez nous... »

6

DENIS faillit lâcher le verre qu'il était en train de rincer. Mme Langoustier venait d'entrer dans la salle. Son visage était énergique, sous le chapeau mauve, dont les bords très plongeants l'obligeaient à dresser le cou pour regarder devant elle. Heureusement, il y avait au café quelques habitués de l'apéritif du soir : cinq personnes en tout. Cela suffisait à occuper Amélie. En voyant arriver cette cliente qu'elle ne connaissait pas, elle dit :

« Bonjour, madame, vous désirez ? »

Sans répondre, Mme Langoustier s'avança vers le coin du comptoir où Denis s'était réfugié, un torchon à la main, l'air penaud. Plantée devant lui, elle prononça à haute voix :

« Un Dubonnet. »

Il inclina la tête, comme accablé par le ton impératif de la commande. Ses jambes se dérobaient sous lui.

« Pourquoi êtes-vous venue ? chuchota-t-il en la servant.

— Je ne pourrai pas te recevoir demain, dit-elle.

— Ah ?

— J'ai un empêchement. De la famille de province qui arrive. Au lieu de demain, je te verrai ce soir... »

Du côté d'Amélie, les conversations, un instant

suspendues, avaient repris bruyamment. La basse de M. Florent dominait le tumulte.

« Ce soir, ça tombe mal, balbutia Denis.

— Pourquoi?

— J'ai promis de sortir avec les copains.

— La belle affaire! Ils sortiront sans toi.

— Oui. Je vais tâcher de m'arranger... »

Il parlait du bout des lèvres et lorgnait sa sœur, épouvanté à l'idée qu'elle pût le surprendre, causant de si près avec une inconnue. Jamais il n'aurait supposé que Mme Langoustier pousserait l'audace jusqu'à le relancer au bistrot. Fallait-il qu'elle l'aimât pour prendre un risque de cette importance!

« Alors, c'est convenu, mon poulet? Neuf heures, comme d'habitude? »

Denis se détourna légèrement et reçut le regard d'Amélie en plein visage. Elle les observait. Elle se doutait de quelque chose. Elle allait venir à eux, les interroger, exploser en imprécations.

« Comme d'habitude », dit-il à voix basse.

Mme Langoustier vida son verre et jeta cinq sous sur le comptoir :

« Ça fait le compte?

— Oui.

— A tout à l'heure. »

Le chapeau mauve pivota lentement. Mme Langoustier s'éloigna du comptoir et passa d'une démarche aisée devant les consommateurs.

« Au revoir, madame », lui dit Amélie sur un ton de courtoisie professionnelle.

Mme Langoustier la salua d'un mouvement de tête et sortit. Amélie s'approcha de son frère pour demander :

« Qui est cette dame? »

Il tressaillit :

« Cette dame?... Oh! c'est rien...

— Tu la connais?

— Oui... Un peu... C'est une tante... Une tante à Gustave, je crois... Elle l'a accompagné un jour à l'atelier... Là, elle venait prendre un verre, en passant...

— Tu aurais pu me la présenter, dit Amélie sévèrement. C'est la moindre des choses dans un commerce. »

Ce reproche bénin le remit d'aplomb. Étonné d'en être quitte pour la peur, il marmonna :

« C'est vrai, j'aurais dû... »

Elle prit la monnaie sur le comptoir et revint à la caisse pour se consacrer aux clients sérieux. Mais, tout en feignant de s'intéresser à leur bavardage, elle s'éloignait d'eux, par la pensée, au point d'oublier momentanément leur présence. Le départ de Pierre l'avait étourdie comme un accident. Depuis la veille, elle vivait dans un état de dénuement physique à peine supportable. La solitude qu'elle avait connue avant de revoir son mari lui paraissait enviable en comparaison de celle dont elle subissait maintenant la torture. Pierre avait dû lui écrire, hier soir, dès son arrivée au cantonnement, mais elle ne recevrait pas sa lettre avant deux jours. Désormais, tout ce qu'elle aurait de lui ce seraient des bouts de papier pliés dans une enveloppe. Pendant combien de temps encore? Trois mois? Six mois? Elle ne tiendrait pas jusque-là. Elle irait le retrouver, comme à Flesselles, quand il serait au repos. Mais le commissaire de police allait-il consentir à lui délivrer des sauf-conduits aussi souvent qu'elle en ferait la demande? La voix de M. Florent la frappa dans sa rêverie :

« Vos beaux yeux sont tout tristes depuis le départ de votre mari, madame Mazalaigue. Pensez un peu à nous. Faites-nous un sourire... »

La désolation d'Amélie était telle, que ces paroles aimables, loin de la soulager, achevèrent de l'émouvoir. Retenant ses larmes, elle sourit au vieil ébéniste moustachu, qui la considérait avec gentillesse :

« Ce n'est rien, monsieur Florent. Un petit nuage. Qu'est-ce que je vous sers ?

— Mais je suis déjà servi, et bien servi ! »

Elle haussa les épaules, honteuse de son inadvertance :

« C'est vrai. Où avais-je la tête ?

— Passe-moi ton journal, Florent, dit M. Buche.

— Il n'y a rien dedans.

— Faut savoir lire entre les lignes...

— Lis plutôt la lettre de mon fils. Il en raconte de drôles...

— Quand vient-il en permission ?

— Avant la fin du mois, je pense... »

Le reste de la conversation se perdit, pour Amélie, dans une palpitation de mots inutiles. Désœuvrée et lasse, elle parcourut des yeux la rangée de visages qui s'alignait devant le zinc. Rien que des hommes. C'était étrange : autrefois, elle n'éprouvait pas le moindre embarras à se déplacer dans ce faisceau de regards masculins. Les habitués du café étaient pour elle des individus sans sexe défini, fort courtois dans l'ensemble, et dont l'unique préoccupation était de se désaltérer entre leurs heures de travail. En lui affirmant que ces messieurs la trouvaient à leur goût, Pierre avait semé le désarroi dans l'esprit de sa femme. Depuis cette révélation, elle n'avait plus, en face de ses clients, la même aisance de manières. Il lui arrivait de s'éloigner brusquement d'un consommateur, parce qu'elle avait cru remarquer qu'il l'observait avec trop d'insistance. Parfois aussi, un compliment banal lui jetait le sang aux joues, et elle devait se raisonner pour convenir que celui qui l'avait prononcé n'avait eu à son égard aucune intention outrageante. Au bout du comptoir, un ouvrier de M. Florent, M. Paul, le crin noir et dru, les pommettes rouges, le cou rond, la contemplait depuis un moment, d'un air béat, en tournant un verre vide dans ses grandes mains déformées et calleuses. « Qu'a-t-il à me dévisager ainsi?... Est-ce que par hasard...? Mais non, je suis folle!... Je le connais bien!... Un homme marié, père de quatre enfants... » Elle lui sourit pour racheter la supposition désobligeante dont elle s'était rendue coupable. L'homme lui sourit aussi. « Je n'aurais peut-être pas dû lui sourire, pensa-t-elle immédiatement. J'en fais trop. Pierre me l'a bien dit... » Cette vigilance perpétuelle était épuisante. Elle eut hâte, soudain, de voir partir tous ces gens qui la contraignaient à vivre sur la défensive. Le moment du dîner approchait. Elle se rendit dans la cuisine et oublia ses sottes idées en retrouvant sa fille. M. Lubin venait d'arriver et pendait son manteau et son chapeau à la patère, dans le coin, près de la fresque des saisons. Les clients, ayant payé leurs consommations, s'en allaient, l'un après l'autre, et disaient, en passant le seuil :

« Salut tout le monde! »

Elle leur répondait sans se montrer, car elle était en train de changer Élisabeth. Denis ramassait les verres et nettoyait le comptoir. Ensuite, il se réfugia dans sa chambre pour se brosser, se coiffer et cirer ses chaussures : ce soir encore, il sortait avec ses camarades. Il dîna rapidement et avec si peu d'appétit, qu'Amélie lui demanda s'il n'était pas souffrant.

Gustave et Paulo vinrent le chercher, au moment où on se levait de table. Quand ils furent tous trois dans la rue, Denis glissa un coup d'œil par-dessus son épaule et dit à voix basse :

« Faut pas m'en vouloir, les gars! Je ne peux pas aller avec vous!

— De quoi? s'écria Paulo. Tu nous lâches encore pour ta rouquine?

« — Eh! oui, mon vieux. Figure-toi qu'elle s'est amenée au bistrot pour me dire qu'elle voulait me voir ce soir au lieu de demain!

— Elle charrie! dit Paulo, T'es tout de même pas à ses ordres!

— Non, dit Denis, vexé. Mais qu'est-ce que tu veux que j'y fasse? Elle ne peut pas se passer de moi! Faut la comprendre aussi! »

Ils firent quelques enjambées, en silence, la tête inclinée, comme il convient à des gens qui méditent un problème grave.

Pour ne pas être en retard sur Denis dans la connaissance des choses de l'amour, Paulo était, lui aussi, passé de la théorie à la pratique. Mais, ayant eu moins de chance que son ami, il avait dû se contenter, pour son initiation, d'une fille publique de la rue des Rosiers.

« Crois-moi, dit-il, avec les putains, on est plus tranquille. Pas d'histoires. T'en as pour ton argent. Et elles ne viennent pas t'enquiquiner après!

— Oui, renchérit Gustave, qui était encore vierge, c'est le sentiment qui est ennuyeux avec les femmes! »

Tout en sachant que ses camarades l'enviaient d'avoir une vraie maîtresse, Denis convint charitablement qu'ils avaient raison de dénoncer les inconvénients des liaisons sérieuses. On s'arrêta devant la devanture éclairée de *Marius*.

« Je n'en aurai peut-être pas pour longtemps avec elle, dit Denis. Aussitôt après, je viendrai vous rejoindre. Bon billard...

— Toi aussi », dit Paulo en lui donnant une bourrade.

Ils éclatèrent tous trois d'un gros rire viril. Puis, Denis s'engagea seul dans le boulevard Voltaire, vide, large et obscur.

Quand il repassa devant *Chez Marius,* les volets

étaient posés sur la devanture du bistrot, les lumières
étaient éteintes. Tout dormait. Il était très tard. Sans
méconnaître le plaisir qu'il avait pris auprès de
Mme Langoustier, Denis regrettait d'avoir, une fois de
plus, négligé ses camarades. Paulo avait raison de le
mettre en garde contre l'humeur intransigeante de sa
maîtresse. Il évoqua les créatures fatales de certains
films, qui abolissent toute dignité et tout sens moral
dans l'homme qui a eu le malheur de tomber sous leur
charme pervers. « Avec ça, elle n'est même pas très
jolie. Elle est vieille. Je ne l'aime pas. Je ne devrais plus
accepter qu'elle me commande... » Il s'appliquait à
détester Mme Langoustier pour l'ascendant qu'elle
avait sur lui. Il songeait même à rompre avec elle pour
affirmer son caractère. Et, aussitôt après, il n'avait
qu'une envie : la rejoindre, se laisser dorloter, grigno-
ter, perdre la notion du temps dans la pénombre de la
chambre rose. Subitement, il souhaita qu'Amélie le
surprît au moment où il traversait la cour. Après un
pareil scandale, la séparation serait inévitable. « Plus
de Mme Langoustier... Fini... A tout jamais!... » Peut-
être l'enverrait-on à La Chapelle-au-Bois pour le
guérir de son penchant pour les femmes? Mais il n'y
avait pas de lumière derrière les volets d'Amélie.
Comme il avait laissé sa fenêtre entrouverte, il put
rentrer chez lui sans être inquiété.

*
* *

« Une puissante offensive alliée en Champagne et en
Artois. » Tous les journaux célébraient le succès de ces
grandes attaques, qui avaient obligé l'ennemi à abandonner des positions réputées imprenables. « Prépara-
tion d'artillerie... Charge à la baïonnette... Déluge de
fer et de feu... Résistance acharnée des Allemands
réfugiés dans un cimetière... » Ces nouvelles, qui se

succédaient de jour en jour, depuis le 25 septembre, contraignaient Amélie à vivre dans un état d'anxiété funèbre, dont rien ne pouvait la distraire. Pierre était dans la zone des combats les plus acharnés. Elle n'avait reçu qu'une seule lettre de lui depuis son départ. On disait que les pertes étaient énormes. Elle le voyait déjà blessé, mort, disparu. La nuit, parfois, elle s'éveillait brusquement, comme avertie en songe que tout espoir était désormais inutile. Enfin, une carte militaire, en date du 1er octobre, la rassura :

« Tout va bien, ma chère petite femme, nous avons eu des heures très dures, comme tu as dû le penser. Beaucoup de camarades manquent à l'appel. On nous a ramenés à l'arrière pour compléter l'effectif. C'est d'un village en ruine que je t'écris. Le moral est bon et la santé de même. Ne t'inquiète donc pas. Je t'écrirai plus longuement demain. Tendres baisers de ton PIERRE. »

Elle renaissait à la vie. Les journaux ne signalaient plus que des actions locales, des rectifications de lignes toujours heureusement menées. Le généralissime Joffre publiait un ordre du jour de victoire. Amélie, qui n'avait écrit qu'une seule fois à son père pendant la durée de la permission, lui envoya deux lettres, coup sur coup, pour le tranquilliser.

Le dimanche 10 octobre, Denis entraîna sa sœur pour admirer les trophées de guerre des batailles de Champagne et d'Artois, exposés dans la cour des Invalides. Amélie avait tenu à emmener Élisabeth. Serrant sa fille dans ses bras, elle s'amusait de son babillage, de ses mines, et en oubliait un peu de s'intéresser au spectacle. Il y avait foule dans la vaste enceinte de pierres grises. Maintenus par un barrage de cordes, des hommes, des femmes, des enfants, se bousculaient pour voir de plus près les monstres d'acier, qui avaient semé la mort autour d'eux avant d'être réduits au silence et transportés à Paris pour servir de distraction aux badauds. Canons de gros et de petit calibre, obusiers, mortiers, mitrailleuses, tous portaient encore sur leurs flancs les traces de la boue champenoise. Certains même étaient entièrement blancs, comme pétrifiés dans une gangue de craie croûteuse. De loin, on eût dit une artillerie à l'usage de fantômes. Les soldats de garde donnaient des explications aux curieux. Des messieurs qui ne se connaissaient pas discutaient les mérites respectifs du 77 allemand et du 75 français. Des dames aux chapeaux fleuris passaient la main par-dessus la corde pour toucher d'un doigt respectueux une roue, une culasse ou un bouclier. Denis courait d'une pièce à l'autre, se haussait sur la pointe des pieds pour regarder à l'intérieur des bouches à feu et suppliait Amélie de rester un moment encore. Mais le bébé pesait lourd sur les bras de la jeune femme. Elle s'impatientait.

Ils rentrèrent à la maison vers cinq heures, et, aussitôt, reçurent la visite de Mme Rousseau, qui guettait leur arrivée par la fenêtre de sa chambre. Elle surgit devant eux avec cet air de jubilation contenue, qui était le sien lorsqu'un événement important s'était produit dans le quartier et qu'elle avait la chance d'en être seule avisée. Cette fois-ci, par extraordinaire, il s'agissait d'une bonne nouvelle : en l'absence d'Amélie, un homme s'était présenté pour louer une chambre. Mme Rousseau l'avait vu, lui avait parlé, et l'avait engagé à revenir, le soir même, à huit heures, pour discuter les conditions avec la patronne. Il était correctement habillé et semblait honnête.

« Un homme de quel âge ? demanda Amélie.

— Une trentaine d'années, dit Mme Rousseau. Guère plus, guère moins...

— Et il n'est pas mobilisé ?

— Non. Il est Espagnol.

— Espagnol! » répéta Amélie en fronçant les sourcils.

N'ayant jamais eu l'occasion de fréquenter des étrangers, elle ne pouvait se défendre d'un sentiment de méfiance à leur égard. Ces gens-là obéissaient à des façons de penser, de vivre, qui ne s'accordaient pas avec les habitudes françaises. Si seulement il s'était agi d'un citoyen appartenant à quelque nation alliée! Un Belge, un Italien, un Anglais, un Russe même, à la rigueur... Mais un Espagnol! Pourquoi se trouvait-il à Paris? Et pourquoi avait-il choisi l'hôtel du *Cycliste couronné* pour y chercher refuge? Mme Rousseau la rassura :

« Il m'a tout expliqué. On a fait venir beaucoup d'ouvriers spécialisés d'Espagne en France pour remplacer les nôtres qui sont partis. Il est arrivé avec un groupe de camarades. Il travaille à Vincennes, dans une fabrique de carreaux de plâtre.

— C'est un manœuvre?

— Un contremaître.

— Et il parle français?

— Oui, avec un accent... Moi, si vous voulez mon avis, je l'ai trouvé plutôt bien... »

Malgré cette référence, Amélie hésitait encore entre le plaisir de compter un nouveau client dans son hôtel et la crainte d'avoir affaire, pour la première fois de sa vie, à un homme qui ne fût pas de sa race.

« Je crois qu'il prendrait son repas du soir au café, reprit Mme Rousseau.

— Il vous l'a dit? demanda Amélie.

— Oui. Il voudrait savoir combien vous lui feriez en demi-pension. »

Ces paroles achevèrent de convaincre Amélie que le nouveau venu était digne d'intérêt.

« C'est bon, dit-elle. Je le verrai. A supposer qu'il se

présente! Il a peut-être déjà trouvé autre chose dans le quartier. Les hôtels ne manquent pas... »

Elle ouvrit le café avec Denis, coucha Élisabeth dans la cuisine et attendit avec impatience la visite de l'inconnu. A sept heures et demie, M. Lubin vint s'asseoir à sa table habituelle pour le dîner. Il toussait beaucoup et se plaignait d'une douleur au creux de la poitrine. Malgré les adjurations de la jeune femme, il se contenta de chipoter quelques ravioli dans son assiette et monta dans sa chambre sans avoir goûté au dessert. A huit heures dix, enfin, la porte donnant sur la rue livra passage à un homme, qu'Amélie reconnut au premier regard comme étant l'Espagnol dont Mme Rousseau lui avait parlé. Il était très haut de taille, très large d'épaules, avec un visage mat, aux pommettes fortement accusées et au menton bleu par la barbe. Ses cheveux, d'un noir luisant, descendaient en pattes sur ses joues. Ses sourcils épais, joints par une taroupe, couvraient de grands yeux sombres à l'éclat mouillé. Une fine moustache s'étirait, tel un trait de fusain, au-dessus de ses lèvres. Il s'approcha du comptoir et ouvrit la bouche. Ses dents brillèrent, blanches, carnassières, dans un masque maigre et ténébreux.

« Madame, j'étais déjà venu... C'est pour la chambre... »

Il parlait à voix basse, en zézayant d'une manière bizarre, comme si sa langue eût buté à chaque mot contre ses gencives.

« Je suis au courant, dit-elle. Vous voudriez aussi, je crois, prendre vos repas du soir ici?

— Oui, madame... *por favor*... Si le paiement n'est pas trop fort pour moi...

— Je vous ferai les mêmes conditions qu'à mes autres clients, dit-elle avec un rien de suffisance dans le ton. Elles sont raisonnables. La chambre et un repas, vin non compris, cent vingt francs par mois. »

Il hocha tristement la tête :

« C'est plus que je pensais. Je ne peux pas avec ce que je gagne. »

Elle avait prudemment majoré le tarif pour se réserver une marge de discussion.

« Combien comptiez-vous mettre ? demanda-t-elle.

— Quatre-vingts francs.

— Cette fois, monsieur, c'est moi qui ne peux pas, dit-elle avec fermeté. Mais j'ai une chambre moins belle que celle que je vous destinais d'abord...

— Pour moi, tout sera bien...

— Je pourrais vous la laisser, avec la demi-pension... voyons à... à... »

Elle fit mine de s'absorber dans un calcul ardu et finit par dire :

« À quatre-vingt-dix francs. C'est le minimum.

— Ça va, dit-il. *Muchas gracias...*

— Payable un mois à l'avance.

— Certainement.

— Puis-je vous demander votre nom ? »

Il redressa la taille et annonça, l'œil étincelant, la peau tendue sur une pomme d'Adam proéminente :

« Antonio Fernandez Villarrubia. »

On eût dit qu'en se présentant il déclinait des titres de noblesse. Impressionnée par la sonorité de ce patronyme, Amélie courba légèrement la tête et murmura :

« Très bien. Quand comptez-vous emménager, monsieur Villarrubia ?

— Dans cinq jours, c'est possible ? Le 15 octobre...

— Si vous n'emménagez que le 15 et si vous voulez que je vous garde la chambre, il faudrait me verser un acompte.

— Je peux payer le mois d'avance.

— Ce n'est pas indispensable !

— Si, si... Je préfère... »

Il prononçait : *Yo prefero...* La jeune femme encaissa l'argent, signa un reçu et pria Denis de montrer à M. Villarrubia la chambre n° 3, qui serait désormais la sienne. Avant de sortir du café, par la porte du fond, l'Espagnol s'inclina, une main sur le cœur, et dit : « Expressions à la famille », ce qui surprit un peu Amélie, mais la confirma dans l'idée que son locataire était un homme bien élevé.

Quand Denis revint, après avoir fait visiter les lieux au nouveau client, elle lui demanda avidement :

« Alors, ça lui a plu ?

— Beaucoup ! s'écria Denis. Il m'a donné cinq sous pour la peine. C'est un type bien, tu sais ! Il vient d'un patelin près de Barcelone. Il m'a dit qu'il m'apprendrait l'espagnol. Et il amènera ses copains au café. Ça peut devenir intéressant...

— Oui, dit Amélie, je crois que j'ai eu raison d'accepter.

— Il faut vite l'écrire à Pierre.

— Bien sûr ! »

Elle rougit un peu. L'explication qu'elle avait eue avec Pierre n'avait pas suffi à dissiper leur malentendu. Connaissant l'humeur ombrageuse de son mari, elle devait se garder de lui annoncer maintenant une nouvelle, dont il était incapable d'apprécier l'intérêt commercial et qu'il interpréterait même, peut-être, comme un acte d'insubordination à son égard. Mais ce n'était que partie remise. Il ne pouvait refuser indéfiniment de la comprendre. Dès qu'il aurait manifesté dans ses lettres un réel désir de la voir élargir le cercle de ses clients, elle lui raconterait tout.

Ainsi, absoute par avance, elle passa une excellente nuit et se leva, à l'aube, la tête pleine de calculs heureux. Son contentement fut de courte durée. Dans le courant de la journée, M. Florent fut avisé que son fils, dont il attendait l'arrivée en permission, avait été tué par un éclat d'obus devant Saint-Mihiel. Le lendemain, le vieil ébéniste vint à l'atelier comme d'habitude. Mais il portait un faux col dur, un veston noir et avait pris le temps de se rendre chez le coiffeur pour être tout à fait digne de son deuil. Le visage pâle et rude, barré par une moustache blanche tombante, l'œil sec, les épaules droites, il se tenait sur le seuil de son échoppe et recevait les condoléances avec beaucoup de noblesse et de simplicité. Toute la rue s'était dérangée pour le voir. Des groupes murmurants emplissaient la cour. Malgré l'ordre du patron, les ouvriers avaient arrêté leur travail pendant le défilé des amis et des connaissances. Quand Amélie s'approcha de M. Florent, il l'interrompit dès les premiers mots : « Chut! il ne faut rien dire! » et lui tapota la main, comme si c'était elle qui avait besoin d'être consolée. Puis, il rentra dans son atelier, enfila sa cotte bleue et se remit à la tâche. La cour se vida.

Amélie resta un moment immobile, regardant ce petit univers entouré de grands murs lépreux. Des tuyaux de descente barraient les façades et se coudaient, de place en place, au-dessus des gros plombs rouillés. Un matelas versait hors d'une fenêtre sa lourde bedaine à carreaux gris et roses. Ailleurs, une lessive de jupons, de camisoles et de langes séchait sur une corde, avec une indécence tranquille. Un miroir à barbe était accroché au montant d'une croisée, juste en face d'une cage à canaris, garnie de salade et de croûtons de pain. Les hommes — ceux qui n'étaient pas mobilisés — travaillaient au-dehors. Les gosses étaient à l'école. Tous les étages, à cette heure du jour, appartenaient aux femmes et baignaient dans la paix des besognes domestiques. De temps en temps, les ménagères s'interpellaient d'une fenêtre à l'autre pour tromper leur solitude : « Vous n'auriez pas un peu de fil marron, madame Michaut ? — Moi, je n'achèterai plus de moules chez la friteuse ; à la Nation, elles sont meilleures... » Une machine à coudre ronronnait. La locataire du troisième repassait son linge à longs coups de fer. En bas, dans l'atelier d'ébénisterie, on entendait grincer la scie et siffler la varlope. Ainsi, bien que l'idée de la mort eût visité ces lieux, déjà, de toutes parts, la vie quotidienne reprenait ses droits.

Amélie elle-même, malgré un chagrin sincère, devait songer à recevoir les clients de l'apéritif. Ils vinrent plus nombreux que d'habitude. Mais M. Florent ne se montra pas. On parla de lui, de sa peine. M. Buche prédit qu'après une bataille de cette envergure il y aurait sûrement plusieurs mois d'accalmie sur le front. Le sentiment de tous était qu'avec cette mort les habitués du café avaient fait leur plein de mauvaises nouvelles. Deux jours, en effet, se passèrent sans apporter la moindre perturbation dans le petit cercle. Puis, on apprit qu'Emmanuel Boursier avait été tué, en Argonne. Encore un compagnon de Pierre qui disparaissait subitement, comme si une trappe se fût ouverte sous ses pieds. C'en était trop ! Pourquoi Boursier ? Il était bon, simple, triste, avec une femme indigne de lui. Il ne demandait pas grand-chose à la vie. Il ne gênait personne... Pierre eût tellement aimé le retrouver à son retour du front ! Saisie d'un pressentiment affreux, Amélie se disait qu'en frappant les meilleurs amis de son mari, la mort s'avançait vers lui, de proche en proche, reconnaissait le terrain, ajustait son coup. Dans la rue, on voyait Mme Boursier qui passait en grand deuil, un voile de crêpe rabattu sur le visage et un petit mouchoir blanc tenu dans sa main gantée de filoselle noire. D'après Mme Rousseau, M. Toupetain, par correction, avait interrompu ses visites nocturnes à l'infidèle.

« Mais attendez quinze jours ! Ça les reprendra ! »

Les préoccupations personnelles d'Amélie étaient si graves, si tenaces, qu'elle n'avait même plus la force de soutenir Mme Rousseau dans l'indignation. Enfin, elle reçut un billet de Pierre, mais vieux d'une semaine. Il était au repos et s'inquiétait de savoir si elle avait réglé l'assurance pour la glace de la devanture. Au bas de la page, il y avait quelques mots d'amour, à peine lisibles. Le jour suivant, Soufaneix et Vernac, ayant enfin obtenu leur permission, se présentèrent au *Cycliste couronné* avec leurs épouses. Ils étaient porteurs d'une missive plus récente, qui acheva de calmer les craintes d'Amélie. A les entendre, Pierre était en parfaite santé et ne manquait de rien. Ils devaient le revoir dans quarante-huit heures. Elle leur remit un paquet et une lettre pour son mari.

TROISIÈME PARTIE

1

M ANTONIO FERNANDEZ VILLARRUBIA emménagea, comme convenu, le 15 octobre. Chaque jour, il partait pour son travail à six heures du matin et ne rentrait qu'à sept heures du soir, les vêtements constellés de crachats de plâtre, les cheveux enfarinés, l'air fatigué et absent. Aussitôt, il montait dans sa chambre. Une demi-heure plus tard, en pénétrant dans le café, il était un autre homme. Lavé, brossé, peigné, il portait un costume noir, défraîchi mais propre, une cravate violet sombre sous un faux col blanc, un gilet court et des souliers à tige. Très aimablement, il saluait l'assistance avant de se mettre à table. Les habitués, qui prenaient leur dernier verre au comptoir, lui répondaient du coin des lèvres. Il avait le tort, à leurs yeux, d'être le ressortissant d'une nation neutre, aux sympathies indéterminées. En sa présence, ils évitaient de parler des combats en cours, comme s'ils eussent craint qu'il ne révélât à l'état-major allemand ce que les clients du *Cycliste couronné* pensaient de la conduite de la guerre. Même M. Lubin, qui mangeait à deux pas de lui, s'abstenait de tout commentaire en lisant son journal. Cette consigne de méfiance irritait Amélie, car elle estimait que son nouveau locataire était un homme d'une correction irréprochable et que certains messieurs du quartier auraient pu prendre exemple sur lui pour les bonnes manières. Par bonheur, il semblait indifférent aux mines distantes de son entourage. Il se nourrissait bien, buvait sec et laissait éclater le plaisir de vivre sur sa figure.

En observant ses deux demi-pensionnaires, si différents l'un de l'autre, Amélie rêvait d'une salle agrandie, repeinte et bondée de convives, qui tous feraient honneur au menu dans un joyeux tintement de verres et de fourchettes. Si elle pouvait servir deux repas, rien ne l'empêcherait d'en servir dix, vingt, vingt-cinq. On achèterait l'échoppe du cordonnier, à côté. On ferait abattre le mur. On caserait là six ou huit tables supplémentaires. Nappes blanches, assiettes à filets dorés, garçons aux plastrons amidonnés glissant entre des groupes de dîneurs optimistes... M. Lubin toussait à pleins poumons, la serviette écrasée contre son visage cramoisi. Denis rinçait les verres dans la « plonge ». Les consommateurs s'en allaient, un à un, rentraient chez eux pour la soupe. Il était temps de coucher Élisabeth et de croquer un morceau, en hâte, pendant que M. Lubin et M. Villarrubia attaquaient leur dessert.

A huit heures et demie, pour le café, l'Espagnol recevait quelques compatriotes à sa table. En les voyant arriver, M. Lubin pliait nerveusement son journal et montait dans sa chambre. Un matin, il ne put en descendre pour se rendre à son travail. Il avait contracté la grippe et grelottait de fièvre. Mme Rousseau lui posa des ventouses. Denis lui porta ses repas — bouillon et pomme cuite —, qu'il prenait au lit, en gémissant, un bonnet de nuit sur la tête et un foulard noué autour du cou. M. Villarrubia ne manquait pas une occasion d'interroger la jeune femme sur la santé de celui qu'il appelait M. *Loubine*. Toujours sensible aux mouvements d'une âme généreuse, Amélie admirait la délicatesse de cet étranger, qui demandait quotidiennement des nouvelles d'un personnage dont la malveillance à son égard était pourtant manifeste. En outre, elle lui savait gré d'attirer de nouveaux clients, fussent-ils des Espagnols, dans son établissement. Leur nombre s'était rapidement accru. Ils étaient six maintenant, qui, chaque soir, rejoignaient leur camarade, après le dîner. Tous étaient noirs de cheveux, avec des yeux brillants de romanichels. Ils s'asseyaient à la table de M. Villarrubia, commandaient du café ou une chopine de rouge, et commençaient à parler, en rapprochant leurs têtes, dans une langue gutturale et incompréhensible. Leurs éclats de voix s'entendaient jusque dans la rue. Parfois, un accès de rire les renversait sur le dossier de leurs chaises. Puis, sans transition, ils se disputaient, s'invectivaient, en agitant leurs longs doigts maigres devant leurs figures grimaçantes. Amélie, inquiète, se demandait s'ils n'allaient pas en venir aux mains. Subitement, le ton baissait, les regards s'éteignaient, et M. Villarrubia commandait une autre tournée. Les rares habitués, qui entraient au café passé neuf heures, considéraient d'un mauvais œil ce groupe d'émigrés qui avait pris possession d'une moitié de la salle et s'y conduisait comme en territoire conquis. Soucieuse de ménager à la fois la clientèle étrangère et la clientèle nationale, Amélie faisait signe, de temps en temps, à M. Villarrubia de modérer l'exaltation de ses camarades, et, aussitôt après, se tournait avec un sourire d'excuse vers les consommateurs français, qui se tenaient, muets de réprobation, devant le comptoir.

« Ils sont un peu bruyants, mais si gentils! leur disait-elle. Quand on les connaît bien, on est obligé de leur faire confiance. Après tout, ce n'est pas leur faute s'ils savent à peine parler notre langue... »

Ces propos aimables se heurtaient à des visages de

bois. Denis lui-même se laissait gagner par la conta-
gion de la médisance. Après s'être réjoui de l'installation de M. Villarrubia au *Cycliste couronné,* il jugeait à
présent que la maison s'était transformée en un centre
d'accueil pour les étrangers et qu'il était raisonnable de
craindre, par contrecoup, le départ des meilleurs
clients vers des bistrots où ils se sentiraient plus à l'aise
pour discuter de leurs affaires. A plusieurs reprises,
Amélie dut le rappeler à l'ordre, parce qu'il parlait de
M. Villarrubia en disant avec mépris : « L'Espagnol ».
Peut-être, si son locataire avait réuni la sympathie
unanime, se fût-elle avisée de lui trouver quelques
menus défauts. Mais puisque tout le monde était
contre lui, elle ne songeait qu'à le défendre. En le
dénigrant, c'était elle qu'on critiquait. Elle ne pouvait
tolérer qu'on lui reprochât de loger et de nourrir un
homme, dont le seul crime était d'être né au-delà des
Pyrénées.

Un samedi soir, les camarades de M. Villarrubia
vinrent au *Cycliste couronné* avec deux guitares. Le café
bu, tout le groupe monta dans la chambre n° 3.
M. Buche et M. Clapeton, qui sirotaient une petite
fine au comptoir, poussèrent un soupir de soulagement.

« Ouf ! ce n'est pas trop tôt ! » dit M. Buche.

Et M. Clapeton renchérit :

« Ça fait du bien de se retrouver entre gens de
connaissance ! »

Amélie ne releva même pas la perfidie mesquine du
propos et se dirigea vers son frère, qui l'appelait,
debout sur le seuil de la porte. Il était obligé de partir :
ses camarades l'attendaient *Chez Marius*. Il jouait
beaucoup au billard, ces derniers temps. Amélie en
était heureuse, car elle estimait qu'à son âge il avait
besoin de distractions. Avant de le laisser aller, elle lui
arrangea son nœud de cravate et lui recommanda de

rentrer à une heure convenable. Puis, elle retourna auprès de M. Buche et de M. Clapeton, qui parlaient des duels d'artillerie sur le front occidental. Mais les Russes paraissaient vouloir reprendre l'offensive autour de Dvinsk. M. Buche disait que les vaillants cosaques épuiseraient et décimeraient les soldats du kaiser en les attirant dans les marais. M. Clapeton, lui, jugeait que cette région n'avait aucun intérêt stratégique, et que le tsar aurait mieux fait de porter tout l'effort de son armée plus au sud, en direction de Czernowitz. Un bourdonnement lugubre interrompit leur discussion. Ils se regardèrent, étonnés, et, ensemble, dressèrent le cou. Les guitares jouaient au-dessus de leur tête. Une plainte humaine, nasillarde, désespérée, se mêla à la vibration des cordes. Était-ce M. Villarrubia qui chantait ainsi? Amélie fit un sourire confus à l'adresse de ses clients. M. Buche grommela :

« Et allez donc!... Faut plus se gêner!... »

La voix s'amplifiait, frémissait sur des notes hautes, s'arrêtait soudain, comme si le souffle eût manqué au chanteur, et reprenait, deux tons plus bas, roulant les mots telle une vague des cailloux. Puis, le rythme se précipita. Des mains sèches claquèrent en cadence. Le plafond trembla sous un battement de pieds aux talons percutants. Des hommes jetaient leur âme dans un cri : « Olé!... » Tout en subissant le charme barbare de la musique, Amélie craignait que ce concert improvisé ne fût pas du goût des voisins. Les doigts des guitaristes couraient sur ses nerfs, à fleur de peau. Chaque mélodie en engendrait une autre, plus belle encore et plus nostalgique. M. Buche vida le fond de son verre et conclut :

« En pleine guerre!... Mes compliments!... »

— On me le dirait que je ne le croirais pas, gronda M. Clapeton.

— C'est une race à part, murmura Amélie sur un ton fautif.

— Une race de sauvages! dit M. Buche sévèrement. Tous des toréadors!... Vous êtes trop indulgente avec eux, madame Mazalaigue... Vous devriez... »

Il n'acheva pas sa phrase. Mme Rousseau venait d'entrer dans le café, haletante, les yeux hors de la tête. Une maigre tresse de cheveux pisseux pendait sur son épaule. Elle s'écria :

« Eh bien, c'est du joli! Qu'est-ce qui les a pris, ce soir? Ils se croient chez eux, ma parole! J'arrive de chez M. Lubin, qui est tout fièvre avec sa grippe qui tourne en pneumonie. Comment voulez-vous qu'il dorme, le pauvre, dans ce tapage? Et Mme Michaut qui a son petit en pleine coqueluche...

— Calmez-vous, dit Amélie avec hauteur, j'avais l'intention d'aller immédiatement prier ces messieurs de se taire.

— Vous feriez bien, parce que vraiment c'est un scandale comme on n'en a pas encore vu dans le quartier depuis cinquante ans que j'y use mes savates! »

Une voix rauque explosa de l'autre côté du plafond :
« Ay-y-y!... »

L'étrange lamentation se prolongea, portée par un souffle inépuisable. M. Buche et M. Clapeton payèrent leurs consommations.

« A demain, madame Mazalaigue, dit M. Buche. Vous nous raconterez comment cela s'est terminé. »

Les deux hommes sortirent, très dignes, après s'être fait des politesses devant la porte. Mme Rousseau demanda :

« Alors? Vous montez les voir?

— Oui, oui, dit Amélie. Mais d'abord, rentrez chez vous.

— Vous ne voulez pas que je vous accompagne?

— Pour quoi faire?

— Des fois qu'ils vous chercheraient des misères!...
Excités comme ils sont!... »

Amélie haussa les épaules. Pouvait-elle convenir
qu'elle appréhendait, en effet, de se présenter seule
devant ces étrangers mystérieux, pour leur intimer
l'ordre d'arrêter leurs chants? Il le fallait pourtant, et
sans perdre une minute. Résolument, elle ferma au
loquet la porte donnant sur la rue, afin que nul ne
pénétrât dans le café pendant son absence. Au même
instant, la porte donnant sur le couloir s'ouvrit avec
une lenteur grinçante, et M. Villarrubia apparut sur le
seuil. Étaient-ce les airs de son pays qui l'avaient
bouleversé à ce point? Sa bouche souriait largement et
ses yeux étaient tristes, comme voilés de larmes.

« Madame Mazalaigue, dit-il, je voudrais avoir, si
c'est possible à vous, deux bouteilles de vin rouge et
des verres pour les *amigos* qui ont soif... »

Le regard d'Amélie croisa celui de Mme Rousseau.
La vieille femme avait rentré sa tête dans ses épaules,
et, les sourcils froncés, les bras noués sur la poitrine,
ronde de partout, pesante comme un plomb, s'apprêtait à arbitrer le débat.

« Vous arrivez bien, monsieur Villarrubia, dit Amélie. Justement, j'avais à vous parler...

— Quelle *agradable* surprise! dit M. Villarrubia en
inclinant le buste.

— Voulez-vous nous laisser, madame Rousseau? »
reprit Amélie.

Mme Rousseau tressaillit, fit une moue de dédain, et
s'éloigna, pliée sous l'offense, en mâchonnant des
propos amers. Restée seule avec son locataire, Amélie
concentra toute sa volonté sur l'obstacle à vaincre.

« Monsieur Villarrubia, dit-elle, je n'ai jamais eu à
me plaindre de vos façons jusqu'à ce jour. Je comprends très bien que vous ayez du plaisir à recevoir des

compatriotes et à bavarder avec eux. Mais, ce soir, vous avez — permettez-moi de vous le dire — un peu... un peu exagéré... Il y a des malades dans la maison, des enfants qui ont besoin de dormir. Vous faites trop de bruit avec vos guitares et vos chansons...

— C'est à cause de M. *Loubine?* demanda-t-il d'un air consterné.

— De M. Lubin et de beaucoup d'autres. »

Il ouvrit les bras dans un geste impuissant :

« Je ne pensais pas qu'on nous entendait *tanto* que ça!...

— Si, monsieur Villarrubia. On vous entend beaucoup.

— Et ce n'est pas joli? » demanda-t-il avec un sourire désarmant.

Il prononçait : « yoli ». Amélie avait l'impression de gronder un enfant inconscient de sa faute.

« C'est très joli, monsieur Villarrubia. Seulement, n'oubliez pas que nous sommes en guerre. Les gens sont éprouvés. Un rien les choque, les agace...

— Même la *musica?*

— Même la musique!... D'autant plus que... comment dirais-je?... Vous êtes des étrangers...

— Ce n'est pas ma faute!

— Bien sûr! Mais, dans ces conditions, vous devriez être très discrets, très délicats, penser à la souffrance des autres... »

La figure de l'Espagnol se crispa dans une grimace de douleur tragique. Il porta à son cœur une main aux doigts secs comme des baguettes.

« *Perdoneme,* gémit-il. Je ne pensais pas que cela pouvait faire du mal! Je pensais, au contraire, que tout le monde serait content avec nos chansons. Aïe, aïe, aïe!... *Siento muchisimo...* Plus jamais, madame Mazalaigue, *yo le juro...* Plus jamais, vous n'entendrez!... »

Amélie était émue par ce repentir sincère. Pour un

peu, elle eût plaint cet homme qu'elle privait, sans doute, d'une des rares joies de son existence.

« Il ne faut pas vous désoler ainsi, monsieur Villarrubia, dit-elle. Demain, tout sera oublié.

— Si, si... C'est une terrible *desgracia*... Mais je voudrais que vous compreniez... Quand on n'est pas dans sa *patria* on a besoin de penser à sa *patria*... Alors, on se rassemble entre compatriotes, on parle de tout ce qu'on a laissé, on chante les chansons de làbas... Et c'est beaucoup de joie et beaucoup de tristesse pour le cœur...

— Vous avez laissé votre famille en Espagne?

— Toute ma famille, madame Mazalaigue. Un vieux père, une vieille mère et six sœurs, pauvres et honnêtes. Ils vivent dans un petit village, près de Zaragoza. De la terre de pierre, avec rien qui pousse dessus. Moi, je suis allé dans les villes de la côte pour travailler à n'importe quoi. J'ai de l'instruction, à cause de mon frère qui est prêtre et qui m'a appris. Mais l'instruction ne sert pas pour vendre des journaux dans les rues, ou pour porter des sacs dans les ports, ou pour casser les cailloux sur la route... Alors, voilà, je suis venu en France. Ici, peut-être que je réussirai...

— J'en suis sûre, murmura-t-elle.

— Je ne me plains pas. Ce serait plus mauvais si j'étais Français, et, comme votre mari, sur le front contre les Allemands. Ah! la *guerra,* la *guerra*... Depuis qu'elle a commencé, c'est comme si la nuit était sur le monde : *una noche sin luna, sin estrellas*...

— Une nuit sans lune, sans étoiles, reprit Amélie pensivement.

— Comment vous avez compris ça? »

Elle sourit :

« Ce n'est pas difficile.

— Vous parlez l'espagnol?

— Non. Mais je suis née en Corrèze et notre patois ressemble un peu à votre langue. Je l'ai remarqué en vous écoutant. »

Il joignit les mains et l'émerveillement se peignit sur son visage :

« Ce n'est pas possible ! Comment dites-vous, par exemple : pauvre Antonio ?

— *Paubre Antonio.*

— Et nous aussi : *Pobre Antonio.* Et comment... comment dites-vous... le vin ?... l'espérance ?...

— *Vi... esperanço...*

— Et nous : *vino... esperanza...* C'est presque la même chose... »

Il eût voulu l'interroger encore, mais les guitares s'étaient remises à jouer, en sourdine.

« Je crois qu'il faut que vous montiez prévenir vos amis, monsieur Villarrubia, dit Amélie.

— C'est vrai... Excusez-moi... Tout de suite...

— Dois-je vous donner ces bouteilles et ces verres ?

— Vous voulez bien ?

— A condition que vous ne fassiez plus de bruit dans votre chambre.

— Parole d'*honor,* madame Mazalaigue ! »

Pendant qu'elle le servait, il la regardait avec tant de gratitude, qu'elle se félicita d'avoir su lui parler avec toute la fermeté nécessaire.

2

DANS les derniers jours du mois de novembre, Amélie reçut une lettre de Pierre, qui lui annonçait sa nomination au grade de sergent : « J'étais proposé depuis juillet dernier. Mais, au front, les choses ne vont pas aussi vite que dans les dépôts. J'ai cousu mon galon. On a arrosé ça avec les copains. Dans la compagnie, tout le monde est très chic avec moi... » Il paraissait si heureux de cette promotion, qu'Amélie en éprouva elle-même une joie profonde. Les habitudes du pays en guerre finissaient par s'imposer à elle, sans qu'elle y prît garde. Ces ficelles dorées ou argentées, ces décorations, ces citations, ces marques de respect, qu'elle tenait autrefois pour d'absurdes manifestations de la discipline militaire, ne l'irritaient plus à présent comme par le passé. Elle en acceptait la nécessité et la signification. Elle entrait dans le jeu. Elle s'initiait au langage de tout le monde. Ce fut avec fierté qu'elle apprit la bonne nouvelle aux clients. On but à la santé du patron. M. Florent proclama que c'était grâce à des combattants de la valeur de Pierre que la France sortirait victorieuse de l'épreuve. Toute l'assistance écoutait le vieil ébéniste avec déférence. Depuis la mort de son fils, il venait rarement au café et ne prenait la parole que dans de grandes occasions. Son deuil l'avait épuisé, flétri en quelques semaines comme une maladie. Il avait le regard vague, et sa voix s'enrouait pour un rien. Une question tourmentait encore Amélie. Un sergent n'était-il pas plus exposé qu'un caporal? D'après M. Buche, elle pouvait être tranquille sur ce point : l'existence d'un sous-officier, déchargé de corvées, était infiniment moins dure que celle de ses subordonnés. Ainsi rassurée, Amélie écrivit à son mari une lettre de félicitations qui lui donna beaucoup de mal, car elle voulait lui exprimer son contentement sans verser dans le style emphatique de certaines épouses, à qui le patriotisme tenait lieu d'amour. Dès qu'une phrase trop noble lui venait à l'esprit, elle se rappelait son amie Marthe, célébrant la mémoire du lieutenant Gilbert Vasselin tombé au champ d'honneur. La crainte de ressembler à cette veuve éloquente l'incitait à chercher des mots de plus en plus simples, si bien que, passant d'un extrême à l'autre, elle finissait par douter d'elle-même devant la banalité du texte qu'elle avait conçu.

La lettre partie, elle se sentit plus seule qu'avant de l'avoir écrite. Les compliments qu'elle avait entendus au sujet de Pierre excitaient son désir de le revoir et de l'accaparer. Il lui avait indiqué que son régiment cantonnait à Pénin, dans le Pas-de-Calais. Mais il ne lui demandait pas de l'y rejoindre. Sans doute s'exagérait-il les risques de l'entreprise. A tout hasard, elle se rendit au commissariat pour se renseigner sur la possibilité d'obtenir un sauf-conduit dans les délais les plus brefs. Une grande déception l'attendait : le commissaire qu'elle connaissait avait été relevé de ses fonctions. Celui qui la reçut était un homme sec, au regard d'acier, à la voix tranchante. Dès le début de leur conversation, il interrompit Amélie pour lui signifier qu'elle ne devait compter sur aucune complaisance de sa part. De nouvelles instructions prescrivaient un contrôle très strict de la circulation des civils dans la zone des armées. Si une certaine licence avait régné du temps de son prédécesseur, il était décidé, lui, à appliquer le règlement à la lettre :

« Je vous préviens tout de suite qu'il est inutile de vous représenter à mon bureau pour une démarche de ce genre.

— Et si je vous apporte, par exemple, une lettre émanant d'un commerçant de l'endroit où je veux aller ? balbutia-t-elle. Si je vous prouve qu'il s'agit d'un voyage d'affaires ?

— Excusez-moi, répliqua-t-il avec un sourire sarcastique, mais ce que je sais maintenant de vos intentions m'autorisera à considérer avec une extrême méfiance les documents que vous pourrez produire à l'appui de votre demande. Je ne me ferai pas le complice d'une supercherie. Tenez-vous-le pour dit. »

Elle se retira, avec la conviction désespérante que plus jamais elle n'aurait l'occasion de retrouver Pierre dans quelque village tranquille en arrière des lignes. Cette pauvre compensation même lui était refusée. Elle devait se plier à la loi commune. Attendre une autre permission. N'était-il pas affreux d'être livrée ainsi aux décisions d'une volonté anonyme, sans savoir si l'avenir allait soulager ou aggraver vos peines ?

Les jours suivants, elle essaya de combattre sa mélancolie en s'occupant activement d'Élisabeth. La fillette commençait à marcher, les pieds mous, les genoux pliés, la mine réjouie, en s'accrochant aux meubles, aux jupes de sa mère, ou aux grosses pattes veineuses de Mᵐᵉ Rousseau. Pour l'empêcher de se traîner jusque dans la salle du bistrot, on limita son domaine, dans la cuisine, par un rempart de chaises renversées. Denis lui acheta son premier jouet : un âne en caoutchouc, qui piaillait quand on pressait sur son ventre. Souvent, pendant qu'Amélie servait un client au comptoir, ce petit cri aigu, mécanique, lui rappelait la présence de son enfant, et elle en éprouvait un regain de tendresse.

Au café, cependant, la vie, un instant troublée par l'intrusion des Espagnols, avait repris une allure paisible. Les amis de M. Villarrubia ne donnaient plus de concerts nocturnes et leurs conversations, à la table du fond, se déroulaient maintenant à voix basse. On ne les entendait pas. On les remarquait à peine. Désarmés par cette discrétion, les habitués oublièrent leur rancune des premiers jours et acceptèrent qu'un coin de la salle fût réservé aux étrangers. Pour Amélie, c'était une victoire. Elle était reconnaissante à M. Villarrubia de l'avoir aidée à la remporter. Le soir où M. Lubin, enfin guéri de sa mauvaise grippe, reparut au *Cycliste couronné,* elle prépara pour ses deux demi-pensionnaires un repas hors série, avec des escalopes, des haricots verts et de la compote de pommes. Mais M. Lubin était trop faible encore pour s'intéresser à la bonne chère. Le meilleur restait dans son assiette. Il monta la compote de pommes dans sa chambre, pour la finir, au lit, le lendemain matin. L'appétit de M. Villarrubia, en revanche, faisait plaisir à voir. Il redemanda de tout. Sans doute se privait-il de déjeuner par économie. Ayant bu son café, il alluma une cigarette et ouvrit son journal. C'était l'heure où, d'ordinaire, ses compatriotes venaient le rejoindre. En attendant leur arrivée, Amélie passa dans la cuisine pour laver la vaisselle. Élisabeth dormait en suçant son pouce dans la voiture d'enfant drapée d'une mousseline jaunâtre. Denis essuyait et rangeait les couverts. Quand il eut fini, Paulo vint le chercher pour une partie de billard.

« Encore! dit Amélie. Ce sera la troisième fois en une semaine! Vous allez vous ruiner!

— Cette fois, c'est Gustave qui paye, dit Denis. On est invités. Ça ne se refuse pas.

— En tout cas, je te demande d'être rentré dans une heure, reprit-elle. Tu travailles demain matin. Tu dois te lever tôt...

— Qu'est-ce que tu veux qu'on fasse en une heure? dit Denis. Juste le temps de se mettre en train... »

Les deux garçons se dirigèrent vers la porte, les mains dans les poches, le dos mécontent. M. Villarrubia lisait toujours, assis à sa table.

« Vos amis sont en retard! dit Amélie.

— Je crois bien qu'ils ne viendront pas, soupira-t-il.

— Pourquoi?

— Il y avait réunion, ce soir, chez un camarade, à Vincennes. Il habite une petite maison tranquille. Là, on peut jouer de la guitare, chanter. Personne n'entend. »

Elle crut à un reproche et rougit, contrariée :

« Vous auriez dû aller avec eux!

— Je suis mieux ici! » dit-il.

Un sourire brilla d'un éclat de nacre sous sa fine moustache noire. Entre ses paupières rapprochées, son regard était sombre, pensif et caressant. Sa pomme d'Adam pointait sur son cou maigre, sali de barbe. Au bout d'un moment, il reprit sa lecture. Amélie sortit un tricot du tiroir de la caisse. Ses doigts agiles maniaient les aiguilles et son esprit allait à la rencontre de Pierre. Des gouttes de pluie s'écrasaient contre les carreaux. Le petit poêle de fonte, au centre de la salle, chauffait, ronflait doucement. Parfois, une vive lueur éclairait la grille devant le cendrier.

« Qu'est-ce que ça veut dire : « une source officielle »? demanda M. Villarrubia.

Amélie tressaillit, délogée de son rêve.

« Une source officielle?

— Oui, ils écrivent : « Sur le front de Serbie, on communique de source officielle... »

Prise au dépourvu, elle réfléchit un instant avant de répondre :

« La source officielle c'est... c'est l'ensemble des gens qui sont au courant de quelque chose... de quelque chose d'important...

— Et un « repli stratégique »?

— C'est quand une armée recule sans se faire battre.

— *Muchas gracias!*... Et « une vue cavalière du théâtre des opérations »? Un « théâtre », je sais ce que c'est. Une « opération », aussi. Mais une « vue cavalière »...?

Amélie était flattée de jouer la maîtresse d'école devant cet homme de trente ans, qui avait besoin d'elle pour s'instruire.

« Le « théâtre » dont il s'agit, dit-elle, n'est pas une salle où on va applaudir des acteurs, mais l'endroit où se passent les opérations militaires, c'est-à-dire : le front. Et la « vue cavalière », c'est une vue... une vue d'en haut...

— Alors, quand vous êtes au comptoir, vous avez sur moi une vue cavalière? »

Elle sourit :

« Pas exactement. On dit cela en parlant d'un terrain, d'une ville...

— Je comprends tout quand vous expliquez! » dit-il.

Il y eut un silence. M. Villarrubia se replongea dans son journal. Amélie eut conscience du tableau qu'ils formaient, elle derrière son comptoir, lui à sa table : une scène de famille! Quelle dérision!... Les mailles de la laine rose glissaient d'une aiguille à l'autre. Le murmure monotone de la pluie se mêlait au craquement des houilles friables dans le poêle. Si Pierre avait été assis à la place de cet homme... Chaque fois qu'elle pensait à son mari, elle éprouvait tout ensemble la joie d'être sa femme et le désespoir de ne pouvoir profiter de sa chance. Elle en arrivait presque à envier celles qui n'aimaient personne, et qui, par conséquent, ne souffraient pas de leur solitude. « Pierre... Pierre... » Un bondissement se fit dans sa poitrine. Elle posa son tricot et écarquilla les yeux sur le fond de la salle. M. Villarrubia secoua les feuilles de son journal pour les remettre d'aplomb :

« Et qu'est-ce que c'est *por favor :* « la ruée des petits épargnants pressés de souscrire à l'emprunt de la défense nationale » ?

Elle faillit lui crier qu'elle n'en savait rien, mais se domina et dit faiblement :

« Cela veut dire que tous les gens qui ont un peu d'argent de côté le portent à l'État pour payer les dépenses de la guerre...

— *Muy bien !* »

De nouveau, le visage de M. Villarrubia disparut derrière l'écran des pages dépliées. Amélie ne voyait de lui que ses cheveux noirs, ondulés, luisants, qui avançaient en pointe sur un front aux reflets de cuivre, et ses doigts, qui se découpaient, bruns et nets, sur les marges de papier blanc. Qu'attendait-il pour monter dans sa chambre ? Elle s'accorda dix minutes avant de fermer le café, si aucun client ne se présentait à la porte. Les dix minutes passèrent dans la rumeur de l'eau qui tombait sur les toits et ruisselait dans les gouttières. Il pleuvait sur toute la France. Où se trouvait Pierre ? Avait-il pu se mettre à l'abri dans une casemate sèche, ou gisait-il, recroquevillé, trempé, grelottant, dans quelque trou de terre ouvert aux souffles de la bourrasque ? Les sergents devaient être mieux logés que les simples soldats. Et puis, par mauvais temps, il n'y avait sûrement pas d'attaques.

L'artillerie même ralentissait son tir. Elle se consola avec ces idées et traversa la salle pour prendre les volets de bois, rangés dans la cuisine.

« Vous fermez déjà ? demanda M. Villarrubia.

— Oui, dit Amélie. Il ne viendra plus personne maintenant.

— Est-ce que je peux vous être utile dans quelque chose ?

— Non, non, dit-elle. Laissez donc... »

Mais il ne voulut pas l'écouter et l'aida à fixer les volets sur la devanture. Ils travaillaient côte à côte, chacun tenant un panneau à deux mains pour l'appliquer contre la vitre. Ce·fut lui qui glissa la barre dans les encoches. Il s'y reprit à trois fois, car il n'avait pas l'habitude. Elle l'entendait respirer fortement. Ses gestes déplaçaient autour de lui une odeur de tabac et de cuir tiède.

« Là, ça y est ! »

Il se tourna vers Amélie, mais, déjà, elle était revenue au comptoir et rangeait des bouteilles vides dans un panier.

« Autre chose à faire ?

— Non, merci, dit-elle sans lever les yeux.

— Alors je dois m'en aller ?

— S'il vous plaît, oui... Je finis de mettre de l'ordre et je m'en vais moi-même.

— Demain, dit-il, j'achèterai un *cuadernillo*... un carnet... et j'écrirai dedans tous les mots *francès* que je ne sais pas et que vous me renseignez... »

Il cherchait à renouer la conversation. Mais Amélie était si lasse, si énervée, qu'elle répliqua nettement :

« C'est ça ! Et maintenant, bonne nuit, monsieur Villarrubia.

— *Buenas noches* », dit-il avec un accent mélodieux, qui entraîna Amélie en Espagne.

Elle le regarda s'éloigner vers la porte, grand et

mince, l'allure balancée. En marchant, il se fouettait la cuisse avec son journal roulé en tube.

Dès qu'il eut passé le seuil, elle alluma une bougie et ouvrit la trappe qui menait à la cave. Elle se sentait mieux, maintenant qu'elle était seule. Lentement, elle commença à descendre le petit escalier en bois. Elle allait à reculons, tenant la bougie dans sa main gauche et le panier à bouteilles dans la main droite. Ses pieds, habitués à cet exercice, trouvaient leur appui, de degré en degré, sans qu'elle y pensât. Soudain, la semelle de sa chaussure glissa sur une marche au boudin pourri. Déséquilibrée, elle poussa un cri, lâcha la bougie et essaya de se rattraper à la muraille fuyante. Ses ongles griffèrent une surface de pierre dure. Le cadre de la trappe s'envola devant ses yeux. Un choc à la tête l'étourdit.

Après des siècles de silence, un murmure l'atteignit au fond du lac d'eau noire où elle gisait, inconsciente. Un peu plus tard, elle perçut encore, comme un écho affaibli de la vie réelle, le grincement de l'escalier sous un poids qui se déplaçait vivement, le tintement d'un verre, des soupirs. Une puissance obscure la soulevait, la retournait. Un objet dur et froid s'appliquait à ses lèvres. Elle tenta de respirer, et une coulée de feu descendit dans son estomac. Toute sa peau se hérissa sous l'effet de cette brûlure interne. L'odeur du rhum lui donnait la nausée. On en avait versé à côté. Sa joue gauche était poisseuse. Elle voulut se fâcher, protester, demander qu'on la laissât tranquille. Mais elle n'avait plus de voix. Enfin, dans un effort douloureux, elle entrouvrit les paupières. Au-dessus d'elle, dans l'ombre, une figure d'homme se penchait. Elle se heurta du regard à cet obstacle et retomba dans le brouillard où sonnaient des marteaux d'argent.

« Madame Mazalaigue!... *Como le va?...* Vous

m'entendez?... Ce n'est rien!... Encore un peu de rhum?... »

De nouveau, une gorgée d'alcool coula sur la langue d'Amélie et incendia sa gorge au passage. Écœurée, suffoquée, elle frissonna et rouvrit les yeux. Un gémissement sortit de sa bouche :

« Que s'est-il passé?... J'ai mal!...

— *Quien sabe?* Vous êtes tombée de l'échelle... J'ai entendu le bruit... Je suis venu... *lo mas pronto posible*... Ne parlez pas encore, *por favor,* madame Mazalaigue... Reposez-vous... »

Le halo d'une lampe électrique brillait dans l'encadrement de la trappe. Des débris de bouteilles jonchaient le sol. Deux gros fûts sommeillaient sur un lit de poutres, les flancs rebondis et le robinet en avant.

Amélie se rendit compte qu'elle était allongée par terre et que sa tête reposait sur les genoux de M. Villarrubia, accroupi, à côté d'elle, dans une attitude incommode. Il lui entourait une épaule de son bras droit. Sa main gauche glissait, légère et fraîche, sur le front de la jeune femme. Il murmurait des mots espagnols à son oreille. Portant les doigts à sa poitrine, elle constata qu'elle n'avait plus son tablier et que le haut de son corsage était entrouvert, dégageant la naissance du cou. Le sentiment de sa dignité menacée l'aida à surmonter son malaise. Rassemblant son énergie, elle se mit debout, vacilla et s'appuya au mur.

« Ah! dit M. Villarrubia... Je vois que ça va mieux... »

Il se releva, lui aussi, et s'approcha d'elle, pour mieux l'observer dans la lumière qui tombait de la trappe :

« Il n'y a pas blessure... Juste un coup, là... au-dessus de l'oreille... Pauvre, pauvre...

— Que c'est bête! chuchota-t-elle. Je m'excuse... »

Cet homme l'avait vue couchée, les vêtements en désordre. Il l'avait tenue dans ses bras. Il l'avait fait boire. Elle frémit à l'idée de l'intimité que cet incident venait de créer entre eux. Désormais, elle ne pourrait plus jeter les yeux sur M. Villarrubia sans se rappeler dans quel état il l'avait découverte, au fond de la cave. D'une main hésitante, elle défripait sa jupe, reboutonnait son corsage, rajustait son chignon qui s'était écroulé sur son cou :

« Voilà, je vais remonter... C'est fini...

— Vous croyez pouvoir ?

— Bien sûr !

— Je vous aide ?

— Mais non. C'est inutile... »

Il se tenait debout devant l'escalier, un pied sur la première marche. Sa tête touchait presque le plafond de la cave.

« Ce sera mieux si je vous aide, je suis sûr », reprit-il d'une voix basse, implorante.

Elle fit un pas en avant. Il ne bougeait pas. Elle eut peur de lui.

« Eh bien, laissez-moi passer », murmura-t-elle.

Au même instant, deux bras l'enlacèrent avec une violence qui lui coupa la respiration. Plus elle se débattait, plus l'étau se resserrait autour de ses épaules et de ses reins. Une figure noire se penchait vers elle et lui volait le peu d'air, le peu de lumière dont elle avait besoin pour vivre. Un souffle fiévreux glissait sur sa joue. Horrifiée, elle détourna le visage. Mais les lèvres de l'homme la suivaient dans tous ses mouvements, happaient ses cheveux au vol, effleuraient son cou, son menton, son oreille. Elle dégagea une de ses mains pour se défendre et fut saisie au poignet si durement, qu'il lui sembla que sa peau se déchirait à l'endroit de la prise.

« Lâchez-moi! gémit-elle. Lâchez-moi!... Je vous ordonne!... Je vous... »

Son cri se perdit dans la bouche de l'autre. La nuque cassée, elle subit avec stupeur ce baiser qui lui écorchait la face. Il avait franchi le barrage de ses dents. Il se mêlait à elle dans un halètement de souffrance. Enfin, il dénoua son étreinte. Elle fut libre de son visage et de ses mains. Les lèvres meurtries, la poitrine écrasée, elle vibrait de la tête aux pieds sous le choc de l'indignation. Ce qui se formait en elle échappait au contrôle de ses sens, débordait son entendement, n'avait aucun rapport avec sa vie. Devant elle, M. Villarrubia baissait le front, comme effrayé, lui aussi, par ce qui venait de se passer entre eux. Le silence n'était rompu que par le bruit de leurs respirations ennemies. Elle leva la main. La gifle claqua, plate et lourde, sur la joue de l'homme. Il recula. Ses yeux étincelèrent dans l'ombre. Mais aucun son ne jaillit de sa bouche. Elle eut envie de le frapper encore.

« Allez-vous-en! dit-elle d'une voix mate. Je ne veux plus jamais vous revoir!... Misérable!... Misérable!... »

Dans sa paume s'attardait une sensation de peau mal rasée, rugueuse. Ses genoux tremblaient. La douleur irradiait de sa tempe à sa mâchoire. Seule la puissance de sa colère la soutenait au bord de l'évanouissement.

« Vous avez entendu? » reprit-elle dans un souffle.

Une masse opaque intercepta la lumière qui venait d'en haut. Amélie leva la tête : Denis! Elle fut saisie de panique : c'était trop affreux, trop injuste! Depuis combien de temps était-il là? Qu'avait-il pu surprendre de la scène? Pas grand-chose, sans doute. Il était arrivé trop tard. Elle se représenta en une seconde le risque qu'il y aurait à le mettre au courant de l'offense qu'elle avait subie. Il n'était pas d'âge à connaître de pareilles

turpitudes. Il se croirait obligé de prendre le parti de sa
sœur, d'injurier M. Villarrubia, d'ameuter les voisins
par ses cris. Elle ne voulait à aucun prix de scandale
dans sa maison. Dominant son angoisse, elle demanda
d'une voix calme :

« C'est toi, Denis ?

— Oui, que se passe-t-il ?

— Figure-toi que je suis tombée dans l'escalier en
descendant les bouteilles. Heureusement, M. Villarrubia était là. Il m'a relevée...

— Tu n'as pas de mal ?

— Pas trop. »

Denis dévala l'escalier, s'approcha d'Amélie et lui
entoura les épaules de son bras :

« Ça alors !... Je suis sûr, moi, que tu t'es blessée !...
Il y a une mauvaise planche. Je la connais. Appuie-toi
sur moi. Tu peux marcher ?

— Mais oui.

— Alors, viens là-haut, qu'on regarde un peu à la
lumière. »

Il gravit l'escalier à reculons, tenant sa sœur, devant
lui, par les deux mains. M. Villarrubia les suivit en
silence.

Arrivée dans le café, la jeune femme s'assit derrière
le comptoir, prit une serviette propre, la trempa dans
l'eau et s'en frotta violemment les lèvres. Puis, elle se
tamponna les joues, le front pour les rafraîchir. Denis
sortit une petite glace ronde du tiroir de la caisse et la
présenta à Amélie. Elle se regarda. Une tache rosâtre
s'étalait sur son oreille et sur sa joue droite. Pas de
plaie, pas de trace de sang.

« Voilà, dit-elle, j'en serai quitte pour un beau bleu.

— Tu aurais pu te tuer, te casser quelque chose,
n'est-ce pas monsieur Villarrubia ?

— *Estoy seguro...* Certainement ! » dit M. Villarrubia d'une voix caverneuse.

Amélie glissa un coup d'œil oblique dans sa direction. Il était décoiffé. Une respiration saccadée gonflait ses narines. Sous les sourcils tendus en ligne noire, ses prunelles avaient un éclat minéral, inquiétant. Était-il furieux ou confus? Il s'inclina et dit :

« Vous n'avez plus besoin de moi. Salutations.

— Bonsoir et merci pour tout, hein! dit Denis.

— *De nada.* »

Il se dirigea vers la porte. Son veston était souillé de poussière à l'épaule et au coude. Amélie le suivit d'un long regard de haine.

« Comment te sens-tu maintenant? demanda Denis.

— Beaucoup mieux.

— Tu m'as fait une peur! »

Il s'était accoudé devant elle et la contemplait avec une tendresse qui la remuait jusqu'au fond de l'âme. Après les caresses horribles qu'elle avait endurées, cette sollicitude fraternelle lui était plus précieuse que jamais. Elle se mirait dans les yeux de Denis, qui ignorait tout, qui était si pur, si sage, si confiant, qui l'aimait d'un amour si sincère, et ses forces l'abandonnaient dans un bain de douceur. Il souriait. Il dit :

« On s'en va? »

Elle se leva. Ils prirent Élisabeth dans sa voiture. Ce fut Denis qui la porta jusqu'à la maison et la coucha dans son berceau. Avant de se mettre au lit, Amélie vérifia que la porte était bien fermée à clef, la targette poussée. Malgré cette précaution, elle dormit mal. Vers deux heures du matin il lui sembla entendre des pas dans la cour. Elle entrebâilla les volets. Personne. La pluie tombait. Les façades étaient noires, les pavés luisants. Au-dessus du café, une seule fenêtre était encore éclairée : celle de la chambre n° 3.

3

UNE chose était sûre : après les événements de la
veille, M. Villarrubia ne pouvait plus rester dans la
maison. Pour éviter toute discussion avec son locataire, Amélie décida de lui signifier son congé par
lettre. Elle avait composé le texte dans sa tête pendant
son insomnie et n'eut plus qu'à l'écrire, sans changer
un mot, en arrivant le lendemain matin au café.
Certes, il lui était pénible de réduire volontairement le
montant de ses recettes, mais elle estimait que, dans un
cas aussi grave, l'intérêt commercial devait être subor-
donné aux exigences de l'honneur féminin. Ayant
rédigé sa missive, elle la relut avec satisfaction :

« Monsieur,

« Je vous prie de vouloir bien libérer votre chambre
ce soir même, sans faute et ne plus venir prendre vos
repas dans mon établissement. Comme il reste encore
cinq jours à courir sur le mois que vous m'avez payé
d'avance, je tiens à votre disposition la somme de
quinze francs, que vous recevrez au moment de votre
départ, après remise de la clef et vérification de
l'inventaire. »

Elle signa : « La propriétaire — Mᵐᵉ MAZA-

LAIGUE », enferma la lettre dans une enveloppe et monta à l'étage des chambres pour glisser le pli sous la porte n° 3. M. Villarrubia trouverait le billet ce soir, à sept heures, en rentrant de l'usine. Avec un peu de chance, son déménagement passerait inaperçu des habitués. Sinon, elle leur expliquerait qu'il s'en allait parce qu'il avait découvert un logement plus proche du lieu de son travail. Bien qu'elle fût persuadée que la manœuvre se déroulerait selon ses prévisions, elle vécut cette journée dans l'angoisse et l'incohérence. Pierre avait eu raison de la mettre en garde contre le risque qu'elle courait en affrontant quotidiennement la clientèle masculine. Quel grouillement d'instincts immondes, quel dépôt de boue se cachaient dans le cœur des hommes en apparence les plus respectables? A qui pouvait-elle se fier, puisqu'un personnage tel que M. Villarrubia n'avait pas craint de se jeter sur elle comme une bête, dans un moment où elle était trop faible pour se défendre? Elle se rappelait cette lutte dans l'ombre, ces mains voleuses palpant la forme de son dos, de ses hanches, de ses seins, le poids de cette bouche écrasant la sienne dans un goût de sang et de salive. Aussi violente, aussi incroyable dans le souvenir que dans la réalité, l'étreinte ne s'était pas relâchée après le départ du coupable. Amélie était encore dans ses bras, à sa merci, tandis que M. Buche, M. Florent, M. Clapeton, Mme Rousseau, l'interrogeaient sur son accident. Ces braves gens lui conseillaient des compresses d'eau blanche ou des cataplasmes de fécule de pomme de terre pour atténuer les effets de la contusion, et elle songeait à une flétrissure invisible, auprès de laquelle ses maux de tête, sa lassitude n'étaient rien. Un homme lui avait manqué de respect, et elle devait le laisser ignorer à Pierre. S'il apprenait sa mésaventure, il la sommerait de fermer le café et d'aller vivre à la Chapelle-au-Bois. Cela, il ne pouvait en être question. Ainsi, par la faute d'un étranger, il y aurait désormais, entre elle et l'être qui lui était le plus cher au monde, un secret inavouable et pesant. Elle plaignit son mari d'avoir une femme que les circonstances obligeaient à la dissimulation. Elle l'aima davantage encore parce qu'il ne saurait jamais la contrainte qu'elle s'infligeait pour lui épargner les souffrances de la jalousie.

Aux approches de sept heures, ce tourment prit des proportions telles, qu'Amélie crut à une poussée de fièvre. Mais non, son corps se portait bien. Seul son esprit était malade. Enfin, elle entendit le pas de M. Villarrubia au-dessus de sa tête. Il était entré dans sa chambre; il avait ramassé la lettre; il la lisait; il empilait du linge dans sa valise; il allait descendre... Elle guettait sa venue, avec une palpitation sauvage au creux de la poitrine. Toute son énergie se concentrait dans la représentation de l'instant où ils se retrouveraient face à face, elle, impitoyable, lui brisé par le châtiment. Soudain, la porte du fond s'ouvrit. Amélie se souleva un peu sur son siège. C'était M. Lubin qui venait pour le dîner. Déçue et soulagée à la fois, elle le laissa s'installer à sa table et continua d'attendre. De l'autre côté du plafond, le bruit avait cessé. Que faisait l'Espagnol? Avait-il bien compris le sens de la missive? N'était-il pas sorti en évitant de passer par la salle commune? Elle ne voulait pas croire à tant d'insolence, ni à tant de lâcheté de sa part. Toujours sur le qui-vive, elle prépara le repas, servit M. Lubin, mangea elle-même, dans la cuisine, avec son frère. La soirée s'acheva sans que M. Villarrubia daignât paraître dans le café.

Amélie se coucha avec le sentiment d'avoir été bernée par un individu sans scrupules. Quel recours aurait-elle contre lui s'il s'obstinait à rester dans les lieux? L'expulsion avec l'aide de la police? Il ne fallait pas y songer, car l'enquête révélerait les motifs d'ordre tout à fait intime, qui la poussaient à exiger le départ de son locataire. Mais peut-être cherchait-il en vain une autre chambre aux mêmes conditions? Peut-être n'osait-il pas demander le délai de vingt-quatre heures dont il avait besoin pour se reloger? Elle lui accorda cette excuse pour sa tranquillité personnelle, et se persuada que, le lendemain soir, elle serait enfin obéie.

Or, le lendemain soir, M. Villarrubia négligea, une fois de plus, de se présenter à la caisse. Le surlendemain, il en fut de même. Il revenait de l'usine à l'heure habituelle, montait directement dans sa chambre, changeait de vêtements en hâte, ressortait sans être vu, dînait on ne savait où et ne rentrait se coucher que tard dans la nuit, après la fermeture du café. Cette dérobade constante exaspérait Amélie; d'autant que M. Lubin lui avait déjà demandé pourquoi l'Espagnol ne prenait plus ses repas en même temps que lui. Comme la situation ne pouvait se prolonger, la jeune femme résolut de profiter de l'absence de Denis, le samedi soir — jour de cinéma —, pour surveiller le passage de M. Villarrubia et lui répéter de vive voix ce qu'elle lui avait dit par lettre. Fort heureusement, le dernier consommateur s'en alla à dix heures moins le quart. Maintenant, elle était libre d'agir à sa guise. Quel que fût le moment où son locataire surgirait dans le couloir, il la trouverait dressée en travers de sa route. Sans perdre de temps, elle posa les volets de bois sur la devanture.

Elle finissait d'installer la barre de sécurité, quand un craquement du plancher lui fit tourner la tête. Son cœur flancha, ses poumons se dégonflèrent. M. Villarrubia était entré par la porte du fond. Il s'avança vers Amélie en la regardant droit dans les yeux d'un air triste. En le revoyant, elle sentit tous les souvenirs de leur dernière rencontre qui se précipitaient dans son esprit et l'empêchaient de réfléchir à ce qui allait suivre. Derrière cet étranger courtois, elle imaginait le mâle forcené qui l'avait bousculée, embrassée, comme une fille. Elle eût aimé l'interpeller sur un ton comminatoire, mais elle respirait trop difficilement, et ce fut d'une voix tremblante, essoufflée, qu'elle prononça les premiers mots :

« Enfin, vous voici, monsieur Villarrubia!

— J'ai attendu le samedi soir pour être sûr que vous seriez seule, dit-il.

— Vous avez eu tort. Il y a trois jours que vous devriez être parti! »

Il tira la lettre de sa poche, la tourna entre ses mains et murmura :

« Vous voulez vraiment que je parte? »

Elle se redressa légèrement :

« Vous ne prétendez tout de même pas rester ici après ce qui s'est passé? »

Il avala une gorgée de salive, que sa pomme d'Adam salua d'un petit tressaillement :

« Je ferai comme vous direz, madame Mazalaigue, mais je veux savoir, d'abord, si vous pardonnez au *pobre Antonio!*

— Vous pardonner? s'écria-t-elle. Vous êtes fou?

— Non, je ne suis pas un fou. Je suis un homme. Un homme avec un sang d'homme. On ne peut pas reprocher à un homme d'être un homme...

— Vous ne vous êtes pas conduit en homme, monsieur Villarrubia, dit-elle avec hauteur, mais... mais en goujat... »

Il la considéra avec inquiétude et demanda :

« Qu'est-ce que c'est : un goujat? »

L'effet était manqué. Elle dut expliquer le mot, ce qui était dommage :

« Un goujat, c'est-à-dire un... un mufle...

— Un mufle?

— Oui... un personnage peu recommandable... quelqu'un de pas bien du tout... »

De formule en formule, l'insulte perdait de sa violence et de sa précision.

« Moi? Quelqu'un de pas bien? gémit-il en portant la main à son cœur.

— Parfaitement, monsieur! »

Il fit briller le brun ardent de son œil, le blanc intact de sa denture :

« Ce soir que vous pensez, oui, j'ai été pas bien. Et j'en ai honte! Je connais tout ce que vous pouvez dire : la France en guerre, et moi qui ne suis pas, l'honnête femme qui tombe dans la cave, qui se fait mal, et moi qui profite. Si ma mère savait, elle cracherait à ma figure. Elle est sainte, ma mère. Elle est comme vous. En vous faisant la grande offense, j'ai fait la grande offense à ma mère... *Es culpa mia...* Mais vous êtes si belle, madame Mazalaigue! Une peau si blanche, des yeux si sombres... Que voulez-vous? j'ai perdu la tête... Vous croyez que quelqu'un d'autre n'aurait pas perdu la tête?... »

Amélie s'était réfugiée derrière le comptoir pour mettre un obstacle entre elle et cet homme passionné, malheureux, qui la regardait avec la même ferveur que si elle eût été une idole. Elle n'avait pas prévu qu'il répondrait à ses reproches par un aveu de culpabilité et d'admiration. Comment lutter contre un adversaire qui faisait cause commune avec elle contre lui-même? Comment ignorer le repentir d'un être qui n'hésitait pas à s'humilier devant sa victime pour obtenir d'elle un mot de bonté? Déroutée dans sa colère, elle essayait en vain de reprendre la direction du débat :

« Je ne veux pas connaître vos raisons, monsieur Villarrubia. Il faut que vous partiez, un point c'est tout.

— Parce que j'ai fait mal ou parce que vous avez peur que je recommence? »

Elle balbutia :

« Pour les deux... »

Les prunelles de M. Villarrubia saillirent, comme si toute son âme fût montée dans ses yeux :

« Alors, écoutez-moi! Le mal, c'est fait, je ne dis pas non. Et, pour ça, vous m'avez puni. (Il montra sa joue.) Mais recommencer, moi, jamais! Je vous respecte trop maintenant! Vous êtes ma vénération pour toujours!... »

En disant ces mots, il déboutonna le devant de sa chemise et souleva entre deux doigts une médaille dorée, qui pendait sur sa poitrine.

« Sur la Sainte Vierge, je le jure! » dit-il d'une voix sourde.

Puis, il replaça la médaille contre sa peau, reboutonna sa chemise, et se signa en baisant son pouce. Un long silence suivit. M. Villarrubia respirait avec peine, comme si sa promesse l'eût physiquement et moralement épuisé. Surprise par cette manifestation de piété, Amélie se disait qu'elle n'avait pas le droit de mettre en doute la parole d'un homme qui portait une image sainte sous ses vêtements. N'ayant pas été élevée dans la pratique de la religion, elle n'en était que plus désemparée devant ceux qui prenaient à témoin les puissances célestes pour justifier leurs erreurs ou faire serment de s'en corriger.

« Je ne peux pas dire plus, chuchota M. Villarrubia. Est-ce que maintenant encore vous ne me croyez pas?

— Si, je vous crois, bien sûr, répondit-elle faiblement. Mais la question n'est pas là...

— Elle n'est pas autre part, Dieu m'écoute! Dieu me regarde! Pardonnez, et je reste, et je deviens votre gardien d'*honor*. Tant que je vis, personne ne pourra vous faire de mal. Refusez de pardonner, — et je m'en vais, et jamais vous n'entendrez rien de moi... Plus d'Antonio... Fini, Antonio... »

M. Villarrubia se tut et attendit la réponse de la jeune femme, les bras ouverts, le regard au plafond, comme un martyr prêt à recevoir les premières flèches du supplice. Il y avait un contraste étrange entre le décor du café, ces tables, ces bouteilles, ces réclames d'apéritif pendues au mur, et le visage extasié de l'homme qui était au centre de toutes les choses familières. Amélie, en l'observant, avait l'impression qu'elle ne vivait pas réellement cette minute, qu'elle allait s'éveiller. Elle frissonna et prêta l'oreille. Des pas se rapprochaient sur le trottoir. Ce devait être la sortie du cinéma. Denis ne tarderait pas à rentrer. Il fallait absolument qu'une décision fût prise avant son retour. Elle respira fortement, plusieurs fois, avec une crainte croissante. Puis, elle dit :

« C'est bien, monsieur Villarrubia. Je vous fais confiance. Gardez votre chambre. »

Il sursauta de joie et un large sourire brilla dans sa face maigre :

« *Mucho celebro!*... Merci madame Mazalaigue!... Vous me rendez la vie!... »

Un peu gênée, Amélie ne savait si elle devait prendre un air aimable ou garder un visage austère. M. Villarrubia joignit les mains sous son menton bleu et dur. Son sourire disparut.

« Et pour les repas? demanda-t-il.

Prête à céder encore, Amélie songea qu'elle ne pouvait décemment capituler sur toute la ligne après avoir menacé son locataire d'expulsion.

« Pour les repas, dit-elle, c'est autre chose. Je vous prie de les prendre ailleurs. »

Il fit une grimace mélancolique :

« Alors, demi-pardon, demi-punition? »

Elle ne répondit pas et se contenta de déplacer un encrier sur la tablette de la caisse.

« *Muy bien!* dit-il. Même avec ça, je suis heureux.

— Je vais vous rembourser tout de suite ce qui vous revient sur la demi-pension que vous m'avez payée d'avance et qui se transforme, pour les cinq derniers jours, en location simple. Cinq dîners à un franc cinquante, soit sept francs cinquante...

— *Eso no importa,* dit-il.

— Si, si, j'y tiens essentiellement ! »

Il prit l'argent qu'elle lui tendait, le glissa dans la poche de son veston et hocha la tête :

« Madame Mazalaigue, vous êtes aussi bonne que belle ! J'emporte votre angélique visage dans mon cœur ! »

Elle fronça les sourcils :

« Bonsoir, monsieur Villarrubia. »

Il la salua et sortit du café, par la porte du fond, avec la majesté d'un prince passant entre deux haies de courtisans aux échines pliées.

Après son départ, Amélie se demanda si elle avait eu raison de le garder comme locataire.

4

LES cinq blanchisseuses occupaient toute la longueur du comptoir. C'était leur jour et la vie du bistrot en était modifiée. Bruyantes et assoiffées, elles reléguaient les autres clients dans l'ombre. Il y avait une « nouvelle » dans la compagnie. Une nièce de l'importante Mme Louise.

« Ma sœur me l'a envoyée de la campagne, dit-elle. Je la fais travailler avec moi, maintenant. Quand je serai trop vieille, c'est elle qui dirigera la baraque. Mais il faut qu'elle apprenne à être un peu moins timide, ma Lucie! Avec les blanchecailles, si on ne gueule pas, rien ne marche! Elle me fait penser à toi, Amélie, dans tes débuts au *Cycliste*. Il n'y en avait qu'un qui pédalait sur le tandem : ton mari! Toi, tu avais l'air de ne pas y être. Puis, tu t'y es mise. La gosse en fera autant. Pas vrai, Lucie?...

— Mais oui, ma tante, dit Lucie. J'essaierai.

— Elle a le temps, cette petite, dit Mme Germaine. Laisse mûrir la châtaigne...

— Quel âge avez-vous, mademoiselle? demanda Amélie.

— Seize ans, madame. »

Elle n'en paraissait guère plus. Blonde et rose, l'œil bleu, le nez retroussé, elle se tenait, modeste, au bout du rang, et buvait son vin blanc à courtes gorgées, moins par plaisir que par devoir. Quand ces dames renouvelèrent leurs consommations, elle demanda si elle ne pourrait pas plutôt prendre une grenadine. Ce fut une clameur générale :

« Ce n'est pas avec une grenadine que tu feras marcher ton battoir! »

Elle rougit, s'excusa. Amélie la trouvait sympathique.

« Laissez-la donc! dit-elle. A seize ans, on n'a pas besoin de vin pour se donner des forces.

— Et c'est une bistrote qui parle! s'écria Mme Joséphine. On aura tout vu!... »

Malgré ces protestations, Lucie reçut sa grenadine, la délaya avec de l'eau et y trempa ses lèvres, goulûment. Denis entra avec M. Buche pour le « coup de neuf ».

« Voilà les hommes! annonça Mme Germaine. Gare à vos jupons! »

Flatté par cet accueil, M. Buche salua l'assistance avec galanterie et s'inséra entre Mme Joséphine et Mme Mathilde pour commander son petit blanc du matin.

« Alors, la serrurerie, ça marche toujours? demanda Mme Louise.

— Tant qu'il y aura des serrures, il faudra des clefs », dit M. Buche sans penser à mal.

Mais ces dames éclatèrent de rire, et il prit aussitôt le visage du plaisantin qui a réussi un bon mot. Amélie donna à son frère l'épaisse tartine de pâté, qu'elle avait préparée pour le casse-croûte. Il se réfugia à l'extrémité du comptoir pour la manger.

« Pas de lettres de votre mari au courrier, madame Mazalaigue? » demanda M. Buche.

C'était la question rituelle.

« Hélas! non, monsieur Buche. Cela fait six jours. Je commence à m'inquiéter...

— Vous avez bien tort. Rappelez-vous la dernière fois...

— Oui, c'est vrai!... Mais tout de même!... Six jours!... »

Il n'y avait rien d'autre à dire sur ce sujet, qui était pénible pour tout le monde. Vite, on changea de conversation. La présence des hommes incitait les blanchisseuses à hausser le ton de leurs propos. Maintenant, elles se coupaient la parole pour raconter des histoires de disputes entre femmes au lavoir. M. Buche pouffait de joie dans son poing. Soudain, une voix mince, enfantine, traversa le brouhaha comme un chant de flûte :

« C'est vous madame Mazalaigue? »

Un garçon d'une huitaine d'années, la tête ronde, le nez morveux et le tablier déchiré, tirait Mme Louise par sa manche.

« Eh! non, ce n'est pas moi, dit-elle. La voilà, madame Mazalaigue. Que lui veux-tu?

— J'ai quelque chose pour elle. »

Il se dressa sur la pointe des pieds et déposa devant Amélie un léger paquet enveloppé dans du papier journal. Puis, plongeant entre les jupes des blanchisseuses, il se précipita vers la porte.

« Eh! petit! cria Amélie. Ne t'en va pas! Qu'est-ce que c'est? »

Il s'arrêta sur le seuil du café :

« Je sais pas.

— Tu es sûr que c'est pour moi?

— Oui.

— Qui te l'a remis?

— Un monsieur.

— Quel monsieur? »

Il ne répondit pas et disparut en courant dans la rue.

Un murmure de curiosité monta du groupe des consommatrices :

« Ça, par exemple! dit Mme Louise. Il y a du mystère dans l'air!... Ouvre vite, ma petite Amélie, ouvre vite qu'on y mette toutes le nez!... »

Sur la marge blanche du feuillet imprimé qui servait d'emballage, le nom et l'adresse d'Amélie étaient écrits au crayon, en lettres majuscules. Elle dénoua la ficelle, déplia le morceau de journal et découvrit un cornet en papier transparent, qui contenait quelque chose de mou et de bleuâtre. Rapidement, elle fit sauter une épingle et écarta les bords de l'enveloppe.

Mme Louise poussa un cri de stupéfaction :

« Des violettes! »

Le souffle coupé, Amélie considérait ces petites fleurs pâles et chiffonnées, comme si elles fussent nées immédiatement, par miracle, dans le creux de sa main.

« Tiens, tiens, la cachottière! dit Mme Louise.

— Dans le langage des fleurs, les violettes c'est : amour timide », annonça Mme Joséphine avec compétence.

Désemparée et furieuse, Amélie ne savait que faire de ce bouquet, qui la signalait publiquement comme une femme courtisée. Le jeter, c'était avouer qu'elle en connaissait l'expéditeur et qu'il n'avait pas la chance de lui plaire. Le garder, c'était admettre qu'elle était heureuse de l'avoir reçu. Bien qu'aucun billet n'accompagnât l'envoi, elle n'avait pas de doute sur sa provenance. Seul M. Villarrubia était capable d'une pareille effronterie. Se croyait-il tout permis parce qu'elle lui avait pardonné? N'avait-il pas songé, une seconde, que ce cadeau allait la froisser et la compromettre?

« Ce qu'elles sont jolies, quand même! dit Mme Louise. Fais sentir! »

Amélie tendit le bouquet.

« Hum ! » soupira Mme Germaine, en plantant le nez à son tour dans le massif de pétales mauves.

L'une après l'autre, toutes les patronnes blanchisseuses aspirèrent une bouffée de parfum. Enfin, Mme Mathilde rendit les fleurs à Amélie en disant avec autorité :

« Faut vite les mettre à tremper, sinon elles vont périr... »

Machinalement, Amélie tourna le robinet, emplit un verre d'eau, y enfonça la petite botte aux tiges serrées par une ficelle et posa le bouquet derrière le comptoir pour le dérober aux regards indiscrets.

« Qui c'est qui t'a envoyé ça ? demanda Mme Germaine. T'as pas une idée ?

— Mais non... Comment voulez-vous que je sache ? murmura Amélie.

— Vraiment, tu ne te doutes de rien ? dit Mme Mathilde en clignant de l'œil.

— Je vous assure... »

Mme Louise releva son chignon roux sur sa nuque. Ses deux mains, rongées par la lessive, se plaquèrent sur ses hanches grasses. Elle roula des yeux blancs et dit :

« Ce serait pas vous, par hasard, monsieur Buche, qui auriez fait porter ce bouquet à notre Amélie ? »

M. Buche cambra la taille et tortilla sa moustache d'un doigt cavalier :

« Non... Et je le regrette !

— Qui donc alors ? »

Visitée par une inspiration subite, Amélie bredouilla :

« Ce doit être plutôt M. Lubin... pour... pour nous remercier de l'avoir soigné pendant sa maladie !... »

Elle fut surprise de l'aisance avec laquelle ce mensonge coulait de sa bouche. Son explication fut instantanément acceptée par tout le monde. Grâce à son âge avancé et à sa mauvaise condition physique,

M. Lubin avait, en effet, une réputation inattaquable.

« Si c'est lui, chapeau bas, dit M. Buche. La galanterie française n'est pas morte! »

Encore tout ébranlée par l'alerte, Amélie glissa son regard inquiet vers son frère. Était-il dupe comme les autres de l'excuse qu'elle avait donnée en dernière minute? A son grand étonnement, elle constata que Denis se conduisait comme s'il n'avait rien vu, rien entendu de la scène. Accoudé devant la nièce de Mme Louise, il lui parlait de près, à voix basse avec une animation et une gaieté extraordinaires. Et la jeune fille, si timide en compagnie des patronnes blanchisseuses, paraissait prendre un vif plaisir à ce bavardage. Elle souriait, balançait la tête, répondait en détournant les yeux avec coquetterie et gonflait au-dessus du comptoir son petit corsage en pomme, serré dans un tablier blanc.

« Regardez la jeunesse! s'écria Mme Louise. Ils ne s'embêtent pas dans leur coin! Lucie, méfie-toi du gars Denis : c'est un trousse-jupons comme on n'en fait plus!

— Oh! madame Louise! soupira Amélie. Voulez-vous bien vous taire!

— Pourquoi? Je la mets en garde, cette gosse. Sa mère me l'a confiée : faut que je la lui rende avec rien de plus, rien de moins!

— Ce qu'ils sont mignons, tous les deux! dit Mme Germaine. Elle te plaît, Denis, la petite Lucie?

— Bien sûr », dit Denis, sans hésiter.

Jamais Amélie ne s'était avisée qu'il eût une vraie voix d'homme, un peu grave, un peu enrouée. D'où lui venait cette hardiesse d'allure devant une jeune fille qu'il voyait pour la première fois?

« Et toi, il te plaît, Denis? demanda Mme Louise.

— Comme ci, comme ça, minauda Lucie.

— Déjà une réponse de femme! dit M. Buche. Ah! tu iras loin, petite! »

Lucie fit rouler un rire de clochette dans sa gorge et souleva une épaule pour cacher sa joue rougissante.

« Elle serait difficile, s'il ne lui plaisait pas! dit Mme Joséphine. Dommage seulement qu'il n'ait pas deux ou trois ans de plus!...

— Oui, seize ans, c'est vraiment un peu jeune, dit Amélie, pour essayer de ramener ces dames à la raison.

— Hé! hé! dit Mme Louise. Moi, j'en ai connu un qui, à seize ans, m'en a appris de belles!

— Tu en avais combien? demanda Mme Germaine.

— Trente-deux », dit Mme Louise en arrondissant ses lèvres comme pour pondre un œuf.

L'auditoire bourdonna d'un gros rire sain. Amélie était au supplice. Tout à coup, par la faute de ces blanchisseuses au langage vulgaire, elle voyait Denis grandir, mûrir, s'intéresser aux jeunes filles, prendre conscience de son rôle d'homme. Encore quelques années de tranquillité relative, se disait-elle, et il échapperait à sa surveillance. C'était la loi de la nature. Un parfum suave la détourna de ses pensées. Le bouquet de violettes se rappelait à son attention, parmi les piles de soucoupes. Elle le caressa d'un œil attendri, comme si elle l'eût plaint d'avoir prêté sa grâce pure et fraîche à une manœuvre indigne de lui.

« Je vous paierai ça demain, madame Mazalaigue. Vous n'oubliez pas de marquer. »

Elle tressaillit. M. Buche se préparait à partir.

« Tu viens, Denis! » dit-il encore.

Denis prit congé de Lucie en lui chuchotant une plaisanterie à l'oreille. Elle fit avec la main le geste de chasser une mouche devant sa figure.

« Ils en ont des choses à se raconter, les tourte-reaux! dit Mme Louise.

— Au revoir, mademoiselle Lucie, au revoir, mesdames », dit Denis.

Sa sœur lui jeta un regard sévère. Il sortit avec son patron. Les blanchisseuses quittèrent le café derrière eux, en bande caquetante, traversèrent la rue et s'engouffrèrent dans le lavoir, dont un drapeau de fer, à la peinture tricolore écaillée, surmontait la porte. Amélie resta seule, désœuvrée, pensive, avec son bouquet de violettes épanoui dans un verre d'eau.

Les blanchisseuses revinrent à quatre reprises dans la journée pour se désaltérer. Chaque fois, elles étaient plus rouges, plus décoiffées et plus bavardes. La chaleur humide du lavoir agissait sur elles comme un excitant. Dès qu'elles envahissaient le bistrot, Denis, mystérieusement averti de leur présence, arrivait de la rue, furtif et souriant, aidait sa sœur à les servir et échangeait quelques mots avec la nièce de Mme Louise.

« Que fais-tu ici ? demandait Amélie.

— M. Buche m'a permis, pour cinq minutes. »

Les blanchisseuses riaient. Amélie dominait mal son agacement. Et Denis, visiblement heureux d'avoir amusé la clientèle féminine, retournait à son atelier en sifflotant.

Quand il rentra le soir à la maison, Amélie jugea plus habile de ne pas lui faire de remontrances. Si elle lui reprochait ses assiduités auprès de la gamine, il pourrait, en effet, par un réflexe d'orgueil, se persuader que l'affaire était importante. Si elle traitait cette rencontre par l'indifférence, il comprendrait, en revanche, qu'il s'agissait là d'un enfantillage, et perdrait peu à peu l'envie de s'y consacrer. Ce raisonnement irréfutable aida la jeune femme à supporter l'air réjoui de son frère pendant qu'il préparait le dîner avec elle. A sept heures et demie, comme M. Lubin s'asseyait à sa table, elle eut une impression d'équilibre rompu, de catastrophe imminente. La porte du fond s'ouvrit largement. M. Villarrubia entra dans le café, suivi de cinq Espagnols aux visages lugubres. Elle passa derrière la caisse pour les accueillir en patronne, à son poste de commandement. A peine y était-elle installée, que ses craintes se concentrèrent sur un point précis. Les violettes! Elle n'avait pas pensé à les jeter! N'allait-il pas les voir dans leur coin et se figurer qu'elle les avait gardées parce qu'elle attachait une valeur sentimentale à ce présent? Un torchon propre traînait à portée de sa main. Elle s'en saisit et le lança, d'un geste négligent, sur les fleurs, pour les couvrir. Mais le torchon tomba à côté du verre. Impossible de recommencer. M. Villarrubia était déjà devant elle.

« Vous désirez, monsieur? » demanda-t-elle sèchement.

Les yeux de l'Espagnol firent le tour du café. Cherchait-il le bouquet qu'il avait offert ou un prétexte pour rester dans la salle avec ses compagnons?

« Je voudrais trois bouteilles de vin rouge et des verres, dit-il. Nous allons manger dans ma chambre. »

Amélie nota que les camarades de M. Villarrubia portaient, qui un pain, qui un cornet de frites, qui du boudin enveloppé dans un papier gras. M. Lubin, un coin de serviette glissé dans son faux col, demanda, du fond de la salle :

« Comment se fait-il qu'on ne vous voie plus à dîner, monsieur Villarrubia? Vous manquez un bon civet de lapin, ce soir!...

— Raison d'*economia,* monsieur *Loubine,* répondit-il. *Mas tarde,* je reviendrai peut-être... »

Amélie le remercia d'un pâle sourire pour cette explication, qui écartait tout risque de malentendu. Elle avait aligné les trois bouteilles de vin rouge sur le zinc. M. Villarrubia se pencha pour les prendre, et, à ce moment, remarqua le verre avec les violettes, posé sur l'égouttoir. Sa bouche s'entrouvrit sur ses incisives blanches. Une flamme bondit dans ses yeux. Puis, il baissa les paupières, comme pour se recueillir, et dit gravement :

« Combien vous dois-je, madame Mazalaigue ? »

Amélie eut beaucoup de peine à feindre l'indifférence devant cet homme qui montrait tant de dignité dans la joie.

D EUX lettres au courrier : une de Pierre, l'autre de Jérôme. Amélie se jeta d'abord sur celle de son mari. A mesure qu'elle la lisait, sa crainte se changeait en gratitude et en nostalgie. Il se portait bien, se trouvait dans un secteur tranquille, s'ennuyait de sa femme, espérait qu'elle n'avait pas de difficultés dans son commerce, et la priait de lui envoyer des chaussettes de laine et des tricots en prévision des grands froids. Amélie se félicita d'avoir expédié le colis trois jours auparavant. Pierre n'allait pas tarder à le recevoir. De ce côté-là, tout était en ordre. Elle se tourna vers son père. Comme d'habitude, c'était Mme Pinteau qui tenait la plume :

    « Ma chère Amélie,

    « Il y a dix jours que je n'ai eu de tes nouvelles, et c'est sans doute parce que tout va bien pour toi, ta chère fille, ton mari et ton frère, car je pense que si cela allait mal tu m'aurais écrit pour m'avertir, comme c'était convenu entre nous. Au pays aussi, tout va bien, malgré de nombreux parents en deuil par la faute de cette terrible guerre. A la forge, on ne manque pas de besogne et à l'épicerie non plus. Mais travailler ainsi, dans tout ce malheur qui nous entoure, c'est bien affligeant, je t'assure, et tu dois le sentir comme moi et plus que moi. Seulement, tu as près de toi une petite famille, qui t'occupe et qui te console. Moi, je n'ai rien. Alors, voilà, à force d'être tout seul, de parler tout seul, j'en ai la tête et le cœur en peine. Je voudrais vous revoir tous. Après la foire de la Noël, il y a toujours un creux. On ne fait que du courant, qui ne rapporte guère. Je me suis dit que je devrais en profiter pour prendre le train et venir à Paris passer huit jours chez toi, si tu n'es pas contre et que tu peux me loger comme je l'espère. Je verrai cette belle ville que je ne connais pas et tous ceux que j'aime. Réponds-moi que tu es d'accord et ne te soucie pas pour la dépense : j'ai mis quatre sous de côté, et, comme je travaille pour la gare, peut-être me fera-t-on un prix spécial aux chemins de fer. Justin s'occupera de la forge et Mme Pinteau de l'épicerie. Cela ira pour un peu de temps. Quant à la tombe de ta chère maman, elle est bien belle et je la nettoie et l'arrange, sois tranquille. Avant-hier, j'ai cru que mon chien était très malade, il a dû manger une saleté ; son poil était terne et ses yeux tout drôles. Mais, aujourd'hui il est de nouveau solide. Autrement, il a fait bien mauvais ces derniers temps et la neige est venue, mais n'est pas restée. Et chez vous, j'espère qu'il ne fait pas trop froid. J'attends ta lettre et je t'embrasse, ainsi qu'Élisabeth et Denis, avec Mlle Pinteau qui me prie de te transmettre ses salutations empressées et ses vœux bien sincères. Ne t'inquiète pas : pour Paris j'ai un costume presque neuf, le noir, que tu connais, et de bonnes chaussures, et aussi un manteau, que j'ai acheté exprès, la semaine dernière, à la foire, et Mme Pinteau est en train de le mettre tout à fait à ma taille. Ton père toujours affectueux : — JÉROME. »

La tristesse, la sagesse de cette lettre émurent Amélie, au point qu'elle se reprocha de n'avoir pas écrit elle-même à Jérôme pour le prier de venir passer quelques jours auprès d'elle. Constamment préoccupée du sort de son mari, elle oubliait un peu trop ses devoirs de fille. Mais pouvait-elle prévoir que son père serait tenté par un si long voyage, lui qui n'était jamais allé au-delà de Limoges ou de Tulle pour ses affaires? Il fallait vraiment qu'il fût très malheureux pour se décider à quitter la Chapelle-au-Bois, où l'attachaient son travail, ses habitudes et le souvenir de sa femme morte. A l'idée de le recevoir chez elle, de lui montrer sa maison, son café, ses clients, Amélie fut saisie de joie, comme à la veille d'une grande fête. Elle imaginait les douces conversations qu'ils auraient ensemble. Elle se voyait à son bras, dans les rues. Elle s'amusait, par anticipation, de sa surprise devant les monuments, les voitures, les magasins. Elle comptait les jours qui la séparaient de la Noël : trois semaines encore! Que c'était long! Le matin même, elle écrivit à Jérôme pour lui dire son impatience et le prier, si possible, d'avancer la date de son arrivée. Puis, elle courut à l'atelier pour apprendre la bonne nouvelle à Denis. Tous les habitués du café furent informés de l'événement dans le courant de la journée. Le soir, M. Villarrubia se présenta, comme à l'ordinaire, pour prendre trois bouteilles de vin rouge avant de monter dîner dans sa chambre, avec ses amis. Pendant qu'Amélie le servait il se pencha sur le comptoir et murmura :

« Je sais que vous avez une satisfaction parce que votre père va venir bientôt.

— Qui vous l'a dit?

— M. *Loubine*. Est-ce que vous permettez que je vous présente ma *congratulacion?*

— Je vous remercie, dit-elle.

— Tout ce qui est heureux pour vous est heureux pour moi », dit-il encore.

Et il s'en alla, suivi de ses compagnons, sombres et silencieux. Après leur départ, M. Lubin dit qu'on avait peut-être tort de juger les Espagnols avec sévérité. La rencontre qui avait eu lieu, au mois d'octobre, à Casablanca, entre le général Lyautey et le général Jordana n'était-elle pas le signe d'une prochaine alliance entre les deux pays? En tout cas, depuis quelque temps, les journaux parlaient beaucoup de l'amitié hispano-française.

« Vous ne voyez pas qu'ils entrent en guerre à nos côtés? conclut M. Lubin en se tamponnant la moustache avec sa serviette.

— Ce serait étrange, en effet, dit Amélie.

— De vous à moi, tous ces gaillards sont bien gentils, mais ils seraient mieux au front qu'à l'arrière! »

Dans la chambre de M. Villarrubia, on marchait, on tirait une table, on déplaçait les chaises. Les Espagnols s'installaient pour manger. Amélie était flattée et gênée à la fois d'être obéie aussi scrupuleusement, malgré sa jeunesse, par des hommes dont certains étaient plus âgés que son mari.

Le lendemain, qui était un mardi, jour de lavoir, les blanchisseuses revinrent en groupe et demandèrent à la jeune femme si elle n'avait pas reçu de nouveau un bouquet de violettes. Elle sut leur répliquer avec esprit et on parla d'autre chose. La nièce de Mme Louise avait pris place, comme la semaine précédente, au bout du comptoir. Mais Denis n'avait plus l'air de s'intéresser à elle. Ce fut à peine s'il lui adressa quelques mots pendant les pauses de neuf heures et de quatre heures, discutant de préférence avec les hommes. Cette conduite décente rassura Amélie et elle se loua de n'avoir pas réprimandé son frère pour l'amabilité excessive qu'il avait manifestée au cours de sa première rencontre avec Lucie.

Après le dîner, comme s'il eût juré de devenir un garçon exemplaire, il refusa d'aller jouer au billard avec Paulo pour écrire à son père, tandis qu'Amélie écrivait elle-même à son mari. Ayant fini leur correspondance, ils restèrent longtemps assis à une table, dans le café, près du poêle en fonte, parlant de leurs parents, de leur enfance à la Chapelle-au-Bois. La plupart de leurs phrases commençaient par : « Tu te rappelles?... » Des noms presque oubliés leur montaient aux lèvres : « M. Dubech... M. Calamisse... les Ferrière... les Barbezac... » Parfois, ils riaient. Élisabeth se retournait dans sa voiture. Alors, Amélie mettait un doigt sur sa bouche et ils baissaient la voix pour continuer la conversation.

Dehors, le vent soufflait avec rage. Toute la chaleur, toute la lumière du monde s'étaient réfugiées dans la petite salle. Il y avait longtemps qu'Amélie n'avait connu des heures aussi douces, en compagnie de son frère.

***

La boutique de Mme Louise était située à l'angle du faubourg Saint-Antoine et de la rue des Boulets. On y travaillait très tard, les jours de grande presse. Ayant quitté la serrurerie de M. Buche un peu avant sept heures du soir, Denis vint se poster, dans l'ombre, à une distance raisonnable de la blanchisserie, sur le trottoir opposé. Collé dans une encoignure, il observait de loin la vitrine mal éclairée, derrière laquelle se démenaient des ouvrières aux chignons défaits. Par la porte ouverte, malgré le froid, s'échappait une fine vapeur. On devinait, au fond de la salle, un énorme poêle en fonte, qui servait à chauffer les fers. Le linge, empilé un peu partout sur des caisses, sur des étagères, brillait d'une blancheur de neige. Des draps pendaient à des fils de laiton. Penchées sur leur table, deux femmes aux figures pourpres, l'épaule démanchée, les coudes écartés, repassaient les dernières chemises. Une autre trempait quelque chose dans l'amidon et racontait des histoires qui faisaient rire ses compagnes. Mme Louise marquait des pièces au fil rouge et s'arrêtait, de temps en temps, pour tisonner le fourneau ou gourmander une apprentie. Lucie n'allait pas tarder à sortir pour une livraison. Elle avait prévenu Denis, la veille, en passant devant le café, un mouchoir à la main. C'était le signal convenu. Si rien ne s'opposait à leur projet, ce serait la troisième fois qu'ils se verraient, à l'insu de tous. Un brouillard âcre pesait sur la ville. Le faubourg Saint-Antoine grouillait de monde. Mais, dans la rue des Boulets, il faisait sombre, les passants étaient rares. Un coin parfait pour les rendez-vous. Le col du manteau relevé, les mains enfoncées dans les poches, Denis piétinait d'impatience. Comme il fallait qu'il fût rentré à huit heures, au plus tard, chaque minute d'attente supplémentaire diminuait le temps dévolu à sa joie. Avant-hier, déjà, il n'avait eu qu'une demi-heure pour bavarder avec la jeune fille sur un banc du boulevard Voltaire. Pour compliquer tout, Mme Louise ne laissait pas sortir sa nièce après le dîner. N'y aurait-il donc jamais entre eux que des rencontres hâtives, sur un trottoir, au hasard d'un transport de linge? Denis renonçait à imaginer un avenir aussi lamentable. Un jour ou l'autre, il finirait bien par trouver le moyen de passer tout un après-midi avec Lucie. Il rêvait à sa douceur, à sa fraîcheur, à sa gaieté. Il la comparait à Mme Langoustier, qu'il fréquentait encore assidûment, mais plus par habitude que par appétit véritable. Certains soirs, même, il était effrayé, écœuré par ses caresses. Elle l'appelait de noms bizarres. Elle lui dictait ce qu'il avait à faire. Traité par elle comme un enfant novice, tout juste bon à être utilisé dans les amusements du lit, il éprouvait, en revanche, auprès de la jeune fille le sentiment de sa supériorité virile, de sa liberté et de son expérience. Pourtant, il ne l'avait pas encore embrassée. Peut-être aurait-il la chance d'y arriver ce soir? Ce n'était pas elle qui se montrait farouche, mais lui qui hésitait à se déclarer. Il craignait de la mécontenter en brusquant les choses et qu'elle refusât, ensuite, de le revoir. L'horloge, au fond de la blanchisserie, marquait sept heures dix. On entendait le choc sourd des fers contre les planches molletonnées. Soudain, Lucie apparut dans l'encadrement de la porte. Un grand panier, couvert d'une serviette, pendait à son bras droit. Sans hésiter, elle remonta la rue des Boulets, en direction du boulevard Voltaire. Il la rattrapa, dix mètres plus loin, et elle s'arrêta, souriante, essoufflée, sous un bec de gaz.

« Je croyais que vous ne viendriez plus, dit-il.

— On a eu tellement de travail! J'ai été retardée. Maintenant, je dois aller livrer cité Beauharnais.

— C'est pas loin.

— Vous venez avec moi?

— Bien sûr. Il est pas trop lourd, votre panier?

— Non.

— Vous ne voulez pas que je le porte? »

Elle rit, la tête renversée, les yeux pleins de paillettes brillantes :

« De quoi vous auriez l'air? »

Ils se remirent en marche, côte à côte. Le panier était entre eux. Denis grommela :

« C'est bien, comme ça, le signal avec le mouchoir.

— Oui, c'est bien! soupira-t-elle.

— Votre tante ne se doute pas?

— Non, dit-elle, et votre sœur?

« — Non plus.

— Elle serait fâchée? »

Il haussa les épaules et répondit sur un ton négligent :

« Ce n'est pas la question, mais j'aime mieux qu'on ne sache pas que nous nous voyons. Ça ne regarde personne, après tout! »

Elle changea son panier de bras et se rapprocha de Denis, imperceptiblement, comme déséquilibrée par le poids de sa charge. Troublé, il balbutia :

« Ce qui est dommage, c'est que nous n'avons jamais beaucoup de temps pour être ensemble. Si on pouvait s'arranger pour sortir un dimanche!...

— Qu'est-ce qu'on ferait?

— Je ne sais pas... On irait au bois de Vincennes... Ou bien au cinéma... Vous n'avez pas une copine avec qui vous pourriez dire que vous sortez?

— Elle raconterait tout à ma tante!

— Faut pas croire ça!

— Que si! Elles sont toutes rapporteuses, à l'atelier. Qu'est-ce qu'on y débite comme cancans! Moi, je ne suis pas habituée. J'ai toujours vécu avec mes parents, à Saint-Florentin. Mon père est plombier, là-bas. Et j'ai trois sœurs et deux frères. Je suis l'aînée. Alors forcément, on m'a envoyée en apprentissage chez ma tante. Ce n'est pas déplaisant. Elle est bien gentille. Mais les autres... Mme Augustine, par exemple, oui, la vieille, eh! bien, hier, elle m'a fait un de ces affronts!... »

Elle parlait très vite, de choses insignifiantes, comme pour empêcher Denis de revenir à la question qui le tourmentait. Il écoutait ce bavardage haletant, sans chercher à définir les torts réciproques de Mme Augustine, de Mme Célestine et de Mme Louise. Toute son attention se concentrait sur la jolie bouche qui soufflait de la vapeur, avec les mots. Soudain, elle marqua un temps d'arrêt et reprit d'une voix assourdie :

« Je ne vous ennuie pas avec toutes ces histoires ?

— Pas du tout !

— C'est que j'ai personne à qui les raconter. Alors, avec vous, j'en profite ! »

Il devina que le moment était venu de donner à la conversation un tour plus intime. Un peu effrayé par sa propre audace, il murmura :

« Il faudra tout me dire... toujours... On est amis, pas vrai ?

— Oui.

— On est bien ensemble ?

— Oh ! oui.

— Moi, en tout cas, je suis bien.

— Moi aussi, dit-elle. C'est comme si on se connaissait depuis longtemps...

— C'est encore mieux que ça », dit-il avec gravité.

Elle remonta le panier, qui glissait le long de sa cuisse.

« Vous devriez me le passer, reprit-il.

— Ce que vous êtes têtu !

— Oui, dit-il. Quand je veux quelque chose, je suis têtu.

— Moi aussi, dit-elle, en dressant le menton.

— Alors, il faut essayer de vouloir la même chose ensemble. »

Elle éclata de rire :

« Oh ! vous...

— Pour un dimanche après-midi, par exemple... Tâchez de vouloir, et ça réussira...

— Comme c'est facile !

— Dimanche prochain ?

— Je ne sais pas... Peut-être...

— Oui, oui !... Pas d'histoires !...

— Peut-être, je vous dis. Oh ! quel homme !... »

Ce mot le combla de joie. Qu'il était donc agréable d'être écouté, admiré, redouté, par une vraie jeune fille! Elle avait le même âge que lui, et il avait l'impression d'être de cinq ans son aîné. Mû par un sentiment d'autorité protectrice, il lui saisit le bras pour traverser le boulevard Voltaire. Arrivé sur le trottoir d'en face, au lieu de la laisser libre, il resserra son emprise. Elle ne se défendait pas. Elle était à lui. Rassemblant son courage, il dit :

« Lucie, vous êtes jolie.

— Non, chuchota-t-elle.

— Si. Je vous assure. Très jolie... »

Elle marchait vite, en rasant le mur des maisons avec son panier. Des gens pressés de rentrer chez eux surgissaient, de temps en temps, dans le rayonnement pâle d'un bec de gaz. Les branches nues des arbres se prolongeaient dans la brume par des éventails de tulle noir, immobile. Une auto roulait lentement, écarquillant ses gros yeux de nocturne. Une charrette la suivait, avec un fanal rouge à l'arrière. L'air sentait la fumée et la feuille morte. La ville entière était engourdie de froid. En passant devant la vitrine d'un boulanger, Denis aperçut la jeune fille dans la lumière. Une cape en lainage marron lui couvrait les épaules. Elle avait des joues rondes et lisses, des lèvres charnues, luisantes, comme la pulpe d'un fruit. Tout était neuf dans son visage, et même le regard, qui exprimait la crainte et la soumission. Ils firent encore quelques pas, sans parler. Puis, ils s'arrêtèrent sous un porche. Lucie posa son panier par terre.

« Fatiguée? demanda-t-il.

— Oui », dit-elle.

Et, tout à coup, elle fut dans ses bras. Il chercha sa bouche dans un baiser qu'il eût voulu passionné et savant, mais elle serrait les dents, respirait mal et rentrait la tête dans les épaules. Bientôt, elle se détacha

de lui, à bout de souffle, les yeux exorbités et balbutia :
« C'est fou!...

— Quoi? demanda-t-il d'une voix enrouée.

— Rien... Nous deux... »

Le second baiser fut plus abandonné et plus tendre. Au troisième, elle ouvrit les lèvres, timidement. Elle apprenait vite. Ses cheveux dégageaient un parfum de savon. Il l'étreignait, et il se voyait l'étreignant, et l'idée du couple qu'ils formaient sous la porte cochère — elle si faible et lui si fort, elle si innocente et lui si renseigné — excitait encore son désir. Les ongles de la jeune fille griffaient doucement son manteau à hauteur de la manche, comme si elle eût été sur le point de tomber dans l'abîme et cherchât une touffe d'herbe pour se rattraper. Enfin, elle glissa la main entre leurs deux visages. Elle demandait grâce. Ayant repris sa respiration, il dit :

« Lucie!

— Oui?

— Je t'aime. »

Une voix à peine perceptible monta le long de son cou jusqu'à son oreille :

— Moi aussi, Denis, je t'aime. »

Denis ferma les paupières, étourdi par le plaisir que lui causait cet aveu, pourtant aisément prévisible. Ensuite, il revint sur terre avec une exigence accrue : il y avait encore une question à régler. La rapidité même de sa conquête lui semblait maintenant inquiétante. Son amour-propre était en jeu. Relâchant un peu la pression de ses mains, il murmura, le cœur battant :

« Quelqu'un t'a-t-il embrassée avant moi? »

Elle leva lentement sa figure. Il vit de tout près ses prunelles dilatées et brillantes, qui se fixaient sur lui, dans l'ombre, sans ciller :

« Personne... Jamais..., dit-elle.

— C'est bien vrai?

— Je te le jure.

— Merci, prononça-t-il d'un air pénétré.

— Tu n'as pas à me remercier : c'est comme ça. Et toi?

— Moi?

— Oui. As-tu déjà embrassé quelqu'un? »

Il sourit de haut à cette candeur adorable :

« Moi, c'est une autre affaire.

— Pourquoi?

— Parce que la vie des hommes et la vie des femmes ce n'est pas pareil!

— J'en étais sûre! » s'écria-t-elle en essayant de s'arracher à ses bras.

Mais elle était moins indignée qu'elle ne voulait le paraître, et se calma, après quelques mouvements désordonnés, dès qu'il l'eut reprise par la taille.

« Je me demande pourquoi tu en étais sûre! » dit-il. Elle se blottit contre lui et poussa un profond soupir :

« Ça se sent!

— A quoi?

— A ta façon d'embrasser.

— Comment est-ce que j'embrasse?

— Tu embrasses... tu embrasses drôlement...

— Tu n'aimes pas ça?

— Si », dit-elle en lui tendant les lèvres.

Aussitôt après, elle fut saisie d'une hâte fébrile :

« Et ma livraison! Ah! là, là!... Qu'est-ce que je vais entendre!... »

Ils prirent le panier, chacun par un bout, et coururent ainsi jusqu'à la cité Beauharnais. Lucie s'engouffra sous le porche d'un vieil immeuble gris. Denis resta sur le trottoir et alluma une cigarette, avec le sentiment que, par ce geste, il ajoutait une touche indispensable à son personnage. Comme il était très heureux, l'attente ne lui sembla pas trop longue.

Quand la jeune fille reparut, avec son panier vide, ils s'embrassèrent encore, sans se soucier de la concierge, qui était sortie de sa loge pour les regarder. Puis, Denis, qui n'avait pas de montre, s'approcha d'un passant pour demander l'heure : huit heures moins dix !

« C'est affreux ! dit Lucie en plantant ses dix doigts dans le bas de ses joues rebondies.

— Si on t'attrape, tu diras que c'est la cliente qui t'a retenue.

— Et toi ?

— Moi ? Qui veux-tu qui m'attrape ?

— T'en as de la chance ! »

Il se chargea du panier. Elle releva son tablier, en fixa les deux coins dans sa ceinture, et dit :

« On y va ? »

Ils repartirent en courant. Par moments, il la dépassait pour lui prouver sa vigueur, puis ralentissait son allure, par galanterie. Au bout de cinq minutes, elle fut essoufflée, et ils continuèrent la route au pas, en se tenant par la main. La séparation eut lieu au coin de la rue des Boulets et de la rue de Montreuil. Denis rendit le panier à Lucie et demanda :

« Quand est-ce qu'on se revoit ?

— Demain soir, peut-être, à la même heure. Si c'est oui, je passerai à midi devant le café, en tenant un mouchoir.

— Je t'aime, dit-il entre ses dents, les sourcils froncés, les mâchoires serrées à se rompre.

— Je t'aime », dit-elle en fermant à demi les yeux.

Leur dernier baiser fut bref et décevant, car ils étaient trop en retard pour y consacrer le temps nécessaire.

Il était huit heures et quart quand Denis rentra au café. M. Lubin dînait à sa table. Amélie couchait

Élisabeth dans la voiture, après lui avoir donné son biberon.

« Où étais-tu? demanda-t-elle.

— J'ai fait un tour avec des copains.

— Tu n'as pas eu trop froid?

— Oh! non! »

Il avait le sang aux joues et transpirait à grosses gouttes.

« Va vite chercher du vin à la cave, reprit-elle. J'ai servi la dernière bouteille à M. Villarrubia. S'il vient d'autres clients... »

Rassuré par le ton paisible de sa sœur, Denis alluma une bougie, descendit à la cave, et là, debout, seul, dans la lueur tremblante de la flamme, évoqua le visage de Lucie, l'éclat mouillé de ses prunelles, la douceur de sa peau, la courbe de ses lèvres. Charmé par ce nouvel amour, il ne pouvait plus, sans trahir la confiance de la jeune fille, continuer à fréquenter Mme Langoustier avec la même insouciance que jadis. Il reverrait sa maîtresse trois ou quatre fois encore, pour la préparer à la nécessité d'une rupture. Puis, il se séparerait d'elle définitivement, en homme d'honneur. Cette décision le grandissait dans sa propre estime. Il n'avait plus peur de rien. Il dominait le monde.

« Denis! Tu viens? »

Il remonta victorieusement des ténèbres de la cave à la lumière du monde extérieur. Quand il prit pied dans la salle, Amélie le considéra avec surprise. Il crut qu'elle lisait l'histoire de son bonheur dans ses yeux. Mais elle hocha la tête et dit simplement :

« Et les bouteilles, nigaud? »

6

L A semaine qui précéda l'arrivée de Jérôme à Paris fut consacrée par Amélie à des travaux de nettoyage d'une ampleur exceptionnelle. Aidée de Mme Rousseau et de Denis, elle fit le ménage à fond dans l'appartement et le café, lava la glace de la devanture, chassa la poussière de ses plus secrets refuges, astiqua les boutons de porte, changea les rideaux en tulle de la chambre, s'usa la paume des mains à fourbir le zinc du comptoir et le percolateur, cira les parquets avec frénésie, et enduisit le poêle et son tuyau d'une pâte épaisse à la mine de plomb, ce qui eut pour résultat de rendre l'atmosphère de la salle irrespirable pendant trois jours. Elle tenait à surprendre son père par l'organisation de son foyer et de son commerce. Il débarqua à Paris le 26 décembre, à six heures du soir, et, dès l'abord, sa réaction fut telle qu'Amélie l'avait souhaitée. Il ouvrait des yeux ronds. Tout lui plaisait. Mais principalement Élisabeth. L'ayant vue pour la dernière fois quand elle avait cinq ou six mois à peine, il s'étonnait de la retrouver si grande, si robuste et si belle, essayant déjà de marcher et de former des mots. Il voulut la garder dans ses bras pour inspecter la maison. Elle tirait sur la moustache de son grand-père, lui fourrait ses doigts dans les yeux, dans les oreilles, et il riait en répétant :

« Ah! gaillarde! Petite gaillarde!... »

La visite des lieux acheva de le mettre de bonne humeur. Conduit par sa fille et son fils, il fit le tour du café, admira le plafond en *lincrusta,* la fresque des quatre saisons, le comptoir en demi-fer à cheval, le percolateur brillant, hérissé de manettes. Le modernisme de cette installation devait forcer l'estime de la clientèle :

« Si on avait ça à La Chapelle-au-Bois!... »

Craignant qu'il ne fût fatigué par le voyage, Amélie insista pour qu'il posât Élisabeth.

« Et puis quoi encore? s'écria-t-il. Elle reste avec moi jusqu'à ce qu'elle en ait assez! »

Du bistrot on passa dans les chambres. Celle de Denis séduisit Jérôme par sa simplicité, celle d'Amélie par son ameublement et son confort. Il s'exclamait :

« Eh bien, je ne m'attendais pas à ce que ce soit si beau! C'est rudement bien arrangé, tu sais! Quels jolis rideaux! Et quelle grande armoire! Tout brille! Tout a l'air neuf!... »

Amélie lui demanda s'il préférait coucher dans une des chambres de l'hôtel ou dans la chambre de Denis, où il y avait largement la place pour deux lits dressés côte à côte.

« Plus près je serai de vous, mieux je me sentirai », dit-il.

Elle avait prévu cette réponse et désigna à son père un lit pliant, poussé contre la cloison et drapé d'une couverture.

« Tu avais deviné! soupira-t-il. Tu me connais. Tout comme ta pauvre mère, qui lisait dans ma tête. »

Denis accueillit cette décision avec un plaisir non dissimulé. N'étant plus seul dans sa chambre, il serait dans l'obligation de renoncer à ses sorties nocturnes. Les événements lui imposeraient ainsi une abstinence qu'il n'avait pas su obtenir de lui-même par la volonté.

Il était retourné à deux reprises chez Mme Langoustier depuis le jour où il avait embrassé Lucie. Chaque fois, il avait essayé de se montrer distant, désabusé avec sa maîtresse, et, chaque fois, il avait manqué de courage au moment de lui exposer ses intentions. Emporté dans un tourbillon, il subissait des caresses agréables, mais dont le souvenir empoisonnait sa conscience. Combien de temps durerait ce double jeu? Il revoyait Lucie dans la rue et Mme Langoustier dans son logis rose; il appartenait d'âme à une jeune fille et de corps à une femme; il les trompait toutes les deux et ne savait comment s'évader de son mensonge. Quoi qu'il en fût, Mme Langoustier comprendrait très bien qu'il dût interrompre ses visites pendant que son père serait à Paris. Ce serait déjà une bonne chose, un premier pas vers la rupture...

Le soir même, Amélie présenta à son père les fidèles clients du café. Il leur trouva à tous des visages qui inspiraient confiance. M. Buche, travaillant le fer comme lui, l'intéressait plus que les autres. Il lui rendit visite, le lendemain, à l'atelier, se fit expliquer le fonctionnement de certaines machines, observa Denis à l'ouvrage et revint satisfait des progrès de son fils dans l'art de la serrurerie.

« Il a l'air sérieux, dit-il à Amélie. Il se plaît dans sa place. Je ne regrette pas de m'être séparé de lui. »

Très vite, il s'habitua au rythme du commerce, que sa fille dirigeait avec une autorité souveraine. Pendant les heures creuses du début de l'après-midi, il allait se promener avec elle et Élisabeth. Chaudement habillée de lainages roses, la fillette sautillait dans sa voiture, souriait aux passants et tenait de longs discours, où, de temps en temps, surgissait un mot intelligible.

« Tu as entendu? » s'écriait Jérôme.

Amélie, coutumière de ces miracles, jouissait de la surprise qu'ils provoquaient chez son père. Elle le trouvait vieilli et soucieux, malgré sa gaieté apparente. Ses épaules s'étaient voûtées. De nombreux fils blancs striaient sa chevelure noire. Il y avait dans ses yeux, quand il se taisait, quand il réfléchissait, une lueur de résignation infinie. Chaque fois qu'elle sortait avec lui, leur conversation, après quelques détours, aboutissait au même sujet obsédant : la guerre. Ils parlaient de Pierre, énuméraient ses qualités, commentaient ses dernières lettres, déploraient qu'il fût impossible de l'affecter à une formation de l'arrière, soupiraient à la pensée de ces interminables combats, qui coûtaient tant de vies humaines sans que la fin des hostilités en parût avancée, et, au comble de l'inquiétude, s'exhortaient l'un l'autre à l'espérance.

« Tu le retrouveras, j'en suis sûr, disait-il avec une expression de colère impuissante qui faisait trembler le bas de son visage. Tu le retrouveras, ce n'est pas cela qui me tourmente. Mais c'est trop long : pour toi, pour lui, trop long pour la vie des hommes, tu comprends ? »

Ils s'arrêtaient pour acheter un journal du soir et Amélie lisait à haute voix le communiqué de quinze heures. Toujours la même chose : « Duels d'artillerie... activité de patrouilles... destruction d'importants ouvrages allemands... situation inchangée... » Elle ne savait si elle devait se réjouir de cette « situation inchangée », qui lui permettait de croire que Pierre était relativement tranquille, ou regretter qu'aucune action importante ne fût tentée sur le front, pour rompre, par un coup brutal, la résistance allemande. Ayant replié le journal, elle le glissait dans un coin de la voiture d'enfant et disait :

« Voilà, nous ne sommes pas plus renseignés qu'hier. »

Ils reprenaient leur promenade en silence. Amélie changeait d'itinéraire, d'un jour à l'autre, pour montrer à son père les différents aspects de la ville : le faubourg Saint-Antoine, la place de la Nation, la colonne de la Bastille, le quai de la Rapée... Il s'étonnait de la hauteur des maisons, de la majesté des monuments, de la beauté des magasins et du nombre de voitures à chevaux et à moteur, qui parcouraient les rues et menaçaient la sécurité des piétons. Le bruit, le mouvement de la capitale l'étourdissaient parfois, et il se frottait le front avec le plat de la main en grommelant :

« Et on ne devient pas fou, là-dedans ? »

Amélie retrouvait, en le regardant, ses premières impressions de provinciale débarquant à la gare d'Austerlitz. Elle lui demanda s'il n'aimerait pas vivre à Paris. Il hocha la tête :

« C'est beau, mais on ne voit pas assez la terre. Et puis, ici, personne ne connaît personne. Les gens sont pressés, comme s'ils avaient peur de manquer le train. Ils n'ont pas le temps de perdre leur temps. Moi, j'aime perdre mon temps. Avec les arbres, avec les nuages, avec les ruines du Veixou, avec mon chien... »

Il lui parlait souvent de son chien. Elle en était affligée, car cet amour pour une bête lui paraissait le signe d'une grande solitude et d'un grand désespoir :

« Il est bien brave. Il me suit partout. Quand je vais au cimetière, il m'attend devant la grille. Il sait qu'il ne doit pas aller plus loin. Si un autre chien veut entrer, il le chasse. Lorsque je reviens, il me regarde comme pour me demander si j'ai eu une bonne conversation avec ta chère maman. Dès que j'ai commencé à faire ma valise, il est devenu tout triste. Moi, j'étais content, et lui, non ! C'était la première fois que nous n'étions pas d'accord. »

Ils rentraient à quatre heures, pour l'ouverture du café. Le soir, ils dînaient, tous ensemble, dans la petite cuisine. Jérôme avait apporté de la Chapelle-au-Bois du pain bis, des crêpes de sarrasin et de la caillade. On en fit goûter à M. Lubin, qui trouva que ces produits de la campagne avaient un goût excellent, mais devaient être lourds à digérer.

Le 30 décembre, Amélie reçut une carte de Pierre, datée du 27 :

« Ma bien chère Amélie, je te souhaite la bonne année, ainsi qu'à ma petite Élisabeth et à Denis. Espérons que 1916 nous verra ensemble dans la paix. Pour moi, c'est toujours pareil. Il n'y a pas trop à se plaindre. Merci pour le colis. C'était juste ce qu'il me fallait. Je ne cesse de penser à toi. Tu m'as écrit que ton cher père devait venir : est-il là? Si oui, salue-le bien de ma part. Je t'embrasse de tout cœur. — PIERRE. »

Sa carte s'était croisée avec une lettre de sa femme, contre-signée par Jérôme et par Denis : tous trois lui adressaient leurs vœux de bonne santé et de prompt retour. Ce jour-là, Amélie ne put sortir après le déjeuner avec son père, car, à l'approche du nouvel an, les clients étaient plus nombreux et s'attardaient davantage au comptoir. Il décida de se promener seul, et demanda simplement à sa fille où se trouvaient Notre-Dame, le Louvre, la tour Eiffel, l'Arc de Triomphe et le Sacré-Cœur.

« Tu n'auras jamais le temps de voir tout cela en un après-midi, papa! s'écria-t-elle en riant. Les distances sont énormes à Paris! Contente-toi de pousser jusqu'à Notre-Dame, si tu veux! Et encore, je trouve cela bien imprudent!...

— Comment y va-t-on?

— Tu descends jusqu'à la Seine, comme nous l'avons déjà fait, tu suis les quais dans le sens du courant, tu vois une île, tu la dépasses, puis, juste à côté, une autre île... »

Il l'écoutait d'un air sérieux, notait tout dans sa tête. Elle lui dit encore :

« N'hésite pas à demander ton chemin, si tu te perds... Et fais attention en traversant les rues...

— Je ne suis pas un enfant ! » grogna-t-il, mécontent parce que des consommateurs les avaient entendus.

Elle sortit sur le pas de la porte pour le regarder s'éloigner, très digne dans son manteau neuf, de forme ample, en lainage gris foncé, avec un col rabattu, boutonné sous le menton. Ses grosses chaussures cloutées lui donnaient une démarche lourde. Un chapeau rond, en feutre noir, un peu trop grand pour sa tête, appuyait sur ses oreilles et les écartait légèrement du crâne. Se sentant observé, il se tenait le dos droit, les épaules dégagées.

***

A huit heures du soir, il n'était pas encore rentré. Amélie, folle d'inquiétude, l'imaginait déjà perdu, écrasé, transporté dans un hôpital. Vingt fois elle sortit dans la rue pour guetter son arrivée. Puis, elle envoya Denis en reconnaissance du côté de la Bastille et du boulevard Henri-IV. Elle-même, malgré les exhortations de M. Lubin, se préparait à courir au commissariat. Denis revint bredouille, à huit heures et demie. Dix minutes plus tard, Jérôme apparut sur le seuil du café, l'air fatigué, heureux et un peu fautif.

« Mon Dieu ! papa, s'écria-t-elle. Que t'est-il arrivé ? »

Il eut un sourire rêveur et murmura :

« Mais... rien, Amélie !

— Sais-tu l'heure qu'il est ?

— A peu près... oui...

— Nous ne vivions plus en t'attendant !...

— Que veux-tu ? dit-il, je ne pensais pas que ce

serait si beau, Notre-Dame!... Ces vieilles pierres, si hautes, si découpées!... Ces statues... Ils ont mis des sacs de sable un peu partout pour protéger la façade, mais on voit quand même le principal!...

— Tu es resté tout ce temps à Notre-Dame?

— Non, Notre-Dame, je l'ai vue en dernier. Je n'ai pas fait comme tu m'as dit. En partant d'ici, j'ai pris, après la place, une rue, la rue Saint-Antoine, je crois, puis la rue de Rivoli. Et je suis tombé sur le Louvre. Des gens y allaient. Je les ai suivis. Oh! Amélie... est-ce que tu as déjà été au Louvre? »

Elle avoua qu'elle n'en avait jamais eu l'occasion.

« Le musée était fermé, dit-il. A cause des risques de bombardements. C'est normal. Mais on vendait des images, des moulages à l'entrée... »

Il tira trois cartes postales de la poche de son manteau :

« Tiens, regarde! »

L'une des photographies reproduisait le portrait d'un vieillard au visage tourmenté, la seconde, le portrait d'un jeune garçon coiffé d'un béret de velours, et la troisième, une statue de femme, à qui il manquait la tête et les deux bras. Elle était nue, le ventre rond, les seins bombés, une hanche plus haute que l'autre. Amélie considéra son père avec inquiétude :

« Pourquoi as-tu acheté ça?

— Parce que c'est joli, dit-il.

— C'est vrai que c'est joli! » dit Denis en se penchant par-dessus l'épaule de Jérôme.

Amélie était gênée de voir son père et son frère perdus dans la contemplation d'une anatomie fémi-nine, fût-elle en marbre et mutilée. Pour couper court à leur extase, elle dit sèchement :

« Il faut vite passer à table. Tant pis pour vous si mes pommes de terre ont accroché! »

*
**

Amélie décida de fêter le 31 décembre en allant voir, avec son père et son frère, un spectacle de qualité. Théâtre, cinéma? Les distractions ne manquaient pas à Paris. On consulta le journal. Les *Folies-Bergère* proposaient la revue *Jusqu'au bout!* avec Prince Rigadin. Parmi les meilleurs tableaux : « La vie de château en 1915 et l'usine de guerre avec la coulée de l'acier fondu ». Le *Concert Mayol* affichait *Madame Bou-Dou-Ba-Da-Bouh,* « avec, pour la première fois, huit négresses de Zanzibar, princesses de sang royal ». A la *Scala,* Mistinguett jouait *Taisez-vous, méfiez-vous...* Mais Denis n'était pas en âge d'assister à ce genre de représentations, réputées pour leur légèreté, voire pour leur indécence. Le théâtre *Réjane* donnait *Madame Sans-Gêne,* avec Réjane dans le rôle principal. C'était déjà mieux. Malheureusement, les billets coûtaient fort cher. On finit par se rabattre sur le cinéma du quartier. Amélie ferma le café à huit heures et quart, après avoir servi le dîner de M. Lubin. Denis qui connaissait la caissière du *Voltaire-Palace,* avait pu louer trois bonnes places, pas trop près de l'écran. Au programme, il y avait un film d'aventures et le quatrième épisode de *La Vengeance du baron de Winkel.* Le public, pour cette séance de gala, était mieux vêtu encore qu'à l'ordinaire. Beaucoup de femmes, dont Amélie, avaient mis des chapeaux. Les hommes, rasés de près, les joues marbrées de plaques roses, portaient des faux cols propres, et leurs cheveux sentaient la pommade. Çà et là, dans la foule, se détachait l'uniforme bleu horizon d'un permissionnaire. Avant de s'asseoir, Denis jeta un dernier coup d'œil sur la salle et reconnut, à quatre rangs derrière lui, Mme Langoustier. Elle lui sourit. Il n'osa pas lui répondre et se laissa descendre les jambes molles, dans son fauteuil. Elle avait le sens de la famille et avait aisément accepté l'excuse qu'il lui avait donnée pour se soustraire provisoirement à ses obligations amoureuses. Sans doute même, à présent, était-elle tout attendrie de le voir installé, en enfant sage, à côté de son père. « Si elle pouvait deviner ce que je pense d'elle ! se dit-il avec un frisson de peur et de répulsion. Si elle savait ce que je mijote !... » Or, il ne mijotait rien de précis. Afin de reprendre confiance en lui-même, il s'affirma, une fois de plus, que la nouvelle année lui fournirait certainement l'occasion de rompre avec une personne qu'il n'aimait plus, pour se consacrer à celle qu'il avait choisie en raison de sa fraîcheur et de son innocence. Soutenue par la musique de l'orchestre, sa rêverie devenait douce, langoureuse, énervante. Il avait le cœur plein de Lucie. Il marchait avec elle sur des nuages. La lumière s'éteignit. Les images d'un film d'actualité apparurent sur l'océan : revue des zouaves par les généraux Joffre et de Castelnau ; scènes pittoresques de tranchées, près de Reims ; les troupes alliées à Salonique et au bord de l'Yser. Jérôme, qui se trouvait pour la première fois dans un cinéma, s'agitait sur son siège. Le texte des commentaires passait trop vite pour qu'il pût le déchiffrer. Il se penchait vers Amélie et demandait :

« Qu'est-ce que c'est ?... Qu'est-ce qu'ils disent ?... »

La vue d'un convoi de blessés lui arracha des gémissements :

« C'est affreux !... On croit y être !... Tu as remarqué le petit, à droite, avec la tête bandée ?... »

Pendant le film d'aventures, son émotion atteignit le paroxysme devant le visage épouvanté d'une jeune femme, qu'un bandit attachait aux rails du chemin de fer. La locomotive arrivait. Jérôme tendait le cou, s'écriait :

« Eh ! là ! Eh ! là !... »

Des voisins tournaient la tête et poussaient des « chut » irrités. Denis était honteux du jugement que les gens du quartier allaient porter sur son père. L'héroïne ayant été délivrée à temps, Jérôme se renversa sur le dossier de son fauteuil et se moucha avec bruit, une narine après l'autre.

« Un peu plus, elle y passait, la pauvrette ! » dit-il.

Ses yeux brillaient, comme pleins de larmes. Il soufflait sous sa moustache.

« Ne parle pas si fort, papa, chuchota Amélie. Tu gênes les autres spectateurs. »

Après cette réprimande, il se tint plus tranquille. Son fils, qui le surveillait de près, n'eut à déplorer de sa part que trois ou quatre exclamations, lancées, il est vrai, au moment où la salle entière exhalait un soupir d'angoisse. Lorsque les lampes se rallumèrent, Jérôme dit :

« Je n'en peux plus ! On s'en va ? »

Amélie lui expliqua qu'il y aurait encore un film, mais que, s'il le désirait, il pouvait aller se dégourdir les jambes, pendant l'entracte. Il refusa. Contrairement à son habitude, Denis, lui aussi, décida qu'il n'avait pas envie de sortir : Mme Langoustier se dirigeait vers le hall, et il appréhendait de l'y rencontrer et de subir ses œillades et ses sourires devant tout le monde.

Le second film fut moins mouvementé et plus sentimental que le premier. Jérôme le regarda sans manifester son trouble autrement que par de petites toux et des reniflements rapides. Un peu avant la fin, pourtant, Amélie crut l'entendre pleurer.

« Qu'y a-t-il, papa ? demanda-t-elle. Tu n'es pas bien ?

— C'est la musique », dit-il.

A l'issue du spectacle, ils rentrèrent vite au café et Amélie installa son réveille-matin sur le comptoir. Elle avait préparé une choucroute pour le réveillon. Dès qu'elle eut rallumé le gaz sous la marmite, un parfum aigrelet se répandit dans la salle. On se mit à table. Amélie remplit les assiettes. Après les premières bouchées, Jérôme s'arrêta de manger :

« C'est bien bon, Amélie, mais ça ne passe pas. J'aime mieux attendre.

— Quoi? »

Il ne répondit pas et désigna simplement le réveille-matin avec sa fourchette.

L'aiguille des minutes se traînait sur le cadran. Cette année horrible n'en finissait pas de mourir. Plus que quelques secondes. Une sonnerie retentit, violente, comme un timbre d'alerte. Minuit. Ils se levèrent, tous trois. Leurs verres étaient pleins de vin blanc. Ils trinquèrent. Ils s'embrassèrent. Jérôme était très pâle, les yeux écarquillés et vagues. Amélie essayait de sourire.

« Voilà, nous sommes en 1916, dit Denis.

— A la santé de Pierre, dit Jérôme. A son retour...

— Oui, à son retour », murmura Amélie.

Elle était effrayée, soudain, prise de vertige, comme au bord d'un gouffre. D'une année à l'autre, quelle remise de consignes, quelle transmission de pouvoirs, mystérieuse, tragique, s'opérait au-dessus de sa tête, dans le silence? Fallait-il célébrer cet avenir qui avait changé de chiffre, ou craindre d'y engager ses pas?

Denis alla chercher Élisabeth, que Mme Rousseau avait gardée dans sa chambre pendant que le reste de la famille était au cinéma. La vieille femme descendit, tenant le bébé endormi dans ses bras, et le déposa dans la voiture d'enfant. Amélie la remercia et lui versa à boire.

« Mes meilleurs vœux pour vous, madame Maza-laigue, et vous savez lesquels! » dit-elle en levant son verre.

Des pas résonnaient dans la chambre de M. Villar-rubia. Il tournait en rond. Était-il seul ou avec ses amis? Une porte claqua.

« Voilà l'Espagnol qui s'amène! » reprit Mme Rousseau avec humeur.

Il vint en effet, mais ne franchit pas le seuil de la salle. De la main, il faisait signe à Amélie qu'il voulait lui parler sans déranger les autres.

« Que se passe-t-il? demanda-t-elle en s'approchant de lui.

— C'est pour la nouvelle année, chuchota-t-il. Beaucoup de bonheur...

— Je vous remercie », dit-elle.

Elle hésita une seconde et ajouta :

« J'espère aussi que vous aurez beaucoup de bonheur.

— J'en ai déjà », dit-il en la regardant intensément.

Puis il s'inclina et sortit.

« Vous avez vu ce loup-garou? gronda Mme Rousseau.

Et maintenant, revenons à table », dit Amélie.

Avant de se rasseoir, Jérôme trempa un doigt dans son verre, se pencha sur la voiture d'enfant et humecta de vin les lèvres d'Élisabeth. Elle crispa son visage dans une grimace de dégoût et poussa un grognement sans se réveiller.

« Pourquoi as-tu fait cela? demanda Amélie.

— Pour qu'elle soit tout à fait avec nous », dit-il.

La choucroute était froide. Il fallut la réchauffer. Mme Rousseau en emporta une portion dans sa chambre.

7

AMÉLIE jeta un regard sur l'enveloppe que lui tendait le facteur.

« Une lettre pour toi, papa! dit-elle.

— De qui? demanda Jérôme.

— De Mme Pinteau, je reconnais son écriture. »

Il s'était assis à la table du fond et s'appliquait à déchiffrer, mot par mot, un article du *Petit Parisien*. Le café, à cette heure matinale, était encore vide et sombre. Tous les habitués étaient à leur travail. Élisabeth jouait dans la cuisine avec son âne en caoutchouc. Elle riait et se cognait aux chaises qui bornaient son domaine. Le poêle n'avait pas eu le temps de chauffer la pièce.

« Donne », dit Jérôme.

Gravement, il décacheta le pli, en tira deux pages manuscrites, les approcha de ses yeux, les retourna, les inclina pour les présenter à la lumière, et grommela :

« C'est bien elle. Dis-moi un peu ce qu'elle écrit. Moi tu sais, quand ce n'est pas imprimé, j'ai trop de mal! »

Amélie s'installa à côté de son père, prit la lettre et lut d'une voix lente :

« Cher monsieur Aubernat,

« La présente est pour vous offrir mes vœux de
nouvelle année, ainsi qu'à votre chère fille, à votre
chère petite-fille et à votre cher fils, en espérant qu'ils
sont tous en bonne santé... »

— C'est aimable de sa part, dit Jérôme.

— « A la forge, reprit Amélie, le travail s'est ralenti,
et Justin y arrive seul sans se fatiguer. Au magasin, j'ai
eu de bonnes ventes juste avant le 31, surtout pour la
mercerie, mais la quincaillerie n'a pas produit grand-
chose, vu que les gens se restreignent par ces temps si
durs. Je prends soin de votre chien, comme vous me
l'avez recommandé. Il s'ennuie de son maître, mais se
porte bien. J'ai profité de votre absence pour faire le
ménage à fond. Toute la maison est propre... »

— Elle s'en donne du souci, la pauvre! soupira
Jérôme.

— « Toute la maison est propre. Vous le constate-
rez à votre retour, et j'espère que vous en serez
content. Maintenant que je vous ai dit le plus facile, il
faut que je vous entretienne d'une question plus grave,
que j'espère que vous comprendrez... »

— Allons, bon! dit Jérôme. Qu'y a-t-il encore?

Amélie tourna la page :

— « ... que vous comprendrez. Il s'agit de moi, cher
monsieur Aubernat. Depuis longtemps, je voulais vous
en parler, mais chaque fois, devant vous, c'était plus
fort que moi, je n'avais pas le courage. Cette chose que
je n'ai pas su vous dire de vive voix, je vais donc vous
l'écrire. En votre absence, j'y ai encore réfléchi, et
maintenant je suis sûre de ne pas me tromper. Comme
c'est une affaire de famille, je suis très contente que
vous receviez cette lettre chez vos enfants et que ce soit
votre chère Amélie qui vous la lise. Vous en discuterez

ensemble, c'est toujours mieux dans ces cas-là. J'ai
tant d'affection pour elle, que je suis sûre qu'elle vous
donnera le bon conseil, celui que je souhaite dans le
fond de mon cœur... »

Jérôme glissa un doigt dans son faux col et pencha
la tête sur le côté pour mieux entendre :

« En voilà des phrases! Je n'y comprends rien!...

— Attends, papa, dit Amélie. Elle va probablement
s'expliquer : « ... dans le fond de mon cœur. Je pense
que vous êtes satisfait de la façon dont je tiens votre
maison. Moi, je me plais beaucoup dans ce travail et je
n'ai qu'un désir c'est de le continuer toute ma vie pour
vous être agréable. Vous avez perdu votre chère
épouse et il manque, par conséquent, une femme dans
votre foyer. Depuis que mon cher défunt m'a quittée,
je suis également bien seule. La situation d'une veuve,
employée chez un veuf, est forcément délicate. Les
gens imaginent des choses qui ne sont pas, mais qui
pourraient être. Nos âges ne sont pas un obstacle,
au contraire. J'ai un peu d'argent de côté et un bon pré
d'un hectare et demi, près de Tarnac. Je pourrais le
vendre. Ainsi, j'apporterais tout de même quelque
chose... »

— Apporter quelque chose? dit Jérôme. Mais je
n'ai besoin de rien!... »

Amélie lui décocha un regard inquiet et poursuivit
d'une voix tremblante, respirant vite, butant sur les
mots :

— « Nos sentiments sont ce qu'ils sont. Je resterai
pour vous une personne dévouée et travailleuse,
toujours prête à vous servir. Vous me garderez votre
bonté et votre estime. Je vénère trop la mémoire de
votre chère Maria pour demander plus. Mais, sans
vouloir la remplacer auprès de vous... »

Jérôme appliqua une claque sur la table et se leva à
demi :

« Hein? gronda-t-il. Qu'est-ce que c'est que ce charabia?

— Une demande en mariage, papa », dit Amélie froidement.

Elle était blême et ses lèvres frémissaient, ses yeux se chargeaient d'une colère éblouissante. Jérôme retomba sur sa chaise. L'ahurissement décomposait son visage :

« Elle est folle!...

— Elle n'a même pas cette excuse, murmura Amélie. Elle te dit nettement : elle a bien réfléchi. Quand je pense qu'elle a pu croire que tu oublierais maman!...

— Elle n'a pas pu croire ça! dit Jérôme. Elle m'a vu vivre, elle sait...

— Si elle ne l'avait pas cru, s'écria Amélie, elle n'aurait jamais osé écrire cette lettre... cette lettre idiote! Nous avons été trop bons avec elle! Ce genre de femmes, il suffit qu'on leur adresse un mot aimable, un sourire, pour qu'elles prennent de l'aplomb. Tout cela est de ma faute. J'aurais dû me méfier lorsque je l'ai engagée...

— On ne pouvait guère prévoir! dit Jérôme en haussant les épaules. Moi-même, jusqu'à maintenant je n'avais pas remarqué...

— Oh! toi, tu ne vois rien de ce qui t'entoure!

— Qu'est-ce que nous allons faire? demanda-t-il.

— Laisse-moi finir la lettre. Après, nous aviserons. Où en étais-je restée?

— Elle parlait de Maria.

— Ah! oui : «Mais sans vouloir la remplacer auprès de vous, je suis persuadée que je pourrais vous aider dans votre solitude. Évidemment, j'aimerais mieux que notre union soit bénie par l'Église, mais je connais vos sentiments et je ferai comme vous voudrez. L'important c'est de savoir si vous pensez comme moi, et toute votre chère famille de même. Bien entendu, je n'ai mis personne au courant de mon doux projet. C'est un secret dans mon cœur. Il y restera jusqu'à votre réponse que j'espère favorable. Voilà, cher monsieur Aubernat, ce que je n'ai jamais osé vous dire quand je vous voyais, et ce que j'ose vous écrire, maintenant que je ne vous vois plus. Ne me laissez pas trop longtemps sans nouvelles. Embrassez bien pour moi tous les vôtres, et principalement votre chère Amélie, qui me comprendra parce qu'elle est une femme comme moi, et que, comme moi, elle est seule. En terminant cette missive, je vous envoie mes salutations distinguées. — Mᵐᵉ PINTEAU. »

— Eh! bien, nous voilà beaux! dit Jérôme. Il va falloir que j'arrange ça en rentrant.

— Que veux-tu arranger?

— La situation! »

Le premier étonnement passé, il était redevenu étrangement calme.

« Mais cette situation est inarrangeable, papa! dit Amélie.

— Pourquoi?

— Après ce que cette personne nous a écrit?...

— Justement! C'est une idée comme ça, une idée de femme qui lui est venue. A force de tourner autour d'un homme seul, elle a fini par se monter la tête!... Je lui parlerai, je lui expliquerai... »

Ces mots d'*homme* et de *femme,* appliqués à Jérôme et à Mᵐᵉ Pinteau agaçaient Amélie comme des incongruités de langage. Pour elle, son père était un être à part, soustrait par son deuil à toute tentation charnelle et incapable d'inspirer un sentiment autre que la déférence aux personnes du sexe opposé. Il fallait qu'il en fût ainsi pour qu'elle pût le respecter elle-même.

« Tu lui parleras, tu lui expliqueras! reprit-elle avec violence. Et si elle s'obstine?

— Elle ne peut tout de même pas m'obliger à me marier avec elle si je ne veux pas...

— Non, mais elle peut te dire qu'elle ne restera à la maison qu'à condition de... de... »

Elle ne savait comment tourner sa phrase.

« Alors, je la renverrai! dit Jérôme.

— Et tu te débrouilleras seul?

— La belle affaire! Une voisine m'aidera pour le ménage et on prendra un gérant pour le magasin... »

Elle voulut répliquer, mais se tut, saisit la lettre de Mme Pinteau et la glissa vivement dans la poche de son tablier : M. Buche, Paulo et Denis entraient dans le café pour le casse-croûte. M. Florent et deux vernisseuses les rejoignirent. Amélie les servit dans un état de demi-conscience, les mains maladroites, le sourire figé. Elle entendait son père qui discutait les dernières nouvelles de la guerre avec ces messieurs. Sa voix était forte, un peu traînante. Rien dans sa façon d'être ne pouvait laisser croire qu'il fût fâché d'avoir été interrompu dans une conversation capitale avec sa fille. Elle se demanda s'il se rendait bien compte du danger que représentait l'offensive de Mme Pinteau. Ah! il n'avait pas changé : toujours noyé dans un rêve, ignorant le mal, accordant sa confiance au premier venu... Parler à Mme Pinteau? Il le ferait sans doute. Mais elle n'aurait pas de peine à le retourner par ses jérémiades. Las de l'entendre geindre, il lui céderait peut-être dans un mouvement d'ennui ou de charité. Il tomberait sous son empire. Il se marierait. A l'église même, comme cette personne avait le front de le suggérer. Sans interrompre le cours de ses réflexions, Amélie versa du vin blanc à un client inconnu et reposa violemment la bouteille sur le comptoir. Ainsi sa mère perdrait son titre d'épouse toujours présente, toujours vivante, pour n'être plus qu'un souvenir tendre et inoffensif. On cacherait sa photographie. On expulserait son ombre de la maison. Une autre Mme Aubernat prendrait possession de *sa* cuisine, de *ses* armoires, de *sa* chambre. Une autre Mme Aubernat coucherait dans *son* lit. Amélie frémit d'horreur à la pensée d'une Mme Pinteau, molle, rondouillarde et frétillante, pendue au cou de son père et lui déclarant son amour. Ces deux visages rapprochés! Elle voulut écarter l'affreuse vision, mais elle était sans défense contre les images, de plus en plus précises, de plus en plus grotesques, qui assaillaient son esprit. Submergée par le dégoût, elle se réfugia dans la cuisine pour se ressaisir. « Je suis folle! Cela ne peut pas être! » Assise sur une chaise, elle percevait de loin la rumeur tranquille du café, où les consommateurs s'attardaient encore. Élisabeth lui tendit son jouet. Elle pressa sur les flancs du petit âne, qui émit un hoquet aigu. L'enfant battit des mains. Amélie la repoussa doucement :

« Maintenant, laisse-moi. Va t'amuser... »

Il ne fallait pas confier à son père l'initiative des opérations. C'était elle qui devait signifier à Mme Pinteau l'impossibilité d'un pareil mariage. En devançant les explications embarrassées de Jérôme, en intervenant à sa place dans le débat, elle ôterait à l'insolente tout espoir d'arriver à ses fins.

Denis appela sa sœur pour rendre la monnaie à M. Buche. Elle se précipita, car elle avait hâte de voir partir tous ces gens pour se consacrer à une tâche importante : écrire à Mme Pinteau, lui ordonner fermement de se soumettre ou de vider les lieux.

« Vous me donnez huit sous de trop! dit M. Buche.

— Excusez-moi », dit-elle.

Des formules énergiques enfiévraient son cerveau. Elle regrettait de ne pouvoir prendre le train pour rencontrer Mme Pinteau et lui dire sa façon de penser, les yeux dans les yeux. Enfin, les derniers consommateurs s'en allèrent. Aussitôt, Amélie sortit du tiroir de la caisse un encrier, une plume et du papier blanc.

« Que fais-tu ? demanda Jérôme.

— Je vais écrire à Mme Pinteau.

— C'est inutile, puisque je la revois dans trois jours !

— C'est trois jours de trop, pendant lesquels elle va se figurer Dieu sait quoi ! Tandis que ma lettre, elle l'aura demain. Ainsi, quand tu arriveras, les choses auront été mises au point définitivement.

— Tu te tourmentes trop pour cette malheureuse histoire ! soupira-t-il. Je t'assure que c'est ridicule. Est-ce que je suis inquiet, moi ?

— Pas assez, papa », dit-elle d'une voix sourde.

Elle s'assit à une table et se mit à écrire. Jérôme se tenait derrière elle, les mains nouées dans le dos, le front barré par un pli soucieux.

« Tu ne veux pas que nous la fassions ensemble, cette lettre ? dit-il au bout d'un moment.

— Je préfère lui parler en mon nom personnel.

— Pourquoi ?

— N'a-t-elle pas demandé mon avis ? Eh ! bien, je le lui donne ! »

Sa plume courait vite, en sifflant, sur le papier. D'une phrase à l'autre, elle se tenait mieux inspirée. Elle souligna deux mots : *impossible* et *insensé.*

« N'en mets pas trop », dit Jérôme.

Elle relut son texte, y ajouta trois lignes, souffla sur l'encre pour la sécher :

« Maintenant, écoute. »

Il s'assit en face de sa fille, les deux coudes sur la table, les mains collées au menton.

— « Chère madame Pinteau, dit Amélie, mon père et moi avons bien reçu votre lettre, dont le contenu nous a vivement surpris... »

— Pour ça, oui ! dit Jérôme.

— « Je me demande ce qui a pu vous laisser croire que le projet dont vous nous parlez recevrait mon consentement. Sachez que mon père est trop attaché au souvenir de ma mère pour songer à refaire sa vie. Je m'étonne même que vous ayez eu l'audace de penser qu'il pourrait en être autrement... »

— Très bien! dit Jérôme.

— « Si vous ne restez que dans l'espoir de cet avenir *impossible,* reprit Amélie, je vous conseille de chercher immédiatement un travail ailleurs. Si vous acceptez, au contraire, de demeurer dans la maison à la place et aux conditions fixées par nous en commun, je veux bien, ainsi que mon père, oublier cette proposition *insensée.* A vous de choisir. Recevez, chère madame Pinteau, nos salutations distinguées. »

Il y eut un silence. Jérôme réfléchissait, le regard lointain, la moustache légèrement aspirée entre ses lèvres.

« Qu'en penses-tu, papa? demanda Amélie.

— C'est un peu dur, dit-il, mais il faut ça pour la sortir de son idée. »

Elle signa et lui tendit la plume :

« Signe, toi aussi.

— Pourquoi?

— Pour qu'elle sache que nous sommes d'accord tous les deux. »

Il serra la plume dans ses doigts noueux, se pencha sur le papier et traça son nom en entier, au bas de la page : Jérôme AUBERNAT. L'ayant relu, il l'agrémenta d'un paraphe.

« Voilà », dit-il.

Amélie plia le feuillet, le glissa dans une enveloppe, écrivit l'adresse, colla un timbre. Tout à coup, Jérôme se donna une tape sur le front et s'écria gaiement :

« Elle a vraiment perdu la tête, Mme Pinteau! »

A le voir si réjoui, Amélie songea qu'il était peut-être flatté d'avoir été demandé en mariage. La légèreté, l'irresponsabilité de son père étaient décidément très inquiétantes. Elle regretta d'être obligée de vivre loin de lui. Pour cette fois, le péril était conjuré. Mais n'y aurait-il pas d'autres alertes dans un proche avenir ?

« Attends-moi ici, dit-elle. Je vais jusqu'à la boîte aux lettres. S'il vient des clients, tu les prieras de patienter un peu. »

Quand elle rentra dans le café, Jérôme annonça :

« Personne n'est venu. »

Il avait pris Élisabeth sur ses genoux. Amélie sortit de sa poche la lettre de Mme Pinteau, la parcourut une dernière fois du regard, comme pour raviver son indignation, et la déchira en menus morceaux. Puis, elle souleva la rondelle du poêle avec un crochet et jeta les débris de papier dans le feu. Une grande flamme monta.

8

JÉRÔME débouchait sur la place de l'Église, quand le chien se jeta dans ses jambes. La gueule ouverte, rieuse, il jappait, tournait autour de son maître, lui mordillait les mains, le poussait aux mollets à petits coups de tête.

« Eh! oui, c'est moi, Drac! dit-il. Tu croyais que je ne reviendrais plus, bêta? Est-ce que je pouvais ne plus revenir? Hein? Sage, sage!... Tout beau!... »

Il avait posé sa valise pour caresser l'animal, qui haletait de satisfaction et le regardait fixement dans les yeux. Le boucher sortit sur le pas de sa porte :

« Te voilà de retour, Aubernat? Comment sont les Parisiens?

— Ils languissent comme nous, ici! Mais la santé est bonne, c'est l'essentiel. »

Que dire d'autre? Il n'avait pas envie de parler. La veille encore, il était près de sa fille, de son fils, écoutant leurs voix, contemplant leurs visages; maintenant, la solitude allait recommencer pour lui. Quand les reverrait-il? Serait-ce un bonheur ou un malheur qui les rassemblerait la prochaine fois? Il soupira, reprit sa valise en main et continua sa route. Le chien le suivait, le museau levé, la queue en trompette. De temps en temps, ils croisaient une personne de connaissance, qui disait :

« Salut, Aubernat !

— Salut.

— Bonnes nouvelles ?

— Ça se maintient.

— Qu'est-ce qu'ils disent, à Paris ?

— La même chose qu'ici ! »

Il pressait le pas pour échapper aux questions des importuns. Le ciel était sombre et bas, le sol boueux, les façades grises, humides, renfrognées. Des plaques de neige fondaient au rebord des toits. Enfin, ils arrivèrent devant la boutique. Jérôme ouvrit la porte. La clochette tinta. Mᵐᵉ Pinteau, assise derrière la caisse, poussa un faible cri, écarquilla les yeux et porta les dix doigts à sa lèvre inférieure, comme pour l'empêcher de sauter en avant.

Elle était seule dans le magasin.

« Bonjour, madame Pinteau, dit Jérôme.

— Bonjour, monsieur Aubernat », balbutia-t-elle.

D'une main tâtonnante, elle essayait de remonter une mèche de cheveux qui avait glissé sur son oreille. Ses prunelles se troublaient. Un mouvement spasmodique animait la boule charnue et rose de son menton. Jérôme espéra qu'elle saurait maîtriser son émotion avant qu'il ne fût trop tard. La seule idée de voir pleurer cette grosse femme lui était désagréable. Tout ce qu'il fallait avait été dit dans la lettre. C'était à prendre ou à laisser. Il toussota pour se donner de l'assurance et demanda évasivement :

« Vous ne m'attendiez pas aujourd'hui ?

— Je vous attendais un peu tous les jours, monsieur Aubernat, dit-elle. D'ailleurs, depuis un moment, Drac ne tenait plus en place. Tout à coup, il m'a échappé, il a couru vers la gare. Je me suis dit : sûrement il a senti son maître...

— J'aurais dû rentrer avant-hier, reprit-il, mais j'étais si bien, là-bas, avec mes enfants!

— Forcément », murmura-t-elle en baissant les paupières.

Sa gorge se soulevait au rythme d'une respiration pressée.

« Et à la maison, dit-il, tout va bien?

— Mais oui, monsieur Aubernat.

— Rien de neuf? »

Elle avala une bouffée d'air, rougit à pleines joues et chuchota :

« Rien de neuf depuis ce que je vous ai écrit, sauf que Justin a réparé le toit au-dessus du hangar. Il pleuvait dedans.

— Il a bien fait. »

Un silence pesa sur leurs têtes. Mme Pinteau se leva et passa devant les sacs de légumes secs. Elle avait croisé les bras sur sa poitrine rebondie. Un mouchoir sortait de sa manche.

« Et Paris, dit-elle soudain, comment est-ce?

— Bien grand et bien beau, vous pouvez m'en croire!

— Vous n'y étiez pas trop perdu pour la première fois?

— Je n'étais pas seul.

— Alors, ça vous a plu?

— Beaucoup pour y passer quelques jours, mais je n'aimerais pas y vivre.

— Mme Amélie s'y est bien habituée, elle!

— C'est autre chose. Elle est jeune. Elle est vaillante...

— Oh! oui, c'est une maîtresse-femme, dit Mme Pinteau avec un tremblement dans la voix.

— Une maîtresse-femme qui travaille trop, dit Jérôme. Elle veut tout faire par elle-même!

— Elle a raison : il n'y a pas mieux que le travail pour oublier le chagrin! »

La conversation s'engageait sur un terrain dangereux.

« Bon, dit Jérôme, je vais me changer. Justin est à la forge?

— Oui, monsieur Aubernat. Mais vous devez avoir faim après ce long voyage. Je vais vous préparer un casse-croûte.

— Ce n'est pas la peine.

— Voulez-vous déjeuner un peu plus tôt?

— Non, à midi, comme d'habitude. »

Mme Pinteau lui lança un regard désespéré et dit dans un souffle :

« Comme d'habitude... Comptez sur moi, monsieur Aubernat... Ce sera comme d'habitude... »

Ses lèvres se crispaient au-dessus de son menton vibrant. Elle se moucha avec une puissance libératrice. Jérôme comprit qu'il n'y aurait pas d'autres explications et se sentit soulagé.

« Je vous remercie, madame Pinteau, dit-il. A tout à l'heure. »

Elle ravala un hoquet et chuchota à travers son mouchoir :

« A tout à l'heure, monsieur Aubernat. Quand ce sera prêt, je vous appellerai... »

A la forge, il y avait beaucoup de travail en retard. Jérôme en fut content, car il espérait que la fatigue d'une rude besogne le détournerait momentanément de sa peine. Mais, en battant le fer, il revoyait l'atelier de M. Buche, Denis, le café, Élisabeth, Amélie, et son courage faiblissait, le marteau glissait de sa main sur l'enclume. Justin le regardait avec inquiétude, comme s'il eût porté les signes d'une maladie sur son visage. A l'heure du déjeuner, il rejoignit Mme Pinteau dans la cuisine. Elle le servit en silence et mangea debout, selon l'usage, près du fourneau. Il l'observait du coin de l'œil. Elle avait un air d'innocence outragée, qui lui arrondissait les prunelles et lui empâtait le cou. On eût dit que sa tête avait augmenté de volume et que son buste était raidi dans un corset de fer. Mais pouvait-on exiger qu'elle eût meilleure figure dans la défaite? Il était bien beau qu'elle acceptât sans protester les conditions de son maintien dans les lieux à titre de servante. Sa réaction avait été, somme toute, moins pénible qu'il ne l'avait supposé. Dans quelque temps, elle retrouverait son sourire, son entrain d'autrefois. Elle reconnaîtrait même, peut-être, sa folie... Après le repas, Jérôme fixa au mur, avec des punaises, les cartes postales qu'il avait rapportées du musée du Louvre : la femme nue et mutilée au centre, le portrait du garçon à droite, celui du vieillard à gauche. Puis, il se recula d'un pas pour juger de l'effet.

« C'est beau, n'est-ce pas? » dit-il en inclinant la tête sur l'épaule.

Mme Pinteau ne répondit pas. Ses narines s'ouvraient, ses joues se coloraient de rose, avec une plaque ronde et pâle au milieu. Elle condamnait du regard la femme nue au nombril provocant. Enfin, elle murmura :

« Vous ne devriez pas placer des images pareilles dans la cuisine, monsieur Aubernat.

— Pourquoi?

— Parce que les Parisiens aiment peut-être ça, mais ici ce n'est pas la coutume. Vous verrez qu'on vous fera la remarque!... »

Il se mit à rire et elle se rengorgea, offensée. M. Ferrière et M. Calamisse arrivèrent pendant qu'elle desservait la table. Il fallut leur raconter tout :

comment Amélie vivait à Paris, où se trouvait son café, quelle était l'humeur de la capitale et ce que les gens bien informés pensaient du déroulement des opérations militaires. Mme Pinteau écoutait la conversation en lavant la vaisselle. Quand Jérôme montra les photographies, elle sortit de la pièce, ostensiblement. M. Ferrière, dont l'épouse était petite et sèche, considérait l'image de la statue avec un vif intérêt.

« Elle est bien pleine de partout! dit-il. C'est vraiment rendu comme dans la vie.

— Mais pourquoi l'as-tu prise sans tête et sans bras? demanda M. Calamisse. Tu aurais pu en trouver une entière, pour le même prix!

— Je pense, dit Jérôme, qu'il devait y avoir des statues comme ça dans le temple du Veixou. Peut-être qu'en creusant bien on en découvrirait une aussi belle... »

L'après-midi s'écoula lentement, coupé par des visites de clients et d'amis, qui venaient à la forge, moins pour prendre des nouvelles de la famille que pour savoir si Jérôme ne rapportait pas de Paris des renseignements sensationnels sur l'évolution de la guerre. Après le souper, quand Mme Pinteau fut partie, il enferma son chien dans la forge pour la nuit et monta dans sa chambre. Pourtant, il ne voulait pas se coucher encore. Sa situation à l'égard de Mme Pinteau posait un dernier problème, auquel il se reprochait de n'avoir pas suffisamment réfléchi. Il ne pouvait être question de dicter à cette femme, déjà cruellement humiliée, une lettre exposant les circonstances de son abdication. Il ne pouvait être question, non plus, de demander ce service à une tierce personne, sans la mettre dans la confidence de l'événement. Or, Amélie ne serait pas tranquille tant qu'un doute subsisterait dans son esprit sur l'accueil que Mme Pinteau avait réservé à son père. Il devait donc la rassurer lui-même, et sans tarder. Comment faire? Il ne savait pas écrire. Les mots, il les connaissait bien par leur son, mais non par leur orthographe. Il les comprenait quand il les lisait imprimés dans un livre, mais était incapable de les reproduire correctement avec de l'encre sur du papier. Toute sa vie durant, il s'était déchargé sur quelqu'un du soin de l'aider dans sa correspondance. Et voici que son manque d'instruction l'accablait à un moment où, plus que jamais, il eût voulu se passer d'intermédiaire pour causer avec sa fille. Il fallait lui raconter l'arrivée à La Chapelle-au-Bois, la réception tout à fait correcte de Mme Pinteau, la visite des amis, la joie de Drac, lui dire aussi qu'il ne cessait de penser à elle, qu'il l'admirait pour son courage, pour sa sagesse, qu'il était à la fois heureux de l'avoir vue et triste de l'avoir quittée, lui parler d'Élisabeth, de Denis, de Pierre, la supplier d'avoir confiance en l'avenir malgré les menaces du présent. Ces nombreuses idées, qui se pressaient dans sa tête, il suffisait qu'il essayât de les exprimer en langage clair pour être convaincu de son impuissance à les transcrire.

La lampe à pétrole versait sa lumière sur la table que Maria utilisait jadis pour rédiger, d'une main légère, de longues missives, si joliment tournées, à l'intention de ses sœurs, de ses cousines, de ses amies d'enfance, disséminées dans les départements voisins. Il s'assit à la place qu'elle avait souvent occupée, ouvrit son tiroir, en sortit son papier à lettre, son buvard, son encrier et son porte-plume. Ce porte-plume en os, jaunâtre et fin, portait à son extrémité une petite boule où on distinguait la tour Eiffel par transparence. Jérôme le prit avec émotion, comme si le talent épistolaire de sa femme fût resté à l'état de vertu magique dans cet objet dont elle se servait avec tant d'aisance. Courbé studieusement sur la page vierge, il n'eût pas été surpris de sentir que Maria, invisible, guidait ses doigts. Mais les secondes passaient. Le poignet s'engourdissait. Tout l'avant-bras devenait bête et lourd, comme coulé dans le plomb. Avec décision, Jérôme écrasa le bec de la plume sur le papier, en haut et à gauche. Une lettre, puis une autre, et une autre encore. Il prononçait chaque syllabe, à mi-voix avant de la traduire en signes. « Macher Amélie. » Cela, il savait l'écrire. Mais après?

« Touva ben com tuveu... »

Il s'arrêta, la sueur au front. Ah! que cette formule était maladroite, auprès de celle qu'il eût aimé choisir pour évoquer ses sentiments! Mais il devait se contenter de mots très simples, s'il voulait que sa fille les reconnût dans l'orthographe qu'il leur donnait au hasard. Homme par l'esprit, il demeurait enfant par l'écriture. Qu'allait-elle penser de lui en lisant ce gribouillage lamentable? Il eut honte soudain, honte à en pleurer, et laissa tomber sa plume. La nuit était silencieuse, derrière les vitres. Le manchon de la lampe fumait légèrement. Sur le lit, Mme Pinteau avait préparé une chemise propre, qui reposait, les bras écartés, en travers de l'édredon rouge. Jérôme soupira et reprit sa plume fermement :

« Je técri pour tedir que tupeu ete trancil... »

Il relut la phrase :

« Ça ne va pas! Ce n'est pas possible! »

D'un geste brusque, il saisit le papier et le déchira. Puis, il en étala un autre. « Surtout rester calme, songeait-il. A la longue, je suis sûr que j'y arriverai. D'abord, se répéter fortement tout ce qu'il faut dire... » Son souffle s'apaisait. Il appuya ses deux coudes sur la table. L'ombre de sa tête se couchait sur le feuillet neuf. Au bout de ses doigts, la plume hésitait, suspendue dans le vide, telle une mouche.

Enfin, elle se posa. Le bec pointu glissa en grinçant sur la surface blanche et lisse :

« Macher Amélie,

« Touva ben com tuveu... »

9

PENDANT cinq jours, Amélie resta sans nouvelles de son père. Malgré les apaisements qu'il lui avait donnés sur le quai de la gare, elle était impatiente de savoir le résultat de la conversation qu'il avait eue, à son retour, avec Mme Pinteau. Elle accusait déjà cette femme d'avoir escamoté la missive que Jérôme lui avait certainement dictée, quand, le 13 janvier, au courrier du soir, elle trouva un pli timbré de la Chapelle-au-Bois. L'adresse avait été rédigée d'une manière si défectueuse, que la lettre avait erré dans plusieurs quartiers de Paris, de la rue Montorgueil à la rue Montbrun, et de la rue Montbrun à la rue du Moulinet, avant d'arriver à destination, rue de Montreuil. L'écriture puérile de l'enveloppe était inconnue d'Amélie. Elle ouvrit le feuillet double qui était glissé à l'intérieur et son regard alla immédiatement à la signature : « JÉRÔME. » Elle tressaillit de joie. C'était la première fois qu'elle recevait une lettre de son père, la première fois qu'entre elle et lui il n'y avait pas d'intermédiaire pour l'échange d'une pensée à distance. Oubliant les clients qui buvaient devant le comptoir, elle s'assit à une table, au fond du café, pour déchiffrer ces pauvres lignes irrégulières, où se reconnaissait l'effort d'une main habituée à d'autres travaux. Son émotion était si vive, qu'elle parcourut d'abord le texte d'une traite sans en comprendre la teneur. Parvenue à la fin, elle reprit sa lecture plus lentement. A condition de ne pas réfléchir à l'orthographe des mots mais à leur représentation phonétique, le griffonnage devenait très clair. Chaque trait d'encre, dans ce court message, était un démenti aux craintes d'Amélie. Émanant de son père, l'annonce des bonnes dispositions de Mme Pinteau lui paraissait plus précieuse encore que si cette dernière l'en avait directement informée. L'essentiel ayant été dit à l'insu de l'intéressée, la correspondance normale allait pouvoir reprendre par son truchement. On ne ferait plus allusion aux prétentions qu'elle avait émises. On laisserait au temps le soin d'apaiser les esprits et les cœurs. Comme il avait dû souffrir dans son amour-propre en couchant à grand-peine, sur la page blanche, ces quelques phrases malhabiles! Comme l'histoire de Mme Pinteau semblait petite, ridicule, auprès de cet événement prodigieux : Jérôme écrivant à sa fille! Elle l'imagina, seul, dans sa chambre, le front plissé, la plume à la main, soupirant de dépit, maudissant son ignorance : « Touva ben com tuveu... Mme Pinto a compri... Toi tu sé que jamé j'oubliré tamer... » Des pattes de mouches dansaient devant les yeux d'Amélie. Sa gorge se contractait. M. Clapeton, qui l'observait depuis quelques minutes, la questionna :

« Rien de grave?

— Non, dit-elle fièrement. C'est une lettre de mon père. »

Elle eût aimé la montrer à Denis, quand il rentrerait de l'atelier, mais il ignorait la demande en mariage de Mme Pinteau et elle estimait inutile de le mettre au courant de cette pitoyable affaire. Jusqu'à la fin de la journée, elle vécut ainsi dans un état d'allégresse mystérieuse, palpant de temps en temps la lettre dans la poche de son tablier, allant la regarder, en cachette, dans la cuisine, comme un cadeau, dont nul, hormis elle et Jérôme, ne pouvait apprécier la valeur.

Après le dîner, Denis s'habilla proprement et sortit pour jouer au billard avec Paulo et Gustave. Amélie, n'attendant pas de clients, ferma le café plus tôt que d'habitude. A dix heures, elle était couchée. La lampe de chevet était voilée d'un carré d'étoffe bleue pour qu'Élisabeth, qui dormait dans son berceau, ne fût pas incommodée par la lumière. Assise dans son lit, la jeune femme relut encore, à tête reposée, ce que son père lui disait de sa vie à la Chapelle-au-Bois. Puis, elle ouvrit sur ses genoux le carton où elle conservait les lettres de Pierre, classées par dates. La dernière était arrivée la veille. Elle la reprit, phrase par phrase, avec l'espoir d'y découvrir quelque chose qu'elle aurait oublié, et d'amplifier ainsi, dans son âme, l'émotion de la première lecture. Mais elle connaissait le texte par cœur. Elle se rabattit sur des missives plus anciennes. Des papiers de formats différents jonchaient la couverture. Ici un mot d'amour, là un aveu de fatigue, plus loin, sur le retour du drap, des remerciements pour un colis, pour un mandat, plus loin encore, prêts à glisser par terre, des conseils sur la façon de tenir le café, des souvenirs de la fameuse rencontre de Flesselles... Ce lit trop large, Pierre n'y était plus, mais seulement, par dérision, son écriture. Tant de jours, tant de nuits passés bêtement l'un sans l'autre! Des lignes écrites au crayon, des pages fripées, des enveloppes en franchise militaire. Elle remuait cette correspondance refroidie, desséchée, comme un tas de feuilles mortes. Bientôt, elle se lassa de ce jeu décevant, rangea les lettres dans leur boîte, remonta le réveille-matin, éteignit la lumière, essaya de dormir. Mais sa pensée galopait dans les ténèbres. Elle se rappela qu'elle n'avait pas encore payé M. Hautnoir pour la dernière livraison de vin. Puis, elle se préoccupa du charbon, dont il ne restait plus que deux cents kilos dans la cave. Le bougnat disait que les prix avaient augmenté : 4 fr 35 pour cinquante kilos de « moyen »; c'était de la folie! Et les primes d'assurance pour la glace de la devanture et pour l'incendie, jusqu'à quand les avait-elle réglées? A vérifier. Chaque souci en amenait un autre. Son existence quotidienne, quand elle y réfléchissait, dans l'ombre, lui semblait un tissu de contrariétés minuscules, entrecroisées. Sur le point de succomber à l'agacement, elle se dit qu'elle n'en avait pas le droit, puisque son père lui avait écrit, puisque, de ce côté-là, tout était en ordre. Dès demain, elle lui répondrait par une lettre si affectueuse, que, lui aussi, aurait sa récompense. Elle s'assoupit, bercée par la musique des jolies phrases qu'elle lui destinait.

Deux heures plus tard, elle s'éveilla, rompue : Élisabeth geignait dans son berceau. Amélie se leva, alluma la lampe, arrangea les couvertures de sa fille, la gronda doucement, écouta son souffle, qui, peu à peu, redevenait normal. Il était une heure du matin. La maison était faite de sommeils superposés. Un avion passa en vrombissant dans le ciel. Il surveillait la capitale endormie. La jeune femme frissonna sous la robe de chambre en pilou qu'elle avait jetée sur ses épaules. Ses tempes étaient serrées dans un étau, sa bouche sèche. C'était à cause de la petite cheminée à houille, qui chauffait mal et dégageait d'âcres odeurs de suie et de tôle brûlée. Il fallait aérer la chambre. Elle éteignit la lampe, entrouvrit la croisée, les volets, respira le froid de la nuit. Dans la cour déserte, les planches amoncelées devant l'atelier de M. Florent brillaient au clair de lune comme des passerelles de rêve. Deux voitures à bras tendaient leurs brancards implorants vers les étoiles. Amélie porta les yeux vers les fenêtres de ses locataires. Celle de l'Espagnol était encore éclairée. Un mince rayon jaune coulait entre les pans des rideaux tirés. Pourquoi veillait-il si tard? N'avait-il pas oublié de couper la lumière avant de s'endormir? Elle pensa à la dépense d'électricité et se promit de réprimander M. Villarrubia pour sa négligence. Soudain, un bruit de pas la fit sursauter. Une ombre débouchait sous le porche, s'avançait dans la cour, sur la pointe des pieds, en balançant les bras comme un équilibriste. Pendant une seconde, Amélie douta de sa vision. Puis, un faible cri s'échappa de sa bouche :

« Denis! »

L'ombre s'arrêta instantanément, feignant la mort, comme un gibier surpris par le chasseur.

« Denis! reprit-elle dans un chuchotement. Veux-tu venir immédiatement ici! »

L'ombre se remit en marche, sans entrain, les épaules basses. Pendant que son frère entrait dans la maison, Amélie referma la fenêtre et ralluma la lampe. La colère grandissait en elle, par saccades, au rythme même de son cœur. Dès que le coupable eut franchi le seuil de la chambre, elle poussa la porte derrière lui et s'écria :

« C'est maintenant que tu rentres? Tu m'avais dit onze heures! Je te croyais couché!

— On a joué un peu tard », dit-il sans lever les yeux.

Son visage était pâle, ses traits tirés. Il roulait sa casquette entre ses doigts. Elle entendit craquer le carton de la visière.

« Laisse ta casquette, dit-elle, tu vas l'abîmer! Marius doit fermer à dix heures et demie, comme tout le monde! Qu'as-tu fait après?

— On est restés pour finir la partie. Il a permis. Il permet chaque fois. On ne nous voit pas de l'extérieur... »

Elle durcit son regard et dit d'une voix menaçante :

« Tu voudrais me faire croire que vous avez poussé des billes jusqu'à une heure du matin ? »

Denis eut un vague sourire, comme si cette réplique de sa sœur eût été une invitation à la plaisanterie :

« Oh! non, tu penses!... On est sortis... On s'est promenés...

— En pleine nuit? Mais vous êtes fous? Vous pourriez faire de mauvaises rencontres! Avec ces becs de gaz à demi éteints, Dieu sait ce qui se passe dans les rues!

— On n'a pas été longtemps dans les rues, dit-il. On est montés dans la chambre de Paulo.

— Pour quoi faire?

— Pour bavarder, pour jouer à la manille... »

L'inconscience dont témoignait ce gamin de seize ans était à peine croyable! Elle lui parlait comme à un adulte, et il répondait comme un enfant.

« Comment veux-tu travailler convenablement chez M. Buche, si tu te couches à des heures pareilles? dit-elle. Ah! tu dois être beau devant ton établi! Ah! c'est sérieux! Je te félicite!... Moi qui me figurais que je pouvais compter sur toi, que tu étais devenu un homme...

— Mais je suis devenu un homme, Amélie, murmura-t-il humblement.

— Tais-toi! Un homme n'agirait pas de cette façon-là. Il aurait le respect de sa parole. Tu avais promis de rentrer à onze heures, onze heures et demie, comme les autres soirs... »

Elle prononça ces derniers mots et s'arrêta, blessée par un soupçon. Ses prunelles s'agrandirent dans son visage immobile.

« Mais, au fait, reprit-elle d'une voix altérée, les autres soirs aussi tu rentrais, peut-être, à une heure du matin? »

Il tressaillit et releva le visage :

« Oh! non... je t'assure... C'est la première fois... »

Elle le regarda droit dans les yeux. Il ne bronchait pas. Il ne rougissait pas. Elle en conclut qu'il disait la vérité. D'ailleurs, qu'aurait-il pu faire jusqu'à une heure du matin, deux fois par semaine, avec ses camarades?

« Je veux bien te croire, dit-elle, mais je te défends de recommencer, tu entends? Désormais, si tu sors avec tes amis, j'exigerai que tu sois de retour à dix heures et demie pour m'aider à la fermeture. Et d'abord, rends-moi la clef de la porte d'entrée. Tu n'en auras plus besoin! »

La figure de Denis exprimait une contrition sincère. Il tira la clef de sa poche et la rendit à sa sœur, d'un geste hésitant, comme si, dégradé pour une faute grave, il eût remis à un juge les insignes de son ancienne dignité.

« Que cela te serve de leçon », dit Amélie en jetant la clef sur la table de chevet.

Dérangée par le bruit, Élisabeth éleva les deux poings devant son visage, ouvrit la bouche pour crier, mais retomba dans le sommeil sans avoir proféré un son.

« Et maintenant, va, reprit Amélie en baissant la voix. Et tâche de n'être pas en retard à ton travail, demain matin! »

Il se dirigea vers la porte, se retourna, marmonna :
« Bonsoir, Amélie.

— Bonsoir », dit-elle sèchement.

Denis pénétra dans sa chambre et, sans allumer la lampe, s'effondra sur son lit. Le clair de lune filtrait par la fente des volets et de la fenêtre, qu'il avait laissés entrouverts, selon son habitude, pour pouvoir revenir chez lui, à n'importe quelle heure, sans risquer d'éveiller Amélie en passant par la porte d'entrée et le

couloir. Il faisait aussi froid entre ces quatre murs que
dans la rue. La couverture était glacée. Denis enfouit
son visage dans la neige de l'oreiller. Un frisson
parcourut son échine. A présent, tout était fini. Encore
devait-il s'estimer heureux que sa sœur eût été dupe de
ses explications! Elle avait cru le punir en lui confis-
quant la clef de l'appartement, mais il ne l'avait jamais
utilisée. Quant à l'obligation d'être de retour au café
pour la fermeture, c'était une décision qui l'eût
désespéré naguère, mais qui, maintenant, ne le gênait
plus en rien : il venait de rompre avec M\ me\ Langoustier. Une scène horrible, inoubliable! En sermonnant
son frère pour une peccadille, Amélie ne se doutait pas
qu'il eût mérité plutôt des éloges pour la fermeté
d'âme dont il avait fait preuve au cours de la soirée.
Elle le traitait en collégien fautif et cherchait à
l'intimider en fronçant les sourcils, en élevant la voix,
lui qui avait subi, pendant plus d'une heure, les
hurlements et les sanglots d'une maîtresse ivre de rage.
Il lui suffisait de se rappeler cette face grimaçante pour
que la peur l'envahît de nouveau. C'était vers minuit,
au moment de quitter M\ me\ Langoustier après les
caresses habituelles, qu'il avait eu enfin le courage de
lui parler. Elle était en chemise, les cheveux défaits.
Elle avait commencé par rire. Puis, elle s'était fâchée.
Des mots affreux éclataient dans sa bouche : « Espèce
de rien du tout! Et tu te figures que je vais me laisser
faire? Je ne suis pas une femme qu'on plaque sur un
coup de tête!... » Elle avait voulu le gifler. Il avait
retenu sa main. Alors, elle était devenue très douce,
très malheureuse. Elle s'était mise à pleurer en
essayant de l'enlacer, de le ressaisir. Il avait reculé vers
la porte en murmurant : « Non, non... C'est inutile... Il
vaut mieux comme ça... » Voyant qu'il n'était pas
suffisamment ému, elle était tombée à ses genoux.
Cette chemise ouverte sur une poitrine molle, ce

masque ciré par les larmes, distendu par l'effort d'un
sourire misérable! Il l'avait écartée faiblement. Et, tout
à coup, elle s'était dressée, reprise par la colère, les
yeux en billes : « C'est à cause d'une autre?... Tu me
caches quelque chose?... Tu as trouvé ailleurs, dis,
petit salaud?... Après ce que j'ai fait pour toi?... Eh,
bien, va-t'en!... Va-t'en!... Mais je n'ai pas dit mon
dernier mot!... Tu auras encore de mes nouvelles!... Je
te forcerai à changer d'avis, morveux!... A quatre
pattes, tu me reviendras à quatre pattes!... » Elle
l'avait poussé dehors, si rudement qu'il avait failli
manquer la première marche. Il entendait encore le
bruit de la porte retombant sur ses talons. Cette
femme était capable de tout. N'allait-elle pas le suivre,
le surprendre avec Lucie, provoquer un scandale en
pleine rue? Peut-être même, aveuglée par la jalousie,
irait-elle jusqu'à essayer de supprimer sa rivale? Il se
calma par le raisonnement : « Jamais elle n'osera.
D'ailleurs, ce ne serait pas un moyen pour que je lui
revienne. Et, ce qu'elle veut, c'est uniquement que je
lui revienne. Elle l'a bien dit : « A quatre pattes! » Il
grommela :

« Elle peut toujours courir! »

Son souffle réchauffait l'oreiller. Quand il fut
convaincu que Mme Langoustier ne tenterait rien
contre lui, il se leva, alluma la lampe et ferma la
fenêtre. Les effigies des héros de l'aviation française
apparurent, collées à la cloison, en éventail, au-dessus
du lit : Guynemer, malingre et souriant, le pauvre
Pégoud avec sa moustache retroussée et ses décorations, Navarre photographié à côté de l'*Albatros* qu'il
avait contraint à descendre dans nos lignes. Des
hommes de fer, des modèles de courage et de sang-
froid. Sous leur regard, Denis, instinctivement,
redressa la taille. Dire que Lucie ignorait tout du
drame qui se jouait dans la vie de son amoureux! Dire

qu'elle se figurait qu'il était libre de toute entrave, innocent comme elle, sans responsabilités, sans secrets, sans passé! Demain, il irait l'attendre devant la blanchisserie, comme d'habitude. Ils livreraient le linge ensemble. Ils se tutoieraient. Ils s'embrasseraient dans le noir!

« Ma petite Lucie », murmura-t-il en dénouant sa cravate.

Pour se guérir du dégoût qui le possédait encore, il avait besoin de penser très fort à cette jeune fille, qui ne saurait jamais rien de son tourment.

10

A MÉLIE ne tarda pas à constater l'excellent effet de ses réprimandes sur la conduite de son frère. Denis n'était plus le même depuis qu'elle l'avait grondé. S'il lui arrivait encore de rentrer en retard pour le dîner, il ne sortait plus le soir, aidait sa sœur à la fermeture et se couchait en même temps qu'elle, sans se plaindre. Elle était heureuse de le voir si obéissant, mais déplorait, en secret, qu'il passât la mesure et négligeât ses camarades, alors qu'elle lui avait simplement recommandé d'être de retour à la maison pour dix heures et demie. Le samedi 29 janvier, bien qu'il eût touché sa paye et qu'Amélie lui eût laissé deux francs d'argent de poche, il refusa d'aller jouer au billard avec Paulo, sous prétexte que les consommations coûtaient cher et qu'il voulait faire des économies.

« Je me demande pourquoi! dit Amélie.

— On ne sait jamais... Si j'ai envie, un jour, de m'acheter des choses...

— Quel genre de choses?

— Une casquette neuve, une cravate...

— Tu deviens coquet, maintenant?

— Oh! non, c'est plutôt pour ne pas avoir l'air trop miteux à côté de Paulo! »

Ils étaient assis ensemble dans la cuisine et triaient des lentilles pour le déjeuner du lendemain. Un seul client au comptoir : M. Clapeton, qui sirotait un calvados, le sixième de la journée.

« Il va se ruiner la santé ! » soupira Amélie.

Et elle cria :

« M. Clapeton, dans un quart d'heure on ferme ! »

Le visage flasque et blafard de M. Clapeton oscilla au-dessus de son importante cravate Lavallière. Poussant sur ses deux bras pour s'écarter du comptoir, il marmonna :

« Vous ne pouvez pas me faire ça, madame Mazalaigue ! Il n'est pas encore dix heures ! »

Elle allait répliquer, quand, au loin, retentirent des appels de trompes et des coups de clairons. Un moment, elle resta interdite, l'oreille tendue vers cette rumeur née de la nuit, le cœur serré par une crainte vague. Denis se leva d'un bond et courut vers la porte.

« Qu'est-ce que c'est ? balbutia-t-elle.

— Les pompiers ! dit M. Clapeton en esquissant un geste large de la main, comme pour une présentation entre gens du monde.

— Il y a un incendie ?

— Non, ils jouent le « garde-à-vous »... C'est une alerte. »

Il avait l'air très digne et très ivre.

« Mais, oui, une alerte ! » répéta Denis, et il claqua gaiement ses mains l'une contre l'autre.

Amélie écoutait toujours la sonnerie d'alarme, qui se déplaçait, contournait le pâté de maisons, pouffait à droite, à gauche, en notes discordantes. Elle se trouvait encore à La Chapelle-au-Bois, avec son frère, lors du premier bombardement de Paris par des zeppelins, au mois de mars 1915. Depuis il n'y avait eu sur la ville qu'une ou deux incursions aériennes, mal signalées et qui n'avaient causé aucun dommage. En serait-il de même aujourd'hui? N'ayant pas l'habitude du danger, elle hésitait entre la curiosité et la peur.

« Viens voir! cria Denis.

— Éteins d'abord la lumière, dit-elle.

— Ne vous affolez pas! grommela M. Clapeton. Généralement, c'est du bruit pour rien. Peut-être même les gaillards font-ils un exercice?...

— Oh! je ne suis pas inquiète, dit-elle. Simplement, je ne voudrais pas être verbalisée! »

Denis tourna le commutateur. Le café fut plongé dans l'ombre. Une seule lampe, voilée d'un abat-jour en forme de cornet, restait allumée dans la cuisine. Amélie se pencha sur la voiture d'enfant et regarda Élisabeth qui dormait, la face enfouie dans l'oreiller, les reins creusés, le derrière en l'air. D'une main preste, elle rectifia la position de la fillette, sans l'éveiller. Puis, elle rejoignit son frère devant la porte. M. Clapeton vida le fond de son verre et vint se placer derrière eux. Du côté opposé de la rue, des fenêtres s'ouvraient, un peu partout, dans les façades sombres. Des visages pâles fleurissaient au-dessus des barres d'appui. On s'interpellait d'un étage à l'autre :

« Vous ne descendez pas à la cave?

— Pensez-vous! Une fois, ça me suffit!

— La petite est avec vous?

— Paulette, mets ton manteau : tu vas prendre froid! »

Les clairons sonnaient encore, mais si loin qu'on les entendait à peine. Deux agents de police remontaient la rue de Montreuil en courant. Ils s'arrêtaient devant les becs de gaz et les éteignaient, l'un après l'autre, avec une perche. La nuit avançait sur leurs talons. De temps en temps, ils levaient la tête vers l'une des rares croisées où brillait une lampe et criaient :

« Eh! là-haut! Lumière!... »

Instantanément, la clarté jaune disparaissait, comme

fauchée par leur souffle puissant. Ils passèrent devant
le café sans rien dire, traversèrent la rue et étouffèrent
la flamme du lampadaire, en face du lavoir. Entendant
du bruit derrière elle, Amélie se retourna. Mme Rousseau était entrée dans le café par la porte du fond. Elle
avait enfilé un manteau sur sa camisole et couvert ses
cheveux d'un fichu tricoté.

« Les sauvages! dit-elle. Justement que j'étais dans
mon premier sommeil... Vous ne prenez pas la petite?

— Non, dit Amélie. Elle dort si bien! Tant qu'il n'y
a rien à craindre, je la laisse... »

D'autres gens sortaient du porche et envahissaient le
trottoir : M. Lubin, M. Villarrubia, des locataires de
l'immeuble sur la cour. On se reconnaissait dans
l'ombre, on échangeait des impressions à voix basse :

« Ah! c'est vous, monsieur Michaut? Quelle histoire,
hein?

— Moi, j'étais avec la gosse, et tout à coup...

— C'est comme moi! Mon mari me dit : « T'as
entendu? » J'avais rien entendu, je trempais ma
lessive!

— Me regardez pas! Je me suis habillée Dieu sait
comment pour descendre!

— Faut avertir Mme Colin!

— Pourquoi?

— Elle est sourde!

— C'est vrai! Va vite lui dire, Charlot! Si tu tapes
très fort, elle t'entendra...

— Laissez-la donc! dit M. Lubin. Elle est mieux
dans son lit qu'avec nous!

— Elle voudrait peut-être voir l'*espectaculo?* » dit.
M. Villarrubia.

Nul ne lui répondit. Son accent étranger détonnait
dans cette réunion essentiellement française et patrio-
tique. Il eut conscience d'être un intrus et se rappro-

chait d'Amélie, comme de la seule personne capable de
le comprendre :

« Vous n'avez pas trop peur, madame?

— Non, pourquoi? dit-elle.

— On ne sait jamais avec ces *puercos* d'Allemands! »

Dans la rue ne subsistaient plus que deux réverbères
encapuchonnés. Les chasseurs de vers luisants avaient
disparu à l'angle du boulevard Voltaire. Par contraste
avec les pierres noires de la ville, le ciel semblait clair,
bien que brumeux.

« Vous verrez qu'il n'y aura rien! » s'écria Denis
avec un accent de dépit.

Amélie lui lança un regard sévère. Les mains dans
les poches, le nez en l'air, il sautillait d'un pied sur
l'autre, au bord du trottoir, pour se réchauffer.

« S'il en vient seulement un et qu'on le descende,
j'offre la tournée à tout le monde! » dit M. Clapeton.

Il y eut quelques rires dans l'assistance. Au même
instant, des rayons phosphorescents se croisèrent au-
dessus des toits. Un cri d'admiration jaillit de toutes
les poitrines :

« Regardez! Regardez! Oh!... »

La fête commençait. Les pinceaux lumineux des
projecteurs viraient lentement, léchaient la voûte nocturne, se diluaient en halo laiteux au flanc d'un nuage,
le contournaient, bondissaient plus haut pour se saisir
d'une mouche ou d'un flocon de brouillard.

« Je vois quelque chose! annonça Denis.

— Où? demanda Amélie.

— Du côté de la place d'Italie... On dirait un
avion... Un taube... Ah!... non, c'est rien... c'est rien!...

— Si M. Buche était là, il nous prêterait ses
jumelles », dit M. Lubin.

Soudain, M. Villarrubia tendit le bras dans une
autre direction :

« Et là ? » s'écria-t-il.

Dociles, toutes les têtes pivotèrent. M. Lubin déclara qu'effectivement ce coin du ciel paraissait suspect. On y distinguait comme une masse sombre, suspendue dans la profondeur opaque de l'atmosphère.

« Un zeppelin, peut-être », dit-il.

Le mot courut de bouche en bouche :

« Un zeppelin... Un zeppelin du côté de La Chapelle... Il y a des zeppelins sur Belleville... C'est une attaque de zeppelins... Ils sont trois... quatre... Mais si... vers Vincennes, regardez bien !... »

Les projecteurs continuaient à balayer l'espace avec une obstination maniaque. Des détonations retentirent. Denis poussa une exclamation de joie :

« Les canons ! Ils l'ont repéré !

— C'est du Bourget qu'on tire !

— Mais non, c'est de Vincennes.

— Du mont Valérien, oui !

— Ils ne l'auront jamais !

— Pourquoi ?

— Ces engins-là, ça vole facilement à deux mille mètres ! »

Dans le ciel, les projectiles éclairants, destinés à régler le tir des batteries, glissaient comme des étoiles filantes et éclataient en poussière de feu. La canonnade s'intensifiait. Brusquement, il y eut, au milieu de ce vacarme précipité, une explosion sourde, pesante, puis une autre...

« Que se passe-t-il ? demanda Amélie.

— Les Boches ont dû lâcher leurs bombes, dit M. Clapeton.

— Jésus, Marie, Joseph ! » gémit Mme Rousseau.

Amélie se rua dans la cuisine, enleva Élisabeth de sa voiture et la serra dans ses bras. Molle et chaude, enroulée dans une couverture, la fillette s'éveilla, marmonna deux syllabes et se rendormit, heureuse d'être bercée par sa mère. Tenant le fardeau farouchement plaqué contre sa poitrine, la jeune femme regardait la salle, autour d'elle, comme pour évaluer la solidité des murs. Encore un aboiement lointain, étouffé. Elle se rapprocha de la porte.

« C'est vers Belleville! hurla M. Lubin. Regardez! On dirait que ça flambe!

— Et ils vont s'en aller comme ça? dit M. Clapeton. Mais qu'est-ce qu'ils font, nos avions? Qu'est-ce qu'ils font, nos artilleurs? »

Il trépignait, les deux poings crispés à hauteur des tempes. De toutes parts, s'échappaient maintenant des fusées, qui courbaient le col, avec élégance, en arrivant au sommet de leur trajectoire. Quelques points lumineux surgirent, en vrombissant, au-dessus des toits.

« Enfin! s'écria Denis. Les aéros! C'est formidable! Ils le prennent en chasse! Ils vont l'avoir!... »

Poussé par un même espoir, le groupe des spectateurs descendit sur la chaussée pour découvrir un plus grand morceau de ciel. Chaque détonation était commentée avec fièvre :

« Vous avez entendu? Ce sont les nôtres qui tirent!...

— Tac! Je crois qu'ils l'ont touché!...

— Non, c'est raté! Il continue...

— Ça ne doit pas être facile de viser à la vitesse où ils vont!... »

Un sergent de ville passa au pas de gymnastique. En le voyant venir, les gens refluèrent sur le trottoir.

« Qu'est-ce que vous faites là? cria-t-il. Rentrez chez vous!

— De quel côté sont tombées les bombes, monsieur l'agent? demanda M. Clapeton.

— Je ne sais pas! »

Il repartit en courant.

« Vous devriez vraiment vous mettre à l'abri, madame Mazalaigue, dit M. Villarrubia. Ce n'est pas prudent de rester près de la porte pendant qu'on tire. Des éclats peuvent descendre... »

Amélie n'avait pas pensé à cela. Une nouvelle explosion la décida à se réfugier au fond de la salle. Elle s'assit sur une chaise, Élisabeth reposant dans le creux de son coude. Loin de tous, elle connaissait à la fois une extrême lassitude physique et une grande lucidité d'esprit. Il était impossible que la mort fondît sur *elle*, précisément, du haut de ce ciel en fête. Comme pour se persuader qu'elle était invulnérable, elle coucha sa joue sur le visage frais d'Élisabeth, qui reniflait de petites larmes claires dans le sommeil. M. Villarrubia entra à son tour dans le café. Amélie vit sa haute silhouette sombre, qui s'accoudait à la plaque luisante du comptoir. Leurs regards se croisèrent. Elle en éprouva une sensation bizarre de choc, de charme, de séquestration. Les battements de son cœur s'accentuaient. Tandis qu'elle détournait les yeux, il lui sembla qu'elle avait déjà vécu une scène analogue, et fut effrayée par cette impression, qui avait l'apparence du souvenir et n'en était pas un. Était-ce la canonnade qui s'éloignait, ou elle qui distinguait moins bien les bruits, perdue dans la confusion de ses idées? Elle se rappela ce même homme, debout dans les ténèbres de la cave, l'empêchant de passer, la saisissant dans ses bras. Ils étaient seuls de nouveau. Pourquoi n'était-il pas resté avec les autres? Il fit un pas. Elle crispa les mains sur le corps de sa fille.

« Je crois que c'est fini, dit-il. Le dirigeable, il s'en va. Les avions courent derrière. Mais peut-être il en viendra un autre?

— Peut-être, dit-elle.

— Demain, on saura s'il y a du mal dans Paris.

— Oui.

— Ce n'est plus la guerre si on tue même les femmes, même les enfants! »

Il parlait avec lenteur, en cherchant ses mots. Elle l'écoutait à peine. Le calme renaissait en elle. Bientôt, elle s'étonna d'avoir pu craindre qu'il lui manquât de respect une seconde fois. Il n'était pas venu pour l'offenser, mais pour veiller sur elle, pendant le bombardement. Alors que tout le monde l'avait oubliée pour suivre la bataille qui se déroulait dans les airs, lui ne songeait qu'à la rassurer, en homme fort et courtois, selon sa promesse. Un tambourinement affaibli ébranlait encore la ville. Ensuite, on n'entendit plus que les gens qui discutaient dans la rue. Denis reparut, grelottant, mécontent :

« Ils l'ont laissé filer! C'est pas de veine! »

Mme Rousseau, M. Lubin, M. Clapeton se pressaient au seuil du café. Ils hésitaient à regagner leurs chambres avant la fin de l'alerte. Amélie les invita à entrer :

« Mais fermez la porte. Il fait froid! »

Ils s'installèrent à des tables vides. La demi-obscurité les incitait à parler à voix basse. On eût dit une veillée funèbre. Derrière la vitre de la devanture, des fantômes se saluaient, se séparaient dans un murmure de conversations déclinantes :

« Allez, bonne nuit!

— Ce ne sera pas encore pour cette fois!...

— Montez donc chez nous, madame Albert! On prendra un peu de vin chaud pour faire passer le frisson... »

Quelques fenêtres se refermèrent en claquant. M. Clapeton tapotait d'un doigt nerveux le bois de la table :

« Vous verrez : tant que nous n'en aurons pas descendu un en flammes, ils reviendront! »

Et, pour se consoler de l'échec des aviateurs français, il demanda à Amélie de lui servir encore un calvados. Elle refusa : l'heure réglementaire était passée.

Enfin, des clairons enroués sonnèrent la « berloque ». Les projecteurs s'éteignirent. Un dernier avion glissa en ronflant dans le ciel. Amélie laissa à Denis le soin de fermer le café pendant qu'elle couchait Élisabeth.

**

Le lendemain, dimanche, tous les journaux relatèrent les événements de la nuit sous de gros titres, en première page. Dix-huit bombes, une vingtaine de tués, une trentaine de blessés graves, des maisons endommagées, la voûte du métro crevée entre deux stations. « Incapable de fléchir le courage de nos soldats, le kaiser espère-t-il renforcer son prestige par l'extermination des populations civiles? Qu'il se détrompe! A l'arrière comme à l'avant, la France est souriante, calme et résolue! » La censure avait interdit à la presse de mentionner les points de chute des projectiles, mais la rumeur se répandit très vite dans le quartier que tous les dégâts se situaient dans le XXe arrondissement, aux environs du métro Couronnes. Aussitôt après le déjeuner, Gustave et Paulo vinrent chercher Denis pour aller avec lui aux nouvelles. Dans la rue de Montreuil, ils rattrapèrent M. Lubin, qui avait eu la même idée. M. Buche se joignit à eux, au coin de l'avenue Philippe-Auguste. Le temps était froid et gris. A mesure qu'on approchait du boulevard de Belleville, les promeneurs devenaient plus nombreux. Endimanchés et graves, ils se dirigeaient tous dans le même sens. Parfois, une famille complète barrait le trottoir. Des vendeurs de journaux brandissaient leurs feuilles fraîches sous le nez des

passants. Au-delà du métro Couronnes, un rassemble-
ment compact encombrait la chaussée. Des agents
écartaient les badauds d'un grand trou rond, ouvert à
la jonction des pavés et du terre-plein. C'était par là
que la bombe avait pénétré dans le souterrain du
métro. Des débris de terre et de branchages jonchaient
les abords de l'entonnoir.

« C'est extraordinaire qu'il n'y ait pas eu de
victimes! disait un monsieur important, coiffé d'un
chapeau melon. Le projectile est tombé juste entre
deux rames... »

Pour découvrir les autres ruines, il suffisait de suivre
la foule, qui se déplaçait lentement, renseignée aux
carrefours par les concierges et les boutiquiers. On
signalait des maisons détruites rue de Ménilmontant,
rue des Maronites, rue Julien-Lacroix, rue des Pa-
noyaux, rue du Borrégo, rue Haxo... Un pavillon
éventré présentait, au-dessus d'un amas de moellons
poudreux et de planches calcinées, une chambre
ouverte à tous les vents, où on voyait encore un lit
défait, une armoire en pitchpin et une carpette, dont
l'extrémité pendait dans le vide. Ailleurs, c'était une
bicoque sans toit, sans vitres, fendue en deux, et
laissant apercevoir par la brèche un squelette d'escalier, avec, sur la dernière marche, un pot de faïence
bleue intact. Juste en face, il ne restait d'un bâtiment
que le mur principal, mince comme une tranche de
gâteau. Non loin de là, un immeuble de cinq étages
avait eu sa façade arrachée par l'explosion. Un même
coup d'œil permettait d'embrasser plusieurs pièces
superposées. Il y avait une indécence funèbre dans ces
décors conçus pour la vie intime et brusquement
dénudés, violés, lâchant leurs petits et leurs grands
secrets au nez de tout le monde. Les papiers de tenture
— jaune à rayures mauves, chocolat clair, rose
bonbon, vert olive, bleu pâle —, mettaient des taches

de couleur tendre dans le gris sale des pierres qui leur servaient d'encadrement. Des portraits de famille, accrochés à un clou, veillaient encore, impassibles, sur une table de salle à manger chargée de vaisselle, mais les chaises s'étaient envolées et le bahut s'enfonçait de biais, par une crevasse, dans l'appartement d'en dessous. Une glace de cheminée reflétait le ciel. Un fauteuil se tenait en équilibre au bord de l'abîme, comme dans les mauvais rêves. Au sommet d'une montagne de plâtras, trônait, superbe, un siège de cabinet avec sa lunette. Des sapeurs-pompiers fouillaient les gravats à coups de pelles et de pioches, soulevaient des poutres, tiraient de la poussière un oreiller perdant ses plumes, une casserole tordue, une porte, d'un noir de charbon, dont brillait la poignée en cuivre. Un cordon d'agents maintenait la cohue. On disait qu'il y avait peut-être encore des victimes sous les décombres. Denis frémissait de haine devant cette preuve irréfutable de la barbarie allemande. Pourquoi avaient-ils fait cela? Étaient-ils plus avancés dans la guerre maintenant qu'ils avaient massacré lâchement, en pleine nuit, quelques dizaines de Parisiens inoffensifs? Il imagina que cette maison déchiquetée aurait pu être celle où il habitait avec Amélie et Élisabeth. Il vit leur intérieur dévasté, les pauvres meubles cassés, jetés dans la cour, du sang partout, des cadavres sur des brancards. Ses poings se serraient dans la volonté de rendre le mal pour le mal. Autour de lui, les gens du quartier commentaient inlassablement le désastre : un brigadier des gardiens de la paix tué en même temps que sa belle-mère, une maman et sa fillette broyées par l'effondrement du plafond, le père dans un état grave, une concierge décapitée, trois enfants étouffés sous une avalanche de briques. Les équipes de secours avaient travaillé toute la nuit. M. Poincaré et M. Malvy étaient accourus sur les lieux. M. Kling, directeur du laboratoire municipal, avait pu désamorcer les bombes non éclatées, qui étaient tombées rue Pelleport. C'étaient des engins énormes, qui pesaient plus de cent kilos.

« Cent kilos, vous vous rendez compte? Et lancés de cette hauteur! disait M. Lubin.

— Ce ne sont pas des aviateurs, mais des bandits, des pirates! » grondait Denis.

Des inconnus se mêlaient à la conversation :

« Je me demande ce qu'on attend pour aller en faire autant chez eux!

— Vous verrez qu'un jour ils mettront des poisons dans leurs bombes, des gaz!...

— Et dire que les nôtres n'ont même pas su les empêcher!... »

M. Buche, selon son habitude, prit la défense de l'aviation française :

« Comment vouliez-vous que nos pilotes manœuvrent autour du zeppelin, alors que l'artillerie ne cessait de le bombarder? Tout ça, c'est la faute des artilleurs. S'ils avaient laissé faire les aéros, nous n'en serions pas là! »

Un préparateur en pharmacie racontait sa nuit dans la boutique où on apportait les premiers blessés : « Si vous aviez vu!... C'était plein de sang par terre!... J'en ai soigné un : son pouce tenait à un fil! » Les mères rappelaient leurs enfants qui s'aventuraient aux abords des chantiers :

« Veux-tu bien venir! Si jamais il y avait encore une bombe dans un coin, elle serait pour toi! »

Une vieille sanglotait à genoux devant un panier où elle avait empilé de la vaisselle ébréchée, un moulin à café et une poêle à frire :

« C'est tout ce qui me reste! Vous croyez pas que c'est malheureux? »

Quand l'attroupement devenait trop considérable, un sergent de ville intervenait avec fermeté :

« Circulez!... Circulez!... »

On allait continuer la discussion un peu plus loin. A quatre heures et demie, Denis prit congé de ses compagnons parce qu'il avait, disait-il, une course urgente à faire pour sa sœur. En réalité, il devait rejoindre Lucie, avec qui il avait rendez-vous à cinq heures, devant la station de métro Nation.

Pour lui plaire, elle avait mis un manteau bleu à col de lapin boutonné sur le côté, et un petit chapeau, également bleu, avec des feuillages en taffetas noir tout autour de la coiffe. Le bombardement de la veille lui avait causé une vive frayeur et elle avait les yeux encore rougis par l'insomnie. Cependant, ainsi habillée, elle paraissait avoir vingt ans, au moins. Denis la trouva très jolie et le lui dit, mais d'une voix si étrange, qu'elle l'interrogea aussitôt sur les raisons de sa tristesse. Alors, il lui raconta ce qu'il avait vu. Elle l'écoutait, marchant à côté de lui, pendue à son bras, le visage levé, les paupières humides. Plus il la devinait émue, plus il prenait conscience de sa propre indignation. Il finit par s'écrier : « Si la guerre dure assez longtemps, je devancerai l'appel, je m'engagerai dans l'aviation...

— Oh! Denis, fais pas ça! gémit-elle. Pas toi, pas encore... »

Elle pleurait doucement. Ils s'assirent sur un banc du cours de Vincennes et il l'enlaça.

« Il le faudra bien, pourtant, ma Lucie », dit-il gravement.

Il vivait par avance la tragédie de leur séparation et une grande fierté se mêlait à son chagrin. Ses lèvres glissaient sur la joue de la jeune fille, buvaient une trace de larme, rencontraient une bouche molle, haletante, salée, qui murmurait :

« Denis... non... tu ne t'en iras pas... dis? »

Jamais il ne l'avait tant aimée. L'existence sans elle était inconcevable. Il lui saisit les mains, les serra avec force et décréta :

« La veille de mon départ, je te le promets, nous nous fiancerons sans le dire à personne. Et, quand je reviendrai, tu seras ma femme...

— Si tu reviens! » dit-elle, et un hoquet lui brisa le dos.

Il eut le sentiment d'avoir dépassé son but :

« Mais oui, je reviendrai. D'ailleurs, de toute façon, je suis encore trop jeune, nous avons le temps...

— Oui, n'est-ce pas? »

Il éprouvait autant de plaisir à la consoler qu'à l'inquiéter. La confiance qu'elle lui témoignait était démesurée. Il la contempla longuement, les yeux dans les yeux, et l'obligea, par la seule pression de son regard, à lui sourire.

Ils se levèrent et continuèrent leur promenade en direction du bois de Vincennes. A l'angle de la rue Michel-Bizot, Denis s'arrêta pour acheter deux tablettes de chocolat et deux petits pains dans une boulangerie. Au moment de payer, il tira de sa poche, avec négligence, une coupure de cinq francs. C'était la première fois qu'il offrait quelque chose à Lucie avec son argent. Ce simple geste lui donna l'impression d'être déjà, pour ainsi dire, un chef de famille. Pendant que la patronne lui rendait la monnaie, il remarqua, dans la glace qui surmontait la caisse, une jeune fille si belle sous son chapeau bleu, un jeune homme si fièrement coiffé d'une casquette à la visière cassée, qu'il s'amusa à les envier d'être ensemble, avant de reconnaître que c'étaient bien lui et Lucie qui formaient ce couple parfaitement assorti. Comme il faisait froid dehors, ils s'assirent dans un coin de la boutique pour manger leur pain et leur chocolat.

**

« Encore! s'écria Amélie. Ce n'est pas possible! »

Comme la veille, les clairons et les trompes des pompiers sonnaient l'alerte. Le dernier client venait de quitter le café. Il était dix heures du soir. Denis jeta le journal qu'il était en train de lire et dit :

« Si! C'est bien ça, Amélie!... Ils reviennent!... »

Elle éteignit la lumière et courut à la porte. Dans la rue, le spectacle de la nuit précédente se répétait, étrangement, dans ses moindres détails : de nouveau, des fenêtres s'ouvraient sur des rangées de visages indistincts, des agents baissaient la flamme des becs de gaz, des projecteurs lançaient leurs rayons dans le ciel, et des badauds, sortis d'on ne savait où, se pressaient frileusement sur le trottoir. Mais, cette fois-ci, Amélie était sérieusement inquiète. Après le récit que Denis lui avait fait de sa visite sur les lieux du bombardement, elle mesurait mieux le danger d'un passage de zeppelins au-dessus de la capitale. Cette crainte, elle n'était pas seule à l'éprouver dans le petit groupe qui s'était formé devant la maison. L'humeur des Parisiens avait changé en vingt-quatre heures. Tout en continuant à maudire les Allemands, certains se demandaient s'il ne valait pas mieux se mettre à l'abri que guetter en plein air la destruction problématique des dirigeables. Les voix qui se répondaient dans l'ombre étaient sourdes, rageuses :

« Deux fois en deux jours, vous ne croyez pas qu'il y a de l'abus, même pour une conscience de Boche?

— S'ils se ramènent aujourd'hui, c'est pour essayer de faire mieux qu'hier!

— Pas de danger qu'ils aillent sur le centre! Ce sont les faubourgs qui les intéressent!

— Pourquoi?

— Parce que c'est là qu'habitent les ouvriers, et que, sans ouvriers, les usines de guerre ne peuvent pas tourner, parbleu! »

Denis lui-même, si insouciant lors de la dernière alerte, conseillait maintenant à sa sœur de ne pas s'aventurer hors du café :

« Tu ne sais pas de quoi ils sont capables! Moi, j'ai vu! Reste au fond de la salle. Si ça cogne, tu descends vite à la cave, avec Élisabeth. »

Elle lui fit promettre qu'il y descendrait aussi, et, en attendant, prit Élisabeth dans ses bras et retourna s'asseoir à une table, comme la veille. Mme Rousseau, M. Lubin, M. Clapeton vinrent la rejoindre au bout d'un moment et s'installèrent, silencieusement, à une table voisine. Debout au seuil du café, Denis surveillait le ciel. De temps en temps, il criait par-dessus son épaule :

« Toujours rien... Un aéro qui passe... C'est tout... Les batteries ne tirent pas... »

Comme le calme se prolongeait, M. Lubin et M. Clapeton se hasardèrent dans la rue. Mme Rousseau étouffa un bâillement derrière sa main et soupira :

« Passez-moi la petite, si vous voulez...

— Je préfère la garder », dit Amélie.

Engourdie par l'inaction et l'angoisse, elle observait, droit devant elle, la masse du comptoir, qui luisait dans la pénombre. Cette contemplation la reportait quelques heures en arrière. Dans sa mémoire se levait le souvenir de M. Villarrubia, accoudé au zinc, à cet endroit même, les épaules carrées, le visage sombre, un reflet bleu dans ses cheveux noirs. Elle s'étonna de ne pas le voir auprès d'elle. Cette absence l'intriguait. Elle demanda :

« Comment se fait-il que M. Villarrubia ne soit pas descendu? »

Mme Rousseau émit un ricanement entre ses lèvres à demi closes :

« Faut croire qu'il dort trop bien! C'est pas surprenant : il est fatigué, le pauvre! Il a eu tellement à faire, cet après-midi! »

Amélie haussa les épaules :

« Qu'est-ce que vous racontez? Nous sommes dimanche...

— Justement, le dimanche, pour des hommes comme lui, n'est pas un jour de repos! C'est le dimanche qu'on vit sa vie, qu'on prend du bon temps, qu'on reçoit...

— Il a reçu ses amis? »

La chaise craqua sous le poids de Mme Rousseau, qui se penchait dans une attitude confidentielle :

« Ses amis, non! Une femme! »

Amélie sursauta :

« Une femme?

— Je l'ai vue comme je vous vois. Je faisais les escaliers, à trois heures, quand elle est montée. Elle est allée droit vers sa porte, sans rien me demander. A preuve qu'elle ne venait pas pour la première fois! Elle a frappé. Il a ouvert... »

Amélie refusait de croire que M. Villarrubia, qui tenait tant à rester dans ses bonnes grâces, eût pris soudain le risque de lui déplaire en accueillant une personne de mauvaise vie dans sa chambre.

« Et après? dit-elle sur un ton agacé. M. Villarrubia a bien le droit d'avoir des visites...

— Ça dépend desquelles!

— C'était peut-être une parente, une relation... »

Mme Rousseau serra son châle autour de son cou. Ses yeux globuleux brillaient dans son masque mafflu et pâle. Sa voix caverneuse parvint à Amélie en même temps qu'une odeur de cidre :

« Des parentes, des relations comme ça, il en traîne

pas mal sur les trottoirs! Une dévergondée, oui! Avec du rouge sur les lèvres et un bracelet au poignet!...

— Vous m'étonnez beaucoup, madame Rousseau, dit Amélie.

— Dites tout de suite que j'ai eu la berlue!

— Non, mais il est possible que vous ayez mal interprété ce que vous avez vu... N'était-ce pas une compatriote à lui?

— En tout cas, si elle était Espagnole, elle parlait rudement bien le français! dit Mme Rousseau.

— Qu'en savez-vous?

— J'ai écouté à la porte! Ça bavardait, ça gazouillait là-dedans!...

— Vous avez fait ça? s'écria Amélie.

— Pourquoi que je l'aurais pas fait?

— On n'a pas le droit de... de surprendre ainsi la vie privée des gens!... »

Mme Rousseau se gonfla, engraissa sous l'injure :

« On peut écouter à ma porte, moi, cela ne me gêne pas! C'est quand on a quelque chose à se reprocher qu'on fait de la délicatesse. D'ailleurs, j'y suis pas restée deux minutes, devant sa chambre. Juste le temps de me rendre compte. Elle est repartie vers huit heures. Je l'ai entendue qui passait dans le couloir. Je n'aurais peut-être pas dû vous en parler...

— Si, madame Rousseau, dit Amélie, vous avez bien fait de m'en parler. C'est votre procédé que je critique.

— Et le sien, vous ne le critiquez pas? »

Denis cria :

« Oh! deux avions qui volent tout près l'un de l'autre! On dirait qu'ils sont attachés! Tu viens voir, Amélie? »

Elle ne lui répondit pas et reprit à voix basse :

« Si ce que vous dites est exact, madame Rousseau,

j'y mettrai le holà! Seulement, il ne faut pas accuser les gens à la légère. C'est trop grave!

— Attrapez-moi, pendant que vous y êtes!

— Avouez que vous le méritez un peu! M. Villarrubia a des défauts, mais, jusqu'à preuve du contraire, je veux croire que c'est quelqu'un de bien élevé...

— Jusqu'à preuve du contraire! C'est ça! gronda Mme Rousseau. Eh! bien, je vous la donnerai un jour, la preuve du contraire. Vous serez convaincue! Que ça vous arrange ou non!... »

Un coup de canon isolé ébranla les vitres. Amélie serra Élisabeth contre sa poitrine. En parlant à Mme Rousseau, elle avait oublié l'alerte. Pendant une seconde, elle s'étonna d'être assise, dans l'obscurité, devant cette vieille femme à la respiration engorgée. Le silence s'était rétabli, coupé de temps en temps par des exclamations qui venaient de la rue :

« Je vous dis qu'il n'y aura plus rien!

— C'est une erreur!

— Alors pourquoi qu'ils ne sonnent pas la « berloque »?... »

Mme Rousseau expulsa un soupir qui ressemblait à un sifflement :

« Maintenant, ça vous est peut-être égal qu'il se passe Dieu sait quoi dans les chambres! Il faut des hôtels pour tous les goûts!... »

Amélie eut un mouvement d'impatience :

« Taisez-vous, madame Rousseau! Vous m'ennuyez... »

Sa voix tremblait. Elle en voulait à Mme Rousseau d'avoir gâché sa sérénité par des propos où il y avait, sans doute, un grain de vérité et beaucoup de mensonge. Les clairons, au loin, lancèrent quelques couacs joyeux pour annoncer la fin de l'alerte. Un gros

murmure de satisfaction monta du trottoir. Denis
rentra dans le café et déclara :

« Ils ont dû être arrêtés avant Paris par les tirs de
barrage. »

Mme Rousseau se leva, en soufflant, lourde de tout
le poids de son indignation solitaire.

« Je retourne dans ma chambre, dit-elle. Mais
comptez sur moi, je ne ferai pas de bruit en passant
dans le couloir. Ça pourrait déranger qui je pense! »

Elle sortit. Denis ralluma les lampes. Dans la clarté
revenue, Amélie resta longtemps songeuse, écoutant la
rumeur des gens qui se dispersaient devant la maison.

11

LE dimanche suivant, Denis sortit après le déjeuner et Amélie resta seule dans le café, avec M. Clapeton qui buvait son calvados et M. Lubin qui lisait son journal. Elle attendait leur départ pour fermer la salle et aller promener sa fille. En passant devant la poste, elle glisserait dans la boîte la lettre qu'elle avait écrite à Pierre, le matin même. Il y avait huit jours déjà qu'elle était sans nouvelles de lui. Cette longue coupure dans leur correspondance l'inquiétait au point d'exclure tout autre souci de sa tête. Elle ne voulait penser qu'à ce silence, qu'à cette absence, qui autorisaient les craintes les plus folles. Pourtant, les journaux ne signalaient aucune action d'envergure sur l'étendue du front. Les gros titres étaient pour la guerre aérienne : la veille, 5 février, le sergent-pilote Guynemer avait abattu, au-dessus de la région de Frise, son cinquième avion ennemi. M. Lubin prétendait que le service postal avait été débordé à la suite des fêtes et que la plupart des familles se plaignaient d'un retard dans l'acheminement du courrier. Était-il sincère en disant cela ou cherchait-il simplement à la rassurer par des paroles auxquelles il ne croyait qu'à demi?

« Puis-je vous demander encore un peu de café? » dit-il.

Machinalement, elle prit la tasse sur la table et se dirigea vers le percolateur. La voiture d'enfant était poussée contre le comptoir. A l'intérieur, Elisabeth, habillée d'un mantelet et d'un bonnet pour la promenade, jouait avec son hochet. Amélie lui adressa un sourire. Tout à coup, des hurlements retentirent de l'autre côté du mur.

« Madame Mazalaigue! Madame Mazalaigue! Venez vite! »

C'était la voix de Mme Rousseau. La première idée d'Amélie fut que la malheureuse était tombée dans l'escalier qui menait aux chambres. Prompte à imaginer le pire, elle traversa la salle en courant, ouvrit la porte du fond, tourna dans le couloir et s'arrêta, médusée. Mme Rousseau se tenait debout, le balai à la main, sur la troisième marche en partant du bas. Sa carrure bouchait tout le passage. Un air de résolution militaire contractait sa face grise et moussue. Devant elle piétinait une petite femme maigrichonne, au museau pointu et au crâne coiffé d'un trésor d'étoffe verte enroulée en turban. Une aigrette un peu déplumée dominait cet échafaudage. En apercevant Amélie, Mme Rousseau lança un cri de victoire :

« Ah! Vous arrivez bien! Qu'est-ce que je vous avais dit, l'autre jour? Demandez donc à cette personne ce qu'elle vient faire ici!... »

L'inconnue eut un fier mouvement du menton et s'avança d'un pas vers l'escalier.

« Allez-vous me laisser passer, espèce de vieille chouette? Je n'ai pas d'explications à vous donner!

— Ce n'est pas à moi que vous allez donner des explications, mais à Madame, qui est la propriétaire! » répliqua Mme Rousseau en inclinant son balai, comme une sentinelle qui croise le fusil pour défendre l'entrée des lieux confiés à sa surveillance.

Amélie était irritée par l'attitude grossière de

Mme Rousseau, mais n'osait la réprimander dans la crainte d'encourager l'insolence de la visiteuse. Déjà, M. Clapeton et M. Lubin, guidés par le bruit, arrivaient à la rescousse.

« De quoi s'agit-il? demanda M. Clapeton.

— Ce n'est rien, messieurs, dit Amélie. Retournez au café, je vous en prie. »

Mais ils restaient derrière elle, prêts à la secourir dans le débat. Elle en fut contrariée, car il lui répugnait de s'offrir en spectacle dans une scène aussi triviale.

« Alors comme ça, c'est vous la propriétaire? dit la petite femme en toisant Amélie de la tête aux pieds.

— Parfaitement, madame, dit Amélie avec superbe. Puis-je savoir chez qui vous allez?

— Ça vous intéresse tant que ça?

— Oui, madame.

— Eh bien, je vais chez le monsieur du n° 3! Vous êtes contente?

— Il vous attend? demanda Amélie.

— Évidemment!

— Vous êtes une parente, sans doute?

— Sa petite sœur! dit l'autre avec un rire effronté.

— Je ne plaisante pas, madame, balbutia Amélie en rougissant.

— Moi non plus.

— Qu'allez-vous faire chez M. Villarrubia?

— Soigner ses rhumatismes!

— Ordure! grommela Mme Rousseau. Ça sort du ruisseau et ça se permet de faire la nique aux honnêtes gens!...

— Madame Rousseau, un peu de tenue, s'il vous plaît, dit Amélie.

— Oui, dit la femme au turban vert. J'en ai assez de faire le poireau devant cette vioque. Dites-lui de me laisser passer ou je ne me connais plus!

— Je regrette, madame, mais vous ne passerez pas, dit Amélie sur un ton ferme.

— Attrape! rugit Mᵐᵉ Rousseau. Tu ne l'as pas volé!

— Et pourquoi que je ne passerais pas? » reprit l'autre en crispant ses deux mains sur son réticule.

Ses yeux lançaient des éclairs. Son aigrette frémissait au vent de la dispute. Elle ressemblait à un chat furieux, se préparant à bondir.

« Parce que cette maison est une maison respectable, dit Amélie.

— Et moi, je le suis pas, respectable?

— A vous entendre, non, madame!

— Ça alors! Une bistrote qui me fait la morale! Non, mais tu ne t'es pas regardée, grenouille de vinasse! On prend de grands airs par-devant, et on vend du brouille-ménage par-derrière!... »

Étourdie par la honte, Amélie ne comprenait pas la moitié des injures qui se déversaient sur elle. Comment un homme tel que M. Villarrubia avait-il pu s'acoquiner avec une fille aussi commune? Que trouvait-il en elle qui le retînt? Elle était laide, mal embouchée, habillée comme une singesse!... Une clameur plus violente que les autres la rejeta, palpitante, dans la querelle. M. Clapeton criait :

« Je vous défends de traiter Mᵐᵉ Mazalaigue comme vous le faites!

— Mᵐᵉ Mazalaigue est une épouse de mobilisé, renchérit M. Lubin. Son mari est au front! Il se bat pour nous défendre tous, et vous venez insulter sa femme dans sa demeure!

— Qu'est-ce que c'est que ces deux-là? glapit l'intruse. Les barbeaux de Madame?...

— Ces deux-là, dit Amélie, sont mes locataires. Mais ils ne reçoivent pas de créatures comme vous dans leur chambre!

— Ils sont trop déjetés!

— Madame, cela suffit. Veuillez partir immédiatement. »

Au lieu de répondre, la femme se rua, tête basse, vers l'escalier. Le balai de Mme Rousseau l'atteignit au visage. Elle recula, livide, le turban dévié, la joue griffée par les brins de paille. Un râle de fureur s'échappa de sa gorge :

« Salope! Tu peux m'éborgner! Antonio! Antonio! Au secours!... »

Une porte s'ouvrit à l'étage. M. Villarrubia dévala les premières marches et s'arrêta derrière Mme Rousseau, dont le corps volumineux l'empêchait d'aller plus loin.

« *Qué hay?* dit-il. J'ai entendu du bruit!... Ah! c'est vous, Josette... »

Il tentait de sourire, mais sa figure exprimait une grande confusion.

« Je vous présente une amie, reprit-il en zézayant. Josette... (il prononçait Yossette)... Elle vient me voir... »

Amélie n'en croyait pas ses oreilles. La colère bouillonnait en elle. Ainsi, M. Villarrubia la bafouait à son tour. Et cela pour une affreuse histoire de coucherie. Décidément, l'instinct sexuel ravalait la plupart des hommes à l'état de brutes. Tout leur était bon pour satisfaire leur appétit.

« Inutile d'insister, monsieur Villarrubia, dit-elle d'une voix entrecoupée par l'émotion. Cette femme ne montera pas chez vous.

— Oh! madame Mazalaigue, comment pouvez-vous? murmura-t-il. J'ai le droit de recevoir...

— A condition de ne pas transformer cet hôtel en... en maison de rendez-vous...

— Naturellement! Qu'est-ce que vous allez penser?

Je sais très bien... Je ne ferai jamais rien contre l'honorabilité!... Mlle Josette est une personne...

— Une personne que je ne veux pas voir ici », dit Amélie.

Elle essayait vainement de maîtriser le tremblement de sa mâchoire inférieure.

« Mais pourquoi, madame Mazalaigue? demanda-t-il avec une fausse humilité.

— Tu ne le devines pas? s'écria Josette. Elle est jalouse!... »

Ce mot lancé à bout portant, frappa Amélie au visage tel un crachat. Une lueur rouge passa devant ses yeux. Tout le sang de ses veines lui montait à la tête. Elle manquait de souffle pour répondre. Et ces gens qui avaient vu, qui avaient entendu! C'était comme si on l'eût déshabillée en public!

« Jalouse, oui! reprit Josette. Regarde-la! Elle en bave! Elle voudrait bien être à ma place!... »

Amélie se porta en avant. Une brusque envie la saisit d'écraser sous les coups cette figure de fille, grimaçante, haineuse, qui se tendait vers elle pour la narguer. Son regard visa l'ennemie. Sa main se leva. Un éclair de lucidité la traversa au moment où elle allait achever son geste. « Non! Pas moi! Que penseraient les autres? » Elle laissa retomber son bras le long de son corps.

« Vas-y! Tape si tu l'oses! hoqueta la femme. Tape et je te rendrai la monnaie! Je te ferai passer le goût de l'homme!...

— Tais-toi, Josette, balbutia M. Villarrubia.

— Non... non, bégaya Amélie, en se raidissant pour rester immobile. Laissez-la dire... laissez-la dire... Je vous félicite pour vos relations, monsieur!...

— Si c'est pas honteux! En pleine guerre! s'écria Mme Rousseau.

— On accueille des étrangers et voilà comment ils

nous remercient, dit M. Clapeton. Pendant que les nôtres se font tuer, eux, ils ne pensent qu'à la rigolade. Et il se trouve des femmes, des Françaises, pour se prêter à ce petit jeu-là!...

— Ce petit jeu-là, si je te le proposais, tu ne dirais pas non, vieille pelure! siffla Josette.

— Cela suffit, madame! hurla M. Lubin. Si vous ne filez pas immédiatement, je vais chercher la police! »

Josette cambra sa petite taille et un regard altier brilla entre ses paupières :

« Je ne crains pas la police! Je suis en règle!

— C'est ce que nous allons voir! » dit M. Lubin.

A cet instant, M. Villarrubia bouscula Mme Rousseau par surprise, descendit quelques marches et empoigna son amie, violemment, par le bras :

« *Bastante!* On s'en va!... »

Elle voulut se dégager. Mais il resserra l'étreinte de ses doigts et elle gémit :

« Tu me fais mal! T'es pas fou, non? »

Il avait un visage blanc de rage, anguleux, crispé.

« *Rapido!* grogna-t-il. Marche! Marche!...

— Ah! s'écria M. Lubin. Vous êtes moins fier dès qu'on parle de la police! »

M. Villarrubia versa sur son interlocuteur un regard de sombre dédain :

— Ce n'est pas à cause de la *policia* que je ne suis pas fier, monsieur *Loubine,* c'est à cause de Mme Mazalaigue...

— Présente-lui des excuses, à ta taulière, pendant que tu y es! » dit Josette.

Il la poussa sans lui lâcher le coude :

« Toi, tu ne comprends rien!

— Je comprends que tu fais le mou devant elle! Et c'est pas beau à voir, je t'assure!

— Tu n'as pas assez crié comme ça? dit-il. Tu veux que je me fâche? »

Elle lui tira la langue :

« Si tu crois me faire peur, matador à la manque! »

Pénétrée de dégoût, Amélie détourna les yeux. L'air du couloir sentait l'eau de Javel. Une serpillière en loques gisait dans un coin. Tout était sale, louche et laid dans le monde. M. Villarrubia s'inclina en passant devant la jeune femme. Elle ne répondit pas à son salut. Alors, il courba les épaules et s'éloigna, traînant par le bras la fille au turban vert, qui vacillait sur ses hauts talons et grognait encore :

« Ah! tu me la copieras!... Tu parles d'une lessive!... Pétasse, sale pétasse!... »

Enfin, on ne les entendit plus, on ne les vit plus. Ils devaient continuer à se disputer sur le trottoir. M. Clapeton tira ses manchettes et dit :

« Vous avez été parfaite, madame Mazalaigue. Cette éhontée méritait une leçon. »

M. Lubin et Mme Rousseau joignirent leurs compliments à ceux du vieux graveur. Amélie les remercia pour le soutien moral qu'ils lui avaient apporté dans la lutte. Mme Rousseau se remit à balayer les escaliers avec une énergie triomphante. Les deux hommes rentrèrent avec Amélie dans le café. Elle attendit une demi-heure encore avant d'aller se promener avec son enfant : elle craignait de rencontrer dans la rue ce couple lamentable, dont la seule pensée l'emplissait d'horreur et de tristesse.

12

LES robes plissées pendaient à la devanture. Amélie traversa la rue Notre-Dame-des-Champs et leva les yeux sur l'enseigne : *Teinturerie Vernac. Nettoyages, couleurs et apprêts. Travail soigné.* C'était bien ici. Elle avait longtemps hésité avant de se résoudre à cette démarche. Mais il y avait quinze jours maintenant qu'elle n'avait pas reçu de lettres. Peut-être Mme Vernac avait-elle appris quelque chose au sujet de Pierre, par son mari? Il ne fallait négliger aucune possibilité de renseignements. Elle poussa la porte et passa sous la pluie argentine du carillon. La boutique était sombre et sentait la benzine. Une ouvrière, debout derrière le comptoir, empaquetait un manteau d'officier, bleu horizon, dans un papier blanc.

« Mme Vernac, s'il vous plaît? demanda Amélie.

— C'est pourquoi?

— Je voudrais la voir personnellement.

— Alors, attendez cinq minutes. Elle est allée faire une course dans le quartier. »

Amélie s'assit devant une table ronde, encombrée de publications. C'étaient des numéros du journal *La Mode*. Elle en prit quelques-uns au hasard. Les dessins en couleurs de la couverture montraient, pour la plupart, des femmes héroïques tenant tête aux soldats allemands, soignant des blessés dans les ruines, serrant de petits Alsaciens sur leur cœur, ou se préparant à mourir sous un feu de peloton, sans que l'élégance de leur toilette eût à souffrir de l'ardeur des sentiments qui bouleversaient leur visage. Sous l'image d'une jolie Parisienne aidant un pioupiou exsangue à gravir le marchepied d'un tramway, Amélie lut cette légende : « La grâce charmante de cette Française doit réjouir l'œil attendri du brave qu'elle secourt avec tant d'obligeance, car elle est exquise, en vérité, dans sa toilette de taffetas violet, dont la jupe est ornée d'un empièement de voile rayé noir et blanc, tout à fait selon la dernière mode. En voyant cette scène vécue, on songe tout bas qu'en dépit de la guerre la beauté en France est toujours triomphante et qu'elle double délicieusement, pour les glorieux défenseurs du pays, le prix de la charité et de l'admiration qui leur sont offertes. » Ailleurs, c'était une jeune veuve de Lille, passant avec ses trois fillettes, habillées l'une en bleu, l'autre en blanc, la dernière en rouge, devant un groupe d'officiers allemands gonflés de rage impuissante : « Étonnés par l'audace de Mme X..., les Barbares ne savent plus s'ils doivent s'indigner de cette exhibition des couleurs nationales au nez de l'occupant ou s'extasier devant l'ingéniosité ravissante des toilettes : tailleur noir très strict à colleret blanc pour la mère, et, pour les enfants, petites robes pratiques, droites, garnies de trois godets sur le devant, très faciles à exécuter chez soi... » La sonnerie de la porte interrompit Amélie dans sa lecture. Mme Vernac entra en coup de vent :

« Madame Mazalaigue! Quelle bonne idée! Justement je me proposais de faire un saut chez vous...

— Ah! » murmura Amélie.

Elle s'inquiéta. N'était-ce pas pour lui annoncer quelque catastrophe que Mme Vernac avait décidé de passer la voir? Pressée d'en avoir le cœur net, elle abrégea les préliminaires de politesse.

« Je m'excuse de vous déranger, dit-elle, mais figurez-vous que, depuis deux semaines, je suis sans nouvelles. M. Vernac vous a-t-il écrit?

— Oui, sa dernière lettre est du 12 février.

— Il ne vous parle pas de mon mari?

— Ma foi, non.

— C'est incompréhensible!... Je vous en prie, madame, si vous savez quelque chose, dites-le-moi!... Ne me laissez pas ainsi!

— Mais je ne sais rien, je vous jure! »

Amélie baissa la tête, puis la releva brusquement :

« Peut-être que Mme Soufaneix...?

— J'ai vu Georgette hier. Elle m'a lu deux lettres qu'elle a reçues lundi et mardi. Il n'y était pas question de M. Mazalaigue.

— Que se passe-t-il donc? soupira Amélie. Jamais je n'ai attendu si longtemps!

— Cela m'est arrivé en octobre 15, dit Mme Vernac. Dix-sept jours. Puis, j'ai eu quatre lettres à la fois. Il ne faut pas vous désoler si vite! La poste aux armées fonctionne irrégulièrement. Si vous saviez tout le courrier qui s'égare!... »

Ces excuses banales, trop souvent entendues, glissaient sur Amélie sans lui apporter le moindre réconfort. Elle était à la fois déçue de s'être dérangée pour rien et heureuse de n'avoir pas appris quelque fait nouveau qui eût changé sa crainte en désespoir. Mme Vernac l'observait d'un air si grave et si compatissant, qu'elle eut l'impression d'être une femme dénuée de ressources en visite chez une femme riche.

« Il faut que vous me rendiez un service, reprit-elle. Pourriez-vous écrire à M. Vernac pour lui demander des précisions, le plus de précisions possibles?... Dites la même chose à Mme Soufaneix... Et qu'ils répondent vite... sans... ménagement... vous comprenez?...

— Je comprends, dit Mme Vernac. Vous pouvez compter sur moi. Dès que nous aurons des nouvelles, nous vous ferons signe.

— Oui, s'il vous plaît... Même si ce sont de mauvaises nouvelles... Surtout, si ce sont de mauvaises nouvelles!... J'ai besoin de savoir... »

Mme Vernac lui posa sa main sur le bras :

« Vous saurez bientôt. Et je suis sûre que nous nous réjouirons toutes ensemble!

— Merci, madame. »

Elle avait honte de son émotion. Son regard rencontra, sur la table, l'image d'un général allemand, courbant la tête devant une châtelaine française, qui lui montrait ses tiroirs vides après le pillage.

« En tout cas, reprit Mme Vernac, je peux vous dire qu'ils sont toujours dans le secteur de Neuville.

— Ah! oui, dit Amélie, je le pensais bien. Huit jours de tranchées, huit jours de repos...

— C'est ça. En alternance avec le 126e. D'après mon mari, le coin est relativement calme : des coups de main, des duels d'artillerie... Enfin, toujours la même chose... Ils sont remontés en ligne le 5 février.

— Et maintenant?

— Maintenant, calculez : je crois qu'ils ont dû retrouver leurs cantonnements, à Hermaville. »

Il y eut un silence. Amélie songeait à ce village du Pas-de-Calais, où refluait le troupeau hâve, barbu, exténué, des survivants. Pierre était-il parmi eux? Si seulement elle avait pu obtenir un sauf-conduit! Mais le nouveau commissaire de police l'avait trop mal reçue, la dernière fois, pour qu'elle eût quelque chance de le fléchir au cours d'une seconde visite. D'ailleurs, elle ne disposait d'aucun document pour appuyer sa demande. Il eût fallu que Pierre organisât le prétexte du voyage, comme il l'avait fait quand il se trouvait à Flesselles. Peut-être y pensait-il ? Peut-être même lui avait-il écrit à ce sujet ? Et la lettre avait été interceptée par la censure, à cause des indications précises qu'elle renfermait et qui constituaient une violation du secret militaire. Elle se jeta sur cet espoir avec frénésie. Tout s'éclairait. Comment n'avait-elle pas réfléchi plus tôt à une explication si simple, si raisonnable ? Tant que Pierre s'obstinerait à l'appeler auprès de lui, le « cabinet noir » arrêterait son courrier au passage. Elle fit part de cette idée à Mme Vernac, qui s'empressa de l'approuver :

« C'est bien possible ! S'ils ont découvert quelque chose de louche dans la correspondance de votre mari, ils doivent ouvrir l'œil !

— Dans ces conditions, je vais lui écrire pour lui recommander d'être très discret, dit Amélie.

— Ce serait, en effet, une sage précaution !

— Voyez-vous, j'ai eu tort de me confier à ce commissaire. C'est sûrement lui, qui, après m'avoir entendue, a signalé mon mari aux autorités ! »

Son esprit s'élançait déjà dans des méandres romanesques.

« Vous croyez ? dit Mme Vernac.

— J'en mettrais ma main au feu ! Vous ne connaissez pas le personnage ! Un homme impitoyable !... Un monstre nourri de règlements !... »

Elle prit conscience de son exagération et poursuivit d'une voix plus basse :

« Qu'il l'ait fait ou non, le résultat est le même ! C'est la censure qui est cause de tout ! J'aime mieux ça ! »

Pendant un moment, elle essaya de persister dans cette conjecture. Mais, peu à peu, le doute revenait en elle. Son illusion s'effritait : en quinze jours, Pierre avait dû lui écrire au moins quatre lettres. Était-il plausible que toutes eussent subi le même sort?

« Venez donc dans l'arrière-boutique, dit Mme Vernac. Nous prendrons un verre de cassis. Moi, je suis toute transie de froid!

— C'est impossible, dit Amélie. J'ai fermé le café pour une heure. Il faut vite que j'y retourne... »

En se retrouvant dans la rue Notre-Dame-des-Champs, brumeuse, assombrie par le crépuscule, elle éprouva une si poignante mélancolie à l'idée de sa solitude, de son impuissance, de son ignorance, qu'elle regretta de n'être pas restée auprès de Mme Vernac pour parler encore des absents.

***

Le lendemain matin, en poussant les volets de sa fenêtre, Amélie constata qu'une mince pellicule de neige couvrait les pavés de la cour. Elle s'en inquiéta, car M. Hautnoir avait promis de faire sa livraison de vin dans la journée : les chevaux seraient gênés par ce sol glacé et glissant. N'allait-on pas être obligé de remettre le transport à plus tard? Il ne lui restait plus que dix litres de blanc et quinze litres de rouge en cave. Elle avait attendu trop longtemps pour sa commande. Mais le tarif du vin ordinaire à 10° avait tellement augmenté, qu'elle essayait de tenir le plus longtemps possible sur ses réserves : 72 à 75 francs l'hectolitre, pris à l'entrepôt, au lieu de 22 francs avant la guerre. La récolte avait été moins bonne qu'en 14. Même le cidre nouveau se vendait plus cher : 0 fr 35 le litre. C'était absurde! Jusqu'à quand trouverait-on des consommateurs disposés à payer ce prix-là? Soucieuse, elle se dépêcha de lever Élisabeth et d'ouvrir le café pour recevoir les premiers clients. Le facteur passa à l'heure habituelle. Elle le guettait sur le seuil de la porte. Il secoua la tête et continua son chemin. Amélie suivit du regard cette silhouette déhanchée, portant sur le côté une sacoche pleine de lettres, dont aucune n'était pour elle.

Vers dix heures, la neige avait déjà fondu sur la chaussée, en boue visqueuse et jaune. Un peu plus tard, une longue charrette, tirée par deux gros chevaux taciturnes, s'arrêta devant la maison. Amélie ouvrit et replia les deux battants vitrés de la façade. Les livreurs de Bercy, au ventre couvert d'un tablier en cuir, firent glisser les barriques du plateau jusqu'au trottoir sur le plan incliné d'un poulain et les roulèrent ensuite, précautionneusement, sur leur cercle de fond, jusqu'à la trappe : une demi-pièce de rouge, une demi-pièce de blanc et un quart de bordeaux. Pour descendre les gros tonneaux à la cave, il fallut envelopper leurs flancs d'une corde à deux tours, dont l'extrémité libre passait dans un crochet fixé au mur. L'un des hommes, debout dans la salle, tenait le câble à pleines mains et le laissait filer par petites secousses prudentes ; l'autre, posté dans l'escalier, guidait le fût pour éviter qu'il se cognât aux murs ou aux angles des marches. Amélie, penchée au-dessus du trou, surveillait les opérations. Le premier tonneau venait d'être installé sur le chantier, quand elle sentit une présence derrière son dos et se retourna : M. Villarrubia ! Elle ne l'avait pas rencontré depuis la scène odieuse de l'autre jour, et, trop absorbée par l'anxiété que lui causait le manque de nouvelles, ne s'était même pas demandé ce qu'il était devenu entre-temps. Elle fut surprise de le voir au café, à cette heure matinale, en semaine. Vêtu pour sortir, il n'avait pas enfilé les manches de son manteau, qui pendait, comme une cape, sur ses épaules. Son visage était grave, rasé de près. Au rapide coup d'œil qu'elle lui lança, tous les griefs qu'elle avait accumulés contre lui se réveillèrent dans sa mémoire. Elle passa derrière le comptoir et s'assit sur sa chaise pour ne pas gêner les livreurs dans leur besogne. M. Villarrubia suivit son mouvement et se plaça devant elle, de l'autre côté de la caisse.

« Je venais vous faire mes adieux, dit-il.

— Vos adieux?

— Oui, je m'en vais. »

Elle s'attendait à un choc, mais pas à celui-ci. D'abord, elle soupçonna une manœuvre destinée à l'attendrir. Puis, son regard découvrit la valise que M. Villarrubia avait posée par terre, dans un coin de la salle. Il ne mentait pas. Pourquoi avait-il pris cette décision? Elle ne lui avait pas demandé de partir! Elle s'était même abstenue de lui renouveler ses reproches!

« Je me suis arrangé à l'usine, dit-il. On m'a donné la matinée pour déménager.

— Vous avez trouvé une chambre ailleurs? dit-elle avec effort.

— Oui. Pas loin d'ici. Rue de la Roquette. Vous voyez? Du côté de la Bastille... »

En prononçant ces mots, il enveloppa Amélie dans le rayonnement brun et chaud de ses prunelles. Tout ce qu'il n'osait dire, elle le lisait dans ses yeux : le regret de s'être laissé aller à une faiblesse coupable, le remords d'avoir offensé une femme qu'il plaçait très haut dans son estime, la crainte de ne pas savoir lui cacher plus longtemps ses sentiments, le désir enfin de racheter sa mauvaise conduite en s'imposant un sacrifice à la taille de la faute qu'il avait commise. Sans doute avait-il beaucoup souffert dans sa conscience avant de se résoudre à cette solution héroïque? Elle ne pouvait décemment lui proposer de rester, mais cette séparation, qu'elle avait si souvent souhaitée, ne lui paraissait plus, maintenant, nécessaire. Son irritation, son dépit, s'aggravaient à mesure qu'elle essayait de les dominer par le raisonnement.

« Je crois que ce sera mieux comme ça, reprit-il tristement.

— Oui, oui, balbutia-t-elle, bien mieux... »

Un livreur le bouscula en ficelant le second fût pour la descente.

« C'est encore du vin ? demanda M. Villarrubia.

— Oui.

— Le même qu'avant ?

— Oui. »

Elle avait le cœur serré. Pourquoi ne s'en allait-il pas immédiatement ? Ah ! oui, elle lui devait de l'argent sur le mois qu'il avait payé d'avance ! Quinze jours. Soit, 22 fr 50. Elle prit des billets et des pièces de monnaie dans la caisse et poussa la somme devant lui :

« Si vous voulez vérifier...

— C'est tout vérifié », dit-il d'une voix rauque, sans cesser de la regarder fixement comme pour imprimer son image au plus profond de lui-même.

Ensuite, il empocha l'argent et, timidement, avança sa main droite ouverte. Elle hésita et lui tendit la sienne. Un flot de chaleur courut dans ses veines au contact de ces doigts, qui, pensait-elle, lui communiquaient, par leur pression, le secret d'une âme malheureuse et fière.

« Pointe un peu ! criait le livreur du fond de la cave. Comme ça !... Laisse aller !... Doucement !... Je l'ai !... »

Elle retira sa main.

« J'espère que tout ira toujours bien pour vous et pour les vôtres, dit M. Villarrubia. Ce ne serait pas juste si vous n'aviez pas une jolie vie avec de si jolis yeux ! »

Il souleva sa valise écornée, fendillée, qu'une courroie ceinturait par le milieu. Une dernière fois, son regard fit le tour du café. Puis, il se dirigea vers la porte, murmura : « *Adios !* » et sortit.

« Et de deux ! cria le livreur. Le quart, tu le

descends sur les bras! L'escalier est bon, sauf une marche, la sixième!... »

Amélie se dit qu'elle ne reverrait plus jamais M. Villarrubia et un vide se creusa dans sa tête. Elle émergea de sa torpeur pour signer la fiche de livraison que lui présentait une main sale, au poignet gainé de cuir. Les deux hommes soufflaient. Elle leur offrit un pourboire et un coup de rouge pour la peine. Ils burent leurs verres à courtes lampées :

« Vous verrez s'il est fin, ce petit bordeaux qu'on vous a livré! Meilleur que celui-ci, peut-être...

— Le prix aussi est meilleur, dit-elle.

— Que voulez-vous? C'est la guerre, ma petite dame!... »

Mme Rousseau entrebâilla la porte du fond et se glissa dans la salle, en marchant à pas feutrés, comme dans une place imparfaitement conquise.

« Il est parti? chuchota-t-elle.

— Oui, dit Amélie.

— Eh bien, ce n'est pas trop tôt! Quand je l'ai vu sortir dans le couloir, avec sa valise, je me suis dit : ça y est, Mme Mazalaigue lui a donné congé! »

Amélie posa un regard froid sur cette vieille figure d'espionne :

« Je ne lui ai pas donné congé. Il a décidé lui-même.

— Dame! Quand il a compris qu'il ne pouvait pas recevoir de roulures dans sa chambre, ça ne l'a plus intéressé de rester chez vous. Il a cherché un endroit plus commode pour ses fredaines. C'était à prévoir...

— Peut-être », soupira Amélie.

Elle avait de la peine à étouffer sa révolte contre cette femme, qui s'ingéniait à découvrir un motif méprisable aux actions en apparence les plus noblement inspirées. Pour penser comme elle, il fallait n'avoir pas vu le visage de M. Villarrubia au moment des adieux. Mme Rousseau s'épanouissait dans le plaisir cruel de la victoire. Un peu de rose montait à ses joues terreuses :

« Ça n'a pas été sans mal, hein? J'espère qu'il vous a bien payé tout ce qu'il vous devait!...

— Il ne me devait rien. C'était moi qui avais de l'argent à lui rendre.

— Je préfère ça! Autrement, vous en auriez été de votre poche! Ouf! Quelle affaire! Vous devez être contente... »

Amélie respirait difficilement :

« Très contente, en effet. Je n'aime pas les histoires!

— Moi non plus, avoua Mme Rousseau.

— On ne le dirait pas! répliqua Amélie avec une vivacité hostile. Vous allez vous ennuyer, maintenant qu'il est parti. Personne à épier, personne à critiquer!... »

Mme Rousseau blémit sous la brusquerie de l'attaque :

« Mais qu'est-ce que vous avez après moi, ce matin?

— Rien de plus que les autres jours!

— Ce n'est tout de même pas ma faute si cet Espagnol s'est conduit comme un galapiat!

— Oh! assez! s'écria Amélie. Ne parlons plus de M. Villarrubia, voulez-vous? »

Elle se reprocha ce sursaut de colère. Mme Rousseau se ratatinait dans un mouvement de tortue qui rentre sous sa carapace :

« Vous êtes bien nerveuse, madame Mazalaigue!

— Je crois que j'en ai le droit! » dit Amélie.

Elle pensait à Pierre. C'était parce qu'il ne lui écrivait pas qu'elle ne savait plus maîtriser son humeur. Un rien l'importunait. La vue de Mme Rousseau lui était insupportable. L'odeur humide, vineuse, qui montait de la cave l'écœurait. Elle rabattit la trappe et se cassa un ongle. Où étaient les ciseaux? Elle les chercha dans son tiroir, bouleversa tout d'une main impatiente, les découvrit enfin, trancha le morceau d'ongle au niveau des chairs. Une sensation de brûlure persistait au bout de son doigt. Les deux livreurs, ayant étanché leur soif, roulèrent les fûts vides jusqu'au trottoir avec un bruit creux qui la fit tressaillir désagréablement. En entendant claquer le fouet, elle cligna des paupières, comme si le coup eût passé juste devant ses yeux.

« Hue! Hue! Ohé!... »

Mme Rousseau observait Amélie en silence. La charrette s'ébranla dans un grincement d'essieux mal graissés. Élisabeth poussait de petits cris joyeux en jouant dans la cuisine.

« Allez donc la promener, dit Amélie. Le temps s'est radouci. Il faut en profiter avant la pluie... »

Elle parlait d'une voix assagie, feignant le calme dans l'espoir de l'obtenir en elle par la persuasion.

« Bon, dit Mme Rousseau d'un ton bourru, on ira promener la fillette. Mais c'est plutôt la mère qui aurait besoin de faire un tour pour se changer les idées! »

Les clients vinrent à midi, pleins de nouvelles guerrières, qu'Amélie écouta de loin, sans participer à la conversation. Après le déjeuner, tout rentra dans l'ordre. Denis était retourné à l'atelier. Élisabeth, fatiguée par le grand air, somnolait dans sa voiture. Amélie écrivit à Jérôme pour lui dire qu'elle soupçonnait la censure d'avoir arrêté les lettres de Pierre depuis quinze jours. Mais cette excuse, qui était encore bonne pour son père, ne suffisait plus à la contenter elle-même. Ayant cacheté l'enveloppe, elle prit le livre de caisse pour mettre ses comptes à jour. Elle était occupée à vérifier une longue addition, quand elle entendit s'ouvrir la porte donnant sur la rue. Sans lever les yeux de la page, elle murmura :

« Une seconde, je suis à vous... »

Puis, elle marqua la retenue en haut de la colonne, tourna la tête et vit avec stupeur une femme en deuil qui s'avançait vers elle, les bras ouverts. Tandis qu'elle reconnaissait la nouvelle venue et l'accueillait par une exclamation amicale, dans les profondeurs inconscientes de son être cette apparition s'inscrivait comme un mauvais présage :

« Marthe! Comme c'est gentil! Il y a si longtemps!... »

Marthe Vasselin embrassa Amélie, refusa la tasse de café qu'elle lui proposait, mais accepta de s'asseoir à une table. Elle était frêle, blonde et pâle dans ses vêtements noirs.

« Je travaille assez près de chez toi, maintenant, dit-elle. Il me sera facile de passer te voir de temps en temps...

— Tu travailles? demanda Amélie.

— Oui. Je suis infirmière bénévole dans un hôpital privé, avenue de Saint-Mandé. Une fondation de la baronne de Hirschfeld. Nous avons de quoi recevoir soixante-quinze blessés. Et je te prie de croire que la besogne ne manque pas! J'ai eu mon diplôme il y a quinze jours! Regarde mes mains! »

Elle lui montra avec fierté ses doigts fins et blancs, aux ongles coupés court. Décidée à se réjouir de cette visite impromptue, Amélie ne pouvait pourtant se délivrer de la crainte obscure, superstitieuse, qui, depuis quelques minutes, empoisonnait toutes ses pensées. Pourquoi Marthe surgissait-elle dans sa vie, avec son visage de veuve et ses voiles sombres, alors qu'elle-même redoutait à chaque instant d'apprendre un désastre qui la laisserait seule au monde avec sa fille? Cette coïncidence la troublait au point qu'il lui était difficile de contrôler le son de sa voix, l'expression de ses yeux.

« As-tu toujours de bonnes nouvelles de ton mari? » demanda Marthe.

Devant cette question si simple, Amélie se contracta, comme devant un piège. Subitement, pour des raisons mystérieuses, il lui paraissait dangereux de révéler son inquiétude à une personne, qui, comme elle, avait attendu pendant des semaines l'arrivée d'une lettre, avant d'être avisée qu'elle n'en recevrait plus jamais. De toutes ses forces, elle refusait de lui ressembler, de la suivre pas à pas dans son destin.

« Oui, dit-elle sur un ton un peu provocant, j'ai des nouvelles... des nouvelles assez récentes... Pierre est toujours dans le même secteur... Il a été nommé sergent... Il se porte bien... Il m'écrit des lettres très courageuses... »

Elle se tut, hors d'haleine, comme si un vent furieux eût volé le souffle dans sa bouche.

« Je suis contente pour toi, dit Marthe. Cette épreuve est terrible! A l'hôpital, nous voyons défiler tant de pauvres garçons!... »

Évidemment, la fréquentation des blessés avait modifié l'opinion brillante qu'elle se faisait jadis de la guerre. Par un curieux renversement des rôles, c'était elle à présent qui était paisible, grave, renseignée, et Amélie qui s'affolait au milieu de mille mensonges.

« J'ai été si heureuse de trouver cette occupation! reprit Marthe. La solitude, l'inaction me pesaient. Je ne pouvais penser qu'à Gilbert. Je le voyais partout. J'en devenais malade! »

Amélie serrait les mâchoires pour s'empêcher de crier : « Je le sais! Tais-toi! » Marthe continua d'une voix mélodieuse :

« Puis, quand je suis entrée à l'hôpital, tout s'est apaisé. J'ai découvert un nouveau but à mon existence. A soigner la souffrance des autres, j'ai oublié la mienne. Notre médecin-chef est un homme admirable!

Un grand savant et un cœur d'or. Tout le personnel est d'un dévouement digne d'éloges. Auprès d'eux, j'ai retrouvé une famille. Bien sûr, tu ne peux pas comprendre. Je te souhaite... »

Amélie lui coupa la parole, d'une voix sèche, presque méchante :

« Ne me souhaite rien! »

Marthe la regarda avec surprise :

« Je n'ai pas voulu te froisser...

— Mais tu ne me froisses pas! Quelle idée! » dit Amélie.

Et elle partit d'un rire conventionnel, qui résonna douloureusement dans sa tête. Marthe ouvrit son sac à main et en tira une brochure à couverture bleue :

« Je t'avais dit que je voulais publier quelques lettres de Gilbert pour ses parents, pour ses amis. C'est fait. Je t'ai apporté un exemplaire.

— Je te remercie », murmura Amélie, subitement émue jusqu'aux larmes.

Elle prit le petit livre, si léger, qui, pour avoir longtemps séjourné dans le sac à main de Marthe, s'y était imprégné d'un parfum de violette : *Gilbert Vasselin — Lettres du front*. Avec le respect dû à un ouvrage de l'esprit, qui était aussi une relique, elle tourna, du bout des doigts, quelques feuillets. Une photographie de l'auteur, en tenue de campagne, avait été encartée au milieu du volume. Amélie regardait avec une curiosité attristée ce mort un peu rêveur, un peu malingre, au sourire vivant.

« C'est bien lui, tu ne trouves pas? dit Marthe.

— Oui, balbutia Amélie. C'est bien lui. »

Elle referma le livre et le posa sur la table. Cet hommage à un disparu ne lui semblait plus aussi ridicule que lorsque son amie lui en avait parlé la dernière fois.

« Je vais lire ça dès ce soir, dit-elle.

— Tu auras vite fini, dit Marthe. Ce n'est pas long. »

Un silence suivit, chargé, pour l'une comme pour l'autre, de tant de souvenirs et de tant de tristesse, qu'on eût dit que leur univers n'était plus habité que par des fantômes. Ce fut Marthe, qui, la première, s'arracha à l'obsession. Un sourire charmant effleura ses lèvres :

« Tu ne me parles pas de ta fille! Où est-elle?

— Elle dort, dit Amélie. Tu veux la voir? »

Ensemble, elles passèrent dans la cuisine. Élisabeth venait de s'éveiller, rose, boudeuse, les joues moites, le regard embué. Elle gigotait sous ses couvertures.

« Dieu, qu'elle est jolie! s'écria Marthe. Je peux la prendre?

— Mais oui », dit Amélie.

Elle vit, avec un serrement de cœur, deux bras noirs soulever le bébé, le presser tendrement contre un corsage noir. Élisabeth saisit le voile de crêpe qui pendait à portée de sa main.

« Laisse ça », dit Amélie nerveusement.

Elle donna une tape sur les doigts de sa fille, qui se mit à geindre.

« Oh! la pauvre! dit Marthe. Tu l'empêches de s'amuser... Elle ressemble vraiment à Pierre! Il la connaît?

— Il l'a vue une fois, en permission », dit Amélie.

Elle avait hâte de soustraire l'enfant aux caresses de son amie.

« Comme tu es heureuse! dit Marthe.

— Il faut la recoucher, dit Amélie. Elle n'a pas fait son temps de sommeil. Donne-la-moi. »

Replacée dans sa voiture, Élisabeth protesta d'abord par des cris aigus, mais se tut soudain, fascinée par une mouche qui se cognait au plafond. Les deux jeunes femmes s'esquivèrent en marchant sur la pointe des pieds. Marthe rajusta son chapeau, que la fillette avait dérangé en tirant sur le voile :

« Maintenant, je dois m'en aller. C'est mon tour de garde. On m'attend. Mais je reviendrai te voir. C'est promis !

— Oui, s'il te plaît », dit Amélie.

Elle embrassa Marthe, l'accompagna jusqu'à la porte, la regarda s'éloigner, noire dans la ville grise. Puis, revenant à la table, elle s'assit, le dos au mur, ouvrit le livre sur ses genoux, et commença à lire les lettres de Gilbert Vasselin à sa femme.

QUATRIÈME PARTIE

1

UNE lettre dans la main du facteur. Amélie s'empara vivement de l'enveloppe, y jeta les yeux et son espoir tomba : un timbre de deux sous, une écriture inconnue. Le facteur s'éloignait. C'était le soir. Les becs de gaz encapuchonnés versaient une pauvre lumière, de place en place, sur les trottoirs luisants de pluie. Elle rentra dans le café vide et chaud, où le poêle en fonte fumait par les interstices de son tuyau coudé. Après trois semaines d'attente, elle s'étonnait de pouvoir encore se tenir debout, parler, vaquer à ses occupations quotidiennes, avec cette maladie rongeuse, accrochée à son cœur, et qui, même la nuit, ne lâchait pas le morceau. Elle décacheta le pli, regarda le feuillet de papier blanc couvert de signes maladroits, imitant les caractères d'imprimerie. Puis, elle se mit à lire. Dès les premiers mots, son attention se fixa :

« Madame,

« C'est très bien de faire la vertueuse. Mais avant de voir ce qui ne va pas chez les autres, il faut voir ce qui ne va pas chez soi. Par exemple, vous croyez que votre frère est quelqu'un de convenable. Vous avez tort. C'est une crapule de la pire espèce, tout pourri et vicieux sous ses airs de ne pas y toucher. Demandez-lui donc ce qu'il fabrique avec cette jeune fille qui est blanchisseuse! Il couche avec elle, comme un cochon! Si vous n'arrêtez pas ça, il la mettra enceinte. Est-ce que cela vous plaît d'avoir un frère qui est un cochon? Vu ce qu'on dit de vous dans le quartier, je ne le pense pas. Alors, vous devinez ce qu'il vous reste à faire. Secouez-le, et il vous reviendra à quatre pattes! Avec mes respectueuses salutations. *Signé :* Une personne au courant de tout, qui vous veut du bien. »

Cette lettre anonyme était si vulgaire dans le style et si injurieuse dans l'intention, qu'Amélie dut la relire pour se convaincre qu'elle ne rêvait pas. Les accusations portées contre Denis étaient trop invraisemblables pour qu'elle eût la naïveté d'y croire. Mais, tout en refusant de l'imaginer dans le rôle d'un suborneur, elle était troublée par certaines précisions relatives à la victime qu'il avait choisie : une jeune fille, une blanchisseuse!... La nièce de Mme Louise peut-être? Elle éprouva une légère commotion et toutes ses idées se rangèrent différemment dans sa tête. Non! Pas lui! Pas à son âge! D'ailleurs, elle s'en serait aperçue. Il ne sortait jamais après le dîner. Il était pris à l'atelier du matin au soir... Seule une femme était capable d'avoir conçu cette manœuvre méchante et tournoise. Denis n'était qu'un prétexte. Derrière lui, c'était Amélie qu'il s'agissait d'atteindre, de salir par ricochet. Qui donc avait intérêt à se venger d'elle de cette façon détournée? Elle réfléchit et, bientôt, ses soupçons se posèrent sur une personne, qui, en effet, ne devait savoir qu'inventer pour lui nuire : la maîtresse de M. Villarrubia, cette Josette au turban vert et au visage outrageusement poudré. « L'infâme créature! Le monstre!... » Elle sentait croître sa colère et se grisait d'en être si complètement et si violemment possédée. On ne pouvait laisser cet affront impuni. Il existait certainement un moyen de confondre la coupable. D'abord interroger Denis, pour être sûre qu'il n'y avait rien de vrai dans les faits qui lui étaient reprochés. Puis, montrer la lettre anonyme au commissaire de police, lui demander conseil. En cas de récidive, exiger une enquête... Lancée sur cette piste, elle s'arrêta soudain, frappée de stupeur, et écarquilla les yeux. A travers la vitre embuée de la devanture, elle avait aperçu Mme Soufaneix et Mme Vernac, qui se préparaient à entrer. Si elles venaient la voir, c'était pour lui apporter des nouvelles de Pierre. De bonnes nouvelles sans doute!

Elle se précipita vers les visiteuses, les accueillit sur le seuil, et, les regardant de plus près, changea de visage. L'une et l'autre avaient cet air tendre et compatissant, qu'on réserve d'ordinaire aux malades inconscients de la gravité de leur cas.

« Quoi? Qu'y a-t-il? » balbutia Amélie.

Au lieu de répondre, Mme Vernac lui prit la main et la serra doucement. Amélie se dégagea. Ses jambes faiblissaient. Son cœur battait dans sa gorge. Elle répéta dans un souffle :

« Qu'y a-t-il? »

Mme Soufaneix plissa les paupières derrière les verres de ses lunettes. Les coins de sa bouche pointèrent vers le bas. Plus vaillante, Mme Vernac redressa ses petites épaules carrées et dit :

« J'ai eu une lettre de mon mari, ce matin, en réponse à la mienne. Il me donne quelques précisions. Évidemment, rien n'est encore sûr. C'est pour ça qu'il ne m'a pas écrit plus tôt. Asseyez-vous donc, madame Mazalaigue... »

Amélie se laissa descendre sur une chaise. Il y avait juste assez de vie en elle pour entendre ce qui allait suivre. Mme Vernac et Mme Soufaneix s'assirent à leur tour.

« Cela s'est passé le 27 janvier, reprit Mme Vernac. Il y a eu une attaque. Les nôtres ont dû se replier. Après, quand on a cherché M. Mazalaigue, il avait disparu. Voulez-vous que je vous lise la lettre ? »

Stupide, muette, Amélie semblait n'avoir rien compris. Comme elle continuait à se taire, Mme Vernac tira de son sac à main deux feuilles de papier couvertes d'une écriture pointue :

« Je passe sur le début qui ne vous intéresse pas... Ah ! voici : « Le 27 janvier a été bien dur pour nous tous. La compagnie avait été désignée pour un coup de main sur une série d'entonnoirs tenus par les Boches. On y est allé à la grenade. Nous nous étions dispersés à cause du tir de barrage ennemi, qui tapait, je ne te dis que ça ! J'ai perdu Mazalaigue de vue. Il n'est pas arrivé au point convenu, d'où, d'ailleurs, les Boches avaient déguerpi à temps. Ils sont revenus en force, une heure après. Nous avons dû nous replier, laissant deux morts sur le terrain et ramenant trois blessés dans nos lignes. Mazalaigue n'était pas parmi eux. Le lendemain 28, nous étions relevés par le 126e. On leur a passé la consigne pour Mazalaigue. Depuis, on ne sait rien. Surtout, dis bien à sa femmee qu'il n'est pas encore officiellement porté disparu. Il faut le temps de l'enquête. Peut-être bien qu'il est prisonnier ? Peut-être bien aussi qu'il a été recueilli par des gars d'une autre unité et dirigé sur une ambulance ?... Il y a ici une telle pagaïe que cela ne m'étonnerait pas. Je voudrais pouvoir te donner de meilleures nouvelles de notre ami. Quelle saleté de guerre ! Vivement, la prochaine perm' ! Soufaneix est à côté de moi pendant que je t'écris. Nous nous portons bien, mais Mazalaigue nous manque, tu peux me croire. C'était un chic type, et, vraiment... »

La voix de Mme Vernac s'enrouait. Elle s'arrêta de lire. Amélie s'était levée, très pâle et très droite. Ses yeux secs regardaient au loin. Pas un muscle de son visage ne bougeait. Elle avait l'air d'une morte soutenue par un piquet dans le dos. Enfin, elle remua les lèvres :

« Excusez-moi. »

Et, avec une raideur mécanique, elle se dirigea vers la porte du fond.

« Madame Mazalaigue! Où allez-vous? » s'écria Mme Vernac.

Amélie se heurta à Mme Rousseau, qui rentrait dans le café, répéta : « Excusez-moi », et disparut dans le couloir.

« Qu'est-ce qui ne va pas? demanda Mme Rousseau en s'approchant des deux femmes. On dirait que Mme Mazalaigue est toute retournée!... »

Mme Vernac lui raconta ce qui s'était passé. Tandis qu'elle parlait, Mme Soufaneix, courbant son grand corps sur la chaise, pleurait doucement dans un mouchoir.

« Ah! la pauvre! Ah! mon Dieu! Ah! ça devait bien arriver un jour! geignait Mme Rousseau en secouant ses mains jointes sous son menton. Faut vite prévenir son frère! J'y vais tout de suite! Attendez-moi! Vous lui expliquerez! Ah! qu'on est petit quand le malheur tombe! »

Cinq minutes plus tard, elle revenait avec Denis. Il avait une figure d'enfant, décomposé par le chagrin. Une lueur d'égarement scintillait dans ses prunelles. Mme Vernac lui montra la lettre. Il la lut, ne dit mot et se précipita sur les traces de sa sœur. Il était sûr qu'elle s'était retirée dans sa chambre. Il frappa au battant :

« Amélie, ouvre... c'est moi... »

La porte n'était pas fermée à clef. Il entra. Tout était noir. Il voulut tourner le commutateur, mais se ravisa, par crainte de déranger sa sœur en la tirant brutalement de l'ombre où elle s'était ensevelie pour ruminer sa peine. Il entendait sa respiration faible mais égale, un froissement d'étoffe. Guidée par le bruit, il s'avança, à tâtons, se cogna à un meuble. Ses yeux s'habituaient à l'obscurité. Un peu de lumière, filtrant par la fenêtre, faisait briller les boules en cuivre du lit, modelait la blancheur d'un oreiller vide. Cherchant ailleurs, il distingua une forme assise dans un fauteuil, l'ovale d'un visage renversé, la pâleur de ces deux mains crispées sur des accoudoirs. Il s'arrêta, intimidé. Son cœur crevait dans sa poitrine. Un flot de larmes gonflait sa tête. Il murmura :

« Oh! Amélie, tu es ici! Est-ce que je peux te parler?... »

Une voix étrangement calme monta dans la nuit :

« Je ne veux voir personne.

— Pourquoi? Tu te fais du mal à penser comme ça, dans le noir. Avec moi, tu serais mieux. Il faut que je te dise...

— Il n'y a rien à dire. N'allume pas. Va-t'en.

— Je ne veux tout de même pas m'en aller quand tu es si malheureuse! »

Il se pencha sur elle pour l'embrasser. Deux mains nerveuses le repoussèrent. Il vacilla, étonné :

« Tu ne veux pas?

— Non, Denis. Pas maintenant. Retourne au café, je t'en prie.

— Et toi?

— Ne t'inquiète pas. Je suis bien. Va vite... »

Il hésitait encore à partir. Alors, elle gémit :

« Qu'est-ce que tu attends? Je t'ai dit!... Seule!... Qu'on me laisse seule!... »

Il sortit, referma la porte et appuya son front au chambranle. A son chagrin personnel s'ajoutait maintenant la conscience du désarroi où sombrait Amélie. Il ne savait ce qui le bouleversait le plus : d'avoir perdu son beau-frère qu'il aimait tant, ou d'assister, impuissant, à la souffrance de sa sœur. Amélie, veuve; Élisabeth, orpheline! Cette conjoncture tragique ébranlait sa raison. Soudain, il refusa de croire que Pierre, qui était si vivant, si fort, avait brusquement cessé d'appartenir à ce monde. Un homme comme lui ne pouvait pas mourir. On allait le retrouver, prisonnier, blessé. La lettre disait bien que tout espoir n'était pas interdit. Pourquoi se lamenter par avance? Rasséréné par cette idée, il passa la main sur son visage, avec force, comme pour en arracher un masque étouffant. Il respirait mieux. Les sanglots qu'il retenait difficilement s'espacèrent. Il renifla, remonta sa ceinture et se dirigea d'un pas solide vers le café.

En pénétrant dans la salle, il s'étonna de la trouver presque pleine. Mᵐᵉ Rousseau avait dû colporter la nouvelle dans le quartier. Un cercle de gens entourait Mᵐᵉ Vernac, qui parlait avec animation en brandissant sa lettre. D'autres interrogeaient Mᵐᵉ Soufaneix, affalée dans un coin. A travers la fumée des cigarettes, Denis, ouvrant ses yeux encore brouillés de larmes, reconnaissait M. Buche, M. Florent, Paulo, Gustave, M. Clapeton, M. Lubin, la friteuse, quelques locataires de l'immeuble, et même un rampailleur de chaises, qui n'était venu que deux fois au *Cycliste couronné*.

« Le voilà! » s'écria M. Florent.

Tous les visages se tournèrent vers Denis.

« Alors, comment est-elle? dit M. Buche.

— Elle est calme. Elle ne veut voir personne, murmura Denis.

— Je comprends ça! dit M. Florent. Dans des moments pareils, c'est quand on est seul qu'on se sent le mieux! »

Il avait un visage sombre et lourd. Il revivait son propre deuil.

« Ça dépend des caractères, dit la friteuse. Moi, il me semble que je préférerais de la compagnie.

— La pauvrette! Si jeune! soupira Mme Rousseau en s'essuyant les paupières avec son tablier. C'est pas juste! Elle y tenait tant à son mari! Et la petite dans tout ça!... La petite sans papa!... »

Une boule montait dans la gorge de Denis. Il se maîtrisa et, se penchant vers la vieille femme, demanda à voix basse :

« Où est Élisabeth?

— Tu ne l'as pas vue en passant? Elle est dans la cuisine. Elle joue. Tu veux que je l'amène?

— Non, dit-il avec une précipitation craintive. Laissez-la... »

Paulo et Gustave s'étaient approchés de lui avec des figures de circonstance :

« On est bien peinés, mon vieux! »

Il les remercia, leur serra vigoureusement la main. Ses traits se tendaient dans une expression de courage viril. L'obligation où il était de se conduire honorablement dans l'adversité le distrayait un peu de sa grande tristesse.

« Moi, j'estime que vous allez bien vite à vous affliger, dit M. Clapeton. Après tout, rien n'est encore sûr. Il n'est pas rare qu'un combattant soit porté disparu, et plus tard on découvre qu'il y a erreur, qu'il est quelque part où il ne devrait pas être...

— Ça arrive, en effet », dit M. Florent.

Venant d'un homme qui avait perdu son fils à la guerre, cette opinion n'était pas à négliger.

« Mais oui, renchérit M. Buche. Tu te souviens de Gaston Lelièvre, le neveu de Charles? On l'a cru mort, au début 15, et puis, pas du tout : trois semaines après, on l'a retrouvé, avec une belle jaunisse, dans un hôpital de l'arrière. »

Denis ne savait pas qui était ce Gaston Lelièvre,

mais lui voua, d'emblée, une vive reconnaissance pour cette jaunisse qui autorisait tous les espoirs.

« Et le petit Chapouliez, le fils du marchand de journaux, est-ce qu'il n'a pas eu, autrefois, une histoire de ce genre? demanda M. Lubin.

— Eh! si, s'écria M. Clapeton. Vous avez raison. Cinq mois sans une lettre. Ses parents le pleuraient déjà. Puis, ils l'ont vu débarquer, sain et sauf. Il avait été fait prisonnier. Il s'est évadé... On en a assez parlé, à l'époque!...

— C'est comme le fils de ma concierge, dit la friteuse. Mais, lui, il l'est encore, prisonnier! Elle a eu de ses nouvelles après un an! Par la Croix-Rouge! Pensez un peu! »

Subitement, chacun découvrait dans sa mémoire le cas d'un homme officiellement rayé de la liste des vivants et qui ressuscitait, rose et frais, au terme d'une longue éclipse. C'était à qui donnerait l'information la plus rassurante. On avançait des noms, des dates. On enjolivait un peu les récits. On cédait, tous ensemble, au besoin naturel de se dégourdir, de reprendre goût à l'existence, après s'être abandonné quelque temps à l'obsession du malheur. Mᵐᵉ Vernac répétait, forçant la voix :

« Je l'ai dit à Mᵐᵉ Mazalaigue. S'il y avait eu certitude, mon mari me l'aurait écrit. Mais il précise bien : « Il faut le temps de l'enquête... »

Entraîné par l'optimisme général, Denis ne savait comment remercier tous ces gens qui s'étaient dérangés spécialement pour l'aider à surmonter sa faiblesse. Si seulement Amélie avait pu les entendre! Il se promit de lui répéter leurs propos pour lui rendre confiance en l'avenir.

« Sers-nous donc une tournée de rouge, Denis », dit M. Buche.

Avec empressement, il aligna des verres sur le

comptoir et les remplit de vin sans que sa main tremblât. Il était plus de sept heures. Des voisins entraient dans le café, demandaient la raison de cette affluence, hochaient la tête, s'exclamaient, serraient la main de Denis. Des bribes de conversations flottaient à ses oreilles :

« Vous ne savez pas?

— Si... Son beau-frère... Mais oui, le mari d'Amélie!... Disparu!...

— Comment ça, disparu?

— Justement, c'est ce qu'on lui dit : ça ne signifie rien! Tu te souviens de Gaston Lelièvre?... »

Auréolé du prestige que confère une grande infortune, Denis n'arrêtait pas de répondre aux questions et de servir à boire. Des faces un peu congestionnées se pressaient devant lui. La fumée des cigarettes lui piquait les yeux... Portés par des mains robustes, les verres montaient et descendaient à contretemps, d'un bout à l'autre du zinc. Mme Soufaneix avait commandé du vin blanc, et ses prunelles brillaient, son chapeau garni de cerises penchait sur son oreille. Elle discutait d'une voix flûtée avec M. Florent, qui lui donnait la réplique, paternellement, à travers sa moustache blanche. Mme Vernac relisait sa lettre à l'intention de M. Clapeton. Elle avait les pommettes roses, articulait chaque mot avec une violence inutile et levait un doigt aux passages importants. Certains clients s'entretenaient déjà de leurs affaires personnelles. On ne pouvait pas indéfiniment parler de Pierre.

La plus jeune des filles Buche vint chercher son père pour le dîner. Il refusa de la suivre :

« J'irai plus tard. Tu diras à ta mère que je suis retenu.

— Qu'est-ce qu'il y a?

« — Rien... rien... Je t'expliquerai à la maison... File! »

Puis ce fut la femme de M. Florent qui se présenta, en grand deuil : elle avait été prévenue par un ouvrier de son mari. Il fallut recommencer le récit pour elle. Pendant que Denis lui versait un Dubonnet, il aperçut une silhouette frêle et blonde, à l'autre extrémité du comptoir : Lucie! Il ne l'avait pas vue entrer. Collée au mur, l'air humble et doux, les yeux rougis par les larmes, elle le regardait avec tant d'amour, qu'il dut se contraindre pour ne pas courir à elle et la serrer dans ses bras devant tout le monde. Enfin, profitant d'une accalmie dans le service, il s'approcha de la jeune fille et chuchota :

« Tu sais?

— Oui. Quand je ne t'ai pas vu devant la blanchisserie, j'ai bien pensé qu'il y avait quelque chose de grave. Je suis allée jusqu'à l'atelier de M. Buche. Là, on m'a dit... C'est affreux, Denis! Comme tu dois être malheureux! Et ta pauvre sœur, où est-elle?

— Dans sa chambre. Elle ne veut voir personne.

— Toi aussi, peut-être, tu ne voudrais voir personne?

— Oh! moi, c'est différent! Je suis un homme. Il faut que je tienne le coup.

— Je t'aiderai... »

Elle se tut, le regard apeuré. Mme Rousseau la poussait de l'épaule pour se glisser derrière le comptoir. Elle portait des verres sales qu'elle avait ramassés sur les tables :

« Une petite place, s'il vous plaît! »

Tandis qu'elle se penchait sur le bac, la jeune fille murmura à l'oreille de Denis :

« Maintenant, il faut que je parte. Ce ne serait pas prudent...

— Quand te verrai-je? demanda Denis.

— Demain soir, si tu veux...

— A la même heure?

— Oui. Je vais tellement penser à toi! »

La voix de M. Clapeton résonna au loin, dans un brouillard de tintements et de propos confus :

« Denis, verse-moi donc encore un calvados!

— Voilà! Voilà! »

Quand il put de nouveau regarder dans la direction de Lucie, elle avait disparu. Mme Soufaneix et Mme Vernac se préparaient à partir. Comme la rue était noire, Paulo s'offrit à les accompagner jusqu'au métro Nation : il avait une lampe de poche.

« Et Mme Mazalaigue? J'aurais tout de même bien voulu la revoir! susurra Mme Soufaneix. Vous lui direz qu'on est de tout cœur avec elle!...

— Vous lui direz surtout qu'elle ne se laisse pas aller! s'écria Mme Vernac. S'il le faut, on reviendra pour lui remonter le moral... »

Elles prirent congé individuellement de toutes les personnes présentes. Leurs manières étaient d'autant plus polies, qu'elles se savaient étrangères dans le quartier et tenaient, comme de juste, à y laisser une bonne impression. Enfin, elles s'en allèrent. Ce fut le signal de la débandade. L'un après l'autre, les consommateurs payaient leur part, appliquaient une tape sur l'épaule de Denis et gagnaient la porte pour rentrer chez eux, où ils parleraient encore de l'événement en famille. Denis les voyait s'effacer avec regret. Après avoir eu tant d'alliés pour le défendre, il craignait de se retrouver seul, dégrisé, désarmé, devant une menace terriblement immuable. Bientôt, il ne resta plus dans la salle que M. Lubin, qui s'était mis à table pour dîner. Mme Rousseau lui servit son repas et donna le biberon à Élisabeth. Denis se contenta d'un peu de pain et de saucisson. Il manquait d'appétit.

« Je vais aller voir Amélie, dit-il.

— Apporte-lui donc à manger, dit Mme Rousseau.
Ça lui retendra les nerfs! »

Elle glissa une assiette creuse dans les mains de
Denis, la remplit de soupe, y ajouta une cuillère. Il
reçut encore un litre de rouge sous son bras, un bout
de pain dans sa poche droite, un verre et une pomme
dans sa poche gauche :

« Dis-lui qu'elle n'attende pas! Si c'est pas pris
chaud, le gras se fige et ça fait poids sur le ventre. »

Ainsi chargé, il traversa la cour, pénétra dans
l'appartement et s'arrêta devant la chambre d'Amélie.
Elle l'avait entendu venir :

« C'est toi, Denis? »

Tenant l'assiette d'une seule main, il ouvrit la porte.
La lampe de chevet était allumée. Amélie n'avait pas
bougé de son fauteuil. Sa figure était d'une blancheur
et d'un luisant de cire. Un cerne brun entourait ses
yeux. Denis posa l'assiette de soupe et la bouteille de
vin sur une chaise, vida ses poches et dit prudemment :

« Tu vois, je t'ai apporté à manger.

— Ce n'était pas la peine, Denis. »

Il insista :

« Il faut que tu manges. Autrement, tu ne seras pas
bien... Juste un peu, pour me faire plaisir... »

Elle secoua la tête :

« Je n'ai pas faim.

— C'est dommage que tu n'aies pas été au café,
reprit-il. Tu aurais entendu ce qu'ils disent tous. Il y a
des tas de gens qu'on a cru disparus pendant des
semaines, et ensuite on s'est aperçu que ce n'était pas
vrai, qu'ils étaient bien vivants!... »

Il s'attendait à une protestation de sa part, mais elle
ferma à demi les paupières et dit avec élan :

« C'est tout à fait ce que je pense. »

Puis, elle se leva et se mit à marcher dans la

chambre. Son pas était si vif, que sa jupe oscillait autour de ses hanches. Denis l'observait avec surprise, hésitant à se réjouir encore du revirement qui s'était opéré en elle. La confiance qu'elle manifestait à présent l'inquiétait presque autant que l'abattement où il l'avait vue naguère. Subitement, elle se planta en face de lui et le considéra avec une détermination revendicatrice. Il y avait quelque chose d'insensé dans l'expression de son visage. Ses narines frémissaient. Les deux petites flammes fixes qui brillaient au centre de ses prunelles n'étaient pas les reflets de la lampe.

« Oui, Denis, s'écria-t-elle, j'ai réfléchi! J'ai compris que c'était impossible. Im - pos - sible, tu entends?

— M. Florent et M. Buche disent comme toi, balbutia-t-il. Si tu veux, je leur demanderai de te répéter le nom de tous les types qu'ils connaissent et à qui il est arrivé la même chose qu'à Pierre...

— C'est gentil de leur part, mais je n'ai pas besoin d'eux pour savoir ce que je dois penser, répliqua-t-elle, fièrement. Eux, ils discutent dans le vide. Moi, j'ai une certitude dans mon cœur. Une certitude que personne d'autre que moi ne peut avoir. Une certitude qui est plus forte que tout... que tout!... »

Elle lui parlait de près, sans le quitter des yeux, avec une exaltation qui ressemblait à de la joie. Il en fut effrayé et se demanda si elle n'était pas en proie à un accès de fièvre. N'osant ni la contrarier, ni la suivre jusqu'au bout dans son illusion, il dit :

« Je suis content de te voir si courageuse, Amélie.

— Pourquoi ne le serais-je pas? Pierre est en vie. Je le sais, je le sens... »

Elle ajouta d'une voix plus basse, comme s'adressant à elle-même :

« Je le veux! »

Trop ému pour continuer la conversation, il prit Amélie dans ses bras et appuya son front contre une joue douce et brûlante. Ils restèrent immobiles, lui pensant à sa crainte et elle à son espoir. Après un long silence, elle murmura :

« Maintenant, nous allons attendre d'autres nouvelles, de meilleures nouvelles!

— Oui, Amélie.

— Nous en aurons bientôt. Pierre reviendra...

— Sûrement.

— Et alors... alors comme la vie sera belle, Denis!... Va vite chercher Élisabeth!... Il faut que je la voie!... »

Denis relâcha son étreinte :

« Tu ne viens pas avec moi?

— Non. Je n'aimerais pas rencontrer les clients. Il sera bien temps demain!... Remporte ça, veux-tu? »

Il reprit l'assiette de soupe refroidie, le pain, le vin, le verre, et sortit de la chambre à regret.

M. Lubin avait fini de dîner et se préparait à partir. Mme Rousseau lavait la vaisselle. Quand Denis lui restitua l'assiette pleine, le litre intact, elle se récria :

« Faut-il qu'elle soit en peine pour refuser ça! Elle va tomber malade à se ronger la tête sans se nourrir le sang! »

Il la rassura de son mieux, ferma le café, et força sur la poche de son veston pour y enfourner la petite caisse en fer, qui contenait le gain de la journée. Douze francs au moins. C'était probablement leur meilleure recette depuis le début de la guerre. En se déplaçant, il entendit tinter les sous contre sa hanche. Mme Rousseau lui tendit Élisabeth endormie et sortit la dernière, après avoir éteint la lampe dans la cuisine :

« Allez, bonne nuit, Denis! S'il y a besoin de quelque chose...

— Il n'y aura besoin de rien, madame Rousseau. »

Il arriva dans la cour. La fillette respirait doucement dans ses bras. Ce n'était pas la première fois qu'il la transportait ainsi, mais ce soir elle était plus légère, plus vulnérable que d'habitude. En la serrant contre sa poitrine, il prenait conscience du nouveau rôle qui lui incombait. Si Pierre ne revenait pas, ce serait à lui de le remplacer auprès de l'enfant. Cette responsabilité inattendue le haussait à ses propres yeux. Il parcourut le reste du chemin, la tête droite, les muscles durcis, le regard provocant, comme si l'ombre eût été peuplée d'ennemis, que son air fort et décidé allait mettre en déroute.

2

LA nuit d'Amélie ne fut pas un repos, mais une succession de veilles épuisantes. Dès qu'elle fermait les yeux, cédant à la fatigue, quelqu'un la secouait par l'épaule. Elle se dressait dans son lit, ouvrait les paupières et se rappelait tout. L'épouvante ballottait son cœur. Ce fut seulement à la lumière du jour qu'elle rétablit un peu d'ordre dans ses pensées. Denis, Mᵐᵉ Rousseau, les clients, la retrouvèrent, sage et résolue, derrière son comptoir. Tout le monde l'admirait pour sa vaillance dans l'épreuve. Les compliments qu'elle recevait de son entourage l'aidaient à conserver son sang-froid. Selon le conseil de M. Florent, elle écrivit immédiatement au capitaine commandant la 17ᵉ compagnie du 300ᵉ R.I. pour lui demander des renseignements sur la disparition de Pierre. Puis, dans l'après-midi, elle se rendit au bureau de la Place et à la Croix-Rouge. Elle était persuadée que l'une ou l'autre de ces deux administrations détenait la solution du mystère dans ses registres. Un sergent de l'armée française, avec un nom, un matricule, une affectation précise, ne pouvait se volatiliser du jour au lendemain sans que le commandement militaire ou les services de santé en eussent été avisés. On allait lui dire où il se trouvait, ce

qu'il était devenu... On ne lui apprit rien de semblable.
A la Croix-Rouge, personne n'était au courant de
l'affaire, personne n'avait le temps de s'en occuper : il
fallait attendre l'avis officiel. Au bureau de la Place,
un vieil adjudant, amputé d'un bras, se fâcha devant
Amélie pendant qu'elle lui racontait son histoire. D'où
savait-elle que son mari avait disparu? Qui le lui avait
écrit? Il était interdit aux hommes de donner des
détails par lettres sur le sort de leurs camarades de
combat. Ces informations devaient parvenir aux
familles en suivant la filière administrative.

Sans se laisser rebuter par cette admonestation,
Amélie se présenta, le lendemain, à l' « Association
des Dames françaises » et à l' « Union des Femmes de
France ». Là non plus, on ne savait rien, on ne pouvait
rien, on ne conseillait que la patience. Même réponse
au siège de l' « Assistance aux dépôts d'Éclopés ». Le
22 février, Paris s'éveilla sous la neige. Il n'y avait plus
un seul fiacre dans la ville. Le service des tramways
avait été réduit. Malgré le froid très vif et
l'incommodité des transports, Amélie décida de fermer
le café après le déjeuner pour tenter une démarche au
« Secours National ». Elle passa deux heures dans une
salle d'attente surchauffée, remplie de quémandeurs
aux figures humbles, fut reçue entre deux portes par
une secrétaire en tailleur gris ardoise, de coupe
militaire, et repartit, après s'être entendu dire que ce
genre d'affaire ne relevait pas de la compétence du
« Comité ».

« Allez plutôt à la Croix-Rouge... »

Elle prit le tramway pour rentrer chez elle : il
s'arrêtait justement au coin de la rue des Boulets.
D'après ses calculs, elle arriverait à temps pour le
courrier du soir. Mais le tramway avançait lentement,
à cause de la neige : les rails avaient été
imparfaitement dégagés. Presque tous les passagers

lisaient des journaux. Assise près de la fenêtre, Amélie regardait les boutiques d'alimentation de la rue Saint-Antoine, qui défilaient en sautillant derrière la vitre brouillée de givre. Des vendeurs rubiconds se dandinaient devant les étalages de victuailles gelées. Ils criaient et on ne les entendait pas. Les piétons, lourdement vêtus et chaussés, marchaient à petits pas prudents sur des trottoirs en pâte de verre. Çà et là, aux abords des portes, le sol était balayé, tassé et sali de cendre. Le wagon grinça, dans un crépitement d'étincelles, et déboucha, suivant une courbe élégante, sur la place de la Bastille. Un ciel verdâtre et brumeux pesait sur la ville. L'immense carrefour était livide, silencieux, avec, au centre, sa colonne noire à la cime enfarinée. Sous leurs toits de duvet neuf, les maisons, coiffées trop jeune, avouaient le délabrement et la crasse de leurs façades. Boulevard Beaumarchais, un tramway en panne tournait désespérément son antenne d'insecte sous une portée de fils morts. Autour de la caisse jaune, enlisée dans le désert de glace, bougeaient les silhouettes sombres des naufragés. « Pourvu que nous ne tombions pas en panne, nous aussi ! se dit Amélie. J'aurais peut-être mieux fait de prendre le métro. » De rares autos patinaient, en soufflant, sur la chaussée glissante. Un vent froid venait de la porte ouverte sur la plate-forme. A l'angle de la rue de Lyon, Amélie aperçut, derrière une haie de curieux, deux chevaux de camion qui avaient dérapé sur le verglas et gisaient côte à côte, les jambes tremblantes, l'encolure tordue et l'œil rond, effrayé. Le charretier, ayant dételé ses bêtes, tirait de toutes ses forces sur la bride pour les aider à se remettre debout. Après chaque soubresaut, elles retombaient, impuissantes. L'homme hurlait, se désespérait. Un peu plus loin, le tramway s'arrêta. Des voyageurs montèrent, transis, voûtés, les paupières larmoyantes et les lèvres bleues. La receveuse tira sur le cordon. Un tintement. Une secousse. On repartait. Enfin, le faubourg Saint-Antoine! Les boutiques d'alimentation avaient cédé la place aux boutiques d'ameublement. Des lits, des tables, des fauteuils brillaient derrière les glaces des devantures. Les marchands battaient la semelle devant ces trésors de bois vernis et de capitons neufs. Quand le tramway ralentissait, on entendait leurs appels monotones :

« Un petit coup d'œil, madame! Cela n'engage à rien!

— Une jolie salle à manger pour pas cher! Profitez de nos prix-réclame! »

Avenue Ledru-Rollin, des écoliers, le cartable au dos, jouaient à s'envoyer des boules de neige. Un chien fou courait autour d'eux en frétillant de la queue. Amélie contempla au passage ces enfants, ce chien, avec une surprise attendrie. Elle avait l'impression qu'en modifiant la face des choses, pendant le sommeil des hommes, la nature entière l'incitait à nier l'évidence de son tourment. Ce n'était pas pour rien que tant de blancheur descendait du ciel sur le sol, au moment précis où elle allait se laisser abattre par l'inutilité de ses premières démarches. La neige qui faussait les perspectives, privait les objets de leurs bases, égayait les visages, maquillait les maisons, allégeait l'atmosphère, tuait les odeurs, coupait la tige des bruits, était pour elle comme une invitation à croire qu'un miracle était toujours possible en ce monde. Dès qu'elle serait arrivée au café, le facteur ouvrirait la porte : « Madame Mazalaigue! » Et il lui remettrait une lettre de Pierre, une longue lettre qui expliquerait tout... Elle se disait cela et essayait de s'en réjouir, mais son âme était de plomb. Portés à leur paroxysme, son désir de se rassurer comme sa crainte d'être déçue, finissaient par se confondre en un même malaise. Le nom de Pierre sonnait à ses oreilles. Sa raison bondissait, fuyait. Plus que trois stations, plus que deux, plus qu'une... Elle descendit rue des Boulets, juste devant une marchande de marrons chauds. La neige avait fondu autour de la vieille femme emmitouflée de châles noirs. Ses mains cuites dansaient au-dessus de la plaque percée. Pierre aimait les marrons. S'il avait été là, il en aurait sûrement acheté un cornet. Deux soldats hilares passèrent en vacillant sur leurs godillots instables. Des permissionnaires?

« Tu comprends, mon vieux, moi je te dis... »

Le tramway s'éloigna en tintant et en cahotant. Amélie traversa le faubourg Saint-Antoine et s'engagea dans la rue des Boulets. La blanchisserie de Mme Louise, sa buée, son caquetage et ses coups de fer assourdis. Un gamin loqueteux, criant les journaux du soir... Elle pressa le pas, comme poussée dans le dos. Son visage était brûlant et ses pieds gelés. « Vite... vite... Ne pas manquer le facteur!... » Rue de Montreuil, le café était fermé. Une faible clarté, venue de l'intérieur, bleuissait la neige sur le trottoir. De légers flocons tourbillonnaient dans l'air. Amélie s'engouffra sous le porche et entra dans la cuisine par la porte du fond. Mme Rousseau surveillait Élisabeth, qui jouait, assise par terre, avec son âne en caoutchouc...

« Le courrier n'est pas passé? demanda Amélie.

— Si, dit Mme Rousseau. Il y a dix minutes...

— Rien pour moi?

— Eh! non, ma pauvre! »

Elle était préparée à cette réponse. Élisabeth lui tendait les bras. Elle la souleva, l'embrassa, la reposa, vacillante, entre deux chaises.

« Et vous? demanda Mme Rousseau. Du nouveau?

— Non, dit-elle. Demain, je retournerai à la Croix-Rouge. »

Elle retira son chapeau, son manteau, noua un vieux tablier sur ses reins, chargea le poêle et déverrouilla la porte sur la rue. Après le froid sec du dehors, la chaleur, l'odeur confinées de la pièce lui portaient au cœur. Ses yeux se mouillaient. Son nez était humide. Elle chercha un mouchoir dans la poche de son tablier. Ses doigts rencontrèrent un papier aux plis nets : la lettre anonyme! Elle l'avait oubliée dans le désarroi où elle vivait depuis quelques jours. Maintenant encore, elle n'avait nulle envie de la relire. Ce souci était si mesquin, si ridicule, auprès de la question fondamentale qui obsédait son esprit! Quand les clients arrivèrent, après la fermeture des ateliers, elle pensait déjà à autre chose. M. Florent et M. Buche s'enquirent du résultat de sa visite, la plaignirent de s'être dérangée pour rien par un si mauvais temps et lui conseillèrent d'écrire, à tout hasard, au dépôt du 300e, à Tulle. C'était une excellente idée, et Amélie s'en saisit avec gratitude. Déjà, sa confiance s'organisait autour de ce nouveau prétexte :

« Vous avez raison! Sûrement, au dépôt ils seront renseignés!... Quelle sotte je suis de n'y avoir pas pensé plus tôt!... »

Denis, qui était entré derrière son patron, observait sa sœur avec un mélange de commisération et de tendresse. Elle repartait à l'assaut avec des forces fraîches. Quand donc cesserait-elle de courir ainsi de mirage en mirage? La porte battait. Des habitués, des inconnus, se collaient au comptoir, geignant, toussant, la goutte au nez et les yeux rouges. On ne parlait plus de Pierre, mais des dernières nouvelles publiées par les gazettes. La journée de la veille avait été riche en événements militaires. Les Allemands avaient déclenché une puissante offensive contre Verdun. Des troupes fanatisées avaient enlevé par endroits nos tranchées de première ligne et atteint même nos tranchées de doublement, d'où des contre-attaques les avaient finalement délogés. Ces opérations laissaient présager une bataille longue et terrible dans le secteur. Mais il y avait mieux pour M. Buche! Dans la nuit du 21 au 22 février, sept avions ennemis avaient été abattus par nos chasseurs, et un zeppelin, descendu en flammes, par le tir d'un auto-canon du poste de Revigny.

« Le gars qui a fait ça, il mérite la croix de guerre! dit M. Buche.

— Si ça se trouve, c'est le même zeppelin qui a bombardé Paris, le mois dernier, dit Denis. Les Boches ont dû être grillés vifs dans la carcasse!... »

Amélie restait en dehors de la conversation. C'était une autre guerre qui commençait pour elle. Une guerre aussi violente que celle de jadis, mais plus lointaine, en quelque sorte, plus théorique. Une guerre dont son mari était absent. Elle demanda, par habitude :

« Et du côté de Neuville, qu'est-ce qui se passe?

— Ça tape dur aussi, dit M. Buche. Le communiqué signale de sérieux combats autour de la cote 140!

— Ah! mon Dieu! soupira-t-elle, ils n'auront donc jamais de repos dans ce coin-là! »

Aucune pensée n'accompagnait plus ses paroles.

Après le dîner, quand M. Lubin eut regagné sa chambre, Denis conseilla à sa sœur d'aller se coucher sans attendre l'heure de la fermeture. S'il venait des clients, il s'en occuperait lui-même. Elle refusa. La crainte de passer une mauvaise nuit n'était pas étrangère à son désir de prolonger la veillée. Pendant un moment, elle projeta d'écrire à la Chapelle-au-Bois. Elle n'avait pas répondu à la dernière lettre de son père, rédigée par Mme Pinteau et vieille déjà de cinq jours. Mais il se montrait tellement soucieux à l'idée que Pierre ne donnait plus signe de vie, qu'elle hésitait à l'inquiéter davantage en lui parlant d'une disparition possible de son mari. Tant qu'elle n'aurait pas épuisé toutes les chances de contrôler la nouvelle, il valait mieux que Jérôme n'en sût rien. Restait la solution de lui envoyer une missive faussement optimiste. Elle n'en avait pas le courage dans son état. « Plus tard. Quand tout sera éclairci. Quand je serai sûre... » Brusquement désœuvrée, elle s'assit à la caisse, croisa les mains et regarda Denis, qui lisait le journal laissé par M. Buche sur la table.

« Paraît que le zeppelin volait à 2 000 mètres, dit-il. Et ils l'ont eu du premier coup, avec un 75... C'est formidable tout de même!... »

Son visage s'allongea dans un bâillement silencieux. Il se frotta les paupières avec ses deux poings. Le même geste que lorsqu'il était enfant. Amélie sourit à ce gentil souvenir, et tout à coup, repensa à la lettre anonyme. Alors, sans hâte, elle se leva, plongea la main dans la poche de son tablier, en tira le papier froissé, le défripa, le parcourut des yeux, le tendit à son frère.

« Qu'est-ce que c'est? demanda-t-il.

— Lis, tu verras bien! »

Il n'avait pas plus tôt jeté un regard sur la lettre, qu'il pâlit et murmura :

« C'est pas croyable! Qui t'a envoyé ça?

— Je l'ignore, Denis. La personne n'a pas signé. C'est ce qu'on appelle une lettre anonyme.

— Une lettre anonyme? »

Il répéta ces mots avec une intonation de crainte respectueuse.

« En tout cas, reprit-elle, il s'agit de quelqu'un qui nous veut du mal. »

Immédiatement, il songea à Mme Langoustier et se sentit perdu. Sa bouche s'entrouvrit bêtement. Son regard nagea dans l'espace.

« Continue », dit Amélie.

Il se remit à lire. A deux reprises, elle l'entendit bredouiller encore : « C'est pas croyable ! » Arrivé au bout, il resta le front incliné, les traits morts. Elle attendait qu'il parlât. Lui, cependant, essayait de recouvrer le calme nécessaire à une explication de cette importance. Mais les bonds désordonnés de son cœur l'empêchaient de réfléchir efficacement. « Il vous reviendra à quatre pattes ! » Ah ! la teigne ! Elle avait mis du temps à mûrir sa vengeance. Mais elle avait tenu parole. Elle le frappait au point le plus sensible : son amour pour Lucie. Auprès de qui Mme Langoustier s'était-elle renseignée ? Les avait-elle suivis dans la rue ? Il se demanda ce qu'il pourrait bien répondre aux questions que sa sœur n'allait pas manquer de lui poser. Toutes les excuses qu'il trouvait dans sa tête lui paraissaient faibles et indignes. Il s'affolait, se fâchait, pestait dans le vide...

« Donne-moi ça », dit Amélie.

Elle prit la lettre et la jeta dans le poêle. Denis la regardait faire sans comprendre. Voulait-elle signifier par là qu'elle se désintéressait de l'accusation ? Elle replaça la rondelle de fonte sur l'ouverture, d'où montait déjà une clarté vive, dansante, reposa le crochet dans un coin, frotta ses mains l'une contre l'autre et revint à son frère. Debout devant lui, elle l'emprisonnait dans la lumière de ses yeux :

« Et maintenant, dis-moi s'il y a quelque chose de vrai dans ce que tu as lu ! »

Elle le vit hésiter, préparer son élan devant un obstacle invisible. Son visage témoignait de la lutte qu'il s'imposait pour être tout à fait sincère. Enfin, il balbutia :

« Cette lettre est une saleté, Amélie ! Je n'ai jamais couché avec une jeune fille, comme c'est dit dedans !...

Et je ne le ferai jamais!... Ça, je te le jure!... Je ne suis pas un cochon!...

— Je veux bien te croire, dit-elle, mais quelle est donc cette petite blanchisseuse?

— Une petite blanchisseuse? »

Il clignait des paupières et se mordillait l'intérieur des lèvres.

« Oh! ce doit être la nièce de Mme Louise », reprit-il avec un haussement d'épaules.

Elle sursauta, indignée :

« Tu la vois en dehors d'ici?

— On se rencontre, de temps en temps, dans la rue...

— Vous vous donnez des rendez-vous?

— Mais non! C'est par hasard. Elle va livrer le linge, moi je sors de l'atelier...

— Et puis?

— Et puis, on se dit bonsoir, on fait quelques pas ensemble.

— Et c'est tout?

— Ben, oui! »

Elle respira, soulagée par l'accent véridique de cet aveu, et continua d'une voix plus calme :

« D'après toi, qui m'a envoyé cette lettre? »

Une lueur inquiète glissa dans les prunelles de Denis :

« Je ne sais pas. Peut-être une des blanchecailles? Elles ne peuvent pas sentir Lucie parce qu'elle est la nièce de la patronne. Elles n'arrêtent pas de la chiner pour des riens...

— Elles vous auraient donc vus ensemble?

— Tout le monde peut nous voir. On ne se cache pas.

— Et elles auraient osé...?

— Je te dis que ce sont de sales femmes!... des

femmes qui aiment les histoires!... Lucie en est assez malheureuse!...

— Tu m'as l'air d'être bien au courant des sentiments de cette petite!

— Elle m'en parle un peu, c'est normal... »

Elle fronça les sourcils :

« Pas tant que ça, Denis. Je n'apprécie guère ce genre de promenades à deux, dans les rues. Tu n'as que seize ans. Tu ne peux pas mesurer la responsabilité que tu prends en sortant ainsi avec une jeune fille. Déjà, tu as failli la compromettre. Que tu le veuilles ou non, de vilains bruits circulent sur votre compte!

— Alors, quoi? s'écria-t-il. Il ne faut plus que je la voie sous prétexte qu'une bonne femme quelconque t'a écrit des dégoûtations?

— Cela t'ennuierait donc tellement de ne plus la voir?

— C'est pas que cela m'ennuierait. Je trouverais ça idiot... idiot et pas juste!...

— Parce que tu te plais avec elle?

— Oui, elle est jolie! » murmura-t-il avec un sourire béat.

Cette appréciation étonna Amélie, comme si quelqu'un d'autre l'eût formulée par la bouche de son frère.

« Jolie? dit-elle. Voyez-vous ça! Tu la trouves jolie?

— Pas toi?

— Si.

— Ah! »

Il jubilait, les yeux brillants, les joues rouges. C'était un comble! Elle aurait voulu se fâcher, mais la candeur de Denis la privait de tous ses moyens. Pouvait-elle lui reprocher de n'être pas indifférent au charme de Lucie? Sans doute ignorait-il lui-même la nature du penchant qu'elle était en train de lui inspirer. Il était si jeune, si mal préparé aux surprises du cœur! Elle l'imagina, marchant dans la rue noire, aux côtés de la gamine, lui parlant à voix basse, gravement, sur un ton de supériorité protectrice. Était-ce la souffrance qu'elle éprouvait dans sa passion pour Pierre qui la rendait maladivement sensible aux échos de cette idylle naissante? Sur le point de céder à l'attendrissement, elle se ressaisit et demanda :

« Sais-tu seulement si elle est sérieuse?

— Ah! ça, j'en suis sûr! s'écria-t-il. C'est même parce qu'elle est très sérieuse que je m'entends bien avec elle! »

Elle hocha la tête, à demi convaincue :

« Elle a du mérite si elle reste convenable dans ce milieu de blanchisseuses, qui regardent les hommes en face et ne mâchent pas leurs mots.

— C'est exactement ce que je lui ai dit! Elle n'aime pas ses copines d'atelier. Elle prétend que ce sont toutes des dévergondées... »

Il s'animait en plaidant une cause qui lui était chère.

Amélie le menaça du doigt :

« Denis, Denis, prends garde! Cette jeune fille te préoccupe un peu trop...

— Mais non...

— Je te connais mieux que tu ne te connais toi-même. Surtout, je connais la vie...

— Et alors? »

Elle posa une main sur l'épaule de son frère :

« Cette petite Lucie est quelqu'un de bien, me dis-tu?

— De très bien, oui...

— Raison de plus pour ne pas la perdre de réputation. Dorénavant dans ton intérêt comme dans le sien, évite de te montrer assidu auprès d'elle!

— Je ne suis pas assidu!

— Laisse-moi finir! Que tu la salues quand tu la rencontres, que tu lui parles à l'occasion, je n'y vois pas d'inconvénient, mais il ne faut pas qu'elle devienne pour toi une fréquentation régulière. Quelques mots, et au revoir...

— C'est comme ça qu'on fait!

— Eh bien, c'est amplement suffisant! Je te demande même d'être plus distant encore à l'avenir. »

Il grommela :

« Plus distant? T'en as de bonnes! On peut pas être plus distant... Ou alors, c'est malpoli... »

Son exaltation était tombée. La face morne, les yeux à demi voilés par les paupières, il regardait le plancher, à deux pas devant lui. Elle le devina humilié, déçu dans une illusion qu'il n'osait s'avouer à lui-même. Une mystérieuse complicité la liait à ce jeune frère, dont les premiers émois s'épanouissaient tout près d'elle, dans l'ombre. Sans regretter ce qu'elle lui avait dit, elle le plaignait d'avoir eu à l'entendre.

« Et, si quelque chose ne va pas, viens te confier à moi, reprit-elle doucement. Nous ne devons pas avoir de secrets l'un pour l'autre. Je suis navrée que cette nouvelle m'ait été apprise par une lettre anonyme. C'était à toi de m'en parler!

— Je t'en aurais parlé, si ç'avait été important, dit-il.

— Tout de toi m'intéresse, Denis. Quand la revois-tu?

— Je ne sais pas. Demain, peut-être, ou après-demain... ou dans trois jours...

— Tâche que ce soit dans quatre jours. »

Il poussa un profond soupir :

« C'est ça... »

Amélie eut un serrement de cœur. Devant cet enfant troublé, une bouffée de souvenirs lui montait à la tête. Elle revoyait La Chapelle-au-Bois, les premiers garçons qu'elle avait connus, Jean Eyrolles, Pierre... Elle se rappelait son exaltation de jadis, sa foi en un avenir heureux, sa conviction que personne avant elle n'avait éprouvé un pareil amour. Et, loin d'être découragée par la comparaison entre le rêve qu'elle avait fait et l'affreuse situation où elle se trouvait aujourd'hui, elle goûtait dans son dénuement une sorte de joie radieuse, inexplicable, comme si ses plus beaux espoirs de jeune fille se fussent réalisés dans sa vie de femme. Denis l'observait du coin de l'œil, perdue dans ses pensées, contemplant le mur, en face d'elle. Enfin, elle dressa le cou, pour respirer à un autre niveau, et dit :

« Maintenant, il est l'heure. Ferme le café, Denis. Moi, je m'occupe d'Élisabeth. »

Il neigeait encore quand il appliqua les volets de bois sur les vitres noires.

3

EN arrivant au café pour prendre leur casse-croûte du matin, Denis et M. Buche constatèrent avec surprise que la porte sur la rue était largement ouverte, malgré le froid. Celle du fond étant restée entrebâillée sur le couloir, un violent courant d'air traversait la salle vide. Bien qu'il fût près de neuf heures, Amélie n'était pas à son poste. Le tiroir de la caisse n'avait été poussé qu'à demi. Des sous traînaient sur le zinc. L'eau coulait à gros débit du robinet dans le bac. Le poêle fumait. Un balai était appuyé contre une table. Intrigué par ce désordre inhabituel, Denis ferma les issues, vissa le robinet, rangea le balai et revint à son patron en grommelant :

« Je me demande ce qui s'est passé! Elle a tout laissé en plan! N'importe qui aurait pu entrer et se servir!... »

Il se tut un instant, sentit monter son inquiétude et ajouta soudain :

« Je vais voir où elle est! Vous m'attendez une seconde... »

Un cri strident lui coupa la parole :

« Denis! Denis! Il est vivant!... »

Il tressaillit, glacé jusqu'aux os par cette clameur de folle. La porte du fond s'était rabattue en claquant contre le mur. D'un même mouvement, M. Buche et Denis tournèrent la tête. Amélie s'avançait vers eux, méconnaissable, un sourire tremblant aux lèvres, les joues luisantes de larmes, les yeux dilatés par la joie. « Ça y est, pensa Denis, les nerfs ont lâché! » Il se précipita au-devant de sa sœur et la reçut contre sa poitrine. Elle l'étreignit fougueusement, lui palpant les épaules, les bras, de ses doigts crispés, le pinçant à lui faire mal. Puis, elle le repoussa, le contempla d'un air de triomphe insensé et répéta, d'une voix rompue par l'émotion :

« Il est vivant, Denis! »

En même temps, elle tirait une lettre de son corsage. Ses mains frémissaient en dépliant la feuille de papier blanc. Alors, un grand espoir se leva en lui. Il balbutia :

« Tu as eu des nouvelles?

— Oui... Au courrier, ce matin...

— Une lettre de lui? »

Elle secoua la tête :

« Non... Écoute... »

Et, après avoir fait une aspiration profonde, elle commença à lire :

« Madame,

« Votre mari, le sergent Pierre Mazalaigue, du 300ᵉ R.I., se trouve actuellement en traitement dans notre hôpital. Si je vous écris à sa place, c'est qu'il n'est pas encore en mesure de le faire lui-même. Soigné par nous et entouré de nos prières, il se remet lentement des blessures qu'il a glorieusement reçues pour la France. J'espère que ces premières nouvelles, sans être très encourageantes, vous délivreront tout de même de l'angoisse où vous devez être. Je ne manquerai pas de vous avertir en temps voulu des progrès de son rétablissement. En attendant, je vous adresse, Madame, l'assurance de mes sentiments dévoués en Notre-Seigneur.

« Sœur CLOTILDE. »

Elle replia le feuillet et dirigea sur son frère un regard éblouissant :

« Qui avait raison? »

Interpellé sur ce ton de gaieté fébrile, Denis se taisait, en proie à une anxiété qui embrouillait tout dans son cerveau. Il était à la fois heureux que Pierre ne fût pas mort, et malheureux qu'il fût blessé. Son état devait être alarmant, puisqu'il ne pouvait pas tenir une plume. Amélie, cependant, paraissait inconsciente de la gravité des révélations qu'elle avait reçues. Elle ne voulait voir que le bon côté de la chose : son mari était retrouvé, elle avait de nouveau le droit de penser à lui comme à un homme vivant, elle savait où lui écrire, où le rejoindre...

« Ah! ça vous remet le cœur d'aplomb! dit M. Buche. Vous devez être soulagée, madame Mazalaigue! »

Un coup d'œil suffit à Denis pour se convaincre que son patron était, comme lui, partagé entre la satisfaction et l'inquiétude, et ne feignait un air réjoui que pour se conformer à l'humeur d'Amélie.

« Si je suis soulagée? s'écria-t-elle. Regardez-moi et vous comprendrez! »

— Où est-il maintenant? demanda Denis.

— Dans un hôpital complémentaire d'Orléans, dit-elle. Chez les bonnes sœurs. J'ai l'adresse en tête du papier. Je vais partir par le premier train. Je pense qu'il y en a un dans la soirée, ou demain matin, très tôt! Tu te renseigneras, Denis. M. Florent a les horaires. Pendant ce temps, je continuerai à prendre

mes dispositions. Mme Rousseau gardera la petite.
Nous fermerons le café... Ah! il faut vite, aussi, que
j'écrive à mon père! Il sera si content!... »

Elle parlait avec volubilité et tournait machinalement entre ses doigts le rectangle blanc de la
lettre.

« Vous comptez vous absenter pendant longtemps?
demanda M. Buche.

— Je n'en sais rien! Deux jours, trois jours... Je
déciderai sur place... Au besoin, je ferai la navette
entre Paris et Orléans... Tout dépendra de lui, de sa
santé... La bonne sœur ne donne aucun détail... C'est
absurde!...

— Si elle vous écrit, décréta M. Buche, c'est qu'il va
mieux.

— Voilà bien ce que je me suis dit. On n'avertit pas
la famille tant qu'il y a des complications à craindre!
Ou alors, il s'agit de cas tout à fait tragiques, et on
convoque les proches en leur suggérant, par quelques
mots, l'éventualité d'un grand malheur. On ne leur
déclare pas : « Cette nouvelle vous délivrera de
l'angoisse où vous devez être! »

— Évidemment! dit M. Buche.

— En m'adressant une pareille lettre, cette
religieuse devait se douter que j'allais reprendre espoir
et accourir au chevet de mon mari. Sans me le dire
ouvertement, elle m'invite à me rendre là-bas. N'ai-je
pas raison, Denis?

— Si, dit-il, réchauffé, malgré lui, par cette
argumentation optimiste.

— Oh! reprit-elle, cela ne m'empêche pas de penser
qu'il est peut-être terriblement atteint! »

Elle appliqua ses deux poings contre son front,
comme pour écraser les visions sanglantes qui la
hantaient. Mais, pour horribles que fussent toutes ses
suppositions, elle les préférait encore à l'angoisse

sourde, dévorante, inéluctable, qui l'avait préparée, jour après jour, à l'idée que Pierre était définitivement perdu. C'était elle qui l'avait sauvé en refusant de le croire mort. C'était elle encore qui le guérirait de toutes ses plaies. Elle laissa retomber ses mains et montra une face régénérée, où les yeux seuls gardaient un reflet de pitié et de peur :

« Il est blessé, s'écria-t-elle, mais, enfin, il vit! Il vit! C'est l'essentiel! Je vais le revoir! »

Ressaisie par l'enthousiasme, elle s'était cramponnée au bras de son frère :

« Je vais le revoir, Denis! Est-ce que tu te rends compte?...

— J'aurais bien envie de le revoir, moi aussi, dit-il.

— Pourquoi n'irais-tu pas avec ta sœur? demanda M. Buche.

— Et le boulot? »

M. Buche releva d'un doigt les bouts crochus de sa moustache :

« C'est demain samedi : jour de livraison et de nettoyage. Après-demain, dimanche, tu es libre. Et, comme le lundi, dans tous les ateliers, on se tourne les pouces, on boit du blanc et on bouffe des escargots en parlant de ce qu'on a fait la veille, que tu sois là ou non il n'y aura pas de retard dans la besogne!

— Vrai? murmura Denis. Vous voulez bien?

— Puisque je te le propose! Mais lundi soir, il faut que tu sois rentré!

— Il sera rentré, M. Buche, je vous le promets! dit Amélie. Comment vous remercier pour votre gentillesse? »

Elle le regardait avec tant de gratitude, qu'il se troubla, toussa et dit rudement :

« En m'offrant à boire, si vous voulez bien! »

Denis reprit sa place derrière le comptoir :

« Voilà! Et pas de l'ordinaire! Du bordeaux!... »

Il remplit deux verres, un pour lui, un pour son patron.

« Tu n'en verses pas à ta sœur ? demanda M. Buche.

— Je ne bois jamais le matin, dit Amélie.

— Pour aujourd'hui, vous ferez exception. Ça s'arrose ! »

Denis remplit un troisième verre. Amélie le porta à ses lèvres. Ce goût un peu aigre, joyeux et sec, l'étourdit, l'amusa.

« Il va en faire une tête, Pierre, en nous voyant arriver ! dit Denis.

— Je ne le crois pas, dit-elle. Il doit s'y attendre. La bonne sœur ne nous a pas écrit sans le prévenir.

— Oui, mais il pense que tu viendras seule. Et hop ! On est là tous les deux ! Il ne manque plus qu'Élisabeth !

— La prochaine fois, si je constate qu'il va vraiment bien, je la lui amènerai », dit-elle.

Était-ce le peu de vin qu'elle avait bu ? Elle se sentait grise, délivrée d'un grand poids, le visage chaud, l'âme en fête. Qu'il était donc agréable de faire des projets après tant de semaines noires !

« Il reviendra ici pour sa convalescence ? demanda M. Buche.

— Probablement, dit-elle. Mais il est trop tôt pour en parler !... Vous me faites perdre la tête !... Denis, je t'avais dit d'aller chercher l'horaire chez M. Florent !...

— J'y vais ! »

Il s'élança vers la porte et s'arrêta pour livrer passage à M. Florent lui-même, qui entrait suivi de deux ouvriers :

« Salut, tout le monde ! »

Amélie tendit la main au vieil ébéniste, prépara son effet par un sourire et dit d'une voix mesurée :

« Monsieur Florent, je vous préviens que le café sera fermé demain.

— Diable! Et pourquoi donc?

— Je vais voir mon mari, à Orléans. »

Et, comme les nouveaux venus s'étonnaient, s'exclamaient, elle apprécia mieux encore la chance extraordinaire qui lui était échue.

4

L'HOPITAL complémentaire n° 262 était installé dans une vieille bâtisse très grande, très grise, très délabrée, qu'entourait un jardin aux arbres nus et luisants de pluie. Une ambulance automobile stationnait dans l'allée centrale. Sur le perron, se dressait un kiosque vitré, aux carreaux rouges, bleus et jaunes, qui servait d'antichambre. Une religieuse en vêtement noir était assise là, derrière un bureau chargé de registres. Son visage avait la couleur et le grain du citron. Quand Amélie lui eut demandé la permission de voir son mari, le sergent Pierre Mazalaigue, elle s'affola :

« Ah! mon Dieu! Mais ce n'est pas l'heure des visites! Et je ne sais même pas s'il est autorisé à en recevoir!

— Vous m'avez écrit une lettre, ma sœur...

— Une lettre pour vous prier de venir?

— Pas tout à fait... Enfin, j'ai cru comprendre... »

Elle avait sorti la lettre de son sac. La religieuse s'empara du papier, le lut, le relut et dit :

« Je vais prévenir la mère supérieure. »

Restée seule avec Denis, Amélie lui serra fortement la main. Il était, comme elle, fatigué, à bout de patience. Arrivés le matin même à Orléans, ils avaient laissé leur valise en consigne à la gare pour se rendre directement à l'hôpital.

« Ça va s'arranger », chuchota-t-elle.

La religieuse revint bientôt, glissant sur des semelles feutrées :

« Voulez-vous me suivre? »

Denis et Amélie lui emboîtèrent le pas. Elle les introduisit dans une salle d'attente, meublée de six chaises à coussinets de velours vert. Au mur, un petit Christ livide étendait les bras, penchait la tête.

« La mère supérieure ne va pas tarder.

— Elles en font des histoires! grommela Denis quand la sœur se fut éclipsée.

— Tais-toi, dit Amélie. On pourrait t'entendre... »

N'ayant jamais eu l'occasion de fréquenter des institutions catholiques, elle était impressionnée par l'accueil mystérieux qu'on lui réservait dans cette maison et craignait que son manque d'habitude ne lui fît commettre quelque maladresse envers des personnes dont le tour d'esprit était si différent du sien. Les minutes passaient dans un silence engourdissant. Par la porte vitrée, on voyait les allées et venues des religieuses dans le corridor. Jeunes ou mûres, grosses ou maigres, toutes portaient le même costume et se déplaçaient avec le même air tranquille, solennel et flottant.

Soudain, une vieille femme, à la face parcheminée et à la robe noire, se dirigea droit vers la salle d'attente : la mère supérieure sans doute. Elle entra, les mains enfouies dans ses manches larges, fit un petit salut, et, regardant Amélie par-dessus ses lunettes à monture d'acier, demanda d'une voix chevrotante :

« Vous êtes bien madame Mazalaigue?

— Oui, madame », dit Amélie.

Elle rougit et se rattrapa aussitôt :

« Oui, ma mère.

— Et ce garçon?

— C'est mon frère.

— Très bien! Très bien! J'ai fait appeler sœur Clotilde. C'est elle qui vous a écrit. Vous n'aurez qu'à la questionner. Elle vous donnera tous les renseignements au sujet de votre mari...

— C'est que je voudrais surtout le voir », dit Amélie.

Le visage de la mère supérieure se plissa dans une grimace de contrariété :

« Le voir? Voilà qui va être plus compliqué!

— Pourquoi?

— Parce qu'il n'est pas encore en état de recevoir des visites.

— Il va très mal?

— Il va mieux, beaucoup mieux! Mais nous devons lui éviter toute émotion forte... N'est-ce pas, sœur Clotilde? »

A ce moment, Amélie remarqua qu'une autre religieuse avait pénétré, sans bruit, dans la pièce, et se tenait debout contre le mur, les bras croisés à hauteur du ventre. Elle portait un tablier de travail en grosse toile écrue par-dessus sa robe. Des élastiques serraient ses manches aux poignets. Sa figure rude, carrée, colorée, luisait comme un morceau de cuir entre sa guimpe blanche et son bandeau blanc.

« Certainement, ma mère », dit-elle en inclinant le buste en avant.

Amélie eut l'impression que le visage de la nouvelle venue ne lui était pas étranger. Un souvenir se précisait dans son esprit : sœur Clotilde lui rappelait, en plus jeune, Mme Croux, la sage-femme de La Chapelle-au-Bois, qui avait été si bonne pour elle pendant son accouchement. Frappée par cette ressemblance, elle en éprouva inconsciemment du réconfort.

« Eh bien, je vous laisse, conclut la mère supérieure. Vous n'avez pas besoin de moi pour parler de votre blessé. »

Elle sortit et Amélie s'avança, pleine d'espoir, vers la sœur qui l'observait avec une curiosité bienveillante.

« Ma sœur, murmura-t-elle, dites-moi tout, je vous en supplie. Qu'a-t-il au juste? »

La religieuse dénoua ses bras, ouvrit ses mains. C'étaient de grandes mains rouges, des mains d'homme, d'ouvrier. Les paumes tournées vers Amélie, les doigts écartés, elle fit un geste d'apaisement :

« Calmez-vous, madame. C'est vrai, votre mari a été bien atteint, et nous avons eu du fil à retordre avec lui. Mais maintenant, grâce à Dieu, nous tenons le bon bout. Nous avons dû faire encore une petite intervention, ce matin. Toujours sa pauvre cuisse gauche!... gauche!...

— Une intervention? dit Amélie en pâlissant. On l'a opéré? On l'a amputé?

— Mais non! une simple incision pour enlever les parties infectées. Imaginez un peu! Six éclats de shrapnel! A l'ambulance, ils avaient gratté le plus gros. Mais le reste n'était pas sain. Alors, voilà, on achève le travail, on nettoie... »

Elle souriait, comme pour corriger par une expression aimable la dureté des paroles que les circonstances l'obligeaient à prononcer.

« Il n'a été blessé qu'à la cuisse? demanda Denis d'une voix étranglée.

— A la cuisse et à la tête. Une explosion d'obus l'avait complètement enterré. Sans doute est-ce une lourde pierre, qui, en retombant, lui a ouvert le cuir chevelu. Le médecin-chef lui a trouvé une attrition cérébrale, consécutive au choc qu'il avait subi, mais pas de fracture du crâne.

« — Pas de fracture du crâne », répéta Amélie avec soulagement.

Sœur Clotilde lui lança un regard étrange :

« Non. De ce côté-là, vous pouvez être tranquille. J'aurais peut-être dû vous l'expliquer dans ma lettre. Cela vous aurait évité de venir.

— Je serais venue de toute façon, dit Amélie. Il faut que je le voie, vous comprenez ? »

Sœur Clotilde secoua la tête :

« Ce n'est guère le moment ! Voici une heure à peine qu'on l'a ramené de la salle d'opération. Il est encore sous l'effet de l'anesthésie. Soyez raisonnable, madame ! Pour l'instant votre mari a plus besoin de vos prières que de vos visites. Est-ce que vous priez pour lui avec toute la ferveur désirable ? »

Amélie se troubla et dit :

« A ma façon, oui.

— Vous devez prier beaucoup. Remercier le Seigneur de vous l'avoir conservé en vie. Et nous faire confiance pour le reste. Plus il sera au repos, plus vite il guérira...

— Mais je ne le dérangerai pas, dit Amélie. Je ne resterai que cinq minutes, s'il le faut... Songez, ma sœur, que je suis venue exprès de Paris, que je ne l'ai pas vu depuis des mois, des mois, qu'il est ici, tout à côté... et vous voulez que je reparte sans même lui avoir dit un mot ? »

Au lieu de répondre, sœur Clotilde demanda :

« Quel est votre prénom ?

— Amélie.

— Amélie, oui, oui... Je m'en doutais un peu... Il vous a appelée souvent quand il avait mal.

— Vous voyez bien ! s'écria Amélie. Menez-moi à lui, tout de suite, je vous en prie, ma sœur ! »

Les yeux bleus de sœur Clotilde se figèrent sous les touffes poivre et sel de ses sourcils :

« Vous me promettez de vous tenir tranquille?

— Je vous le jure. Je suis très courageuse. Un regard et je m'en irai...

— Alors, suivez-moi. »

Elle se leva. Amélie et Denis s'engagèrent sur ses talons dans le long couloir nu, tapissé de linoléum. On entendait tousser et geindre derrière les portes numérotées. Une sœur les croisa, tenant à deux mains une cuvette pleine de linges rougis. Une autre, en tablier blanc, poussait une voiturette plate, à roues caoutchoutées, qui devait servir au transport des blessés.

« C'est pour qui? demanda sœur Clotilde.

— Le lieutenant du 12.

— Ah! oui, allez vite : le médecin-chef vous attend. »

On monta au premier étage par un large escalier à la rampe de fer forgé. Amélie n'avait plus de jambes. Sa tête se vidait. Instinctivement, elle faisait place nette dans son esprit pour se préparer à recevoir n'importe quelle secousse. Un crachoir en émail. Une banquette collée contre un mur. Une statuette de la Sainte-Vierge, dans une niche, avec un petit bouquet de fleurs trempant, à côté, dans un verre d'eau.

« Attendez-moi », dit sœur Clotilde.

Elle s'effaça derrière une porte.

« C'est grand ici, dit Denis. C'est bien chauffé. »

Il éprouvait le besoin de prononcer des paroles insignifiantes pour se délivrer de l'angoisse où le plongeait le mutisme d'Amélie. Sœur Clotilde reparut et dit :

« Vous pouvez venir. »

Denis fit un mouvement en avant.

« Pas vous, mon garçon! Cela nous ferait trop de monde à la fois. »

Il baissa la tête, accablé.

« Je te raconterai », chuchota Amélie.

Précédée de sœur Clotilde, elle pénétra dans une grande chambre claire, où une dizaine de lits étaient rangés, face à face. Des visages bouillis reposaient sur des oreillers blancs. Par endroits, une main brune, indépendante, se crispait dans les plis d'un drap. De ces corps allongés montait une rumeur de soupirs, de plaintes et de gargouillements. L'air était imprégné d'une chaude odeur de pourriture et de chloroforme. Quelques regards fiévreux se tendaient vers la porte. Une sœur aux manches retroussées glissait un bassin sous le siège d'un blessé tout jeune, qui avait un gros cocon de bandages en guise de bras droit. En voyant entrer Amélie, elle rabattit vivement la couverture. Mais où était Pierre? Sœur Clotilde traversa toute la salle, contourna un paravent et s'arrêta devant le dernier lit, près de la fenêtre. Levant la main, elle fit signe à Amélie de se tenir à deux pas derrière elle. Un homme était couché là, les paupières fermées. On lui avait rasé la tête. Un léger pansement de gaze était collé en travers de son crâne rond et lisse, aux reflets d'ivoire. Clouée sur place, Amélie regardait, sans comprendre, ce bagnard moribond, à la face close, livide, suante, qui était Pierre. Un peu de bave coulait du coin de ses lèvres, tordues dans un rictus douloureux. Ses narines étaient pincées, son cou décharné, hérissé de poils drus et bruns. Deux traînées charbonneuses, partant de la racine du nez, cernaient les yeux et s'étalaient jusqu'au renflement osseux des pommettes. Il respirait par saccades. Du côté gauche du lit, les couvertures se bombaient en tunnel au-dessus de la jambe meurtrie. Au bord du drap, les doigts du blessé bougèrent imperceptiblement. Amélie reconnut la main, mieux qu'elle n'avait fait le visage. Une horrible commotion ébranla tout un lacis de nerfs sous sa peau. Frappée d'un vertige écœurant, elle ressentait, au plus profond de sa chair, comme le contrecoup amorti des injures qu'il avait subies dans la sienne. Elle avait mal pour lui, avec lui. Soudain, elle faillit crier : il avait soulevé ses paupières. Son regard se posa sur sœur Clotilde, puis sur sa femme. Elle s'attendait à voir la surprise, la joie, se peindre instantanément sur cette figure exténuée. Mais les traits de Pierre demeuraient impassibles. Ses prunelles, luisantes comme des billes d'agathe, n'exprimaient rien et se contentaient de refléter la lumière du jour. Incapable de se retenir plus longtemps, Amélie murmura :

« Pierre... Pierre, c'est moi!... »

Peine perdue! Il ne bronchait pas, il ne la reconnaissait pas, il était ailleurs. Comment était-ce possible, puisqu'il ne dormait plus, puisqu'il avait les yeux ouverts? On eût dit qu'il était fâché contre elle et refusait de la voir! Ou encore que c'était elle qui se trompait, qu'il n'avait jamais été son mari, qu'elle s'était imaginé tout cela dans un rêve! Sœur Clotilde lui toucha le bras :

« Chut! Laissez-le. Il n'est pas en état de vous entendre... »

Amélie ne pouvait pas s'en aller. Elle restait là, hébétée, devant le mannequin qu'on avait substitué à l'homme qu'elle aimait. Elle espérait encore qu'à la longue une étincelle jaillirait dans cette tête vide. Mais les paupières du blessé s'abaissèrent doucement. Il n'emporterait pas la vision de sa femme dans la nuit intérieure où il se réfugiait pour souffrir. Amélie eut l'intuition atroce que tout son avenir conjugal venait de se jouer, de se compromettre en quelques secondes, et qu'entre elle et Pierre un lien irréparable s'était rompu. Elle interrogea sœur Clotilde d'un regard apeuré.

« Maintenant, allez-vous-en, chuchota la religieuse. C'est bien assez comme ça, pour aujourd'hui.

— Mais que se passe-t-il, ma sœur? Pourquoi est-il ainsi?...

— Vous ne voudriez tout de même pas qu'il soit frais et dispos en revenant de la salle d'opération?

— Il vous a déjà parlé?

— Évidemment! Il m'a même donné votre adresse.

— Quand?

— Il y a quatre jours...

— Et depuis?

— Quelques mots, par-ci, par-là,.. Le matin surtout, et vers cinq heures... »

Elle prit Amélie par le bras et l'entraîna vers la porte. Tous les éclopés la dévisageaient au passage. Elle cheminait entre deux rives blanches, dont chaque monticule était une somme de douleurs. Dans le couloir, Denis se précipita vers elle :

« Alors?

— C'est affreux! gémit-elle. Il ne m'a pas reconnue! Il est là... comme mort!...

— Voulez-vous bien vous taire! s'écria sœur Clotilde. Si vous continuez, je vais regretter de vous avoir autorisée à le voir! »

Mme Croux la grondait ainsi, quand elle se plaignait de trop souffrir pour mettre son enfant au monde. Cette grosse voix maternelle, tombant sur son chagrin, l'apaisait peu à peu, le rendait presque supportable. Comme autrefois, elle n'était plus qu'une fillette docile, brûlant d'accorder sa confiance à la femme experte que le sort avait placée sur sa route.

« Est-ce que plus tard, au moins, il me reconnaîtra? demanda-t-elle humblement.

— Mais bien sûr! Quelle question! Laissez-nous faire! Nous prions beaucoup pour que Dieu nous aide dans notre tâche. De bons soins, un repos prolongé...

— Quand sera-t-il tout à fait rétabli?

— Là, vous m'en demandez trop. Comptez deux ou trois mois. Peut-être plus, peut-être moins... Ces traumatismes cérébraux sont toujours d'une évolution capricieuse... Les facultés intellectuelles restent provisoirement obscurcies. Heureusement, dans le cas de votre mari, il s'agit d'une contusion très superficielle, très diffuse... En tout cas, dites-vous bien qu'il est plus en sécurité ici qu'en première ligne... C'est tout de même une consolation! »

Le cœur d'Amélie se gonfla de reconnaissance.

« Merci, ma sœur, murmura-t-elle. Pourrais-je le revoir vers cinq heures, cet après-midi?

— Et puis quoi encore? Vous n'êtes pas raisonnable. J'ai fait une exception pour vous, ce matin, cela suffit!

— Demain alors?

— Ni demain, ni après-demain. Le chirurgien ne serait pas content. C'est un homme d'un grand savoir, mais aussi d'une grande intransigeance. Il ne plaisante pas avec la discipline. Il a recommandé un repos absolu pour votre mari pendant quarante-huit heures. Nous aurions même dû l'isoler. Mais nous manquons de place. Rentrez donc chez vous. Restez-y jusqu'à nouvel ordre. Et mêlez vos prières aux nôtres. Quand le blessé ira mieux, je vous écrirai, et vous vous présenterez, un cornet de bonbons à la main. »

Ils étaient arrivés dans le petit kiosque aux vitres multicolores. La sœur portière n'était plus là. Quelque part, très loin, un chœur angélique chantait. Il était difficile de croire que ce concert de voix pures s'élevât réellement d'un univers voué à la laideur, à la torture et aux larmes.

Sœur Clotilde souriait. Il y avait dans ses yeux cette allégresse un peu insensée des femmes d'action et de charité.

« Permettez-moi, au moins, de revenir prendre des nouvelles, dit Amélie.

— Aussi souvent que vous le voudrez.

— Peut-être pourrais-je aussi parler au médecin-chef?

— Il ne vous dira rien de plus que moi, mais, si cela peut vous être agréable, je m'arrangerai pour vous le faire rencontrer. »

Affaiblie par une douceur surnaturelle, Amélie descendit les marches du perron comme en songe. Quand elle se retrouva seule avec Denis dans le jardin, sa sérénité se dissipa, ses craintes la reprirent. Sœur Clotilde n'étant plus là pour la raisonner, elle revoyait le visage de Pierre, son crâne luisant, son regard inexpressif, elle essayait d'imaginer ses plaies, elle se demandait par quel miracle ce cadavre allait pouvoir, un jour, se lever de sa couche, parler, marcher, redevenir un homme! Ne cherchait-on pas à la leurrer par de fausses promesses? Ne devait-elle pas, dès maintenant, s'habituer à l'idée qu'elle avait contemplé son mari pour la dernière fois? Elle fit quelques pas dans l'allée de cailloux sales, avisa un banc, s'y laissa tomber, l'esprit nébuleux, la volonté abolie. Denis s'assit près d'elle et lui prit la main. Gorgé de tristesse, les yeux pleins d'eau, la voix enrouée, il marmonnait :

« Pourquoi es-tu comme ça? Elle t'a bien dit : il guérira... C'est une bonne nouvelle, non?... »

Elle ne l'écoutait pas. Autour d'elle, le froid, la brume, des buissons noirs, des feuilles pourrissantes. Au loin, le roulement des camions sur le boulevard. Deux jeunes religieuses descendirent du perron et se dirigèrent d'un pas rapide vers la grille. Leurs voiles noirs palpitaient sur leurs épaules. Un rosaire pendait à leur ceinture. Elles devisaient en marchant, à voix basse, d'un air joyeux. Pour elles, il n'y avait pas de malheur.

« Ne regrette pas d'être parti sans le voir, Denis, dit Amélie. Moi, je ne peux plus penser à autre chose. J'ai tout le temps son visage devant les yeux... »

Un coup de vent la fit frissonner.

« Lève-toi, dit-il. Nous allons chercher un hôtel pas loin d'ici. Il faut que tu te reposes...

— Je reviendrai cet après-midi !

— Oui.

— Je ne quitterai pas cette ville sans être sûre qu'il est vraiment hors de danger !

— Oui.

— Personne ne pourra m'empêcher de savoir ce que je veux savoir !...

— Oui, Amélie. Viens, maintenant... Viens, je t'en prie... »

Il l'aida à se mettre debout. Un bruit de casseroles montait du sous-sol de l'hôpital. Dans l'air glacé du jardin s'insinuait une odeur de soupe. Une cloche tinta. Amélie s'appuya au bras de son frère. Serrés l'un contre l'autre, ils gagnèrent la sortie. Sur le trottoir, un marchand de journaux brandissait des feuilles fraîchement imprimées : le mot « Verdun » éclatait en première page.

***

Elle retourna aux nouvelles, avec son frère, deux fois dans l'après-midi du samedi et trois fois dans la journée du dimanche. A en croire sœur Clotilde, l'état de Pierre évoluait favorablement. Le lundi matin, jouant le tout pour le tout, Amélie supplia la religieuse de lui laisser encore apercevoir son mari, fût-ce de loin et pour quelques minutes. Aussitôt après, elle partirait pour Paris. Sœur Clotilde accepta. De nouveau, Amélie pénétra dans la chambre blanche, où l'odeur de la souffrance n'avait pas changé. Devant le dernier

lit, au fond de la salle, elle s'arrêta, tremblante. Sœur
Clotilde posa un doigt sur ses lèvres. Pierre s'était
assoupi. Son souffle était sifflant, mais régulier. Il
avait un visage si calme dans le sommeil, qu'Amélie
avait presque peur de lui voir ouvrir les paupières sur
ce regard vitreux, dont le souvenir était pour elle un
sujet de tourment.

« Alors, demanda sœur Clotilde, êtes-vous
convaincue? »

Amélie inclina la tête. Elles se retirèrent sur la
pointe des pieds. Denis les attendait dans le couloir.
Au premier coup d'œil, il comprit que sa sœur était un
peu moins inquiète. Elle lui sourit faiblement et dit :

« Maintenant, nous pouvons partir. »

5

A peine revenue à Paris, Amélie écrivit à son père pour le rassurer. Elle reçut par retour du courrier une missive heureuse et tendre, où Mme Pinteau avait multiplié les points d'exclamation. Mais sœur Clotilde, malgré sa promesse, ne donnait aucune nouvelle de Pierre. Sans doute était-elle débordée de travail? Amélie commençait à s'impatienter. Sa situation lui paraissait à la fois tragique et absurde : dans cet hôpital de l'arrière, son mari était aussi loin d'elle, presque, qu'en première ligne. Il n'avait échappé à la discipline du régiment que pour tomber dans la discipline des médecins et des religieuses. Blessé, désarmé, dévêtu de l'uniforme, il n'appartenait pas davantage à sa femme que lorsqu'il affrontait la mort dans les tranchées. Quand donc n'y aurait-il plus personne entre eux pour disposer de leur temps, de leur vie? Quand donc les rendrait-on l'un à l'autre? Enfin, les renseignements tant espérés parvinrent rue de Montreuil, en réponse à trois lettres consécutives d'Amélie. Sœur Clotilde l'avisait d'une nouvelle amélioration dans l'état du blessé : « A votre prochaine visite, vous serez surprise du changement... » Le billet de sœur Clotilde était arrivé le 9 mars. Le vendredi 10, Amélie repartit pour Orléans, vêtue de sa plus jolie robe, coiffée de son chapeau noir et blanc, et chargée d'une valise où brimbalaient une rechange de linge, des objets de toilette, ainsi que des oranges, des chocolats et un flacon d'eau de Cologne pour Pierre. Cette fois, elle voyageait sans Denis. Elle lui avait promis de rentrer le lundi soir, par le train de six heures. En effet, quand il revint de l'atelier, ce jour-là, il la trouva assise dans son fauteuil, tenant Élisabeth sur ses genoux et la couvrant de baisers et de paroles douces. Une valise ouverte, mais non encore déballée, gisait au milieu de la chambre. Amélie tourna vers son frère un visage fatigué et joyeux. Avant même qu'il l'eût interrogée, elle dit :

« Je l'ai vu!... Je lui ai parlé!...

— Et il t'a reconnue? demanda-t-il anxieusement.

— Oh! oui... Il était un peu soulevé sur ses oreillers. La sœur l'avait prévenu de ma visite. Elle est si gentille!... Je me suis approchée de lui... »

Elle reprit sa respiration, comme étouffée par les mots qui affluaient en désordre dans sa bouche. Denis intervint :

« Comment était-il?

— Très bien! Il me regardait. Il a prononcé doucement : « Amélie!... » Et des larmes sont sorties de ses yeux. Je me suis assise à son chevet. Je lui ai pris la main. Je lui ai dit que je n'étais plus inquiète, qu'il allait se lever bientôt... »

Maintenant, elle ne relatait plus la scène, elle la vivait pour la seconde fois, et l'émotion qu'elle en avait ressentie bouleversait à nouveau son visage, allumait une clarté de fête au fond de ses prunelles. Entraîné par le récit, Denis se penchait sur sa sœur, comme pour l'aider à se souvenir, à parler :

« Et lui, que disait-il? »

Amélie hésita un peu avant de répondre :

« Eh bien, il soupirait, il faisait : « Oui, oui », du bout des lèvres. Son regard était absent. Mais je crois qu'il comprenait tout. Je lui ai donné des nouvelles d'Élisabeth aussi, et de toi. Il a répété vos noms plusieurs fois, avec un sourire. Puis, il a murmuré : « Et Soufaneix? Vernac? Grosclaude? Félicien?... » Il voulait savoir ce qu'étaient devenus ses camarades de combat. Je lui ai avoué que je l'ignorais. Alors, il a fermé les paupières. Il était fatigué. Sœur Clotilde m'a fait signe de partir. Cela se passait le samedi. Le dimanche, il était mieux, bien mieux...

— Il t'a raconté comment il avait été blessé?

— Je lui ai posé la question. Il ne s'en souvenait pas. Mais il m'a parlé de La Chapelle-au-Bois. Il y pense tout le temps. C'est comme une obsession. Il m'a demandé si la campagne était encore sous la neige, si la forge marchait bien, si mon père avait beaucoup de chevaux à ferrer... Parfois, j'étais obligée de lui rappeler que nous n'habitions pas La Chapelle-au-Bois, mais Paris... Il veut absolument aller là-bas pour sa « convalo », comme il dit...

— Quand pourra-t-il sortir?

— J'ai vu le médecin-chef. Il m'a promis que dans cinq ou six semaines Pierre serait de nouveau en état de marcher; mais il faudra compter plus longtemps pour qu'il guérisse de sa commotion cérébrale.

— Plus longtemps, c'est-à-dire combien?

— Quatre ou cinq mois, sans doute. Il est très ébranlé. Il a besoin d'une existence calme et saine pour reprendre le dessus. De toute façon, il ne remontera plus au front.

— Tu en es sûre? » s'écria Denis, dont cette nouvelle augmentait bizarrement l'inquiétude.

Élisabeth, qui s'ennuyait depuis un moment, se laissa glisser des genoux de sa mère sur le sol et rampa à la recherche de son âne en caoutchouc.

« Le médecin-chef a été formel, dit Amélie. Il m'a donné le nom scientifique de la blessure de Pierre. Je l'ai inscrit... Attends... »

Elle se leva, tira un papier de son sac à main et lut :

« C'est un « micro-traumatisme encéphalique diffus, avec une lésion disséminée de l'hypophyse ». Tu vois : « diffus »... « disséminé »..., c'est bien ce que disait la sœur : le choc n'a pas été très fort! Pour un cas pareil, Pierre obtiendra une convalescence de trois mois, qui sera certainement prolongée de trois mois encore. Cela, ils me l'ont affirmé à l'hôpital. Au bout de ce temps, c'est-à-dire vers octobre ou novembre, il passera devant la commission de réforme et sera déclaré inapte.

— Inapte?

— Oui. Il paraît que cela ne fait pas de doute. Réformé n° 1 définitif, avec au moins 30 pour 100 d'invalidité temporaire. Il touchera même une pension...

— Et il reviendra vivre avec nous?

— Bien sûr! Mais ce n'est pas rue de Montreuil qu'il trouvera le repos et le bon air qui lui rendront des forces. Nous irons habiter pendant quelque temps à La Chapelle-au-Bois. Il le souhaite tellement!

— Que feras-tu du café? » demanda Denis.

Amélie s'assit au bord du lit et croisa ses mains sur ses genoux. Sa figure prit cet air d'énergie positive, de froide lucidité, qui était le sien aux heures de méditation commerciale.

« C'est la seule question embarrassante, dit-elle. Je vais fermer pour deux ou trois mois. Mais je ne peux pas prendre cette décision sans en parler d'abord, par correction, à M. Hautnoir. Il est notre marchand de vins et notre ami dans cette affaire. Nous lui devons encore huit cents francs. Or, pendant tout le temps que le café ne travaillera pas, nous perdrons de l'argent.

Compte tenu des lenteurs de la reprise à la réouverture, il me sera impossible de faire face aux prochaines échéances. Il faudrait donc que M. Hautnoir m'accorde de nouveaux délais de paiement. J'espère qu'il se montrera compréhensif. Si tout s'arrange comme je le présume, nous partirons dès que Pierre sortira de l'hôpital.

— Et moi?

— Toi, tu resteras ici. Tout en travaillant chez M. Buche, tu surveilleras la maison en notre absence. Mme Rousseau préparera tes repas, s'occupera de ton linge... »

Immédiatement, il songea aux avantages de cette solution, qui allait faciliter ses rencontres avec Lucie. Aiguillonné par l'espoir, il avait de la peine à cacher son contentement sous une apparence judicieuse.

« Tu peux compter sur moi, dit-il. Je tâcherai même d'ouvrir le café le soir, en rentrant de l'atelier, et le dimanche. Ce sera toujours ça de pris.

— Tu as raison, dit-elle. Je n'y avais pas pensé...

— Et puis, deux mois, ce n'est pas long!

— Hélas! non, soupira Amélie, ce n'est pas long! Souhaitons que cela suffise pour que Pierre soit tout à fait rétabli... »

Élisabeth, évitant les embûches des meubles, vint appuyer sa figure contre les genoux de sa mère. La fillette pleurnichait parce qu'elle n'avait pas retrouvé son âne. Amélie la caressa distraitement.

« Quand iras-tu chez M. Hautnoir? demanda Denis.

— Dès qu'il pourra me recevoir, dit-elle. Je vais lui téléphoner demain matin pour prendre rendez-vous. »

**

M. Hautnoir déambulait d'un pas lourd dans son bureau. Piquée droite sur le bord de sa chaise, Amélie tournait la tête en tout sens pour ne pas le perdre de vue. Il paraissait très contrarié et tripotait du bout des doigts les pointes de sa barbe rousse. L'effort de la réflexion plissait son front bas et charnu. A travers la fenêtre, on apercevait les entrepôts de Bercy, des arbres grêles, des centaines de tonneaux rangés en ordre de bataille devant des pavillons aux grandes enseignes plates. Un camion passa, tiré par quatre chevaux aux sabots sonores. Quand le fracas se fut éloigné, M. Hautnoir reprit la parole :

« Je comprends votre idée, madame Mazalaigue : fermer le café, aller vivre un bout de temps avec votre mari à la campagne... Tout ça, c'est très gentil! Mais, permettez-moi de vous dire que, commercialement, ce serait une folie! »

Elle se rebiffa :

« Si vous êtes inquiet au sujet de l'argent que nous vous devons encore, rassurez-vous! Nous reprendrons les paiements dès la réouverture.

— Il ne s'agit pas de vos dettes! Pour cela, je suis tranquille. Mais dans quel état le retrouverez-vous, votre café, après l'avoir bouclé pendant trois mois? Les frais auront couru, les clients se seront dispersés...

— Ils reviendront!

— Pas tous. Le quartier est plein d'établissements qui valent bien le vôtre. Il vous faudra, une fois encore, remonter le courant. C'est du mauvais travail... »

Elle n'avait pas prévu une résistance aussi opiniâtre. Son assurance l'abandonnait.

« Pourtant, dit-elle, je ne peux pas ramener mon mari rue de Montreuil! Il est très affaibli par sa blessure. Le médecin-chef m'a recommandé pour lui le repos, le grand air... »

M. Hautnoir se planta devant elle, soucieux et

affable, les mains dans les poches. Son ventre se bombait au-dessus de ses petites jambes arquées.

« Que feriez-vous à ma place? reprit-elle.

— Moi? dit-il. Je n'hésiterais pas une seconde. Je vendrais. »

Elle tressaillit et le regarda, indignée :

« Vendre le *Cycliste couronné?* Après l'effort que nous avons fourni dans cette maison?

— L'effort ne compte pas. C'est le résultat qui compte!

— Quand nous avons pris ce café, c'était un taudis. Personne ne voulait plus y venir. Nous avons tout remis à neuf. Nous avons lutté pour nous constituer une clientèle honorable. Et maintenant, il faudrait nous en séparer? Allons, monsieur Hautnoir, vous n'y pensez pas! »

Il se mit à rire :

« Vous raisonnez en enfant. Si votre mari était là, il vous expliquerait que, dans votre métier, le secret de la réussite, c'est le changement. Rappelez-vous nos conversations quand vous avez acheté le *Cycliste*. Il ne s'agissait pour vous que d'un début; dès que vous auriez fini de me payer vos dettes, vous deviez vendre et investir votre argent dans un café plus important... Vous l'auriez déjà fait, sans doute, s'il n'y avait pas eu la guerre!

— Peut-être, monsieur Hautnoir. Mais il y a la guerre. Je dois compter avec cette guerre, avec la blessure de mon mari. Vendre, c'est très bien! Vous vous rembourserez sur le prix. Ce qui restera nous aidera à subsister pendant quelque temps. Et après? Comment gagnerons-nous notre vie?

— Il n'est pas question de dépenser ce que vous retirerez de la vente, dit M. Hautnoir. Nous placerons ce petit capital dans un autre café, voilà tout! »

Elle répéta. sur un ton incrédule :

« Un autre café?

— Oui.

— Quel autre café?

— Un café que vous achèteriez maintenant, mais dont vous ne prendriez possession qu'au mois d'octobre par exemple. Cela vous permettrait de vous installer à la campagne, avec votre mari, pour tout le temps de sa convalescence. »

Déconcertée par cette proposition, Amélie continuait à observer M. Hautnoir avec la crainte de n'avoir pas très bien compris ses paroles.

« J'ai actuellement quelque chose qui pourrait vous convenir parmi les débits que je contrôle, reprit-il. Un tabac d'importance moyenne, mais tombé à zéro par la faute du tenancier. Quel type! Sale comme un peigne, paresseux comme une couleuvre et aimable avec les clients comme une porte de prison! Depuis trois ans, il ne me paie pas ses billets de fonds. Ce serait une superbe occasion de me débarrasser de lui en vous rendant service. Je vous connais, tous les deux. Je vous ai vus à l'œuvre. Vous aurez vite la sympathie du quartier. Ce sont des gens comme vous qu'il me faut pour remonter la baraque!... »

Amélie balança la tête en signe de négation. La santé de Pierre lui causait trop de soucis pour qu'elle pût suivre M. Hautnoir dans son raisonnement. Venue pour lui annoncer son intention de fermer le café, elle refusait de s'intéresser à l'idée d'en ouvrir un autre :

« Ce n'est pas possible, monsieur Hautnoir, du moins pas pour le moment. Je ne veux prendre aucune décision par moi-même. Dans quelques mois, quand mon mari sera guéri de ses blessures, nous pourrons, si vous n'y voyez pas d'inconvénient, reparler de la chose...

— Il sera trop tard, dit M. Hautnoir. C'est maintenant qu'il faut traiter, quitte à n'entrer dans les lieux qu'en septembre ou octobre. Une occasion pareille ne se présente pas tous les jours! Si ce tabac ne vous tente pas, j'y mettrai quelqu'un d'autre! Ce ne sont pas les amateurs qui manquent!...

— Tant pis! soupira-t-elle. Il faut savoir, parfois, renoncer dans la vie...

— Ça dépend à quoi! Vous n'avez pas idée de ce que vous perdez par entêtement! C'est autre chose que le *Cycliste,* ce tabac! Plus grand, mieux placé, mieux installé, mieux fréquenté! En attendant que votre mari puisse vous aider un peu, vous auriez toujours la ressource de prendre un garçon de comptoir. D'ailleurs, j'y pense, vous avez un frère!

— Oui.

— Quel âge a-t-il?

— Il va sur ses dix-sept ans.

— Que fait-il comme métier?

— Il est apprenti dans une serrurerie.

— C'est important pour lui? Il ne pourrait pas quitter son établi pour se mettre avec vous? Je l'ai vu, au *Cycliste.* Il est gai, dégourdi. Il plaît à la clientèle... S'il est d'accord, vous serez au complet pour ouvrir! »

Denis travaillant auprès d'elle, avec Pierre! Elle n'avait pas songé à cette possibilité d'entraide familiale. Sur le point de céder à l'enchantement, elle se ressaisit :

« Ce sont des projets, des projets en l'air...

— Savez-vous seulement où il se trouve, ce tabac? demanda-t-il.

— Non...

— A Montmartre. »

Elle considéra M. Hautnoir avec surprise, comme s'il lui eût parlé du bout du monde :

« A Montmartre?

— Oui : boulevard Rochechouart. Une situation

excellente. Avec de la concurrence autour, évidemment!
Mais cela ne vous fait pas peur?

— Un peu, tout de même!

— Allons donc! Vous avez montré de quoi vous
étiez capables, au *Cycliste!* »

Elle sourit modestement :

« Oui, je crois que, là, nous avons fait l'impossible!
Et pour les conditions? Ce serait combien? Je vous
demande cela à tout hasard...

— Je ne peux pas vous répondre tout de suite. Il
faut que je sache, d'un côté ce que mon bonhomme
exigera pour partir, compte tenu de ce qu'il me doit,
et, d'un autre côté, quelle somme nous pourrions tirer
du *Cycliste*. Une opération commande l'autre.

— Que ferions-nous si le prix d'achat de ce tabac
dépassait de beaucoup le prix de vente de notre café?

— Ne vous inquiétez pas pour si peu. Vous me
signeriez des billets de fonds pour la différence!

— Ce serait une différence considérable?

— Probablement. Mais, en travaillant à trois, vous
auriez vite fait de me rembourser. »

Il avait réponse à tout. Pour se donner le temps de
la réflexion, elle demanda encore :

« Comment s'appelle l'établissement?

— *Le Cristal.* »

Elle ferma à demi les paupières, comme pour mieux
écouter ce nom dans sa tête, les rouvrit et répéta :

« *Le Cristal...*

— Ce qui est intéressant, reprit-il, c'est qu'il est a
côté du *Trianon Lyrique*. Vous aurez la visite des
spectateurs aux entractes...

— Prévoit-on un logement avec le fonds?

— Un petit appartement de trois pièces, oui...

— L'entrée est indépendante?

— Non, il faut passer par la salle de billard.

— Il y a aussi une salle de billard?

— Oui, mais le drap est hors d'usage et le patron n'a pas de quoi le faire réparer! Vous voyez, je ne vous dore pas la pilule. Je vous présente les choses comme elles sont. Avec le bon et le moins bon. Une affaire complètement dévalorisée, mais qui, si elle est reprise avec intelligence, avec courage, peut rapporter gros... »

Tout en parlant, il l'observait d'un œil malin et jouissait en connaisseur de l'intérêt qu'elle laissait paraître.

« Alors, demanda-t-il enfin, ça vous accroche? »

A la fois subjuguée et inquiète, elle n'osait ni refuser cette offre alléchante, ni prendre immédiatement la responsabilité d'y souscrire.

« Je ne sais pas, dit-elle. Je suis si loin de toutes ces questions pour l'instant! Il faudrait que j'en parle d'abord à mon mari...

— Bien sûr! Mais ne tardez pas trop!

— A mon prochain voyage... je vous promets...

— D'ici là, vous pourriez peut-être visiter les lieux? Voulez-vous que je passe vous prendre demain, rue de Montreuil, à deux heures et demie? Nous irons voir *Le Cristal* ensemble. Vous vous rendrez compte sur place...

— Si cela n'engage à rien...

— Soyez sans crainte! Ensuite, il ne vous restera plus qu'à convaincre votre mari. »

Il plissa les lèvres dans un sourire faussement paternel et ajouta :

« Pour cela, je vous fais confiance! »

Elle rougit et lui tendit la main. Il la raccompagna jusqu'au seuil de la porte.

Autour d'elle, la ville des vins étalait, à perte de vue, ses entrepôts, ses maisonnettes, ses préaux, ses barriques, ses tunnels gorgés de vapeurs capiteuses. Les rues portaient des noms aux consonances charmantes : rue de Vouvray, de Barsac, de Mâcon, de

Médoc... Là, gîtait une population de sommeliers, de limonadiers et de dégustateurs rubiconds. Dans un enclos, des camionneurs chargeaient une charrette. Des tonneaux grognaient d'être dérangés en plein sommeil et roulés vers une destination inconnue. Quelque part, au loin, des marteaux cognaient. Sur la Seine, un remorqueur beuglait, traînant sa famille de péniches. Le sifflet des trains lui répondait, dans les gares empanachées de fumées blanches. Et, pendant ce temps, autour de Verdun, des soldats tombaient par centaines, à Mort-Homme, au bois des Corbeaux, au fort de Douaumont, au fort de Vaux, sur la côte du Poivre... Distancée par le mouvement de la guerre, Amélie songeait à ses préoccupations personnelles avec prudence, avec humilité. L'établissement dont lui parlait M. Hautnoir devait coûter très cher. Il faudrait s'endetter au départ, changer d'habitudes, travailler sans relâche... Sans doute l'enjeu méritait-il un pareil effort. A tout prendre même, la réussite était certaine. Pourquoi donc hésitait-elle encore à se prononcer? Elle se sentait si seule! Qu'aurait fait Pierre en pareil cas? « *Le Cristal... le Cristal...* » Ce nom léger tintait à ses oreilles comme une clochette. Deux ouvriers cassaient la croûte, assis sur le plateau d'un camion. Ils se poussèrent du coude et plaisantèrent au passage de cette jeune femme pensive, qui remuait les lèvres en marchant.

*
* *

Quand Amélie eut fini de lui raconter son entrevue avec M. Hautnoir, Denis s'écria :

« Eh bien, mes compliments! Pour une bonne nouvelle, c'est une bonne nouvelle!

— Tu trouves? Cela te plairait?

— Et comment!

— Tu me conseilles donc d'accepter?

— A tout coup! dit-il. Pense donc! Un grand tabac, en plein centre de Montmartre, avec un billard! »

Une perspective éblouissante s'ouvrait devant ses yeux. Amélie évoqua la passion de son frère pour le billard et sourit. Ils étaient dans la cuisine, elle lavant la vaisselle du dîner, lui l'essuyant et la rangeant dans le bahut. M. Lubin était remonté dans sa chambre. La salle était vide.

« Je suis moins enthousiasmée que toi, dit-elle. Évidemment, cette solution nous permettrait de rester cinq ou six mois à La Chapelle-au-Bois et de ne rentrer à Paris que pour ouvrir notre nouveau café... »

Denis accueillit ces propos avec ravissement : au lieu de trois mois d'indépendance, on lui en promettait six!

« Ce serait rudement chouette! dit-il.

— Mais, poursuivit Amélie, avant même d'avoir visité les lieux, je crains que l'affaire ne soit trop lourde pour nous.

— M. Hautnoir nous aidera, au début...

— A condition que nous prenions l'engagement de le rembourser à échéances fixes. Ne crois pas qu'il nous cède ce tabac par pure gentillesse pour nous. Il compte trouver son intérêt dans l'opération...

— Je n'ai pas peur pour vous deux. Vous saurez vous débrouiller!...

— Si Pierre était en mesure de me seconder, oui! Autrement, j'en doute! A ce propos, M. Hautnoir estime que, de toute façon, il nous faudrait un garçon de comptoir...

— Bigre!

— Eh! oui, nous passerions dans la catégorie supérieure...

— Ce serait bien, ça!...

— Pour ce garçon de comptoir, nous pourrions soit

embaucher quelqu'un de l'extérieur, soit te demander, à toi, de venir travailler avec nous.

— A moi ? Et M. Buche ?

— Tu devrais, dans ces conditions, abandonner la serrurerie. Ce serait peut-être dommage... »

Denis, perplexe, défiait le mur, en face de lui, comme s'il se fût préparé à l'enfoncer d'un coup de tête.

« Pas si dommage que ça, grommela-t-il enfin. J'aime le métier, bien sûr ! Mais, pour ce que je fais à l'atelier !... Percer des trous, couder des tringles... Avec papa, oui, c'était du boulot intéressant ! On voyait ce qui vous sortait des mains. Ici, on ne me laisse rien finir. Chacun a sa petite partie et n'en bouge pas ! Seulement, voilà, on est payé !...

— Si nous prenions ce tabac, tu recevrais trois fois plus, rien qu'en pourboires !

— Tu crois ?

— J'en suis persuadée ! Sinon tu penses bien que je ne t'en parlerais même pas. Pourquoi Pierre est-il parti de la *Société Ozolithe* — où il était pourtant contremaître —, et a-t-il ouvert un café ? Pourquoi toi-même as-tu voulu, un moment, quitter M. Buche et devenir tourneur d'obus ? Pour gagner davantage !

— C'est vrai !

— Eh bien, voilà, nous t'offririons l'occasion de gagner davantage en nous rendant service. Remarque bien qu'il s'agit d'un simple projet. Tout cela est rien moins que sûr... »

Ils se dévisagèrent en silence. Denis étudiait le problème. Un pli vertical creusait la peau de son front entre les sourcils. Puis, ses traits se détendirent. Il posa l'assiette qu'il était en train d'essuyer :

« Ça me plairait bien de travailler avec vous deux, dit-il, mais papa ne serait pas content si je changeais de métier. C'est lui qui a voulu que je sois dans la serrurerie...

— Nous lui expliquerions, le cas échéant, que nous avons agi dans ton intérêt, pour t'assurer un meilleur avenir. Il comprendrait très bien...

— Et M. Buche?

— Quoi, M. Buche? Tu es libre de t'en aller de chez lui quand tu veux!

— D'accord, mais si ça s'arrangeait avec ce nouveau café faudrait pas lui en parler avant votre retour de la Chapelle-au-Bois. Il me mènerait la vie dure en votre absence!

— Il ne te mènerait pas la vie dure, puisque tu partirais avec nous. »

Il eut un mouvement de recul, et, d'une voix incertaine, demanda :

« Comment ça... je partirais avec vous?

— Eh! oui. Si nous cédons notre café, nos successeurs voudront s'installer dans l'appartement. Il faudra déménager pour leur laisser la place. En attendant que *Le Cristal* soit libre, nous habiterons donc tous ensemble à La Chapelle-au-Bois. »

Denis n'avait pas réfléchi à cette conséquence inévitable de la vente. Quitter Paris, c'était renoncer à Lucie pendant des mois. Il était comme perdu dans une forêt et se tournait de tous côtés, cherchant une issue.

« Je pourrais peut-être loger dans une des chambres de l'hôtel? balbutia-t-il. Ou chez Paulo?...

— Tu n'y songes pas!

— Hier, tu m'as dit que je resterais ici!...

— Parce qu'il n'était pas question de vendre, mais de fermer. En outre, j'envisageais une absence de deux ou trois mois à peine, alors que, si nous nous entendons avec M. Hautnoir, il est probable que nous

prolongerons notre séjour à la campagne jusqu'à la fin
de la convalescence de Pierre.

— Même si ça dure six mois, je me débrouillerai
bien tout seul!

— Non, Denis.

— Pourquoi pas?

— Parce que tu es trop jeune encore pour vivre si
longtemps loin de nous!

— Oh! dis, je suis plus un gosse!... »

Le regard d'Amélie se glaça :

« Denis, la décision que j'ai à prendre est trop grave
pour que je m'embarrasse de ce qui te plaît ou ne te
plaît pas. Il est impossible que tu restes rue de
Montreuil si nous vendons l'affaire. Un point c'est
tout. »

Il était obligé de convenir que, dans la situation
présente, ses arguments personnels n'avaient qu'une
faible valeur en comparaison de ceux que lui opposait
Amélie. D'ailleurs, il n'avait plus envie de lutter. Il
laissait parler sa sœur, attentif à un chagrin dont elle
ne pouvait mesurer l'importance. Et dire qu'il l'avait
encouragée à prendre ce tabac sans se douter que, de
la sorte, il préparait son propre malheur! Saurait-il
vivre sans Lucie? Ne l'oublierait-elle pas pendant cette
longue séparation? Il la voyait déjà s'enfoncer dans la
brume, comme si, lui ayant dit adieu, il se fût éloigné
d'elle, emporté par la vitesse effrayante d'un train. De
seconde en seconde, l'impression d'arrachement
devenait plus cruelle. Quand son désespoir fut porté au
paroxysme, il refusa d'y croire. La démesure de cette
menace était, par elle-même, rassurante. Un
événement allait se produire, qui arrangerait tout!

« Et si l'affaire ne se faisait pas? dit-il.

— Nous tâcherions de trouver une autre
combinaison. Je te répète que, pour ma part, je suis
encore très sceptique!

— Oui, marmonna-t-il, faut pas s'emballer comme ça, sans avoir vu, sans avoir réfléchi...

— Ah! tu deviens raisonnable!... »

Il essaya de sourire, honteux de sa duplicité, toussota et dit encore sur un ton désinvolte :

« Tu devrais en parler à Pierre... »

Au désarroi que trahissait le regard de sa sœur, il comprit quelle imprudence il avait commise.

« Je lui en parlerai, dit-elle, mais j'ai peur qu'il ne soit pas encore en état de discuter ce genre de questions... Il est comme un enfant... Il vit dans un rêve... Finalement, je sais bien qu'il me dira de faire ce que je veux... Et c'est cela qui m'inquiète!... »

Elle versa l'eau grasse de la bassine dans l'évier. Une moue triste tirait ses lèvres. Visiblement, elle se défendait contre la crainte que lui inspirait encore l'inertie maladive de son mari. Denis rangea les dernières assiettes sur les rayons. Quand il revint à Amélie, elle avait déjà recomposé son visage.

« Demain, nous verrons plus clair, dit-elle. En tout cas, *Le Cristal,* ce n'est pas un vilain nom... »

CINQUIÈME PARTIE

1

EN moins d'une heure, toute la population de La Chapelle-au-Bois fut informée de l'événement : la fille d'Aubernat était arrivée par le train du matin, avec son mari blessé, son enfant et son frère. On les avait vus remonter la côte de la gare dans la carriole de Jérôme. M. Calamisse, en qualité de maire, et M. Ferrière, en qualité d'adjoint, s'étaient portés à leur rencontre pour leur souhaiter la bienvenue. Mais, comme il fallait laisser le temps aux voyageurs de s'installer et de se reposer, les visites ne commencèrent qu'au début de l'après-midi. Il y eut foule, bientôt, dans la cuisine, où Mme Pinteau n'arrêtait pas d'ajouter des sièges. Aux amis habituels de la famille — les Barbezac, les Calamisse, les Ferrière, les Marchelat —, se joignaient des clients, des voisins, des gens qui avaient un mari ou un fils au front et espéraient en recevoir indirectement des nouvelles. Le centre de l'intérêt était Pierre Mazalaigue — héros invalide — assis sur une chaise, la jambe gauche allongée, les épaules raides, le regard terne. Dans ses cheveux coupés en brosse, s'ouvrait un sillon pâle et irrégulier, qui était la trace du coup. La souffrance avait décoloré et creusé son visage. Il portait des vêtements civils et tenait une canne entre ses cuisses.

De temps en temps, Amélie se penchait sur son épaule pour lui annoncer le nom d'un nouveau venu. Il marmonnait :

« Ah! oui... bien, bien... je sais... bonjour... »

Et il serrait la main qui se tendait vers lui, sans que sa figure exprimât autre chose que l'indifférence. Au début, ceux qui avaient quelque parent au 300ᵉ R.I. lui demandèrent des souvenirs personnels sur l'absent. Il répliquait invariablement :

« Il est dans une autre compagnie. Il va bien. Mais on ne s'est pas vus depuis trois mois. J'ai fait trois mois d'hosto, n'est-ce pas? Alors, c'est pour dire... »

Le fils Ferrière avait été tué au début de la guerre, le fils Marchelat aussi, et Roubaudy, Chastagnoux, Fonfrède; le fils Calamisse, qu'on avait cru mort, était prisonnier des Allemands, le fils Madrange était porté disparu, un neveu de Barbezac, qui habitait à Uzerche, avait été amputé d'une jambe... On rappelait ces tristes événements à Pierre et il grommelait :

« Ah! là! là!... C'est bien de la peine pour tout le monde!... »

Puis, M. Calamisse et M. Barbezac l'interrogèrent sur les derniers combats auxquels il avait pris part, sur les circonstances de sa blessure et sur le moral des troupes françaises comparé à celui des troupes allemandes. Il répondait à côté, par monosyllabes, ou gardait le silence, comme si la question eût été adressée à un autre que lui. On comprit qu'il était encore trop éprouvé pour soutenir une conversation de ce genre et on se tourna vers Amélie et vers Jérôme. Il était si heureux d'avoir retrouvé les siens, qu'il ne cessait de sourire à la ronde. « Eh! oui, semblait-il dire, ils sont tous ici. J'étais seul et maintenant, de nouveau, la maison est pleine! » Il gourmanda Mᵐᵉ Pinteau, parce qu'elle tardait à offrir du vin aux messieurs et du café aux dames. On se récria. Ce n'était pas la peine! Il se faisait tard! On allait partir! Mais, finalement, il n'y eut pas assez de tasses et de verres pour contenter tout le monde et il fallut en prendre au magasin. Denis aidait au service. Le chien, Drac, circulait, affairé, entre les visiteurs, et battait les pieds des chaises avec sa queue. Mme Calamisse, Mme Barbezac et Mme Ferrière disparurent avec Amélie, pour voir la petite Élisabeth, qui dormait dans la chambre, et revinrent, au bout d'un moment, extasiées. Pierre reçut leurs compliments sans broncher. Jérôme, lui, exultait :

« Je vous avais bien dit! Et ce n'est rien encore! Vous ne l'avez pas vue debout, qui marche, qui babille!...

— Parle-nous donc un peu de Paris, Amélie, dit Mme Calamisse. Il paraît que vous avez vendu votre café pour en acheter un plus grand et plus beau!

— Oui, dit Amélie. Cela s'est décidé très vite. Mais, comme il s'agit d'un tabac, les formalités administratives ont duré plusieurs semaines. Enfin, quand Pierre a pu sortir de l'hôpital, je l'ai ramené rue de Montreuil et il est allé avec moi chez le notaire. »

Ce qu'elle ne disait pas, c'était que, le contrat signé, elle demeurait inquiète. On était au début du mois de mai. Pierre ne comparaîtrait devant la commission de réforme qu'en octobre. Que se passerait-il si, malgré les assurances données par le médecin-chef, il n'était pas déclaré inapte, mais simplement versé dans le service auxiliaire? Saurait-elle, avec la seule collaboration de Denis, diriger un établissement de cette envergure?

« Et vos meubles, qu'en avez-vous fait? demanda Mme Barbezac.

— D'accord avec notre successeur, nous les avons entreposés tous dans une chambre de l'hôtel. Nous les reprendrons au moment d'emménager à Montmartre.

— Cela ne vous chagrine pas de changer de quartier?

— Un peu, bien sûr! Mais notre nouveau café est tellement plus important, et le logement tellement plus confortable!...

— Vous devez être content, monsieur Mazalaigue? » dit Mme Ferrière.

Pierre ne répondit pas.

« Il est très content », dit Amélie avec vivacité.

Pouvait-elle avouer que son mari avait refusé de visiter *Le Cristal* avec elle, disant qu'il était trop fatigué pour sortir dans Paris et qu'il faisait confiance à sa femme pour l'organisation de leur avenir? Soudain, alors qu'on parlait déjà d'autre chose, il grogna :

« Oui, je suis très content. »

Elle l'enveloppa d'un coup d'œil soucieux. En vérité, pendant les trois jours qu'il avait passés rue de Montreuil, il s'était comporté en homme distrait, reconnaissant mal les clients, jouant peu avec sa fille et profitant de la moindre occasion pour se réfugier dans sa chambre. Il ne s'était animé qu'au moment de prendre le train pour La Chapelle-au-Bois. Dans le fiacre qui les conduisait à la gare, il ne cessait de lorgner sa montre. Toutes les cinq minutes, il demandait à Amélie si elle était sûre de n'avoir pas égaré les billets. Il comptait et recomptait les bagages, priait Denis de vérifier que la sacoche en cuir était bien fermée. A peine installé dans le compartiment, il avait sorti son portefeuille pour en examiner le contenu. C'était elle qui l'avait obligé à emporter un peu d'argent sur lui pour le voyage. Il ne voulait pas, il avait peur de perdre la somme, de se la faire voler. Il décochait des regards méfiants aux voisins. Quand le train s'était ébranlé, il avait tendu deux coupures de dix francs à Amélie en murmurant : « Garde-les...

J'aime mieux... » Elle avait repoussé sa main. Alors, tristement, il avait rangé les billets de banque dans son portefeuille et son portefeuille dans sa poche. Élisabeth était venue s'asseoir sur ses genoux. Il lui avait caressé la tête d'une main maladroite, et, brusquement, s'était endormi d'un sommeil de brute, le menton renversé, la bouche ouverte. Au souvenir de cette scène, Amélie éprouvait encore comme une pesanteur désagréable dans la poitrine. Autour d'elle, les hommes discutaient le dernier communiqué. Toujours : Verdun... Verdun... Verdun... Les femmes s'entretenaient de leurs affaires personnelles. On avait oublié Pierre, assis près du *cantou,* sa canne entre les jambes. Un cri joyeux fit sursauter Amélie :

« La voilà enfin! On l'a tant attendue! Montre-toi un peu! Que tu es belle! Et ton mari?... Où est ton mari? »

C'était Mme Croux, la sage-femme. Il fallut lui présenter Pierre, lui raconter comment il avait été blessé, comment il avait été soigné. Puis, on retourna voir Élisabeth. Cette fois, toutes les dames, jeunes ou vieilles, se dérangèrent. Mme Croux conduisait le mouvement. Quand Amélie redescendit dans la cuisine, les hommes bavardaient encore, mais Pierre n'était plus parmi eux. Elle le trouva avec Denis, dans la forge. Il était assis sur une caisse, devant l'enclume. Il dit :

« Amélie, j'ai mal à la tête... Est-ce qu'ils vont bientôt partir? Je voudrais être seul avec toi! »

*
* *

Les jours suivants, il refusa de se montrer dans les rues, par crainte de rencontrer encore des connaissances. Trois mois d'hôpital avaient fini par le rendre insociable et Amélie évitait de le contrarier pour ne pas compromettre sa guérison. Ils occupaient la chambre où elle avait vécu, jeune fille, et couchaient dans le grand lit de Maria, qui avait été placé là, jadis, pour leur nuit de noces. Le médecin-chef avait prévenu Amélie (elle en avait été assez confuse sur le moment!) que son mari serait atteint, pendant une période plus ou moins longue, d'une sorte de déficience physique dont il ne fallait pas qu'elle prît ombrage. Elle s'astreignait donc à ne jamais se plaindre de l'engourdissement où elle le voyait. Chaque soir, afin d'atténuer sa propre exigence, elle attendait qu'il fût endormi pour se glisser à son tour dans les draps. Il se retournait, murmurait quelques mots décousus et retombait dans le sommeil, sans s'émouvoir de ce corps chaud, qui s'allongeait, dans l'ombre, à côté du sien. Son impuissance à la contenter n'était même pas pour lui un sujet d'angoisse. Délivré de toute nostalgie, il agissait comme si sa femme eût été aussi indifférente que lui au souvenir de leurs rapports amoureux. Ainsi, nuit après nuit, c'était un grand enfant sage, inconscient, pacifié, qui respirait contre l'épaule d'Amélie tandis qu'elle s'exhortait à ne pas déranger son repos. Le matin, elle se levait avant lui et se hâtait de quitter la chambre pour échapper à une tentation qu'elle savait inutile, voire même dangereuse. A neuf heures, elle lui montait son petit déjeuner. Il restait tard dans son lit, rêvassant, feuilletant de vieux journaux, écoutant les bruits de l'atelier, où Jérôme, Justin et Denis battaient le fer. Elle tenait compagnie à Pierre pendant un moment, puis se rendait au magasin pour aider Mᵐᵉ Pinteau et surveiller Élisabeth. L'enfant jouait avec des boîtes vides, roulait des billes dans les rainures du plancher, ou plongeait ses mains avec volupté dans les sacs de haricots et de lentilles. Parfois, le chien se montrait, goguenard, sur le seuil de la porte. Mᵐᵉ Pinteau lui criait de s'en aller. Mais il ne bougeait pas et la fillette, ravie, s'élançait vers lui en titubant, se pendait à son cou, et riait quand il lui donnait un coup de langue dans la figure.

« Il va lui passer des maladies! gémissait Mme Pinteau.

— Mais non, disait Amélie. Laissez-les donc! Ils sont si drôles! »

Rien dans l'attitude de Mme Pinteau ne rappelait qu'elle avait formé, quelques mois auparavant, le projet d'épouser Jérôme. Comme pour se faire pardonner cette toquade, elle s'ingéniait à être aussi douce, laborieuse et souriante, que si elle n'eût jamais prétendu à régner en maîtresse sur la maison. Quand des clientes entraient, c'était elle qui s'empressait de les servir, mais, pour rendre la monnaie et entretenir la conversation, elle s'effaçait devant Amélie. Vingt fois dans la matinée, la jeune femme devait subir des questions au sujet de Pierre. Comment allait-il? Pourquoi ne sortait-il pas? Un glapissement montait du fond de la salle. Drac avait renversé Élisabeth et s'amusait à la maintenir couchée avec ses pattes. C'en était trop! On le chassait. Il fuyait, rieur, haletant, la queue basse. Les commères entouraient la fillette :

« Il t'a pas trop fait peur au moins, le toutou? Dis?... Lisou! Lisounette!... »

Amélie n'aimait pas les diminutifs dont on accablait sa fille, mais c'était une coutume du pays à laquelle il était impossible de se soustraire. Après cet incident, on parlait encore du temps qui s'était radouci et de la guerre qui redoublait de violence. Ensuite, venait le facteur. Il avait une lettre pour Denis. Amélie l'appelait dans la forge :

« Denis! Tu as du courrier. »

Il posait sa lime, rougissait, essuyait ses mains sales sur son tablier sale, et grognait, en évitant de regarder sa sœur :

« C'est Paulo! »

Rien qu'à voir son air embarrassé, Amélie devinait qu'il entretenait une correspondance avec la petite Lucie. Sans hâte, il prenait la lettre et allait la lire dehors. Quand il revenait, il avait un drôle de visage, triste et heureux à la fois. Sa bouche souriait et ses yeux étaient vagues. Comprenant son chagrin, Amélie n'avait pas le cœur de lui adresser des reproches pour une liaison sentimentale que l'éloignement rendait inoffensive.

Le 13 mai, en même temps qu'une lettre pour Denis, le facteur apporta une lettre pour Pierre. Il somnolait encore quand Amélie entra dans la chambre pour lui remettre la petite enveloppe carrée et jaune, expédiée en franchise militaire. Éveillé en sursaut, il considéra sa femme, un long moment, comme s'il se fût demandé qui elle était.

« Une lettre pour toi, Pierre, dit-elle.

— Pour moi? Comment, pour moi?... »

Il s'assit, se frotta les yeux, tendit la main. Pendant qu'il décachetait le pli, ses doigts se mirent à trembler, ses lèvres se décollèrent dans un sourire absurde :

« C'est Soufaneix qui m'écrit!... On a fait suivre de la rue de Montreuil!... Tu te rends compte?... »

Il déchiffra la lettre pour lui-même, et la lut ensuite à haute voix, sur un ton aussi solennel que s'il se fût agi d'un communiqué important. Amélie écoutait le déroulement monotone des phrases, avec l'impression de les avoir déjà entendues plus de cent fois dans une autre vie :

« J'ai eu de tes bonnes nouvelles par ma femme. J'espère que maintenant ta patte va tout à fait bien. Nous, c'est toujours la même chose. Mais on a déjà eu des moments plus durs. On cause souvent de toi avec les copains. Écris-nous, si tu n'as rien de mieux à faire... » Il s'interrompit et son regard exprima la crainte :

« Il ne me parle pas de Vernac!

— Ce doit être un oubli, dit-elle.

— Non! Non! S'il n'en parle pas, c'est que Vernac a été tué! »

Il laissa retomber la lettre sur la couverture et son menton s'allongea :

« Tué! Vernac!... Ah! non... dis?... Pas lui!... Un type comme ça?... Un si bon copain? »

Sa voix s'éraillait.

« Tu es stupide d'imaginer cela, dit-elle. Je suis sûre que, s'il y avait eu réellement quelque chose de grave pour Vernac, Soufaneix te l'aurait écrit!

— Tu crois? Il n'a peut-être pas osé.

— Pourquoi? Il te connaît, il sait que tu es assez fort pour qu'on te dise tout... »

Il réfléchissait, la tête droite, le regard au loin.

« Faut que j'écrive à Soufaneix, dit-il enfin.

— Tu le feras demain!

— Non, tout de suite... »

Elle lui apporta le papier, le sous-main, le crayon qu'il réclamait. Il se haussa un peu dans le lit, s'adossa aux oreillers, et, lentement, traça les premiers mots sur la page blanche : « Mon cher vieux... » Ses yeux cherchèrent la suite au plafond. Son visage se détendait en même temps que sa pensée devenait plus confuse. Tout à coup, il lâcha le crayon qui roula par terre.

« Tu as raison, murmura-t-il, j'écrirai demain... »

Comme d'habitude, elle l'aida à se mettre debout et à faire sa toilette. Il marchait encore en se servant d'une canne. Lorsqu'il fut lavé, rasé, habillé, Mme Pinteau cria dans l'escalier que le déjeuner était prêt. La descente des marches était une opération pénible. Pierre ne voulait pas que sa femme le soutînt, et sautait sur un seul pied, en se cramponnant d'une main à la rampe et en s'appuyant de l'autre au mur. Amélie, derrière lui, portait la canne. Quand elle entra avec son mari dans la cuisine, Jérôme et Denis étaient déjà à table. Ils se levèrent, mais Pierre dit :

« Bougez pas! Je vais m'asseoir tout seul! »

Il se laissa glisser sur sa chaise et allongea sa jambe en soupirant.

« Tu vois, dit Amélie, ça va déjà mieux! »

Elle s'assit à sa droite et lui prit la main.

« Oui, dit-il, bientôt, je pourrai danser la bourrée... »

Jérôme se força à rire en balançant la tête, comme réjoui par une bonne plaisanterie. Élisabeth poussa une série de pépiements aigus. Mme Pinteau l'avait fait manger avant les autres, mais, sur l'intervention de son grand-père, la fillette avait reçu, depuis la veille, le droit d'assister, du haut de sa chaise, au repas de toute la famille. Le menu, décidé par Amélie, se composait d'une soupe aux choux et de petit salé. Cependant, comme Pierre avait besoin de reprendre des forces, Mme Pinteau lui servit, en plus, un beau bifteck saignant. Elle-même se restaurait debout. Son assiette et son verre étaient posés sur le bord de l'évier. Pierre taillait sa viande avec une violence inutile, en portait un grand lambeau à sa bouche et l'avalait rondement, les prunelles saillantes, le cou dans les épaules.

« Tu ne mâches pas assez, lui dit Amélie sur un ton de gronderie maternelle.

— Oui, renchérit Mme Pinteau. A ne pas mastiquer, on perd tout le profit de la nourriture. »

Rappelé à l'ordre, il se mit docilement à découper sa grillade en petits morceaux. Après chaque bouchée, il buvait une rasade de vin. Ses joues se coloraient. Il avait meilleure mine. Mais, comme toujours depuis sa blessure, il semblait ignorer la présence des autres convives. Jérôme et Denis l'observaient à la dérobée, tout en parlant de leur travail. A plusieurs reprises, ils essayèrent de l'intéresser à la conversation. Pierre n'entendait même pas les questions qu'ils lui posaient. Quand il eut fini de manger, il écarta son assiette et dit :

« C'était bien bon. Est-ce que j'en aurai demain?

— Mais oui, dit Amélie.

— Une fois, reprit-il, on a dû abattre un cheval et le cuistot s'est occupé de nous en réserver un bout... Grillé comme ça!... Ah! on s'en est payé!... Il y avait Soufaneix, Vernac, Félicien... Non, Félicien n'était pas là... Il est venu, plus tard... Qui c'est qui était là, alors?... »

Il plissait le front, tiquait du genou :

« Qui c'est qui était là, bon Dieu?...

— Laisse, dit Amélie, cela n'a pas d'importance. »

Mais il était lancé dans ses souvenirs. Son regard s'éclairait. Ses mains tapotaient nerveusement le bord de la table :

« Ça c'est passé en 14. Juste avant la retraite de la Marne... Après, on n'a plus rigolé... Le 22 août, je me rappelle, en traversant le bois de Lorenville, on a fait halte, et un copain nous a refilé des choux qu'il avait ramassés dans le coin... C'était richement bon aussi!... Toute l'escouade s'est régalée!... Oui, mais le lendemain, pardon!... Les Boches avancent... Le colonel, qui n'a pas d'ordres, envoie un cycliste à la brigade... Tu penses!... Ils étaient plus là, les galonnés!... Alors, quoi?... Sac au dos... On sort du bois... Non, c'était pas le bois de Florenville, c'était le bois de Berthonval... Va t'y reconnaître!... Il faisait chaud, mais chaud... Il y avait des mouches... Jamais j'ai vu tant de mouches!... Bzz... bzz... »

Il imitait le bruit des mouches et roulait des yeux terribles.

« Et alors? » demanda Denis, passionné par le récit.

C'était la première fois que Pierre évoquait un souvenir de guerre depuis sa sortie de l'hôpital.

« Alors? Ah! mon pauvre vieux!... On débouche en terrain découvert... Et voilà qu'une batterie boche nous prend sous son feu, à cinq cents mètres!... Lacaruse... cette vache!... oui, l'adjudant, il dit : « — Faut passer coûte que coûte... — Vous êtes pas fou, que je lui dis, on va tous y rester!... — De quoi? qu'il me fait. C'est de l'insubordination!... Qui c'est qui commande?... » Pendant qu'on s'engueule, les premiers sont déjà en route. Rien à faire. On les suit... « Salaud! » je lui dis... Oh! il m'a entendu... On se met à courir vers un ravin, à deux kilomètres de là... Deux kilomètres, ça n'a l'air de rien!... Mais avec tout le fourniment, c'est l'enfer... »

Il répéta ce mot, comme étonné de l'avoir trouvé sans l'aide de personne :

« L'enfer!... Oui... On cavale... Ça tape, ça tape!... Je vois les gars qui culbutent, comme des lapins... Plouf... Et il n'y a plus qu'un petit tas d'étoffe, un fusil, une gamelle par terre... Et on ne peut pas s'arrêter pour voir si le copain est bien mort ou s'il est un peu amoché seulement... On n'a même pas le temps de les reconnaître... Maintenant, je sais : Salagnat... Champeaux... Plazenet... »

Il haletait, les joues vibrantes, les yeux agrandis par une vision d'horreur.

« Tous des noms de par ici, dit Jérôme en baissant la tête.

— Et combien de temps vous avez couru comme ça? demanda Denis.

— Une demi-heure à peu près... On n'avançait pas vite... On essayait de se cacher dans des trous... Ah! mon pauvre vieux, qu'est-ce qu'on a dégusté!... L'enfer, je te dis!... Partout, des flammes, des explosions... Des corps qui sautent... Enfin, on arrive au ravin... On fait l'appel... »

Il parlait de plus en plus difficilement, remuant les syllabes dans sa bouche comme une bouillie.

« Ah! mon pauvre vieux!... Dans mon escouade, il manquait six hommes... Et alors... la compagnie... Eh bien, elle avait l'effectif... l'effectif d'une section... »

Ce dernier mot lui arracha un sanglot atroce. Les larmes coulaient sur ses joues. Ses lèvres se tordaient dans une grimace de pitre :

« Ah! mon pauvre vieux! »

Son gémissement retentit aux oreilles d'Amélie comme l'appel d'un blessé dans un champ de morts. Elle comprenait soudain la vraie détresse de Pierre. Ivre de pitié, elle l'attira sur son épaule et lui caressa le front, les cheveux, du plat de la main. En même temps, elle chuchotait :

« Pierre! Pierre!... Allons!... Reprends-toi!... N'y pense plus!... »

Mais il ne savait plus se dominer. Des hoquets ébranlaient sa poitrine. Elle le sentait tressaillir, à chaque coup, contre son flanc. Jérôme et Denis s'étaient levés de table et restaient immobiles, silencieux, consternés. Mme Pinteau emporta Élisabeth, qui hurlait.

« Ah! mon pauvre vieux, mon pauvre vieux! » répétait Pierre.

Le regard d'Amélie rencontra celui de son père. Il y avait tant de tristesse dans les yeux de Jérôme, qu'elle fut incapable de supporter plus longtemps sa présence. Elle avait honte. Elle avait mal. Pierre, collé à elle, reniflait, le nez dans son corsage. Elle dit :

« Papa... Denis... Il ne faut pas... Laissez-moi seule avec lui... »

Ils sortirent de la cuisine. Au bout d'un moment, la respiration de Pierre s'égalisa. Il releva la tête. Son visage était redevenu paisible, mais les larmes continuaient à ruisseler de ses yeux. Il souriait et il pleurait, sans pouvoir s'arrêter, ni même comprendre la raison de sa brusque faiblesse. Enfin, il bafouilla :

« Pourquoi je pleure, Amélie?

— Ce n'est rien. Tu t'es trop fatigué en parlant...

— Pourquoi je pleure?... C'est bête!... Où est ton père? Où est Denis?

— Ils sont retournés à leur travail.

— Et nous, qu'est-ce qu'on fait?

— Tu vas monter te reposer un peu.

— Et après?

— Après, nous irons nous promener. »

Elle était sûre qu'il refuserait. Mais il tira un mouchoir de sa poche, s'essuya la figure, se moucha et dit d'une voix encore essoufflée :

« Oui, il fait beau... Ce sera la première fois... On poussera jusqu'au cimetière... Tu veux bien, dis?... Oh! ma tête! J'ai mal, tu sais? »

Elle l'accompagna dans la chambre, le coucha, le borda. A deux pas du lit, se trouvait le berceau, où Mme Pinteau avait déjà placé Élisabeth pour son somme de l'après-midi. L'enfant dormait. Tout était calme. Amélie se retira en murmurant :

« Je reviendrai dans deux heures. »

Au bas de l'escalier, elle se heurta à son père, qui l'attendait, anxieux :

« Comment va-t-il?

— Beaucoup mieux, dit-elle. Il ne faut pas t'inquiéter, papa. Le médecin-chef m'avait prévenue : ce sont les conséquences de sa commotion. Pendant quelque temps encore, il sera sujet à ce genre de crises. Puis, cela passera...

— Ah! ma pauvre petite! soupira-t-il, te voilà bien pleine de soucis!

— Je ne me plains pas! Songe à ce qui aurait pu être! »

Il hocha la tête :

« Tu es vaillante. C'est bien. »

Ils rentrèrent ensemble dans la cuisine. Amélie était gênée de la compassion que lui témoignait Jérôme. Elle eût souhaité que nul n'assistât à la défaillance de Pierre. Par pudeur, par fierté, elle voulait que ce mal restât un secret entre elle et son mari.

« Je me demande tout de même si tu as eu raison d'acheter un nouveau café, dit Jérôme. Pierre est si bien ici, chez nous, au bel air! Nous aurions vécu tous ensemble... Denis m'aurait aidé à la forge au lieu de se mettre garçon de comptoir... Est-ce que c'est un métier pour lui, ça?... »

Immédiatement, elle se durcit :

« C'est impossible, papa. Notre avenir est à Paris. Dès que Pierre se sentira mieux, il voudra y retourner. Et Denis également. Je n'ai pas fait autre chose que préparer notre rentrée... »

Il l'observait avec surprise : la raideur de son port de tête, la sécheresse de sa voix, l'éclat fixe de ses yeux, tout indiquait en elle non seulement le désir précis de le convaincre, mais aussi une tension mystérieuse, hostile, qui défiait l'univers entier. Alors qu'il ne voyait dans la vie qu'une succession de chocs profonds et sourds, qui modifiaient la contexture de son être et le rendaient toujours plus sensible à l'idée de sa petitesse, de son impuissance, elle, en revanche, n'acceptait aucun événement sans essayer aussitôt, par un sursaut volontaire, de renverser la situation à son avantage. Le temps qu'il eût passé à se désoler, à s'interroger, elle l'utilisait à se défendre, pied à pied, contre une malchance tenace. Maria avait été comme elle, une nature d'action, de combat. Cela ne l'avait pas empêchée de succomber à la maladie. Il y avait certains coups du sort contre lesquels toute révolte était vaine. C'était même ce fond d'insécurité qui donnait à l'existence humaine son caractère de beauté ineffable, de gravité tragique. Jérôme en était sûr. Mais comment l'expliquer à cette jeune femme orgueilleuse, qui croyait pouvoir triompher des obstacles en refusant de les nommer?

« Si tu veux mon avis, dit-elle, j'estime même qu'il serait plus sage pour toi de vendre tout ici et de venir t'installer avec nous boulevard Rochechouart. »

Elle ne lui avait jamais parlé de ce projet. Sans prendre le temps de la réflexion, il s'écria :

« Tu n'y penses pas! Vendre? M'en aller? Mais je ne pourrais pas vivre ailleurs. Même avec vous! J'ai ici mon habitude, mon travail, ta mère... »

Elle sourit :

« Je m'en doute, papa. Et je n'insisterai pas pour que tu nous suives. Je te disais cela simplement pour que tu saches bien que, si tu te sens trop seul, nous serons toujours heureux de t'accueillir. Avec ce nouveau café, il y aura de la besogne pour tout le monde... »

Elle repartait dans son rêve. Un meuglement prolongé s'éleva du côté de la forge. Denis vint chercher son père pour ferrer une vache, qui s'était blessée au sabot. Amélie rejoignit Mme Pinteau dans le magasin. Là, elle attendit avec impatience le moment d'aller réveiller son mari et sa fille, qui faisaient la sieste côte à côte.

2

I L avançait à petits pas, en s'appuyant sur sa canne. Son pied gauche effleurait à peine le sol. Amélie, marchant à sa droite, lui serrait le bras, l'épaulait un peu, pour l'aider à conserver son équilibre. C'était la huitième sortie qu'ils faisaient ensemble dans la Chapelle-au-Bois. Après avoir hésité à se montrer hors de la maison, Pierre, maintenant, ne pouvait plus se passer de ces promenades quotidiennes. Il disait que cet exercice donnait de la souplesse à sa jambe malade et qu'il souffrait moins de la tête depuis qu'il prenait l'air. Amélie, de son côté, trouvait qu'avec le temps il devenait plus lucide et plus fort. Elle l'imaginait déjà en voie de guérison et se mettait à craindre que la commission de réforme ne le déclarât bon pour le service. Pourquoi fallait-il que, toujours, une appréhension vînt tempérer sa joie? Elle se pressa contre lui et palpa, à travers l'étoffe du veston, son bras musclé, solide comme une pièce de chêne. Jamais il ne lui avait paru plus beau, plus robuste, mieux fait pour la séduire. Son visage amaigri avait la noblesse que l'on reconnaît aux profils des médailles. Une fine moustache ombrait ses lèvres au tracé ferme et charnu. Il portait haut la tête. Il regardait droit devant lui, sans cligner des yeux. Elle défaillait de douceur à la pensée qu'un jour prochain il s'éveillerait de son apathie pour la reprendre et la combler comme elle le désirait depuis si longtemps en silence. Tout à coup, elle se rappela un dessin de chemise de nuit qu'elle avait remarqué, quelques mois auparavant, dans un vieux numéro de *La Mode*. Elle n'aurait su dire comment, ni pourquoi, cette image ancienne lui revenait à l'esprit avec tant de précision. C'était un vêtement de linon blanc, très ample, sans manches, au décolleté garni d'un étroit ruban de velours noir, qui, passant et repassant dans les trous d'un entre-deux, ajoutait comme une idée de coquetterie effrontée à la décence classique de l'ensemble. Ce modèle de lingerie féminine était, certes, d'un goût un peu indiscret, mais elle était persuadée qu'il lui irait à ravir. Il avait, en outre, l'avantage d'être très facile à confectionner. Pourquoi n'essaierait-elle pas? Amusée par ce projet, elle se voyait déjà travaillant le soir, en cachette, dans la cuisine, quand tout le monde serait couché. Ils étaient arrivés à hauteur de la mairie. Sur la porte, comme d'habitude, les deux affichettes blanches : d'un côté le dernier communiqué, de l'autre, la liste des morts au champ d'honneur. Pierre voulut s'approcher des écriteaux. Elle l'en empêcha :

« Laisse... Tu verras tout à l'heure... »

Il la suivit. En passant devant l'école, ils entendirent, par une fenêtre ouverte, des enfants qui ânonnaient leur leçon. A l'entrée de la gendarmerie, le brigadier bavardait avec M. le curé, qui devait revenir de loin, car le bas de sa soutane était taché de boue. On échangea des saluts à distance. Amélie se félicita d'avoir conservé dans son armoire le reste du linon blanc qu'elle avait acheté, autrefois, pour préparer son trousseau. Le métrage serait suffisant. Quant au ruban de velours noir, le magasin en était abondamment pourvu. « Ce sera parfait! » Si on ne la dérangeait pas, elle aurait fini sa chemise de nuit en cinq ou six jours. Un soir, quand Pierre serait tout à fait guéri, elle se dissimulerait derrière un paravent pour revêtir cette toilette. Et, soudain, il la verrait surgir devant lui, parée, radieuse, méconnaissable, à la fois courtisane et épouse. Elle attendait beaucoup de l'heureuse surprise qu'il ne manquerait pas d'éprouver à cette occasion et regrettait de ne pouvoir rentrer immédiatement à la maison pour prendre ses dispositions et vérifier si elle avait assez de tissu en réserve.

« N'es-tu pas un peu fatigué? demanda-t-elle. Nous ferions peut-être mieux de revenir sur nos pas.

— Pourquoi? dit-il. On a si beau temps! Je voudrais aller jusqu'à la rivière. »

Elle n'insista plus. Ils contournèrent le lavoir et prirent le sentier qui menait à la berge basse, hérissée de joncs. Sur la rive opposée, quelques buissons de genêts ouvraient leurs premières fleurs, très petites et très jaunes. De l'eau courante montait un parfum de pierre mouillée, d'herbe tendre et de vase. Le soleil pâle dormait dans la brume du ciel. Il faisait frais. Un bouillonnement vif se produisit autour d'un gros caillou. Les yeux de Pierre s'allumèrent d'une joie enfantine.

« Une truite! dit-il. C'en est plein, par-là! Faudra que je vienne en pêcher avec Denis.

— La pêche est encore interdite!

— Tu crois qu'on osera me dire quelque chose, à moi, un blessé de guerre? »

Elle n'aimait pas qu'il employât cette formule pour parler de lui-même. Déjà, il se fâchait :

« Si le vieux Castagnot se permet de me menacer d'un procès-verbal, ça lui coûtera cher! Après ce que nous avons trinqué, là-bas, nous avons tous les droits, tu entends? Tous!... Je lui dirai!... Je ne me gênerai pas!... »

Elle s'empressa de changer de conversation :

« Oui, Pierre... Ne t'échauffe pas ainsi! C'est curieux! Toi, tu penses à la pêche, et moi, à notre retour à Paris. Je regrette que tu n'aies pas voulu voir notre future maison.

— Quelle future maison?

— Le tabac du boulevard Rochechouart!

— Ah! oui, dit-il, subitement calmé. Moi aussi, je regrette. J'aurais dû. C'est bien, n'est-ce pas? »

Pour la vingtième fois, elle recommença la description, comme si elle avait raconté une histoire à un enfant, qui en connaissait tous les détails par cœur, mais prenait son plaisir à les entendre répéter dans le même ordre et avec la même intonation entraînante :

« La salle est très grande. Il y a six mètres de comptoir. Une terrasse. Une caisse bien aménagée, avec des rayonnages pour les cigarettes. Une réserve de tabac. Un billard au premier. Notre appartement... Un bel appartement, avec deux fenêtres sur la rue...

— C'est où, exactement?

— A côté du *Trianon Lyrique*. Nous aurons la visite des acteurs à la fin de la représentation, des spectateurs aux entractes. Tout cela fera une grosse clientèle. Je serai à la caisse. Denis, dans la salle. Toi, au comptoir... »

Il balbutia :

« Moi, au comptoir?... Si je peux!

— Pourquoi ne pourrais-tu pas? »

Il s'arrêta de marcher, une épaule plus haute que l'autre :

« Je ne sais plus... Une idée... C'est joli, ici... Ça sent bon... »

Il ne pensait plus au café. Peut-être même n'y croyait-il pas? C'était un conte inventé par Amélie pour le distraire. Dès qu'elle avait fini de parler, le mirage s'évanouissait et il n'y avait plus que la rivière qui coulait, le vent qui passait dans l'herbe et un chien qui aboyait au loin.

« Restons ici », dit-il.

Elle réfléchit encore à la chemise de nuit : « Et si j'ajoutais un ruban noir dans le bas, pour rappeler la garniture du décolleté? Mais ce serait trop lourd!... Ou alors, une ceinture noire, en coulissé, à hauteur de la taille... Non! je ressemblerais à une fille... » Ils choisirent une grosse pierre plate et s'assirent dessus, serrés l'un contre l'autre. Pierre ouvrait la bouche, gonflait les narines, buvait la fraîcheur de l'espace, à longs traits goulus. Un air de satisfaction se répandait sur sa figure. Elle coucha sa joue contre une épaule vêtue de drap rêche.

« Comme on est bien! dit-il. Toi et moi. Que faut-il de plus?... »

Il prononça ces mots d'une voix si tendre, qu'elle en fut bouleversée, comme par un écho issu de la période la plus heureuse de sa vie. Un charme s'appesantit sur elle. Tout son corps devint attentif à ce qui allait suivre. Des minutes passèrent, dans un silence creux, angoissant, comparable à celui d'une terre assoiffée devant la promesse de l'orage. Puis, Amélie eut un tressaillement. Une main se posait sur son genou. L'autre bougeait, descendait le long de son bras, glissait entre son coude et sa hanche. Les propos du médecin-chef retentirent dans sa mémoire : « Soyez patiente. Ne le tourmentez pas, ne le brusquez pas! » Elle fut prise d'un scrupule. Ne devait-elle pas refuser cette caresse, qui, pourtant, lui causait un si vif plaisir? Non, non, Pierre venait à elle sans qu'elle lui eût rien demandé. Il découvrait que cette forme qu'il tenait enlacée était une femme, sa femme. Il refaisait connaissance avec elle. Il lui rendait son rôle, après des mois de torpeur. Elle l'entendit murmurer, d'une voix à peine perceptible :

« Je t'aime, Amélie! »

Ces simples paroles la portèrent si haut dans l'allégresse, qu'elle en éprouva un tournoiement lumineux dans la tête. Elle leva vers lui un visage implorant. Leurs lèvres s'unirent. Elle se fondait à lui, comme autrefois, respirant son haleine, retrouvant la saveur de sa bouche dans le baiser. Quand il se détacha d'elle, à bout de souffle, elle fut surprise de noter sur sa figure une expression d'étonnement douloureux, d'interrogation panique. On eût dit qu'il ne comprenait pas bien ce qui venait de se passer entre eux. Le front plissé, les yeux stupides, il se mit à trembler de tous ses membres en marmonnant :

« Oh! Amélie! Amélie!... Qu'est-ce qui nous arrive?... »

Sans doute était-il effrayé par la violence de cet instinct qu'elle avait libéré en lui et dont il ne pouvait plus se rendre maître? Inquiète à son tour, elle se blottit dans ses bras et l'encouragea avec douceur :

« Pierre!... Je te retrouve!... C'est si bon!... Je t'en supplie, Pierre!... Pierre, mon amour!... »

Elle se plaquait contre lui, se cramponnait à lui, pour l'empêcher de repartir dans une songerie décevante. C'était comme si elle eût soutenu un poids, prêt à glisser dans l'abîme. Peu à peu, elle devina qu'il résistait à l'attraction du vide et reprenait confiance, dans sa chaleur. De nouveau, il l'embrassa. Cette fois, au lieu de le provoquer, elle se laissa faire. Plus elle s'abandonnait, plus il devenait brutal, furieux. Il la palpait à pleines mains, lui broyait les côtes, lui grattait les lèvres avec sa moustache. Elle étouffait sous cette face lourde. Dans les yeux qui se fixaient sur elle, brillait un regard dément. Il gémissait de plaisir. Leurs dents se heurtèrent. Elle eut un goût de sang sur la langue. Des images incohérentes traversaient son cerveau : le café, la cave, Villarrubia : « *Por favor, madame Mazalaigue...* » Ce fut un éclair : Je suis folle ! Il ne faut plus penser à cela ! Jamais !... Jamais !... » « *Por favor. Por favor...* » Le grincement d'une charrette, au loin, sur la route. « On va nous voir ! » Elle repoussa Pierre, mais il la reprit aussitôt dans ses bras en grommelant :

« Non... Reste... Laisse-moi, un peu !... »

Elle sentit, à travers l'étoffe du vêtement, son sein gauche emprisonné sous la coupe d'une paume tiède, mouvante. L'autre main s'acharnait à ouvrir le corsage. Un bouton sauta. Pierre colla ses lèvres sur un coin de chair nue, à la naissance du cou. Elle frémit d'un contentement bizarre. Une vague montait dans son ventre. Sa poitrine se durcissait, se tendait. Sur le point de défaillir, elle balbutia :

« Non, Pierre... Pas ici !... »

Il promena les yeux autour de lui d'un air malheureux. Il haletait. Une veine s'était gonflée sur son front. Soudain, il se dressa sur ses jambes, sans le secours de sa canne, et, saisissant les poignets d'Amélie, la contraignit elle-même à se mettre debout. Leurs visages se cognèrent. Elle recula. Il dit :

« Tu as raison !... Allons chez nous !... Vite, vite, Amélie !... Tu veux bien ?... »

Elle lui jeta un regard éperdu et inclina la tête.

« Alors, tu viens ? » reprit-il sur un ton impatient.

Elle lui donna la canne. Ils gravirent le sentier en hâte. Pierre glissait dans la boue du petit chemin, soufflait, se déhanchait pour allonger le pas. Une même idée les obsédant l'un et l'autre, ils n'avaient plus rien à se dire. Devant le lavoir, ils rencontrèrent Antoinette Eyrolles. Impossible de l'éviter. Amélie la voyait souvent au cours de ses promenades, et, chaque fois, la jeune fille lui parlait de son fiancé qui était au front, de son père qui avait de l'asthme et de son frère qui était prisonnier :

« J'ai eu une lettre de mon fiancé, ce matin. Il est au Ban de Sapt. Est-ce que ce n'était pas votre secteur, monsieur Mazalaigue?

— Non... Pas du tout! grogna Pierre en se détournant avec colère.

— En tout cas, c'est un coin dont on parle beaucoup dans le communiqué. Mon fiancé me dit qu'il ne risque rien, mais allez donc le croire! Je suis dans une inquiétude!... »

Elle levait ses yeux bleus au ciel, joignait les mains.

« Excuse-nous, dit Amélie. Nous sommes pressés.

— Quand pourrions-nous nous voir pour bavarder tranquillement?

— Passe au magasin.

— Demain matin?

— Oui, demain matin », dit Pierre.

Il tira Amélie par le bras. Rudement entraînée, elle se retourna vers son amie d'enfance pour corriger par un sourire l'étrangeté de cette brusque séparation. L'envie qu'ils avaient l'un de l'autre devait se lire sur leur visage. A la Chapelle-au-Bois, on voyait rarement quelqu'un à la fenêtre, mais personne ne pouvait se vanter de passer inaperçu dans les rues. En cet instant même, combien de gens suivaient d'un regard curieux ce couple qui avançait, à marche forcée, vers le lit?

Un peu plus loin, ce fut Mlle Bellac, la couturière, qui les arrêta. Pierre, muet de rage, grattait le sol du bout de sa canne. Obligée de se montrer aimable pour deux, Amélie maîtrisait son agacement et répondait, d'une voix suave, aux questions de la vieille fille. Enfin, Mlle Bellac la laissa partir. Amélie rejoignit Pierre, qui s'était éloigné sans attendre la fin de la conversation. Il se propulsait le plus vite possible, en clopinant. Ses épaules se soulevaient et s'abaissaient alternativement, par saccades. Une respiration sifflante s'échappait de sa bouche. Des gouttes de sueur perlaient à son front et autour de ses lèvres. Il mit le pied dans une bouse de vache et jura :

« Saloperie!... »

— Pierre, Pierre, calme-toi! » dit Amélie à voix basse.

M. le percepteur les dépassa, roulant à bicyclette. En sens inverse, venait un attelage de bœufs, conduits par M. Ferrière. Il cheminait à côté des bêtes et tapotait leur joug avec une badine pour les diriger.

« Allons, bon! » gronda Pierre.

Mais M. Ferrière se contenta d'agiter la main et de crier :

« Salut! »

Pierre répondit : « Salut! », buta contre un caillou et se rattrapa au bras de sa femme.

« Veux-tu souffler un peu? demanda Amélie.

— Non. Dépêche-toi. On y est presque! »

Au bout de la rue, sur la petite place, la maison grise, carrée, les regardait venir de toutes ses fenêtres. La porte du magasin s'ouvrit. Mme Pinteau apparut sur le seuil, tenant Élisabeth par la main :

« Tu vois, Lisou : papa et maman qui rentrent de promenade! »

Amélie réprima un sursaut d'humeur. Élisabeth échappa à Mme Pinteau, fit quelques pas en vacillant vers sa mère, trébucha dans le caniveau, tomba et se mit à pleurer. Lâchant son mari, Amélie courut vers la fillette, la releva, épousseta ses vêtements, l'embrassa, la gronda pour son imprudence.

« Ah! mon Dieu! s'écria Mme Pinteau. Elle se sera fait du mal! »

— Mais non, dit Amélie avec nervosité. Elle n'a rien du tout. Vous le voyez bien!... »

Pierre s'approcha du groupe et s'arrêta, le buste

penché en avant, le menton appuyé sur la poitrine. Il était exténué, les joues caves, le teint blême, le regard éteint. L'enfant ravala ses larmes et s'agrippa aux jupes d'Amélie.

« Et maintenant, va jouer au magasin! dit-elle.

— Vous ne la prenez pas avec vous? demanda Mme Pinteau.

— Non. Mon mari est un peu fatigué. Il faut qu'il se repose.

— C'est ma foi vrai qu'il est tout pâle! dit Mme Pinteau. Seigneur Jésus, vous serez allés trop loin!... Voulez-vous que je vous chauffe un peu de café?

— Non, merci.

— Ou un peu de lait avec du miel? Ça remonte... »

Amélie serra les dents sur un besoin de crier, reprit sa respiration et murmura :

« Rien... rien, je vous dis!... »

Mme Pinteau s'écarta pour lui livrer passage.

« Tu viens, Pierre? » dit-elle.

Ils traversèrent le magasin, la cuisine vide, montèrent l'escalier, lui devant, elle derrière, très lentement. Les épaules de Pierre se voûtaient. Ses pieds se soulevaient avec peine. Il râclait les marches, à chaque pas, avec ses semelles cloutées. Une fois dans la chambre, elle le conduisit jusqu'au lit, l'aida à s'asseoir et ferma la porte à clef. Quand elle se retourna, il était déjà allongé sur le dos, les bras mous, la tête renversée. Elle le contempla en silence. Cette attitude rompue la navrait. Elle se sentait délaissée, frustrée, ridicule. Toutes les fibres de son corps, tendues à craquer, se relâchaient par petites secousses maladives. Avant d'accepter sa défaite, elle se pencha encore sur Pierre, lui saisit la main, l'appliqua contre son corsage. C'était une main faible, qui ne demandait rien, qui ne promettait rien. Avait-il déjà oublié?

« Oh! Amélie, murmura-t-il, je n'en peux plus!...
C'est comme un brouillard devant mes yeux... »

Elle reposa la main inerte sur le bord du lit.

« Je voudrais enlever mes chaussures, reprit-il.

— Ne bouge pas, dit-elle, je vais le faire. »

Elle dénoua les lacets, retira vivement la chaussure
du pied droit, et, avec précaution, celle du pied
gauche. Il fit jouer ses orteils dans ses chaussettes. Il
souriait d'aise.

« Tu devrais te déshabiller, dit-elle encore d'une
voix sourde. Tu serais mieux...

— Non. Ça va...

— Ôte ton veston, au moins : tu le chiffonnes. »

Il lui obéit. En lui prenant le veston des mains, elle
reçut en plein visage l'odeur de son corps chaud, qui
avait transpiré en marchant. Elle détourna la tête. Sa
bouche se crispait. Une envie de pleurer lui piquait la
gorge. Se jeter sur lui, déboutonner sa chemise, couvrir
de baisers cette poitrine dure, velue. On frappa au
battant.

« Qui est là? demanda Amélie sur un ton irrité.

— C'est moi. »

La voix de son père. Elle s'éloigna du lit, tourna la
clef dans la serrure et passa le nez par l'entrebâillement
de la porte.

« Qu'est-ce que tu veux? »

Jérôme était avec Denis, dans le couloir.

« Mme Pinteau m'a dit que Pierre n'était pas bien,
chuchota-t-il. Ce n'est pas grave, au moins?

— Mais non. Il est simplement un peu fatigué par la
promenade.

— Ah! bien... Je m'étais inquiété... En tout cas, si
tu as besoin de quelque chose, tu m'appelles.

— Oui.

— Je serai en bas, avec Denis.

— Oui, oui... Va-t'en, papa... »

Elle repoussa la porte et écouta le bruit des pas décroître dans le corridor, puis dans l'escalier. Pierre avait fermé les yeux. Dormait-il déjà? Elle le crut pendant une seconde. Mais, sans lever les paupières, il remua les lèvres :

« Ouf! Ce que c'est bon! Tu es gentille! Tu t'occupes de tout!

— Ne parle pas tant. Repose-toi.

— Quand va-t-on dîner?

— Dans deux heures. Tu as faim?

— Oui.

— Veux-tu que je te fasse monter un peu de pain et de confiture?

— Non. Ça me couperait l'appétit. J'aime mieux attendre. Tu te rends compte, si on avait rapporté des truites? De belles truites! Je te jure bien que j'en pêcherai un jour! Et quand ça me plaira! C'est pas le père Castagnot qui me fera peur!... Ah! mais non!... Quand on a passé par où j'ai passé!... »

Sa langue s'empâtait. Il roula sa tête sur l'oreiller et se tut. Un souffle au rythme lent soulevait sa poitrine. Son visage clos exprimait une profonde sagesse. Elle sortit de la chambre et s'adossa au mur du corridor pour éviter de voir plus longtemps cet homme couché, qui était si beau, ne pensait à rien et semblait le maître de l'univers.

*
* *

Jusqu'à l'heure du dîner, Amélie se comporta d'une manière désordonnée et fébrile. Un rien la contrariait. Elle gronda sa fille, parce qu'elle s'était sali les genoux en se traînant à quatre pattes dans le magasin, reprocha à Mme Pinteau d'avoir modifié la répartition des articles de mercerie dans les tiroirs, voulut contrôler le livre de comptes, se trompa dans les additions, et, abandonnant son travail, remonta, mécontente et lasse, dans sa chambre. Pierre, enfin remis de sa fatigue, s'apprêtait à descendre. Toute la famille se retrouva à table pour le dîner.

Après le repas, Mme Pinteau lava la vaisselle et se prépara à rentrer chez elle, comme chaque soir. Son manteau lui étant devenu trop étroit, elle ne pouvait plus le boutonner sur sa poitrine galbée en flanc de soupière. Elle s'enveloppa la tête dans un fichu de laine grise, que son chignon souleva en bosse sur le sommet du crâne, prit son parapluie et son sac dans un coin, fit un joyeux sourire et dit :

« Bonne nuit tout le monde. A demain !... »

A peine fut-elle sortie, que des camarades de Denis se présentèrent à la porte : Léonard, Charlot et Augustin. Ils venaient le chercher pour faire un tour sur le champ de foire. Denis refusa de les suivre. La fréquentation de Paulo l'avait rendu difficile dans le choix de ses amitiés. Il regrettait la capitale et s'ennuyait en compagnie de ces garçons balourds, qui s'obstinaient à le considérer comme un des leurs, alors qu'il n'avait plus rien de commun avec eux. Ils s'en allèrent, déçus et ricanants, non sans l'avoir traité de *Bougre de piti Parisien à la manquo*. L'horloge de l'église sonna la demie de huit heures. Amélie claqua dans ses mains :

« Élisabeth ! Au lit !... »

La fillette protesta quand sa mère l'eut déposée dans le berceau, mais s'endormit très vite, après avoir été embrassée et bordée selon le rite nocturne.

En pénétrant de nouveau dans la cuisine, Amélie vit son père, son frère, son mari, assis autour de la lampe à pétrole. Drac somnolait, le museau entre les pattes, aux pieds de son maître. Denis avait ouvert un journal et lisait à haute voix un article sur la bataille de Verdun :

« Dans l'après-midi du 20 mai, quatre divisions allemandes, c'est-à-dire deux corps d'armée, se jetèrent à l'assaut du Mort-Homme. La bataille, qui prit un caractère d'acharnement extrême, se poursuivit toute la nuit et la journée du 21. Sans cesse notre artillerie et nos mitrailleuses écrasaient les assaillants; d'autres venaient les remplacer. Au prix de ces efforts démesurés, l'ennemi réussit à gagner quelques tranchées au nord et à l'ouest du Mort-Homme; même, un moment, nos secondes lignes furent menacées. Mais les Allemands, reçus par notre feu, perdirent tant de monde que, finalement, ils refluèrent en désordre... »

— Je crois bien, dit Jérôme, que c'est Verdun qui décidera de la guerre. Si nous arrivons à tenir là pendant quelques semaines encore, les Boches, qui auront sacrifié leurs meilleurs soldats, demanderont la paix.

— Tu penses, toi, que la guerre sera terminée avant la fin de l'année? dit Denis.

— Comment veux-tu qu'on continue avec tout ce qui tombe des deux côtés? D'ailleurs, M. Calamisse dit comme moi. Et il est renseigné. Il a tous les télégrammes...

— Et du côté de Neuville, qu'est-ce qui se passe? » demanda Pierre.

Denis reprit le journal :

— « En Artois n'ont eu lieu que des engagements partiels pour la possession d'entonnoirs et de tranchées... »

— Je les connais leurs engagements partiels, grommela Pierre. C'est pendant un engagement partiel que j'ai écopé... »

Il frotta sa jambe avec le plat de sa main et soupira :

« Si seulement je pouvais me rappeler!... Mais c'est

tout noir... Je me vois courant avec les copains... Et puis, rien!... »

Ses sourcils se levaient au-dessus de ses yeux ronds :

« Rien... rien jusqu'à l'ambulance, où ils ont commencé à me charcuter... Ah! c'était pas beau, je te jure!... Ça puait, ça gueulait, là-dedans!... »

Amélie craignit qu'il ne subît une nouvelle crise de dépression en évoquant ses souvenirs.

« Pierre, dit-elle, je voudrais que tu ailles te coucher. Il est tard. Chaque fois que tu veilles, tu as mauvaise mine le lendemain. »

Il baissa la tête :

« C'est vrai... Pour ce que j'ai à raconter, mieux vaut dormir!

— Nous allons tous en faire autant, dit Jérôme. A commencer par Drac! »

En entendant son nom, le chien se mit debout paresseusement, s'étira et se dirigea d'un pas souple vers la porte. Jérôme alluma une lanterne et sortit derrière lui.

« Je vais l'enfermer dans la forge et je reviens », dit-il.

Il y avait, au fond de l'atelier, une caisse garnie de vieux sacs et de paille. Drac s'y coucha docilement, et, la truffe frémissante, les oreilles droites, attendit le dernier geste de la journée. Jérôme lui gratta le museau, du bout des ongles. La lanterne, qu'il avait posée par terre, projetait une clarté étrange sur les outils et les fers à cheval pendus au mur. Les bigornes pointues de l'enclume luisaient comme des ogives d'obus. La hotte de la cheminée s'appuyait à un grand losange de ténèbres. A côté, la chaîne du soufflet se répétait en mailles d'ombre sur la paroi. Des reflets huileux brillaient dans l'eau noire d'un baquet. L'air était encore chargé d'une odeur de cendre et de limaille. Jérôme promenait son regard sur cet univers familier et continuait à flatter le chien, qui, de plaisir, fermait à demi les yeux.

« Tu es content, toi, content comme tout! » grognait-il.

Enfin, il se redressa. Ses enfants l'attendaient dans la cuisine. Il était temps d'aller les rejoindre. Mais il pouvait moins pour eux que pour cette bête. On n'apaisait pas la détresse des hommes par des caresses, par des mots. Pierre guérirait-il vraiment, comme l'affirmait Amélie? Ne serait-elle pas condamnée à vivre indéfiniment aux côtés d'un infirme? Plus il réfléchissait à l'avenir, plus ses craintes prenaient de l'ampleur. La respiration du chien, couché dans la caisse, accompagnait sa rêverie d'un halètement de fièvre. Il sentit qu'il était emporté avec tous les siens dans un tourbillon. Des désordres effroyables ébranlaient son foyer et le monde. L'humanité entière traversait une crise de folie exterminatrice, au terme de laquelle, peut-être, les survivants n'auraient même plus le courage de relever les décombres. Il se souvint des phrases que le curé avait prononcées la veille, en venant le voir à la forge pour lui commander une clef de rechange : « L'esprit du mal triomphe pour l'instant, monsieur Aubernat, mais son règne ne sera pas éternel. Dieu reconnaîtra la cause juste. Et notre paix se fera dans l'honneur. » Sans être croyant, Jérôme était obligé d'admettre que tout se passait comme si l'esprit du mal planait, en effet, sur la terre. Il eût aimé conjurer par un signe la menace de ces ailes noires, glissant au-dessus de son toit. Mais il ne connaissait pas de signes infaillibles. Ceux-là même qu'enseignait le curé ne suffisaient pas à détourner les coups. Alors, quoi? La résignation, le détachement?... Il empoigna la lanterne, poussa un soupir, sortit, ferma la porte.

« Tu as été bien long! lui dit Amélie quand il rentra dans la cuisine.

— Oui, j'en ai profité pour ranger un peu la forge... »

Il regardait ces trois visages, orientés vers lui dans la lueur jaune de la lampe. Chacun avait son problème. Et lui? Il avait les problèmes des autres. Il ne vivait plus que pour les autres, depuis longtemps. Son cœur se gonfla de tendresse impuissante.

« On y va? » demanda-t-il.

Tous se levèrent. Pierre prit sa canne. La famille s'engagea dans l'escalier. Amélie montait devant, portant la lampe à pétrole. Son mari se haussait, degré par degré, derrière elle. Denis et Jérôme fermaient la marche. On se sépara sur le palier. Au moment où Amélie entrait dans sa chambre, Denis la retint pour lui demander :

« Tu me prêtes ton dictionnaire?

— Mon dictionnaire? Pourquoi?

— Comme ça... Je voudrais voir quelque chose... »

Elle comprit que, cédant à un louable scrupule, il avait l'intention de vérifier l'orthographe de certains mots avant d'envoyer une nouvelle lettre à Lucie. Tant d'application la toucha. Elle lui donna le livre. Il se retira d'un air studieux et satisfait. Pierre commençait déjà à se dévêtir. Elle assista à sa toilette et l'aida à se mettre au lit. Puis, elle sortit de l'armoire la pièce de linon blanc et sa boîte à couture.

« Tu ne te couches pas encore? demanda-t-il.

— Non. Je voudrais m'installer à la cuisine pour travailler.

— Qu'est-ce que tu vas faire?

— Une robe pour Élisabeth. As-tu besoin de la lampe?

— Tu peux la prendre, dit-il. Je vais dormir. »

Ils échangèrent un baiser affectueux. Pierre se laissa

glisser à la renverse sur les oreillers. Elle emporta la lumière.

Dans la cuisine, elle étala l'étoffe sur la table, marqua ses mesures, tailla la pièce à la longueur voulue et la plia en deux. La principale difficulté consistait à déterminer les dimensions de l'encolure. Elle souhaitait un décolleté très arrondi, afin de pouvoir, selon les circonstances, le resserrer ou l'élargir par le simple jeu d'un ruban de velours noir coulissant dans l'entre-deux. Posément, elle traça le dessin sur une feuille de papier, l'appliqua contre sa poitrine d'abord, puis sur le linon blanc, et coupa le tissu en suivant les bords du patron. Les chutes serviraient à évaser le bas de la chemise.

Ayant fait le gros de l'ouvrage, elle s'assit à la lumière de la lampe pour commencer les ourlets. Au-dessus de sa tête, tout dormait, chaque chambre avait son âme. Un chien aboya à la lune. D'autres lui répondirent. Enfin, tout se tut. Amélie, tirant l'étoffe sur son genou, écrasait le rempli avec l'ongle du pouce et piquait l'aiguille en biais, d'un mouvement rapide. La monotonie de cet exercice berçait son esprit, apaisait sa tristesse. Un point succédait à l'autre. Elle reprenait espoir. Tout irait mieux pour elle quand la chemise de nuit serait terminée. A la longue, pourtant, l'engourdissement courba ses épaules. Elle s'arrêta de coudre et s'appuya au dossier de la chaise. Son regard rencontra, sur le mur d'en face, les trois images que Jérôme y avait fixées : entre deux portraits d'inconnus, un torse de femme aux formes plantureuses. La photographie était légèrement voilée de poussière et de suie. Quelques taches brunes la souillaient aux bords : c'était Mme Pinteau qui l'avait éclaboussée en faisant la vaisselle. Amélie contempla rêveusement cette créature sans tête et sans bras, nue, les seins lourds, le ventre offert dans une douce torsion de hanches. Puis, elle pencha le front et planta de nouveau l'aiguille dans l'ourlet. La flamme de la lampe à pétrole brillait, droite, immobile, dans le manchon de verre. Un désert de silence entourait la vieille maison. Dans la cuisine basse, il n'y avait pas d'autre bruit que le tic-tac de la pendule et, de temps en temps, le craquement sec d'un meuble aux jointures fatiguées.

ŒUVRES DE HENRI TROYAT

Romans isolés

FAUX JOUR (**Plon**)
LE VIVIER (**Plon**)
GRANDEUR NATURE (**Plon**)
L'ARAIGNE (**Plon**) *Prix Goncourt* 1938
LE MORT SAISIT LE VIF (**Plon**)
LE SIGNE DU TAUREAU (**Plon**)
LA TÊTE SUR LES ÉPAULES (**Plon**)

UNE EXTRÊME AMITIÉ (La Table Ronde)
LA NEIGE EN DEUIL (Flammarion)
LA PIERRE, LA FEUILLE ET LES CISEAUX (Flammarion)
ANNE PRÉDAILLE (Flammarion)
GRIMBOSQ (Flammarion)

Cycles romanesques

LES SEMAILLES ET LES MOISSONS (Plon)
   I. Les Semailles et les moissons
  II. Amélie
 III. La Grive
 IV. Tendre et violente Élisabeth
  V. La Rencontre

LES EYGLETIÈRE (Flammarion)
   I. Les Eygletière
  II. La Faim des lionceaux
 III. La Malandre

LA LUMIÈRE DES JUSTES (Flammarion)
   I. Les Compagnons du coquelicot
  II. La Barynia
 III. La Gloire des vaincus

 IV. Les Dames de Sibérie
  V. Sophie ou la fin des combats

LES HÉRITIERS DE L'AVENIR (Flammarion)
   I. Le Cahier
  II. Cent un coups de canon
 III. L'Éléphant blanc

TANT QUE LA TERRE DURERA... (La Table Ronde)
   I. Tant que la terre durera...
  II. Le Sac et la cendre
 III. Étrangers sur la terre

LE MOSCOVITE (Flammarion)
   I. Le Moscovite
  II. Les Désordres secrets
 III. Les Feux du matin

Nouvelles

LA CLEF DE VOÛTE (Plon)
LA FOSSE COMMUNE (Plon)
DU PHILANTHROPE À LA ROUQUINE (Flammarion)

LE JUGEMENT DE DIEU (Plon)
LE GESTE D'ÈVE (Flammarion)
LES AILES DU DIABLE (Flammarion)

Biographies

DOSTOÏEVSKI (Fayard)
POUCHKINE (Plon)
L'ÉTRANGE DESTIN DE LERMONTOV (Plon)

TOLSTOÏ (Fayard)
GOGOL (Flammarion)

Achevé d'imprimer sur les presses de

BUSSIÈRE

GROUPE CPI

à Saint-Amand-Montrond (Cher)
en avril 2007

POCKET - 12, avenue d'Italie - 75627 Paris Cedex 13

— N° d'imp. : 70624. —
Dépôt légal : 2ᵉ trimestre 1976.
Suite du premier tirage : avril 2007.

Imprimé en France